공연예술신서 · 56

조선제왕신위

차근호 희곡집 1

공연예술신서 · 56

조선제왕신위

차근호 희곡집 1

평민사

차 례

작가 서문

희곡은 문학의 장르이며 연극의 요소이다.
이런 이중성이 희곡의 매력이며 동시에 극작가의 고통이다.
희곡은 마침표를 찍는 순간 또 다른 시작을 만나게 된다.
무대라는 공간이다.

'희곡의 제1출판은 공연이고, 제2출판은 말 그대로의 출판이다.'

나는 이 말을 등단 이후 줄곧 소중한 격언으로 삼았다.
지금도 나는 이 말이 옳다고 생각한다.
그런 이유인지 내 첫 희곡집은 조금 늦은 감이 없지 않다.
등단을 한 지 햇수로 10년을 넘기고서야 처음 묶는 책이니 말이다.
무대에 올린 열다섯 개의 작품 중 우선 여섯 작품을 책으로 묶는다.
말 그대로의 출판이다.

첫 장막극을 무대에 올렸을 때 나는 너무 긴장해서 극장에 들어가지 못
했다.
내 인생 첫 장막극 공연을 극장 로비에서 모니터로 봐야 했다.
첫 희곡집을 내는 것도 그렇다.
꼭 감기에 걸린 것처럼 열이 오른다.

작가의 글은 써도 써도 익숙해지지 않는다.

그리고 내 작가의 글은 언제나 상투적으로 끝난다.

그래도 어쩌겠는가?

이것이 진실인 것을.

나의 은사님이신 차범석 선생님, 윤대성 선생님, 오태석 선생님께 이 자리를 빌려 진심으로 감사드린다.

이 세 분이 아니었다면 지금의 나는 존재하지 않는다.

그리고 끝으로 내게 계속 희곡을 써줘서 고맙다던 나의 문우들에게도 감사의 말을 전한다.

2010년 5월
대학로 라푸푸 서원에서
차근호

조선제왕신위

(朝鮮帝王神位)

초연 : 1999년 12월 17일~26일
장소 : 문예회관 대극장

극단 실험극장 / 연출 윤우영

〈출연〉
이호재, 강태기, 유정기, 이승호, 반석진, 이한승, 채희재, 신신범, 서학, 원근희, 김종구, 이영석, 송바울, 배상돈, 채용병, 김도형, 박윤희, 최근창, 송홍진, 이지연, 성기훈, 유선경, 홍용묵, 황현선, 정유란

〈스태프〉
기획 · 이승호 / 기획부 · 김성노, 김기석 / 홍보 · 지영관 / 미술 · 박동우 / 의상 · 이승무 / 작곡 · 이중기 / 분장 · 강대영 / 조명 · 이인연 / 마임지도 · 유홍영 / 안무 · 박영란 / 인형제작 · 밝남희 / 사진 · 최돈규 / 소품 · 김상희 / 조명(오퍼레이터) · 임혜진 / 진행 · 조영목 / 무대감독 · 박혜선 / 조연출 · 김혜영

- 1999년 문화관광부 공연예술 특별지원금 지원작
- 2000년 동아연극상 작품상, 연출상, 무대미술상 수상작

〈등장인물〉

　인조(혼령)
　사관(혼령)
　소현세자
　효종
　금관조복(金冠朝服) 1, 2, 3, 4
　대신 1, 2, 3
　세자빈
　노대신(老大臣)
　선비
　유생
　청나라 사신
　백성 1, 2, 3
　여인
　걸인 아이
　- 그 외 사람들. 주요 인물이 아니라면 일인 다역도 무방하다.

〈무대〉

　무대의 앞쪽, 객석에서 두루 보일 수 있는 곳에는 대궐의 미니어처가 설치되어 있다. 대궐 모형은 필요에 따라 이동이 가능하다. 무대의 뒤쪽에는 층계형의 단이 설치되어 있다. 이것은 무대 앞쪽으로 약간 둥그스름하게 나온 아치형이다. 단 위에는 위패와 제사상이 놓여 있고 이것을 가리고 보일 수 있는 미닫이문이 달려 있다. 문의 양옆으로는 각각 네 칸짜리 미닫이가 벽처럼 무대의 양끝까지 설치되어 있다. 실제로 미닫이 형태의 벽은 등·퇴장이 가능하며, 창호지를 발라 그림자와 섬광 등을 투영하는 장치로 사용된다.

제 1 장

어둠 속에서 '조-선-군-왕-인-조-대-왕-신-위'라는 소리가 들려온다. 제사가 시작됨을 암시하는 박(拍) 소리. 곧이어 진한 향 내음이 퍼진다. 무대에는 위패와 제사상만이 보인다.

소리 일-배. (사이) 이-배. (사이) 삼-배. (사이) 사-배. (사이) 취-위. (사이) 망-료.

제사가 끝났음을 암시하는 박(拍) 소리. 무대 밝아지면 효종과 노대신 객석을 향해 앉아 있다. 혼령인 인조, 들어와서 제사상에 앉는다. 인조는 목에 망원경을 걸고 있다. 그 옆에서 혼령인 사관, 지켜보고 있다. 사관은 두꺼운 책을 들고 있다. 인조는 효종과 노대신의 대화가 진행되는 동안 계속 음식을 먹는다.

효종 선왕 인조대왕께서는 대국 명나라를 섬기고 오랑캐 청국을 정벌하라는 국시를 내리셨다. 이는 대명사대(大明事大) 반청북벌(反淸北伐) 조선의 국시다. 이젠 명나라가 멸망하여 대명사대는 불가하나 반청북벌은 여전히 조선의 제일 과업이다. 나는 인조대왕의 뒤를 이어 왕위에 오른 봉림대군 효종이다. 법도에 따르면 장자이신 소현세자께서 보위에 오르시는 게 타당한 일이나, 형님이신 세자께서 일찍 승하하시어 인조대왕의 둘째 아들이며, 세자 저하의 동생인 내가 조선의 17대 국왕으로 등극했다. 국왕인 나의 책무는 발해의 땅 요동을 회복하고, 유학의 문명국으로서 오랑캐와 왜를 교화해 명실 공히 대조선제국을 이루는 것이다. 나는 천명한다. 오늘 인조대왕의 기제 일을 맞아 대조선국은 청국을 정벌할 것이다.

출군을 알리는 북소리 들려온다.

노대신 (북소리에 귀를 기울이다가) 대조선국의 위상은 무모한 전쟁으로 세울 것이 아니요, 백성을 구제하고 유학의 도를 세우는 데 있습니다.

효종 전시 상황이요. 국론을 분열시키지 마시오.

노대신 전대의 호란으로 입은 피해는 지금도 회복하기엔 요원하고, 전하의 과도한 군비 증강은 민생을 도탄에 빠뜨리려 합니다. 나라의 안정이 위태롭습니다. 이 마당에 전쟁을 한다는 건 불나방이 불 속으로 뛰어드는 것과 다를 게 없습니다.

효종 북벌은 결정됐소. 조정의 뜻을 따르시오.

노대신 북벌은 전하께서 단독으로 결정한 일이십니다.

효종 그게 무슨 소린가? 조정은 지금까지 북벌을 지지해 왔고, 출군 또한 합의했다.

노대신 청나라가 알기 전에 수습을 해야 합니다. 군사를 돌리십시오.

효종 길을 비키라!

노대신 이 나라는 전하 한 분만의 나라가 아닙니다.

효종 북벌은 나라의 국시고 부왕의 고명이다. 이를 거역하면 대역임을 모르는가! 송시열이 그대의 죄를 물으리라.

노대신 (사이) 송시열은 오지 않을 겁니다.

북소리 멈춘다.

효종 ……!

노대신 이백 년 종묘사직을 온전케 하기 위함입니다. 명을 거두소서.

효종 이제 와 내 발목을 잡겠단 말인가?

노대신 신은 초지일관 북벌이 불가함을 아뢰었습니다. 부왕께서는 패덕을 일삼던 광해군을 내치시고 정도를 세우셨습니다. 전하께서 인조대왕의 고명을 받드시겠다면, 우선 덕을 쌓아 성군이 되셔야 합니다. 그래야 부왕의 과업을 욕되게 하시지 않을 것입니다.

효종 길을 비키지 않으면, 무력으로 숙정할 것이다.

노대신, 기꺼이 응하겠다는 듯 고개를 숙여 보인다. 무대 앞쪽에 대궐 모형이 보인다. 이것을 사이에 두고 두 명의 무장(武將)이 거리를 두고 앉아 있다. 노대신 쪽에 앉아 있는 무장이 기다란 집게로 조심스럽게 병사 모양의 말을 움직인다. 효종 쪽의 무관도 신중히 이에 응수한다. 무장들은 장기를 두는 것처럼 번갈아 말을 움직인다.

인조, 크게 트림을 한다.

인조 오랜만에 배를 채웠다. (사이) 니놈도 한 숟갈 먹을래?

사관 불가하옵니다. 사관이 어찌 임금의 밥을 먹겠습니까?

인조 너도 니 길로 가라. 내 시대는 갔다. 난 혼령일 뿐, 혼령한테 사관이 웬 말이냐? 너도 자유롭게 떠나거라.

사관 불가하옵니다. 소신의 임무는 전하의 일거수일투족을 역사에 기록하는 것입니다. 설령 전하께서 혼령이 되셨다 해도 저는 갈 수 없습니다.

인조 내 옆에 남은 사람이 니놈 하나구나. 죽은 중전도 멀리 떠났는데 너만이 남았구나. 니놈이 충신이다.

잠시 침묵이 흐른다.

인조 왜 이리 심란한가. (손으로 차양을 만들어 대궐 모형을 바라보면서) 저게 무엇이냐?

사관, 들여다보고 기록을 한다. 인조, 망원경으로 대궐 모형을 본다.

인조 웬 군사들이 저리도 많노?

사관 반란입니다.

인조 바, 반란!

사관 대신이 주상과 담판을 지러 왔습니다.

인조 (다급하여) 주상의 군사를 불러라.

사관 주상의 군사는 국경에 있습니다.

인조 반란이라는데 국경에서 무얼 해!

사관 주상의 명을 기다립니다. 청국을 치러 진격할 것입니다.

인조 (자신의 귀를 의심하면서) 뭐, 뭐라 했냐? 지금?

사관 청국을 치러 진격할 것이라 아뢰었습니다.

인조 (기뻐서) 처, 청국을! 청국을 친다고 했겠다! 청을! 승산은 있느
냐?

사관 해볼 만한 전쟁입니다. 위화도 회군을 하지 않았다면, 고려는
명나라를 정벌할 수도 있었습니다. 명나라는 북으로 쫓아낸 원
나라와 전쟁을 하던 터라 군사들은 북경을 비워두었습니다. 고
려의 군사가 갔더라면 대륙의 관문 북경을 함락하고, 중원까지
진출할 수 있었을 것입니다. 조선에 두 번째 천운이 왔습니다.

인조 드디어 드디어 주상이 이 애비의 한을 풀어주는구먼. 장하다,
장한지고! (문득) 근데 반란이라니?

사관 주상과 북벌을 같이 하자던 신료들이 맘을 돌려먹었습니다. 거
기다 북벌을 반대하는 자들, 주상한테 원한이 있는 자들도 한
통속이 돼서 주상의 충신 송시열과 송준길 등을 감금하고, 출
병으로 대궐 경비가 허술한 틈을 타 반정(反正)을 하겠다고 위협

합니다. 북벌 전쟁이 일어나면 예상치도 못할 변혁이 시작되
고, 권력도 위험합니다. 신료들은 그것을 원치 않습니다.

인조　뭐라! 지네들 살겠다고 왕을 겁박해. 저 죽일 놈들! (안절부절못하
며) 북벌을 하려면, 역적놈들부터 죽였어야지. 기반을 다지고
적을 쳐야지. 등신 같은 놈!

노대신　전하께서 청나라 인질로 끌려가 오욕을 겪으셨다는 사실을 모
르는 바는 아니나, 그렇다 하여 사사로운 복수심에 문묘종사를
도탄에 빠뜨려서는 안될 줄로 아옵니다.

효종　때를 만나 요동을 회복하고, 오랑캐와 맺은 군신의 예를 끊고
자 할 뿐, 여기에 사사로운 복수심 따위는 없소. (사이) 나를 도
와주시오.

노대신　도와 드리기 위해 이 자리에 온 것입니다. 전하의 역사에 오점
을 남기지 마소서.

효종 쪽의 무장이 말을 놓지 못하고 머뭇거리는 사이, 노대신 쪽의 무장은 몇
개의 말을 날카롭게 움직인다. 효종에게 불리한 기세이다. 효종, 심각하게 생
각에 잠긴다. 효종 쪽의 무장은 말을 움직이려다 멈춘다. 무장은 뒤로 물러서
서 하명을 기다리듯 허리를 숙인다. 노대신, 효종에게 함을 내민다.

효종　(함을 조용히 응시한다)

노대신　정치의 요는 타협이고 조율입니다. 그걸 놓치면 파국으로 갈
수밖에 없습니다. 전하께서도 만족하시리라 생각하옵니다. (모
래시계를 뒤집어 놓고서) 이 모래가 다아 떨어지면, 신 전하의 하교
를 받고자 오겠습니다.

노대신 퇴장한다. 효종, 함을 열어본다. 그 안에는 책이 한 권 들어 있다. 효
종, 찬찬히 책장을 넘긴다.

인조　　뭘 하는 게야! 반란군이 코앞에 왔는데 도망을 치든지 싸우든
　　　　지 결단을 내려야지.

책을 보던 효종, 그의 시선이 책의 한 페이지에 고정된다. 벽 쪽에 칼을 치켜
든 군사들의 그림자가 보인다. 위기감을 부르는 요란한 북소리. 인조, 안절부
절하며 망원경으로 주위를 살핀다.

인조　　주상! 놈들이 온다, 놈들이 와! 어여 자리를 피해라!
효종　　(침착하여) 대궐 문을 닫아라.
소리　　대궐 – 문을 – 닫아라 –.

무대, 문이 닫히는 것처럼 어두워진다.

효종　　대궐의 군사들은 내 명을 기다리라.
소리　　대궐의 – 군사들은 – 어명을 – 기다리라 –.

효종, 시선을 다시 책에 고정시킨다.

인조　　지금 왕위가 왔다갔다하는데 책은 뭔 놈의 책! (불현듯) 저 책은
　　　　뭐냐, 뭔데 주상이 저러느냐?
사관　　전하에 관한 기록입니다.
인조　　내 기록? 내가 뭘 어쨌다고? (사관이 말이 없자) 주둥이가 굳었느
　　　　냐? 대체 저기에 뭐가 있기에 주상이 저러느냐? 말을 해라, 말
　　　　을!
사관　　(인조가 무대로 나가려하자) 현세에 관여해서는 안 됩니다. 영계의
　　　　불문율입니다.
인조　　비켜라!

사관 보시면 안 됩니다.

인조 비키지 못할까!

사관 (막아서며) 불가하옵니다. 임금이라 해서 영계의 법도를 어길 수 는 없습니다.

인조 종묘사직이 풍전등화다. 날 막으면 니놈도 역적이다!

인조, 사관이 비켜서지 않자 사관의 책을 빼앗는다. 인조, 책을 태울 기세다. 효종, 넋이 나간 표정으로 책을 떨어뜨린다.

사관 저, 전하!

인조 살아서도 종이쪼가리에 목숨을 걸더니, 죽어서도 보물단지. 이 게 타버리면 니놈이 어찌 되나 보자.

사관 전하께서 보신다 한들 무슨 소용이 있겠습니까? 고정하옵소 서.

인조, 사관을 밀치고 무대로 나간다. 그는 바닥에 떨어져 있는 책을 펼쳐 본 다. 사관, 안절부절이다. 책을 보던 인조의 표정이 굳어진다. 순간 인조, 기함 을 내지르며 눈을 감싼다.

인조 누, 눈이 탄다. 눈이 불에 탄다! 눈이 탄다!

징 소리 들려오면서 암전된다.

제 2 장

미닫이문이 닫혀 있어 위패와 제사상은 보이지 않는다. 인조, 눈을 감싼 채 엎드려 있다. 그 옆에 사관이 서 있다. 인조의 앞에 금관조복(金冠朝服)을 입은 사람들의 모습이 보인다. 그들은 홀(笏)을 들고 있다. 대신들, 명을 기다리듯 허리를 숙이고 있다.

금관조복1 (즉위교서를 읽는다) 조선 개국 231년, 서기 1623년 3월 12일. 혁명군은 조선왕조 15대 임금 광해군을 왕위에서 축출한다. 혁명의 명분은 다음과 같다. 첫째, 선왕 선조대왕을 독살하고, 형과 아우를 죽이고 어머니를 유폐시킨 죄. 둘째, 과도한 토목공사로 민생을 도탄에 빠트려 정사를 위태롭게 한 죄, 셋째, 대명사대를 하지 않고 두 마음을 품어 오랑캐한테 항복한 죄. 이에 혁명군은 선조대왕의 다섯째 아들이자 인빈 소생인 정원군의 맏아들 능양군 이종(李倧)을 조선의 새로운 국왕으로 추대한다.

대신 1, 2, 3, 인조에게 허름한 곤룡포를 입히고 익선관을 씌운다. 인조, 가까스로 눈을 뜨고 두려움에 젖어 주위를 둘러본다.

인조   여, 여기가 어디냐?

사관   오늘은 전하께서 광해군을 내치시고 왕위에 오르신 날입니다.

인조   (영문을 몰라) 내 죽어서 혼령이 된 게 언제인데, 그게 무슨 말이냐?

금관조복2 주상은 혁명 정부의 국정 방향을 만방에 공표하시오.

인조   (머뭇거리다가, 어느 순간 기억의 실타래가 풀리듯) 나는 광해군으로 인해 훼손된 대명사대의 예를 굳건히 세워 나라의 번영을 이룰

것이다. 명나라는 왜적의 침입으로 강산이 유린되고 있던 조선
에 원군을 파병하고 임진왜란을 승리로 이끌었다. 이제 우리가
그 은혜에 보답할 때가 왔다. 명나라는 오랑캐의 침략으로 나
날이 국운이 쇠퇴하고 있는 바 우리는 충심으로 오랑캐를 물리
쳐 황제의 나라 명나라를 보필해야 한다. 이는 삼강오륜의 군
신유의(君臣有義)에도 어긋남이 없는 바 만방에 공표할 나라의
국시다. 조선의 모든 백성은 나를 중심으로 굳게 뭉쳐 기필코
오랑캐를 멸망시키고 대명사대를 다해야 할 것이다.

금관조복3 (옥새를 건네며) 새 주상은 옥새를 받으시오.

인조, 옥새를 받으며 금관조복들을 뚫어져라 쳐다본다. 인조, 기억이 가물거
리는지 고개를 갸우뚱거린다.

금관조복4 이것으로 왕권은 혁명 정부가 인수했소.

인조　　(그제서야 알아보고) 오라, 이제 보니 저자들은 나랑 혁명한 공신들
　　　　이구먼. 지금쯤은 땅속에서 백골이 삭았어야 마땅한데, 어찌
　　　　저리도 생생한고?

인조, 신기한 듯 금관조복들을 쳐다본다. 금관조복들, 벽 쪽 미닫이로 퇴장한
다. 대궐 모형에 '淸' 이라 쓰여 있는 깃발이 꽂힌다.

인조　　(깃발을 보며) 저, 저건 또 뭐냐?

사관　　호란입니다. 병자년 1636년 청나라가 쳐들어 왔습니다.

대신들, 인조를 거칠게 붙잡고 이리저리 끌고 다닌다.

인조　　놔라, 이놈들아! 내가 왕이다!

대신1　　절을 하십시오.

인조, 얼떨결에 무대 뒤쪽으로 절을 한다.

대신2　　(무대 앞을 가리키며) 그쪽이 아니라 이쪽입니다. 이쪽이 청나라 황
　　　　제가 있는 곳입니다.
대신3　　이제 청나라와 조선은 군신의 예를 맺습니다. 어서 하십시오.
인조　　　못한다! 죽었으면 죽었지 그렇게는 못한다!
사관　　　(책을 내보이며) 여기 남한산성에 1만 3천의 군사로 진을 치고 버
　　　　티다 45일 만에 항복하여, 전하께서 삼전도에서 청 태종한테
　　　　절을 했다는 기록이 있습니다.

인조, 별수 없이 절을 한다.

대신1　　소리가 작습니다.
대신2　　삼배구고두례(三拜九敲頭禮)를 하셔야 합니다. 삼배구고두례라
　　　　함은 한 번 절을 할 때마다 세 번 머리를 땅바닥에 부딪치는 것
　　　　을 세 번 하는 것을 말합니다.
대신3　　이때 주의할 점은 땅바닥에 머리를 부딪칠 때마다 소리가 크게
　　　　나야 한다는 겁니다.
대신1　　어서 하십시오.

인조, 절을 하지만 소리가 나지 않는다. 대신들은 강제로 인조를 붙잡고 절
을 시킨다. 대신들, 소리가 크게 나도록 인조의 머리를 붙잡고 바닥에 부딪
뜨린다.

인조　　　아이고! 그만 해라. 옥체 상한다.

대신1, 인조의 이마에 피를 묻힌다.

대신1　이래야 그럴듯합니다.
대신2　계속하십시오.

인조, 절이 끝나자 거친 숨을 쉬며 뒤로 나자빠진다.

사관　조선은 명나라와의 왕래를 끊고, 청국의 명나라 정벌 시 군사를 지원하기로 합의했습니다. 삼전도에 청나라의 승전을 기념하는 대청황제공덕비가 세워졌습니다.
인조　꿈에도 생각하기 싫은 일이거늘, 니가 내 염장을 지르려 작정을 했느냐!
사관　(책을 들어 보이며) 전하의 역사에 기록된 대로, 한 치의 어김없이 진행할 따름입니다. 소현세자와 세자빈, 봉림대군, 결사항쟁을 주장하던 척화파 대신들이 청국으로 끌려갔습니다.
인조　(익선관과 곤룡포를 벗어 던지면서) 니놈이 날 욕 뵈려는 게냐?
사관　이건 전하의 역사입니다.
인조　뻔히 아는 일을 이제와 들먹이는 건 무슨 수작이냐?
사관　전하께서 자초하신 일이십니다. 영계의 불문율을 깨셨습니다. 영문이 열릴 때까지는 돌아가실 수 없습니다.
인조　여기 있을 시간 없다. 내 역적놈 등판에 대침을 꽂을 것이야.

인조, 나가려는데 대신들 그를 막아서며 들어온다.

인조　니놈들은 뭐냐?
대신1　국문을 하셔야 합니다.
인조　너희들이 알아서 해라.

대신2   촌각을 다투는 문제입니다.

대신3   광해군에 관한 것입니다.

인조   (순간 긴장하여) 광, 광해군!

선비, 끌려들어 온다. 인조, 긴장한 표정으로 선비의 움직임을 쫓는다. 의자가 마련된다.

대신2   직업은 선비로 어릴 적 부모를 여의고, 홀로 독학한 자로 양반이기는 하나 가문이 쇠하고 과거에 떨어져 궁핍하게 살고 있는 자입니다.

대신1   폐위된 광해군한테 편지를 보내려 했습니다.

인조   (의자에 앉으며, 선비에게) 그자한테 편지를 보내려 했다고?

선비   그렇소.

인조   (조심스럽게) 무슨 연유로 편지를 썼는고?

선비   이 나라를 구해달라고 썼소.

인조   그게 무슨 소리냐? 이 나라를 구해달라니?

선비   지금의 임금이 보위에 오르고 우리는 정묘년과 병자년에 청나라의 침입을 받았소. 병자년에는 싸움 한번 못해보고 항복하고 애꿎은 백성들만 죽어나갔지. 이는 청나라를 자극해 화를 자처한 것이요. 외교 정책의 실패요. 그런데도 임금은 지금도 청나라를 오랑캐라 하며 하루가 멀다 하고 시비를 걸고 있으니 이러다 또 전쟁이 난다면 이번엔 백성의 씨가 모두 말라버릴 것이오.

대신2   이런, 무엄한 놈!

대신3   능지처참으로 다스려야 합니다.

인조   편지를 읽어 봐라.

대신1   (편지를 읽는다) 광해군 전하 보시오. 현재의 조선은 왕실의 정통

성을 상실한 반란의 수괴가 임금이 되어 나라를 파탄으로 몰아
　　　　가고 있소.

인조　　내가 반란 수괴라고?!

선비　　그렇소.

인조　　그렇담 연산군을 축출하고 왕위에 오르신 중종 임금께서도 반
　　　　란의 수괴더냐?

선비　　어찌 폭군 연산군을 현군 광해군에 비할 것이며, 중종 임금을
　　　　지금의 임금에 비할 수 있소!

인조　　이미 반정은 성공리에 끝났고, 새로운 임금이 보위에 올랐는데
　　　　폐위된 광해군을 운운하는 건 무슨 수작이냐!

선비　　반정의 명분이 무엇이오?

인조　　니놈은 선비라면서 그걸 모른단 말이냐? 광해군은 패륜아로
　　　　자신의 형제를 죽이고.

선비　　(말을 막으며) 임금의 말로 치면 왕자의 난을 일으킨 태종 임금도
　　　　패륜아요? 조카를 죽이고 왕이 된 세조 임금도 패륜아요? 그렇
　　　　담 이 나라 왕실은 패륜의 온상이요?

대신1　닥쳐라! 여기가 왕실 족보 따지는 데냐!

인조　　광해군은 패륜아가 분명하다. 지 어머니까지 내쫓았다.

선비　　아홉 살이나 어린 계모였소.

인조　　계모는 어머니가 아니냐?

선비　　광해군이 인목대비를 죽이지 않은 것이 죄라면 죄요. 죽이자는
　　　　상소를 물리치고 살려둔 것도 패륜이요?

대신1　이런 자가 선비라니 나라의 앞날이 걱정입니다!

대신2　이자의 스승을 잡아 능지처참하고, 모든 서당에 감찰관을 파견
　　　　해 철저한 충효교육을 지도하겠습니다.

인조　　그렇다면 대명사대 반청북벌을 국시로 삼은 것은 어떻게 생각
　　　　하느냐?

선비　(실없이 웃는다) 임금, 정신 차리시오. 명나라가 원군을 파견한 건 지 나라로 전쟁이 번질까 먼저 선수를 친 것뿐이외다. 왜적이 조선 땅을 빌어 명나라를 정벌한다 하지 않았소. 여기에 무슨 의(義)가 있소이까. 다 망해가는 나라에 무슨 미련이 그리 많아 명나라한테 독립할 기회를 놓치고, 헛된 북벌로 백성을 모두 죽게 하려는 임금을 보면 그저 통탄 통탄할 뿐이외다. 용상에 눈이 멀어 현군을 내쫓고 또다시 외세에 나라의 운명을 빼앗겼으니 무슨 면목으로 열성조를 뵈려하시오.

인조　열성조를 뵈면 내가 뵈지 니놈이 뵈냐! 왕실은 내가 책임진다.

선비　언젠간 세자도 임금의 죄를 알 것이오.

인조　이 역적놈! 여기에 세자가 웬 말이냐!

대신1　편지 계속 읽습니다. (편지를 읽는다) 더 이상 지체해서는 안 되오. 대역죄인 능양군을 죽이고 다시 보위에 오르시오.

인조　(까무러치게 놀라며) 날, 날 죽이고 보, 보위에 오르라. 날 죽이고!

대신1　(편지를 읽는다) 광해군 전하께서 뜻을 품으신다면 조선의 우국지사들이 기꺼이 목숨을 바칠 것이오.

인조　……!

선비　그 길이 역사가 바로 서고 나라가 사는 길이외다!

인조　당장 저놈을 참수해라!

선비　내가 죽는다고 임금의 죄가 없어지는 것은 아니지. 명심하시오. 반드시 대악무도한 무력 반란은 역사의 심판을 받을 것이오.

대신들, 선비를 끌고 퇴장한다. 인조, 격분해 무대를 서성인다.

인조　이자가 지금도 꿍꿍이를 부리는 게야. 날 죽이려고 술수를 부려. 그자가 어디 있느냐?

사관　(책을 뒤적이고서) 제주도에 있습니다. 전하께서 유배를 보내셨습니다.

인조 건강하냐? 죽을 기미는 없느냐?

사관 (책을 보고서) 건강합니다. 족히 환갑은 넘길 것 같습니다.

인조 광해란 이름만 들어도 식은땀이 난다. 얼굴을 떠올리면 소름이 돋는다. (사이, 심각하게) 너도 그렇게 생각하느냐? 내가 권력에 눈이 멀어 현군을 내쫓고 왕이 됐다고 보느냐?

사관 (책을 뒤적이고서) 현재 제 기록을 보면 아직까진 전하의 반정에는 명분이 있습니다. 허나 후대에는 아까 선비가 말했던 것처럼 다른 측면으로 평가될 가능성도 배제할 수는 없습니다.

인조 광해는 내 동생을 죽인 원수다! 그 착하디착한 놈을 역적으로 몰아 죽였어. 내 가슴에 칼을 꽂고, 피눈물을 흘리게 한 게 그자다. 권력에 눈이 먼 건 내가 아니라 광해다. 자기 형제를 살육하고 거기다 계모긴 해도 어머니를 내쫓았다. 그자가 용상에 있었다면 왕족이란 왕족은 씨가 말랐을 것이야. 그뿐이냐? 만주에서 말 타고 노략질이나 하는 여진족들한테 강홍립을 시켜 화친하고, 황제의 나라 명나라를 배신했다. 명명백백한 이적 행위다. 근데 이런 죄를 저지른 광해는 현군이고 왜 나는 반란 수괴냐?

사관 그 일은 후대에서 판단할 일입니다.

인조 제거했어야 했는데, 죽였어야 했는데, 방법이 없을까? 사약을 내릴까? (곰곰이 생각을 하다가) 아니야, 그건 안 되지. 청나라놈들이 광해 원수 갚는다고 쳐들어왔는데 그랬다간 나라가 망하지. 쥐도 새도 모르게 제거할 방법이 없을까. 그자가 살아있으면 왕좌도 불안하다.

인조, 대궐 모형 앞에 앉는다. 병사 모양의 말들을 이리저리 움직여 본다.

인조	제주도가 어느 쪽이냐?

사관	(대궐 모형의 한쪽을 가리키며) 이쪽입니다.

인조	(병사 모양의 말을 그쪽으로 모두 모은다) 됐다.

사관	군사를 한곳으로만 모으면 도성 방어에 허점이 생깁니다.

인조	(안도의 한숨을 쉬고) 광해군이 역적놈들하고 한양으로 북진을 해도 이만하면 충분히 막을 수 있을 것이야. (조심스러워) 내가 군사 옮겼다는 건 쓰지 마라. 칼을 가져오라.

사관, 인조에게 칼을 건넨다. 인조, 칼을 품에 안는다.

인조	쉬어야겠다. 심신이 고단하다.

사관	(책을 들쳐보며) 아직 가셔야 할 길이 멉니다.

인조	쉬었다 가자. 내가 태조대왕처럼 나라를 세운 것도 아니고 세종대왕처럼 공이 많은 것도 아닌데 급히 가서 뭘 하겠느냐? 내 역사가 하루쯤 쉰다고 달라질 것도 없다. (눈을 감는다) 세자는 …… 잘 지내느냐?

사관	(책을 보려다가 그만둔다. 인조를 살피다가) 아무 심려 마십시오. 잘 지내고 있습니다.

인조	거짓말 마라. 패전국 왕자 신세가 뻔한 일이지……. 머나먼 이국땅에서 오랑캐들한테 얼마나 시달리고 있겠는고. 조롱당하고, 천대받고, 밥은 제대로 먹기나 하는지……. 애비가 못나서 지 자식 하나 지키질 못하는구나.

인조, 꾸벅꾸벅 졸기 시작한다. 무대 차츰 어두워진다. 잠시 후, 인조를 부르는 '전하'라는 소리가 들려온다. 소리 몇 번 더 반복해 들려오면서 점차 뚜렷해진다. 환관, 급히 뛰어 들어온다.

환관　　　전하! 전하!

인조　　　(칼을 빼어 들고 우왕좌왕하면서) 광, 광해다! 광해가 왔다! 군사들은
　　　　　뭘 하느냐!

환관　　　전하, 세자 저하께서 석방되셨다고 하옵니다. 지금 돌아오고
　　　　　계시다고 합니다.

인조　　　세, 세자가! (사관에게) 사실이냐?

사관　　　(책을 보며) 청나라가 세자와 세자빈의 영구 귀국을 허락했습니
　　　　　다. 명나라는 자멸하고, 청국이 중국을 통일했습니다. 이젠 세
　　　　　자를 잡고 있을 필요가 없어졌습니다.

인조　　　드디어 세자가 오는구나! 세자가 온단다.

대신들, 상복을 입고 울면서 들어온다.

인조　　　니네들은 뭘 하는 게냐?

대신 일동　전－하－!

대신1　　대국 명나라가 망했습니다.

대신2　　하늘이 울고 땅이 통곡할 일입니다. 황제의 나라가 망했습니
　　　　　다.

대신3　　황제 폐하! 우리를 두고 그렇게 가시다니요. 아이고. 아이고.

대신들, 통곡을 한다.

인조　　　곡을 멈추고 세자 맞을 채비를 해라. 내 아들이 온다.

대신2　　세자가 오더라도 할 건 해야 되는 게 도리입니다. 적어도 일주
　　　　　일은 곡을 해야 합니다.

대신1　　일주일이라니! 부모가 죽어도 삼 년인데 못해도 오 년은 해야
　　　　　되지.

대신2　오 년 동안 곡을 하라니 그 무슨 당치 않은 말인가? 우리가 대국의 멸망을 충심으로 슬퍼하며 이렇게 예를 올렸으니 알맞게 하고 물리는 게 정도요.

대신1　어허! (몸을 세우며) 아무리 세상이 오랑캐 천지가 됐다고 이 동방예의지국에서 그럴 수는 없어!

대신2　어허! (몸을 세우며) 오 년 동안 대신들이 곡을 하면 정치는 누가 합니까? 이는 나라의 안녕을 위협하는 불충무도한 발언이외다!

대신1　어허! (몸을 좀 더 세우고) 불충무도라니! 당연히 할 것을 해야 한다는데 웬 말이 그리 많은가! 과거에 비리가 없고서야 어찌 이런 자가 과거 붙고 대신이 됐노!

대신2　어허! (몸을 좀 더 세우고) 비리라니! 내가 일등으로 과거 붙은 거 세상이 다 알아. 백성이 모두 굶어 죽어야 과오를 뉘우치려는가!

대신1　어허! (벌떡 일어선다)

대신2　어허! (벌떡 일어선다)

그들은 서로 멱살이라도 잡을 것 같은 분위기다.

대신3　체통을 지키시오, 대감들. 이러면 국론이 분열됩니다. 우리, 다수결로 합시다.

그들의 싸움이 격해진다.

환관　세자 저하 도착 30초 전!

인조　이놈들아, 시끄러워! 나가서 싸워. 부자상봉 방해 말고!

대신들, 인조의 눈치를 보다가 곡을 하면서 나간다.

인조   (옷맵시를 이리저리 고치면서) 어떠냐?

사관   군왕의 품위가 넘치십니다.

환관   20초 전!

인조   8년만의 부자상봉이라 가슴이 설렌다.

환관   10초 전!

인조   무슨 말을 해야 되나. 허허, 부자상봉 첫 대면에 무슨 말을 할
         꼬.

인조는 안절부절 못한다. 그러나 기쁨과 기대에 따른 몸짓이다.

환관   세자 저하, 듭시오!

인조, 뛰어나갈 것 같다가 순간 표정이 굳어지면서 지엄해진다. 소현세자와
세자빈 들어온다.

소현세자 아바마마! 불효자 이제야 돌아왔나이다.

소현세자와 세자빈, 절을 한다.

인조   (소현세자를 한 번 힐끗 보고는) 잘 다녀왔느냐?

소현세자 예. 옥체 강령하옵신지요?

인조   나는 탈 없이 잘 지냈다. 아픈 데는 없고?

소현세자 아버님께서 내리신 하해와 같은 성은에 소자 건강히 지냈습
         니다.

인조   며늘아기도 괜찮고?

세자빈   예, 상감마마.

인조   봉림은 어떻게 지내는고?

소현세자 봉림의 학문과 무예가 나날이 출중해지고 있습니다. 봉림이 돌
      아온다면 왕실은 천군만마를 얻는 것과 진배가 없을 것입니다.
      봉림도 머지 않아 돌아올 것이니 과히 심려치 마십시오.

인조   그래. 다들 편안하다니 됐다. 수고했다. 가서 쉬거라.

      소현세자와 세자빈, 나간다.

인조   (나가는 모습을 확인하고서) 어땠느냐? 위엄이 있드냐?

사관   예, 전하.

인조   너무 쌀쌀맞게 군 게 아닌지 몰라. 8년만의 부자상봉인데, 얼
      굴도 제대로 못 봤어. 하지만 부자 이전에 왕과 세자니 위엄을
      지키는 건 당연지사. 세자한테 당당한 아비의 모습을 보였으니
      이만하면 됐다.

사관   왕과 세자의 관계를 떠나 천륜인 부자간입니다. 오늘 같은 날
      은 솔직한 심정으로 부자상봉을 한다 해도 흠잡을 사람 없습
      니다.

인조   모르는 소리. 세자는 나 죽으면 왕이 될 몸. 지금부터 잘 가르
      쳐야 한다. 군왕의 위엄을 가르쳐야 돼. (흐뭇하게 웃는다) 세자한
      테 어느새 군왕의 풍모가 넘치는구나.

사관   세자의 나이 이미 서른셋입니다.

인조   예순 먹은 아들도 아흔 먹은 애비한텐 갓난애로 보이는 법이
      다. 세자가 누구냐? 내 뒤를 이어 왕이 될 몸이다. 오랑캐를 쓸
      어버리고 삼전도의 치욕을 갚아 줄 제왕이야. 이제사 두 발 뻗
      고 잘 수 있겠구나. 오랜만에 살맛이 난다.

금관조복들, 벽 쪽 미닫이로 들어온다.

인조   (긴장하여) 조정 일도 바쁠 텐데 여긴 어인 일들이시오?

금관조복1 세자가 돌아왔소, 주상.

인조   지금 막 부자상봉을 했소이다.

금관조복2 이제 논공행상(論功行賞)으로 세자의 잘잘못을 가려야 할 것이
         오.

인조   세자의 공이라면 청나라에서 건강히 돌아와 이 애비의 근심을
         일소시킨 것일 테고……. 세자의 잘못이라니 그건 무슨 말이
         오?

금관조복3 세자는 천주학을 유포하는 서양 선교사와 지속적인 접촉을 해
         왔소. 이는 사문난적(斯門亂賊)과 다를 것이 없소.

금관조복4 무엇보다도 묵과할 수 없는 사실은 세자가 국시에 어긋난 친청
         (親淸) 활동을 했다는 것이오.

인조   (두려움에 젖어) 친, 친청활동이라니?

금관조복4 이미 여러 차례 보고된 사안이요.

인조   당, 당치 않소! 세자를 음해하려는 헛소문일 뿐이외다.

금관조복3 우리가 무엇 때문에 혁명을 했는지 잊지 마시오.

인조   잊을 리가 있겠소.

금관조복2 대명사대 반청북벌을 위해 우리가 일어섰소.

인조   내 분명히 말하지만, 세자는 반드시 북벌의 과업을 이룰 것이
         오. 나를 믿으시오. 경들의 말은 내 잘 새겨두리다.

금관조복2 우리의 혁명을 욕되게 하지 마시오.

인조   심려 마시오. 내 세자한테 사실 여부를 확인해 보리다.

금관조복1 세자를 눈여겨볼 것이오.

금관조복들, 벽 쪽 미닫이로 나간다.

인조   (그들이 나간 것을 확인하고서) 사문난적! 국시를 위배하고 친청을
         해! 일곱 살 때 대학을 읽고 정묘호란엔 의병을 모으고 남도의
         민심을 수습한 게 세자다. (분에 겨워) 저놈들 조상은 중국놈이
         냐? 입만 열면 대명사대구나.

사관   전하께서는 저들의 피로 왕위에 오르셨습니다. 피할 수 없는
         업보입니다.

인조   업보라면 치를 만큼 치렀다. 내가 부귀영화를 주었고, 권력을
         주었다. 조정이 저놈들 앞마당이 아니냐? 그런데도 부족하단
         말이냐. 내가 삼전도에서 이마 깨질 때 입 씻고 뒷전에 숨은 놈
         들이 저놈들이다. 나 하나 갖고 안 되니까 이제는 내 아들놈까
         지 말아먹으려는 수작인 게야. (사이) 안 되겠다. 세자한테 가 보
         자. 사방이 적뿐인데 세자를 보호할 수 있는 건 이 애비뿐이다.

         인조와 사관, 대궐 모형에 다가간다.

인조   (대궐 모형의 한 귀퉁이를 들여다보며) 여기가 동궁이렷다.

         무대에 소현세자 책을 읽고 있는 모습이 보인다. 그 옆에 망원경과 화포, 몇
         권의 책이 놓여 있다.

인조   (기뻐서) 봤지? 세자를 봐라. 먼 길 돌아온 게 오늘인데, 밤을 지
         새며 책을 읽고 있지 않느냐? 장한지고. 역시 내 아들이로다.

         인조, 흐뭇하여 웃는다.

인조   이건 무엇이냐?

사관   천리경이라 합니다. 후대에는 망원경이라 불리우는 물건입

니다.

인조　(신기한 듯 이리저리 살펴보고) 어디에 쓰는 것인고?

사관　멀리 있는 것을 볼 때 쓰는 것으로 이것으로 들여다보면 멀리 떨어져 있는 것도 코앞에 있는 것처럼 보입니다.

인조　오라, 이걸 활에 매달아 쏘면 오랑캐 눈알도 맞추겠구나. 세자가 이걸 가져온 것은 군비를 현대화하려는 뜻이다. 저 대포도 마찬가지고 저 책들도 같은 뜻이다. 북벌을 위한 준비야. (어이가 없어) 근데 저런 세자를 두고 사문난적에 친청을 했다고.

세자빈, 들어온다.

세자빈　밤이 깊었습니다. 침소에 드시지요.

소현세자　8년만의 귀국이에요. 할 일이 많습니다. 이제부턴 내가 아바마마를 보필해야 합니다. 그러려면 밤을 지새우고 공부를 해도 부족합니다.

세자빈, 길게 한숨을 내쉰다.

소현세자　(세자빈을 살피며) 웬 한숨입니까? 무슨 근심이라도 있으세요?

세자빈　(잠시 머뭇거리다가) 아까 상감마마 표정 말씀입니다. 혹 우리 내외한테 무슨 오해라도 있으신 게 아닐는지요?

소현세자　무뚝뚝하셔서 실망하셨습니까? 아버님은 그런 분이시랍니다. 좀체 감정을 내색하지 않으시지요. 아버님은 내 아버님 이전에 왕실과 종묘사직의 주인이십니다. 군왕의 체통은 설사 죽은 자식이 살아왔다 해도 흔들려서는 안 되는 겁니다. 내게 훈계를 하신 겁니다. 그건 그렇고, 빈궁. (망원경을 보이며) 이걸 아버님께 드리려는데, 어떨까요?

세자빈 청나라 물건을요? 마옵소서. 괜한 노여움을 사실까 두렵습니다.

소현세자 (호탕하게 웃고서) 빈궁이 아버님을 알려면 아직도 멀었구려. 하기사 아녀자가 어찌 부자의 의리를 알겠습니까? 아버님은 아실 것입니다. 천리경에 담긴 내 맘을 말입니다.

인조 (사관에게) 들었느냐? 들었냐니까?

사관 모두 기록했습니다.

인조 (감동하여) 이 애비의 마음을 아는 건 세자뿐이다. 아암, 그렇고말고. (기뻐서) 풍악을 올려라! 내 아들이 돌아왔다! 조선의 왕세자가 왔다!

풍악에 맞춰 무희들 춤을 춘다. 인조, 무희들의 춤에 신이 났다. 잠시 후, 무희들 물러난다. 인조는 의자에 지엄하게 앉아 있고 그 옆에 소현세자와 사관이 서 있다. 대신들 고개를 조아리고 앉아 있다. 대궐 모형의 양옆에는 무릎을 꿇고 있는 문무백관들의 모형이 놓여 있다.

인조 오늘 모든 문무백관을 한자리에 부른 것은 청국에서 세자가 돌아왔음을 알리고, 내 아들이야말로 왕실의 정통을 지닌 명실상부한 왕세자임을 만방에 공표하기 위함이다. 모든 대소신료들은 세자를 충심으로 보필해 왕실과 종묘사직을 굳건히 하라!

대신 일동 명심하겠나이다.

인조 (세자에게) 너를 위한 자리다. 저들을 격려해 주거라.

소현세자 (대신들과 문무백관의 모형을 둘러보고서) 세계는 급변하고 있습니다. 불과 백 년 전만 해도 우리들이 야인(野人)이라 천대했던 자들이 지금은 중원을 통일하고 제국을 세웠습니다. 그들 나라는 서양의 최신 문물과 과학이 자유롭게 소통해 갈수록 강성해지고 있습니다. 임진년 조총을 들고 전쟁을 일으켰던 왜인들도 서구 문

물과 과학을 받아들여 국력을 신장하는 데 박차를 가하고 있습
니다. 또한 서양의 여러 나라들이 배를 띄워 새로운 대륙을 발견
하고 무역을 왕성히 해 강대국으로 도약하고 있습니다. 이럴 때
우리가 뒷짐만 지고 있는다면 야인도 왜인도 우리를 앞서가게
될 것이고, 우리는 세계의 중심에서 도태될 것입니다. 대신들은
들으십시오! 변하지 않으면 조선에 미래란 없습니다. 먼저 그대
들이 변해야 합니다. 마음을 열고 이 세상을 보십시오. 나라의
앞날을 위해 무엇이 충정인지 생각하십시오. 우리에게 필요한
건 개혁과 변화입니다. 그것만이 이 나라가 사는 길입니다. 왕실
과 종묘사직의 미래는 경들의 손에 달려 있습니다.

인조   (박수를 치며) 감동적인 말이로다. (대신들을 가리키며, 사관에게) 근데
저자들은 왜 저리도 찜찜한 표정인고?

사관   세자의 말을 해석하느라 분주합니다.

인조   그냥 들은 대로지 해석은 뭔 놈의 해석. (세자에게) 니가 가져온
것들을 보여다오.

소현세자, 천리경과 화포 등을 펼쳐 보인다.

인조   (망원경을 가리키며) 이게 무엇인지 아느냐? 이름하여 천리경이라
한다. 이것으로 보면 멀리 있는 것도 가까이 보인다. (인조, 망원
경으로 대신들을 둘러본다)

대신들, 인조의 행동에 어리둥절하다.

인조   너희들도 한번 보거라.

인조, 대신들에게 망원경을 건넨다. 대신들, 망원경으로 사방을 둘러보면서

탄성을 지른다.

인조　너희한테 천리경을 보인 것은 세상이 어떻게 돌아가고 있는지를 깨닫게 하려 함이다. 이미 오랑캐 나라에도 이처럼 신기한 것들이 널리 퍼져 있거늘 하물며 오랑캐를 정벌할 문명국 조선에는 천리경은커녕 백리경도 없다. 한탄할 일이로다. 우리는 천리경보다 뛰어난 만리경을 만들어야 한다. 그것이 북벌을 이루는 길이로다. (대신 한 명이 천리경을 떨어뜨리자) 저런 육시랄 놈!

인조, 대신에게서 망원경을 빼앗는다. 망원경의 흠집을 조심스레 살펴보고 소현세자에게 건넨다.

소현세자　아바마마께서 쓰시옵소서.
인조　내가?
소현세자　아바마마께 드리는 선물입니다.
인조　선물이라? (기분 좋게 웃는다)

인조, 망원경에 줄을 매고 목걸이처럼 목에 건다.

인조　다음으로 넘어가자.

선비들, 들어와 앉는다. 과거 시험을 볼 준비를 한다.

인조　세자가 무사 귀환한 기념으로 특별 과거를 실시하는 바 너희들은 평소 갈고닦은 실력을 유감없이 발휘해 조국 번영의 토대가 될지어다.
선비 일동　성은이 망극하옵니다.

대신1   논제를 내리시지요.

인조   뭐가 좋을까? (곰곰이 생각을 하다가 세자를 쳐다본다. 문득) 폭군 광해
        군을 몰아낸 반정의 역사적 의의를 논하라.

대신1   시험의 논제는 폭군 광해군을 몰아낸 반정의 역사적 의의를 쓰
        는 것이오. 시작하시오.

        선비들, 글을 쓴다.

인조   (세자에게) 논제를 어떻게 생각하느냐?

소현세자 현군은 역사의 잘잘못을 가려 그릇된 것을 일깨우고 역사를 바
        로 세워야 하는 줄로 압니다. 현명하신 논제십니다.

        인조, 만족스러운지 고개를 끄덕인다. 인조, 망원경으로 시험을 보는 선비들
        을 지켜본다. 불법 행위를 감시하는 것 같다.

인조   (사관에게) 광해한테 편지를 썼던 역적놈을 기억하느냐? 그놈은
        내가 왕실의 정통이 없는 반란의 수괴라 했다. 광해가 뜻을 품
        는다면 조선의 우국지사들 기꺼이 목숨을 바칠 것이라 했어.
        오늘 그것을 시험해 볼 것이야.

사관   ……!

인조   세자도 한 번은 넘어야 될 고개다.

사관   그러다…… 뜻하지 않은 일이라도 생기면 어찌시려 하십니까?

인조   (표정이 어두워진다. 애써 자신감에 찬 모습으로) 이십 년이 지난 일이
        다. 강산이 변해도 두 번은 변했다. 나도 이만하면 자리를 잡았
        고, 왕으로 최선을 다했다. 백성들을 믿는다.

        잠시 침묵이 흐른다.

대신1 시험이 끝났소. 모두 붓을 놓으시오.

대신1, 답안지를 걷어 인조에게 건넨다. 인조, 다소 긴장한 표정으로 답안지를 펴본다.

인조 (조심스레 답안지를 읽는다) 반정은 대명사대의 의를 바로 잡은 조선 유학의 정체성을 획득한 사건으로 만세에 빛날 것이다. (다른 답안지를 읽는다) 이는 광해군의 패도정치를 몰아내고 왕도정치를 이룩한 후천 개벽과도 같은 것이니……. (안도의 한숨을 내쉬고, 애써 태연하여) 그대들의 학문이 이제서야 빛을 발하는구나. 사직(社稷)의 앞날에 무궁한 영광이 있을 것이로다.

선비 일동 성은이 망극하옵니다.

인조 (자신감에 차서, 대신1에게 답안지를 건네주며) 읽어 보거라. 세자는 잘 듣거라.

대신1 (답안지를 읽는다) 왕의 존재 근거는 덕에 있다. 왕이 속세의 권력과 초월의 권능을 갖지만, 설사 왕이라 해도 인륜의 덕을 위배할 수는 없다. 이는 형제를 살육하고 어머니를 유폐한 광해군을 징벌함으로써 떨어진 인륜을 바로잡은 역사적 사건으로 기록될 것이다.

인조, 흡족한 듯 기분 좋게 고개를 끄덕인다.

대신1 (다른 답안지를 읽는다) 반정은 그릇된 것을 바로 잡고 유학의 도를 세우는 데 그 명분이 있다. 연산군을 몰아낸 중종 임금께서는 그 덕과 자혜로 연산의 폭정에 항거하는 충신들에게 왕으로 추대되셨다. 그러나 광해군을 몰아낸 지금의 임금은…….

인조 계속 읽어라.

대신1 (겁에 질려) 사, 상감마마.

인조 읽어라!

대신1 그러나 광해군을 몰아낸 지금의 임금은 사리사욕에 눈이 멀어 스스로 군사를 일으켜 왕위에 올랐다. 이는, 이는, 명분이 없는 대역무도 군사반란이다.

대신 일동 대역무도 군사반란!

인조 이것을 쓴 놈이 누구냐!

선비, 일어선다.

선비 내가 썼소이다!

대신들, 선비에게 달려들어 수색한다.

대신2 (호패를 보고) 이자는 광해군한테 편지를 보내려다 참수된 자의 제자인 것으로 확인되었습니다.

인조 (경악하여) 그, 그놈의 제자라고! 니놈들이 작당을 하고 나를 능멸하려 하느냐! 반정이 끝난 지 어언 20년이다!

선비 시간이 간다 해서 잘못된 역사가 사라지는 것은 아니지. 감추면 감출수록 썩고 문드러져 반드시 그 추악한 모습을 드러낼 것이오. 산이 바뀌고 해가 지나고 대를 이어도 결코 순리를 막을 수는 없소!

대신3 역모의 증거로 답안지를 확보해라!

선비 세자는 들으시오! 그대가 정녕 종묘사직을 생각한다면 역사를 바로 잡으시오! 아비의 죄를 씻으시오!

인조 저, 저놈을 끌어내라!

선비 그대가 무사 귀환하신 건 역사를 바로 세우라는 천명이외다!

인조　(격노하여) 뭣들 하느냐! 당장 참하라!

무대, 어두워지면서 인조와 사관의 모습만이 보인다. 인조, 숨이 넘어갈 듯 거친 숨을 내쉰다.

인조　대를 이어도, 대를 이어도!
사관　고정하옵소서.
인조　광해군이다! 이자가 뒤에서 역적놈들을 조정하는 게야. 지금도 내 목을 노리고 있어. 내 그자를 죽일 것이다!

벽 쪽에 광해군의 그림자와 칼을 치켜세운 자객의 그림자가 보인다. 자객, 광해군을 향해 조심스럽게 다가간다. 자객, 광해군을 칼로 내리치려 한다.

사관　광해군은 죽었습니다.

그림자, 급히 사라진다.

인조　(귀를 의심하여) …… 죽었다고?
사관　(책을 보면서) 4년 전, 1641년에 광해군은 죽었습니다.
인조　(강하게 고개를 저으며) 아니다, 아니야. 죽지 않았어. 내가 죽는 날까지 괴롭힐 것이야. 죽어서도 쫓아올 것이야. 이십 년이 지난 일이다. 이십 년이 지났어. 다 죽인다. 반정의 대의를 의심하는 자는 다 죽일 것이야. 아, 눈이 뜨겁다. 눈이 탄다!

인조, 기함을 지른다. 그는 눈을 가린 채 엉금엉금 무대 뒤쪽으로 기어간다. 사관, 그를 부축한다. 위에서 발이 내려온다. 인조와 사관의 모습이 발을 통해 흐릿하게 보인다.

인조   나는 몸이 아파 정사를 돌볼 수 없다. 모든 결재는 세자한테 맡
아라.

의자에 소현세자가 앉는다. 대신들, 들어온다.

소현세자   대신들은 보고하십시오.
대신1   상소문입니다.

소현세자, 상소문을 읽는다.

소현세자   이건 무슨 말입니까? 내가 부자유친을 위배했다니?
대신1   상소를 쓴 자와 직접 대면하십시오.

유생, 들어온다.

소현세자   그대가 나보고 부자유친을 위배했다고 했는가?
유생   그렇소이다. 임금이 오랑캐한테 항복하고, 거기다 이마가 짓이
겨지도록 절을 했다는 사실은 삼척동자도 아는 일이외다. 세자
는 볼모로 잡혀가고도 와신상담해 오랑캐를 초토화시킬 생각은
안 하고 되려 오랑캐의 문물에 관심을 쏟고 친분을 쌓았소. 왕세
자라는 신분을 떠나, 아들로서 아버지를 욕보인 철천지원수와
어찌 그럴 수가 있소이까. 이는 필시 부자유친을 위배한 것이오!
소현세자   나는 한 번도 삼전도의 치욕을 잊은 적이 없소. 북벌이 나라의
국시임을 또한 잊은 적이 없습니다. 하지만 모든 것에는 때와
과정이 있는 법입니다. 우선 우리가 할 것은 앞선 것을 배우고,
나라를 개혁해 국력을 키우는 것이오. 나는 청나라에서 선진
문물과 과학을 배웠소. 이 모든 것이 나라를 부국강병케 할 힘

이 될 것이오.

유생　　그걸 말이라고 하시오! 조선은 대의명분의 나라요. 우리가 명나라를 부모의 나라로 섬겨왔는데, 부모의 원수 오랑캐를 배우고 그걸로 부국강병을 하겠다니 세상에 이런 망발이 어디 있소이까! 죽었으면 죽었지 오랑캐를 배울 수는 없소이다. 명분을 버리고 부국강병을 할 바에는 차라리 혀를 깨물고 죽는 게 낫소.

소현세자　아직도 내 뜻을 모르겠소?

유생　　모르겠소이다. 세자는 종묘사직에 죄를 낱낱이 고하고 석고대죄하시오!

소현세자　그렇다면 하나 물으리다. 폭군도 막아낸 전쟁을 하물며 대의명분으로 무장한 그대들이 막지 못한 까닭이 무엇이오? 두 번이나 온 강토를 피바다로 만들고 임금한테 삼전도의 치욕을 안긴 까닭은 또 무엇인가?

유생　　(머뭇거리다가, 발악하여) 죽어도 대의명분! 살아도 대의명분! 이것은 사대부의 생명이오. 이것을 의심한다면 세자라 해도 용서받을 수 없소이다!

대신1　　저자를 체포하라!

대신2　　죄명은 왕실 모독죄와 모반죄다!

갑사들, 들어와서 유생을 끌어내려 한다.

소현세자　멈추시오! 조선은 언론의 자유가 보장된 나라입니다. (사이) 그대는 들으라. 명분이 우리의 칼과 방패가 되어주지는 않는다. 현실을 외면하는 명분은 나라를 파국으로 이끄는 독에 불과한 것이다. 조선은 변할 것이다. 청나라와 일본이 그랬던 것처럼 우리나라에도 서양의 과학과 서적이 들어올 것이고 서양과의 교역이 있을 것이다. 상업을 육성해 나라를 살찌우고, 언문을 널리 배포해 모든 백성이 글을 알아 스스로 옳고 그름을 분별하게 할 것이며, 만민이 평등한 바 서얼차별의 악재를 없애 능력껏 제 할일을 하게 할 것이다.

유생　(엎드려 통곡한다) 공자님, 나라에 망조가 들었습니다. 일국의 세자가 한다는 말이 조선이 왜와 오랑캐의 뒤를 밟겠다고 합니다. 거기다가 천하지대본(天下之大本)이 농사이거늘 상놈이나 하는 장사를 하고, 중국의 한자를 두고 언문을 쓴답니다. 서얼차별까지 없애서 이 나라를 난법 천지로 만들려고 합니다. 아이고, 공자님!

소현세자　조선의 주인은 공자가 아니라 왕실이요.

유생　이제 우리는 망했다! 아이고.

곡을 하던 유생, 기절한다. 갑사들, 유생을 끌고 나간다.

대신1　교역에 관한 안건입니다. 오랑캐 상인들이 우리와 교역을 하고 싶다고 합니다.

소현세자　승낙하세요.

대신1　(깜짝 놀라) 예?

소현세자　청과의 원활한 교역이 가능하게 지원하십시오. 일본도 교역을 하고 싶다면 그도 승낙하세요.

대신1　(당황하여) 왜, 왜놈들도요?

소현세자　다음.

대신2　청나라에서 돌아온 환향녀에 대한 안건입니다. 오랑캐한테 몸을 더럽히고도 뻔뻔히 살아 온 환향녀들 때문에 사회 전반에 걸쳐 윤리의식이 흔들리고 있습니다. 특히 환향녀를 아내로 둔 남자들이 이혼을 요구하고 있는데 환향녀들이 응하지 않아서 소동이 일고 있습니다. 국가적 차원에서 이혼 문제를 풀어주어야 될 것으로 아룁니다.

소현세자 이혼은 불허하오.

대신2 원래 불경이부(不敬二夫)라고 한 여자는 두 남편을 섬기지 않는
다고 했는데요.

소현세자 그게 여자의 탓입니까? 나라가 약한 탓이지.

대신2 (슬금슬금 눈치를 보며) 원래 불사이군(不事二君), 불경이부(不敬二夫)
는 우리나라 윤리 도덕의 양대 기둥인데요.

소현세자 남자 쪽의 이혼 청구는 거절하나 여자 쪽의 이혼 청구는 승낙
합니다. 다음 안건은 무엇입니까?

대신1 없습니다.

소현세자 그렇다면 이것으로 마치겠습니다.

소현세자, 책을 읽기 시작한다. 대신들, 인조에게 몰려간다. 인조에게 무엇이
라고 수군거린다.

인조 세자가 뭐라 했다고?

대신1 광해군도 전쟁을 막았는데 대의명분으로 무장한 너희들은 전
쟁 하나 못 막았냐고 호통치셨습니다.

대신2 상소를 올렸던 유생은 대성통곡을 하다 혼절했습니다.

인조 광해도 한 걸 왜 못했냐고, 세자가 그랬다고?

대신3 급격한 사회 변화는 혼란을 야기하고 질서의 붕괴를 가져옵
니다.

대신 일동 종묘사직을 굽어살피소서!

인조, 깜짝 놀라 발을 올린다. 망원경으로 소현세자를 본다.

대신1 세자 저하께서 불온한 책을 보고 계십니다.

대신2   광해군 일기입니다.

인조   광, 광해군 일기! (다급하여) 니가 왜 그걸 보느냐?

소현세자 정책의 개혁을 위해 전대의 국정을 살펴보고 있었습니다.

인조   ……!

소현세자 (놀라운 발견이라도 한 듯) 광해군 때의 조선은 종주국 명나라와 신
         생국 청나라 사이에서 존립 자체를 위협받고 있었습니다. 그네
         들은 조선에서 우위권을 확보하려 갖은 압력을 행사했지만 광
         해군은 어느 한쪽에 편승하지 않으면서도 외교적인 마찰을 일
         으키지 않았습니다. 더 놀라운 것은 이처럼 주변 정세가 긴박
         하게 돌아가는 상황에서도 동의보감을 편술하고, 신증동국여
         지승람, 용비어천가, 동국신속삼강행실 등을 다시 간행하고,
         왜란으로 소실된 대궐을 중건하는 문화적 여유까지 보였다는
         점입니다.

인조   …… 그래서?

소현세자 광해군의 정책은 나라의 보위와 발전에 중요한 단서를 제공할
         것입니다.

인조   (넋을 잃은 듯 멍하니 소현세자를 바라본다)

소현세자 청나라가 중국을 통일했지만, 아직 그 기반이 탄탄치 않아 내
         정에 관여할 여력이 없습니다. 지금이야말로 개혁의 적기입니
         다. 소자 생각하옵건데 우선 정책의 개혁을 통해 제도를 쇄신
         하고 서구와 통상을 하여.

인조   (격노하여) 닥쳐라, 이놈!

소현세자 ……!

인조   광해군이 누구더냐! 니 숙부를 죽인 원수니라! 이 애비의 가슴
         에 칼을 꽂은 원수다! 이 애비가 쫓아낸 자의 정책을 다른 자도
         아니고 니가, 니가 받아들이겠다고?

소현세자 냉정히 생각하여 주소서. 부국강병을 위한 방편일 따름입니다.

지금을 놓치면 부국강병의 기회를 잡기가 어려워질 것입니다.
소자의 충정을 헤아려 주소서.

인조 세상천지가 다 변해도 절대 변할 수 없는 게 있다. 그건 이 애비가 이룬 반정의 대의다. 대명사대를 저버린 광해군의 정책을 받아들이겠다 함은 니놈이 나를 반란의 수괴로 만들려는 게 아니고 무엇이냐!

소현세자 아, 아바마마!

인조 (대신들에게) 뭣들 하느냐! 세자한테 일기를 뺏어라!

대신1 세자 저하께서 내린 하교는……?

인조 모두 취소다.

대신2 즉시 시행하겠나이다.

대신들, 퇴장한다.

소현세자 아바마마!

인조 동궁으로 가라. 내가 부를 때까지 나오지 마라.

소현세자, 퇴장한다. 인조, 격분하여 서성인다.

인조 (돌연히) 세자 주위에 불순한 세력이 있다. 세자를 혼미하게 하는 역적들이다. 동궁을 드나드는 자들을 모두 잡아들여라. 세자의 머리가 맑아질 때까지 동궁을 철저히 감시할 것이다. 다 세자와 왕실을 위한 일이다.

인조의 말이 끝나면 대신들은 대궐 모형의 한 귀퉁이(동궁)에 황금색의 나팔 모양의 관을 들이대고 도청을 한다. 대신들, 나팔관에 귀를 기울이며 암호를 해독하는 것처럼 천천히 메모를 한다.

대신1 세자빈 …… 세자가 …… 호 …… 통을 …… 들었다는 …… 소리
를 …… 듣고 …… 바 …… 삐 …… 입장한다.

대신2 세자빈 …… 마마 …… 무슨 …… 일입니까 …… 라고 …… 다급
히 …… 묻는다.

대신3 세자 …… 별 …… 일 아닙니다 …… 라고 …… 대답한다.

대신1 세자빈 …… 두려운 …… 표정으로 …… 정말 …… 광해군 ……
일기를 …… 읽으신 …… 겁니까 …… 라고 …… 물으면.

대신2 세자 …… 나는 …… 단지 …… 개혁에 …… 필요한 …… 정책을
…… 보고자 …… 했을 …… 뿐 …… 입니다 …… 라고 …… 말한
다.

대신3 세자빈 …… 광해군은 …… 안 …… 됩니다 …… 두 …… 번 ……
다시 …… 그 …… 이름은 …… 꺼내지 …… 마옵소서 …… 상감
마마께서 …… 노하실까 …… 두렵습니다 …… 라고 …… 말한
다.

대신1 세자 …… 잠시 …… 침묵한다 …… 세자 …… 진지하게 …… 말
을 …… 한다 …… 나는 …… 알고 …… 싶었습니다 …… 폭군이
고 …… 유학의 …… 도를 …… 욕보였다는 …… 광해군이 ……
어떻게 …… 평화로운 …… 태평성대를 …… 이룰 …… 수 ……
있었는지…….

대신1, 급히 메모지를 인조에게 건넨다. 소현세자와 세자빈의 모습이 보인다.

세자빈 불충한 말씀 거두소서!

소현세자 (생각에 잠긴 듯 말이 없다)

세자빈 전쟁이 없다고 태평성대는 아닙니다. 대의명분을 버리고 얻은
평화라면 차라리 없는 게 낫습니다. 명나라가 어떤 나라입니
까? 황제의 나라고 부모의 나라입니다. 부모의 나라를 배신하

고 오랑캐와 손을 잡은 자가 광해군입니다.

소현세자 (혼란스러운 듯 무대를 서성이다가, 고개를 저으며) 모르겠습니다. 모르
겠어요.

세자빈 무얼 모르신단 말씀입니까? 상감마마께서 가라하면 가시고 멈
추라 하면 멈추시면 됩니다.

소현세자 나는 새로운 시대를 보았소! 빈궁도 세상이 어떻게 돌아가는지
보지 않았습니까?

세자빈 (외면하며) 소첩은 모르옵니다.

소현세자 우리한테 찾아온 이 기회를 놓칠 수는 없습니다.

세자빈 마마 혼자 이 나라를 바꾸려 하십니까?

소현세자 (안타까워) 지금이 아니라면 조선은 또다시 중국의 속국이 되고
말아요.

세자빈 주위를 둘러보십시오. 사방 천지가 마마를 음해하려는 자들뿐
입니다. 마마께서 친청을 했다고 상소가 올라왔다는 소리도 들
었습니다. 용서를 비십시오. 다시는 광해군을 생각도 말도 하
지 않겠다고 다짐을 하십시오.

잠시 침묵.

소현세자 대의명분이란 게 나라의 미래와 백성들의 목숨보다도 중요한
겁니까?

세자빈 조선의 대의명분은 상감마마께서 내리신 국시입니다. 이를 의
심할 수는 없는 것입니다.

소현세자 빈궁도 그렇게 생각하시오?

세자빈 ……!

소현세자 정말 빈궁도 백성을 죽이고 나라를 파국으로 몰아넣는 게 대의
명분이라 생각합니까?

세자빈　(두려움에 젖어) 마, 마마, 지, 지금 무슨 말씀을 하십니까?

소현세자　아니에요, 이건 아닙니다. (사이, 결심을 굳힌 듯) 정치는 냉철해야
　　　　합니다. 어떤 명분도 나라의 미래와 백성들의 목숨보다 중요할
　　　　순 없습니다. 우리 앞에 펼쳐진 새로운 시대를 이렇게 포기할
　　　　순 없어요. 이 나라를 위해서라면 설사 광인의 역사라 해도 나
　　　　는 읽을 겁니다. (나가려 한다)

세자빈　어딜 가시려 하십니까?

소현세자　(비장하여) 아버님을 뵙겠습니다. 정책은 정책일 뿐, 죽은 자가
　　　　살아 돌아오지는 않습니다.

　　　　소현세자, 나간다.

세자빈　마마!

　　　　세자빈, 어둠 속으로 사라진다. 금관조복들, 벽 쪽 미닫이로 들어온다. 대신
　　　　들, 잔뜩 긴장해 금관조복의 눈치를 살핀다.

금관조복1　우려하던 일이 일어나고 있소.

인조　　　……!

금관조복2　세자가 우리의 정권을 위협하고 있소.

인조　　　단지, 단지 정책에 대해 얘길 했을 뿐이오. (금관조복들의 시선이 매
　　　　섭자) 내 세자한테 금족령을 내렸소이다. 근신하면서 자신의 과
　　　　오를 뉘우칠 것이오.

금관조복3　광해군의 정책은 대의를 버리고 실리를 쫓는 것이오. 오랑캐와
　　　　화친에 문호를 열고, 양이의 과학과 천문을 탐구해 사문난적하
　　　　고, 군사를 키워 중원마저 넘보려한 것이 그자의 정책이오.

금관조복4　광해군은 혁명으로 축출되었소. 그자의 정책을 수용하겠다는

말은 혁명의 명분을 의심하는 것과 다를 것이 없소.

금관조복1 마침내 광해군이 죽어 정국의 안정을 기약할 수 있게 되었는데, 세자가 그자를 무덤에서 끌어내려 하오.

인조 세자의 일은 경들이 너무 과민하게 생각한 것이오. 의욕이 너무 앞서 나간 것뿐이외다. 내 책임지고 세자를 다스리겠소.

금관조복4 반정의 명분이 무너지면 우리는 대역죄인이 되는 것이오.

인조 세자는 내 아들이오! 결코 그런 일은 없소이다! 반정의 명분을 의심하는 건 이 애비를 의심하는 것임을 모를 세자가 아니오. (대신들에게) 니네들이 말해 봐라. 세자가 얼마나 효심이 극진하고 날 아끼는지?

대신1 조선의 대의명분은 상감마마께서 내리신 국시이며, 이는 의심할 수 없는 것이라고 세자빈께서 말씀하시자.

대신2 (말을 이어) 세자께서는 정말 그렇게 생각하느냐고 반문하셨습니다.

대신3 또 세자께서 말씀하시길 이 나라를 위해서라면 광인의 역사라고 해도 읽겠다 하셨습니다.

인조 (귀를 의심하여) …… 세자가 국시를 의심한다고……. 광인의 역사를 읽어…….

인조, 충격에 젖은 듯 말이 없다.

금관조복1 우리가 죽고 세자의 시대가 온다면, 세자는 반정의 명분을 거꾸러뜨려 광해군의 조선을 만들 것이오.

인조 ……!

금관조복2 세자를 막으시오.

금관조복1 수습하지 못한다면, 우리가 나설 것이오.

금관조복들, 벽 쪽 미닫이로 나간다. 잠시 침묵,

인조　……　광해군의　……　조선　……　내　……　아들이　……　광해군의
　　　……　조선을　……　만들어……. (돌연히) 귀신이다. 귀신이 붙었
　　　다. 무당을 불러 푸닥거리를 하고 대궐에 부적을 붙여라. 광해
　　　귀신이 세자한테 붙었다!

인조는 푸닥거리를 하는 것처럼 무대 구석구석에 부적을 붙이고, 대궐 모형
에도 부적을 붙인다.

사관　고정하옵소서.
인조　광해 귀신이 부자의 의리를 끊게 하려는 게다. 그걸 모를 성싶
　　　으냐. 그렇지 않고서야 세자가 저럴 수는 없느니라. 그자가 이
　　　제는 귀신이 돼서 나를 괴롭히는 게야.
사관　세자는 영명합니다. 세자의 사리분별은 그릇될 것이 없을 것입
　　　니다. 세자를 믿으십시오.
인조　광해의 역사는 끝났다. 여기에 무슨 사리분별이 필요하단 말이
　　　냐. 세자는 나를 믿어야 된다. 이 애비를 믿어야 돼! 술, 술을
　　　갖고 오라!

궁녀들, 주안상을 들여온다. 인조, 술을 연거푸 마신다.

사관　과음치 마옵소서. 옥체 상하실까 심려되옵니다.
인조　(대꾸 없이 술을 마신다)
사관　전하의 몸은 전하 한 분의 것이 아닙니다. 만백성이 전하 한 분
　　　만을 바라보고 있습니다.
인조　(자조적인 웃음, 피식 웃고는) 전쟁으로 죽어 나가고 오랑캐한테 끌

려간 백성들이 뭐가 곱다고 나를 보겠느냐?

사관 누가 뭐라 해도 전하는 이 나라의 군왕이십니다.

인조 니놈도 나를 비웃는 게냐? 아무 소리도 못하고 그저 조정 뒤치 닥꺼리나 하는 내가 왕이드냐. 광해가 내 명줄 끊을까 무서워 칼을 품고서야 잠이 드는 내가 왕이드냐. 마음대로 비웃어라. 세자도, 니놈도 필요없다. 다 떠나라.

인조, 술을 연거푸 마신다. 취기가 돈다. 잠시 침묵이 흐른다.

인조 내 동생 능창군은 똑똑하고 야무진 사람이었다. 내가 형이긴 했지만, 그 아이는 모든 면에서 나보다 나았다. 능창의 주위에 는 언제나 사람들이 많았지. 총명하다, 영명하다, 세자였다면 제왕감이었다 칭찬을 아끼지 않았다. 그 때문에 역모에 몰려 죽었지만 말이다. 하지만 내 주위에는 아무도 없었다. 누구 하 나 거들떠보지를 않았지. 능창이 죽고 복수를 하겠다고 다짐했 다. 근데 말이다. 마음 한구석에서는 이제서야 사람들이 날 알 아주겠구나 하는 생각이 들더구나. 끝내 난 복수를 했다. 광해 군을 몰아내고 왕위에 올랐으니까…….

이 사이, 소현세자 들어오다 인조의 말을 듣는다. 인조를 겨냥한 조총의 그림 자가 보인다.

인조 (술을 마시고) 왕이 됐다고 세상이 내 뜻대로 되는 건 아니었다. 다들 수군거렸지. 광해군은 현군이고, 나는 반란의 수괴라고 말이다. 오랑캐한테 항복하고, 아들이 보는 앞에서 이마가 깨 지도록 절을 했다. 왕실의 치욕으로 내 이름은 남을 것이다. 후 손들은 나를 가리켜 오랑캐한테 나라를 빼앗긴 왕이라 할 것이

다. (사이) 왕이 되기 전엔 동생의 그늘에 가리고, 왕이 되어서는
광해군의 그늘에 가리고, 이젠 죽은 광해가 내 아들마저 빼앗
아가려는구나. (씁쓸하게 웃는다)

소현세자, 머뭇거리다 발걸음을 돌린다. 인조를 겨눈 조총을 본다.

소현세자 누구냐!
인조 ……!

자객, 조총을 인조에게 정조준한다.

소현세자 멈춰라!

자객, 총을 쏘려하고 소현세자, 칼로 자객을 찌른다. 자객, 쓰러지면서 조총이
오발된다. 대신들, 뛰어 들어온다.

소현세자 아, 아바마마를 시해하려 했소.
대신1 (자객의 복면을 벗기고 몽타주와 대조해 본다) 이자는 광해군의 내금위
장입니다.
대신2 유배 형기가 끝나자 사건을 도모한 것 같습니다.
대신3 광해군의 심복입니다.

인조, 사관의 부축을 받으며 소현세자에게 걸어온다. 대신들, 자객의 몸을 수
색한다.

대신2 (다급히 인조에게 혈서를 내보이며) 품에서 광해충신필살능양이라는
글귀가 나왔습니다.

대신3   광해군의 충신이 능양군을 반드시 죽인다는 혈서입니다.

대신1   세자 저하께서 임금을 살리셨습니다.

인조   (감격하여) 세자가, 세자가 날 살렸다고?

대신 일동 (소현세자에게 과장되게 절을 하며) 세자 저하 천세! 천세, 천세, 천
         천세!

인조, 감격한 표정으로 소현세자를 바라본다. 인조, 소현세자에게 천천히 손
을 뻗는다. 그가 소현세자의 손을 잡으려는 순간, 객석을 향해 스포트라이트
가 비치면서 무대의 조명이 눈이 부시도록 밝아진다. 인조와 사관의 모습만
이 보인다.

인조   세자, 세자가 어디 갔느냐? (황급히 주위를 살핀다)

사관   영문이 열렸습니다.

인조   (안타까워) 왜 지금이냐? 지금이 어떤 순간인데! 부자가 화해하는
       찰나다. (기쁨에 넘쳐) 세자가 뭐라 했는지 아느냐? 소자의 불충
       을 용서하옵소서 그렇게 말했다. 눈물을 흘리면서 말이다. 니
       기록에도 있을 것이야. 찾아보거라. 거기에 세자가 뭐라 했다
       고 써있느냐? 어서 말해 보거라.

사관   (책을 보고) 소자는 아버님을 믿습니다.

인조   또?

사관   소자는 아바마마의 반정이 천명을 받든 과업이라 믿나이다.

인조   다시 한번 말해 보거라.

사관   소자는 아바마마의 반정이 천명을 받든 과업이라 믿나이다.

인조   더 크게, 다시 한번 말해 봐라!

사관   소자는 아바마마의 반정이 천명을 받든 과업이라 믿나이다!

인조   광해군이 이제야 죽은 것이야. 세자가 정신을 차렸다. 광해 귀
       신을 쫓아냈는데, 부자가 화해하고 어깨춤이 절로 나는데 나보

고 가잔 말이냐?

사관   지금이 아니면 문이 다시 열릴 때까지 기다리셔야 합니다.

인조를 부르는 '전하' 라는 소리가 아련히 들려온다.

인조   (사관을 잡으며) 조금만, 조금만 더 있다 가자구나. 저 밖은 추위
와 어둠밖에 없어. 끝도 안 보이는 컴컴한 길을 헤매고 다녀야
돼. 아귀가 사는 곳이다.

사관   잠시 후면 문이 닫힙니다.

인조   나한테도 이렇게 좋을 때가 있었다. 나를 채근 마라.

다시 점점 더 크고 뚜렷하게 '전하' 라는 소리가 들려온다.

인조   저 소리를 들어 봐라. 날 부르고 있지 않느냐. 누가 날 찾아 온
게야. (기억을 더듬으며) 누구였더라? 봉림이 돌아왔던가, 어여쁜
옹주가 왔던가? ('전하' 라는 소리가 다시 들려오자) 기쁜 손님일 게
야. 내 기억은 틀림없다. (밖을 향해) 어서 들라하라!

인조, 의자에 앉자 무대 조명 정상적으로 돌아온다. 청나라 사신과 대신들,
들어온다.

인조   ……!

청나라 사신, 앞에 서서 칙서를 꺼낸다. 대신들, 엎드린다. 인조가 머뭇거리자
대신들, 그를 꿇어앉힌다.

사신   (칙서를 읽는다) 조선 왕은 들으라. 짐은 아래와 같이 하명하노니

지체하지 말고 시행하라. 첫째, 소현세자는 영명하고 나이도 알맞아 왕이 되기에 충분하다. 그대는 장성한 세자에게 조속히 왕위를 물려주고, 왕실의 어른으로 편안한 만년을 보낼지어다. 둘째, 청나라에 흉년이 들어 백성이 굶주리고 있으니 쌀 4만 석과 소 3만 마리, 돼지 2만 마리를 정성껏 보낼지어다. 셋째, 명나라가 멸망하여 대청제국이 중원의 황제국이 되었음에도 불구하고 한족들은 명나라의 재건을 꿈꾸며 저항을 하고 있다. 조선은 한족 저항군을 토벌할 정예 군사를 보낼지어다. 신하의 도리로 짐의 명을 받들어 조선의 안녕을 기약하라. (칙서를 접고 서) 이상이오.

인조와 대신들, 일어선다.

인조　(휑하니 돌아서며) 기억이 가물거린다 싶더니 못 볼 꼴을 봤다.

사신　황제 폐하의 명이시오. 충심으로 받드시오.

인조　대답을 하겠다. 첫째, 세자한테 왕위를 물리라 했지만, 세자가 귀국한 지 얼마 되지 않아 국정에 미흡하다. 게다가 오랜 외지 생활로 국정의 적응에도 문제가 있는 바 조속히 왕위를 물리는 것은 불가하다. 둘째, 우리도 전쟁통에 민생이 파탄 직전이다. 유감스럽게도 소, 돼지는 고사하고 먹을 쌀도 없다. 이 요구는 조선의 현실을 모르는 처사다. 그렇게 하고 싶어도 할 수 없으니 이 또한 불가하다. 셋째, 한족 저항군을 토벌할 정예 군사를 보내라 했는데, 정예 군사가 있었다면 우리가 청나라한테 항복을 했겠는가? 따라서 이도 불가하다.

대신들, 긴장해 인조를 쳐다본다.

사신 황제의 명이시오!

인조 황제가 아니라 천자라도 안 되는 건 어쩔 수가 없다. 정 못 믿
      겠다면 니가 직접 확인해 봐라.

대신들, 사신의 눈치를 살피면서 인조에게 귓속말을 한다.

대신1 전하, 마지막 구절에 조선의 안녕을 기약하라는 말이 있습니
       다.

대신2 거부하면 선전포고를 하겠다는 말로 해석할 수 있습니다.

대신3 국가 안보에 치명적인 결과를 가져올 것으로 사료됩니다.

인조 그래서 어떡하란 말이냐? 누가 안 한다고 했냐? 안 하는 게 아
      니라 못 하는 거다.

대신 일동 신중하옵소서, 전하!

인조 나는 할 말 다했다. 황제한테 이대로 전하라.

사신 감히 황제를 능멸하려 하시오! (칙서를 치켜들며) 황명이다!

대신들, 놀라서 바짝 엎드린다. 인조, 딴청을 부린다.

사신 황명이다! 무릎을 꿇어라!

인조 (대수롭지 않다는 듯 귀를 후비며) 다 들은 얘기다.

사신 황명 거역은 대청제국에 선전포고를 하는 것과 마찬가지다! 이
      번엔 이마가 깨지는 정도로 끝나진 않을 거요.

인조 (태연하여) 인명은 재천이다.

사신 백성을 생각하시오.

인조 내 백성은 내가 알아서 한다.

잠시 침묵이 흐른다. 사신, 인조를 한심한 듯 물끄러미 바라본다.

사신　(절망적인 듯 고개를 천천히 젓고는) 어찌 아비라는 자가 아들보다도 못하단 말인가. 그래서 일찍이 우리는 말이 통하는 자가 조선의 왕이 되기를 바랐다. 조속히 소현세자한테 왕위를 물리라 함은 융통성 있는 왕과 대화를 하기 위함이다. 저렇게 앞뒤가 꽉 막혀 어떻게 나라를 다스릴 수 있겠는가? 황제 폐하께서 이같은 황명을 내리신 건 반청주의자 인조를 떠보려 함이다. 여전히 저자는 북벌이란 헛된 망상에 사로잡혀 있다. 조선이 변하지 않으면 전쟁은 피할 길이 없다. (인조에게) 소현세자와 말을 하겠소.

인조　왕은 나다.

사신　세자라면 광해군처럼 현명한 판단을 내릴 것이요.

인조, 광해군이란 말에 움찔한다.

사신　광해군은 사리분별을 할 줄 아는 사람이었소. 한족이 자신을 중화라 일컫고 우리를 야인이라 천대했지만, 광해군은 우리를 오랑캐의 나라가 아니라 신생국으로 인정했소. 그가 쫓겨나지 않았다면 대청제국과 조선은 군신의 관계가 아니라 우방국으로 번영을 누렸을 것이요. 세자와 친분이 있는 자로 직언하건대 조선은 변해야 하오. 이대로 간다면 머지않아 이 나라는 대청제국의 성에 편입될 것이오.

대신1　…… 성이라면? 길림성, 산동성, 그런 성 말이요?

대신2　조선국이 조선성이 된단 말이오!

대신3　문명국 조선이 오랑캐 나라의 성이 되다니! 아이고, 말세다, 말세야!

대신들, 과장되게 울음을 터뜨린다.

사신   (나가면서) 조선의 비극은 광해군을 잃은 것이오. 현군을 반란으로
         쫓아내는 건 댁들의 대의명분 중에 어디에 속하는 항목이오?

         인조, 분에 겨워 칼을 움켜쥔다. 사신, 멈춘다.

사신   그나마 다행인 건 소현세자가 있다는 것이오. 세자는 광해군의
         뒤를 이어 조선의 현군이 될 것이오.
인조   내 아들이 광해군의 뒤를 이어! 세자는 내 아들이다. 내 뒤를
         이어 니놈들을 모조리 죽일 것이야. 죽어라, 이놈!

         인조, 칼로 사신을 찌른다. 사신, 쓰러진다. 대신들, 조심스레 사신에게 다가
         간다.

대신1   (가슴에 귀를 대보고) 죽, 죽었습니다.
대신2   이 일을 어쩌면 좋노. 사신이 임금 칼을 맞고 죽다니!
인조   나를 능멸하고 왕실을 욕보이는 놈은 다 죽인다.
대신1   이자는 황제의 칙서를 갖고 온 사신입니다.
인조   오랑캐가 작당해 부자의 의리를 절단하려는 수작이다.
대신1   청국에서 알면, 조선은 피바다가 됩니다.
인조   갑옷과 투구를 가져오라! 국가 전시령을 선포한다! (비장하게) 세
         자를 데려오라.

         장군, 갑옷과 투구를 들고 들어온다. 인조, 갑옷과 투구를 착용한다. 대궐모형
         의 양옆에는 무장한 군사들의 모형이 놓여있다. 소현세자 들어와 인조 옆에
         선다. 대신들, 구석에 모여 회의를 한다.

인조   보고하라!

장군　　현재 남한산성은 병자호란 때 파괴된 부분을 보수하고 있고, 망월대 맞은편 봉우리에 곡성을 축조하고 있습니다. 그리고 망월대와 동격대에 대포를 쏠 수 있는 포루 설치작업도 병행하고 있습니다. 현재 조총 1천 점, 활 1천 개, 화살 2만 개가 확보되어 있고, 군량은 쌀 1만 7천 석, 콩 5천 석, 잡곡 3천 석이 확보되어 있습니다.

인조　　조선은 예로부터 어버이와 같은 자혜로 오랑캐를 다스려왔다. 하지만 오랑캐는 은혜를 저버리고 조선을 속국으로 만들었다. 이제는 그것도 모자라 내정까지 관여해 왕위마저 농락하려 한다. 더는 참을 수가 없다. 이는 조선 백성의 한결같은 심정일 것이다. 나는 천명하노라! 대조선국의 군사는 오랑캐를 정벌하라! 북벌이다!

소현세자, 망연자실하다. 이 사이, 대신들은 사신을 자루에 담고, '對外秘(대외비)'라고 쓰여 있는 푯말을 붙이고 슬그머니 끌고 나간다.

인조　　나는 친히 군사를 지휘할 것이다. (세자에게) 너는 대궐에 남아 정사를 돌보거라. 무관들은 들으라! 군사를 정비하고 출군 태세를 확립하라!

장군　　즉시 시행하겠나이다!

인조　　세자는 내 명을 받들라.

소현세자, 당혹스러운 표정으로 멈칫거린다. 대신들, 소현세자에게 곤룡포을 입히고 익선관을 씌운다.

소현세자　(떨리는 목소리로) 오늘부터 국가 전시 상태에 돌입합니다. 아바마마께서는 친히 군사를 이끌고 청나라를 정벌할 것입니다. 나는 임시 조정의 최고 통치권자로 국정을 운영할 것입니다.

인조　(유쾌하여) 역시 내 아들이다. 너만 믿으마. 기필코 오랑캐를 정벌해 치욕을 씻으리라. 이 애비와 한번 잘해 보자꾸나.

소현세자　봉, 봉림은 아직 청나라에 있습니다.

인조　대책을 강구할 것이야. 걱정 마라. 무사히 봉림을 데려오마.

소현세자　아, 아바마마. …… 지금의 병력으로 …… 전쟁을 한다는 건 …….

인조　군사 징집령을 내려라.

소현세자　…… 전 …… 전 …… 국에 있는 열여섯 살 이상의 모든 장정은 군에 입대해 북벌의 국시를 받들라. 만약 …… 만약 …… 명을 거역하면 모두 참하라.

인조　(사관에게, 기뻐서) 봤느냐? 세자가 어김없이 내 명을 받들었다. 이젠 오랑캐도 광해 귀신도 우리 부자를 갈라놓을 수 없다. 세자의 명은 곧 나의 명이니라. 모든 대소신료는 세자의 명을 왕명으로 받들라!

북소리가 들려온다. 벽 쪽에 검술 훈련을 하는 군사들의 그림자가 보인다. 북소리 점차 고조된다. 세자와 세자빈의 모습이 보인다. 세자빈, 공포에 질린 표정으로 주위를 살핀다.

세자빈　마마, 이게 무슨 난리입니까?

소현세자　…….

세자빈　정말 전쟁을 하시려는 겁니까?

소현세자　북벌은 왕명입니다.

세자빈　징집된 장정들은 살겠다고 도망치고, 군사들은 도망친 장정들을 잡아 죽이고 있습니다.

소현세자　…… 왕명을 거역하면 죽을 수밖에 없지 않소.

세자빈   마마께서 내리신 명입니다.

소현세자 내 명이 아바마마의 명이고 왕명입니다.

세자빈   온 나라가 생지옥이 되었습니다.

소현세자 (외면하며) 나가서 바깥바람이나 쐬시구려.

세자빈   저보고 어딜 가란 말씀입니까? 세상이 모두 미쳐 돌아가고 있
          는데, 소첩보고 어딜 가란 말씀입니까? 대신들은 쉬쉬 입을 다
          물고 있지만, 대궐에는 소문이 파다합니다. 상감마마께서 청나
          라 사신을 참하시어 일이 이렇게 되었다고 합니다. 사람들이
          수군거리기를 상감마마께서 실성하셨다 하옵니다.

소현세자 (싸늘하여) 뭐라 했소, 지금?

세자빈   피가 강을 이룹니다.

소현세자 이 나라는 아바마마의 나라요! 이 땅의 지존이시며, 만백성의 주
          인이십니다. 아바마마께서 죽으라 하면 죽는 게 백성의 도리요.

세자빈   …….

소현세자 나는 똑똑히 보았습니다. 이 손으로 아바마마께 총을 겨눈 자
          를 죽였어요. 그자는 광해충신필살능양이라는 혈서를 품고 있
          었소. 그 뜻이 무엇인지 압니까? 광해군의 충신이 능양군을 죽
          인다는 말입니다. 광해군은 죽지 않았습니다. 아직도 이 나라
          를 광해군의 나라로 믿는 자들이 백주대로를 활보하고 있어요.
          (냉정하여) 나는 아바마마의 말씀에 복종할 것이오. 그것이 무엇
          이든 의심치 않고 복종할 것입니다. 백성들은 알아야 합니다.
          조선의 왕이 누군지 말입니다!

          대신들, 들어온다. 그들은 팔에 ‘北伐(북벌)’이라 쓰여 있는 띠를 매고 있다.

대신1   (서류를 들이밀며) 결재를 하셔야겠습니다. 현재의 징병 나이를 열
          세 살로 낮추는 법안입니다.

세자빈 열세 살짜리 아이가 뭘 안다고 군대에 보낸단 말이오. 옥새를
찍으시면 안 됩니다.

대신2 빈궁마마, 이 일은 국가 안보와 관련된 문제입니다. 아녀자가
관여할 문제가 아닙니다. 저하, 긴급 사안입니다. 어서 통과시
키십시오.

소현세자, 옥새를 찍는다.

대신3 군량미에 대한 안건입니다. 전국적으로 쌀과 잡곡을 거두어 부
족한 군량을 채워야 할 줄로 아옵니다. 지금의 군량으로는 두
달 싸우기도 힘듭니다.

소현세자 필요한 양이 얼마나 됩니까?

대신1 쌀 3만 석, 잡곡 5만 석입니다.

세자빈, 옥새를 찍으려는 소현세자의 손을 잡는다.

세자빈 백성들을 모두 죽이려 하시오!

소현세자 이 손을 놓으시오.

세자빈 명을 거두소서.

소현세자 이 손을 놓으라!

소현세자, 세자빈을 뿌리치고 옥새를 찍는다.

대신 일동 왕명을 받들겠나이다!

세자빈 마마…….

소현세자 대의명분을 버리고 얻은 평화라면 차라리 없는 게 낫다고 하지
않았습니까? 난 반청북벌의 대의를 충실히 따를 뿐입니다. 빈

궁을 밖으로 모시라.

대신들, 세자빈을 데리고 나간다. 잠시 후 대신들, 참수된 머리가 매달린 창을 갖고 들어온다. 모두 미니어처이다. 대신들, 대궐 모형에 창을 꽂으면서 대사를 한다.

대신1 징집 명령 거부죄로 참수.

대신2 무단 탈영죄로 참수.

대신3 이하 동문.

대신1 군량미 갹출 거부죄로 참수.

대신3 이하 동문.

대신2 열세 살짜리 아이를 열두 살로 속여 부자 함께 참수.

대신1 도망쳤던 어머니와 여동생도 잡아다 같이 참수.

대신2 전쟁 불가하다 상소 올렸다 왕명 거역으로 참수.

대신3 이하 동문.

대신들, 코를 막고서 냄새를 쫓는 손짓을 한다. 소현세자, 냄새가 역겨운 듯 구역질을 한다.

인조 이게 무슨 냄새냐?

사관 시체 썩는 냄새입니다.

인조 시체!

금관조복들, 벽 쪽 미닫이로 나온다.

금관조복1 왕명을 거역한 자들이 참수되었소.

금관조복2 주상의 북벌 천명은 혁명의 대의명분을 이루는 역사적인 것이오.

금관조복3 조정은 주상의 결정을 지지하고, 충심으로 보필할 것이오.

금관조복4 북벌을 완수해 우리의 혁명을 완성하시오.

인조 (우쭐하여) 내 일찍이 광해군을 쫓아낸 것은 땅에 떨어진 나라의 대의를 바로 세우기 위해서였소. 이제 때를 만나 과업을 이루고자 하오. 경들은 과업달성에 부족함이 없도록 하시오.

금관조복들, 공손히 고개를 숙인다.

인조 (헛기침을 몇 번 하고) 경들도 알다시피 반정의 명분이 무너지면 우리는 역사의 죄인이 되는 것이오. 우리가 북벌한다고 혁명을 했소. 하지만 북벌은 고사하고 되려 오랑캐의 침입을 받았소. 우리가 어영부영 탁상공론만 하고, 청나라로 진군하지 않는다면, 분명 후대에서는 우리들이 대명사대 반청북벌을 빙자해 반란을 일으켰다 할 것이외다. 우리가 대역죄인이 되는 것이오. 북벌 천명에 이런 뜻이 있는 바 경들은 기필코 북벌 과업을 이루어야 할 것이외다. (금관조복을 슬쩍 흘겨보고서) 만약 조정이 이를 보필하지 못해 북벌이 좌절된다면, 나는 이 죄를 경들한테 물을 것이오.

금관조복 일동 ……!

인조 지금은 비상시국이오. 말 한마디에 생사가 뒤바뀌오. 경들은 특별히 언동을 삼가하고, 왕명을 받들어 북벌 과업에 박차를 가하시오.

금관조복 일동 명심하겠나이다.

인조 (과장된 손짓을 해 보이며) 물러들 가라. 나는 과도한 업무로 심신이 피곤하다.

금관조복들, 공손히 인사를 하고 벽 쪽 미닫이로 퇴장한다.

인조 저 오만방자한 것들이 꼬리를 내리고 내 앞에 머리를 조아리는 구나. 이제사 내가 왕으로 보이는가 보다. (통쾌한 듯 웃어 젖히고 서) 아무리 공신이고 조정의 실세라 해도 엄연히 왕은 왕이고, 신하는 신하다. 분수를 모르고 날뛰는 놈은 가차없이 목을 칠 것이야. 이번 기회에 놈들을 휘어잡아야 된다. 그래야 세자가 보위에 올라도 뒤탈이 없다. (만족스러운 듯 고개를 끄덕이고서) 대전 으로 가자. (늘어지게 하품을 하고) 심신이 노곤하니 한숨 자야겠 다.

인조, 뒤쪽으로 물러선다. 위에서 발이 내려온다. 대신들, 들어온다.

대신1 저하, 결재를 하셔야겠습니다.

소현세자 이번엔 또 무엇입니까?

대신1, 소현세자에게 서류를 건넨다. 소현세자 서류를 읽는다. 그의 표정이 당혹감에 휩싸인다.

소현세자 이 안건은 누가 올린 겁니까?

대신2 글쎄요. 위에서 내려온 거라 소신들은 모르겠는데요.

대신3 어쨌든 북벌 과업을 위해 필요한 조처입니다. 옥새를 찍으십 시오.

소현세자 지금이 비상시국이란 걸 모르는 건 아니지만 그럴수록 신중해 야 합니다. 이 안건은 재검토해 볼 필요가 있을 것 같소.

대신1 신들이 볼 때는 이상적인 안건이라 사료되옵니다만.

대신2 청나라가 우리보다 군사적 우위에 있다는 건 객관적인 사실입

니다. 우리가 오랑캐를 정벌하려면 더 많은 군사를 확보해야
하고 그러려면 징병 나이를 열세 살에서 열 살로 하향 조정하
는 건 지극히 이상적이고 타당한 결론입니다. (대신들에게) 안 그
렇소?

대신3 지당하신 말씀이외다. 오랑캐를 때려잡는데 열 살이 문제입니
까? 일곱 살, 아니 다섯 살짜리도 군사로 만들어야죠. 다섯 살
먹었다고 조선 백성이 아닙니까?

대신1, 2 (과장되게 고개를 끄덕인다)

소현세자 그렇다 해도 징병 나이가 열여섯에서 열셋으로 바뀐 게 엊그
제요.

대신2 국가의 존립이 걸려있는 문제입니다.

소현세자 시간을 좀 주시구려. 숙고해 보겠소.

대신1 주상 전하께서는 북벌을 천명하셨습니다. 이를 거역하려 하십
니까?

소현세자 나는 단지.

대신2 (말을 막으며) 촌각을 다투는 문제입니다.

대신3 어서 옥새를 찍으십시오.

세자가 머뭇거리자 대신들 그의 손에 옥새를 쥐이고 도장을 찍게 한다. 대신
들, 퇴장한다. 소현세자, 거친 숨을 몰아쉬며 풀썩 대(大)자로 눕는다. 잠시
후, '저하' 라는 소리가 들려온다. 소리가 거듭 들려오자 소현세자 귀를 막고
돌아눕는다.

소리 새로운 안건입니다. 군기의 확립을 위해 탈영병의 죄를 물어
일가를 참하고, 청나라에 끌려갔다 돌아온 자들의 변절 여부를
확인하기 위해 국문을 해야 한다는 안건입니다. 조금 있다 저
하의 하교를 들으러 오겠습니다.

세자, 몸을 일으켜 앉는다. 그는 바닥에 시선을 고정시킨 채 움직이지 않는
다. 얼마간의 시간이 지나고 세자, 결심을 굳힌 듯 고개를 든다.

소현세자　아바마마.

인조, 발을 올리고 얼굴을 내민다 .

인조　어서 오거라. 많이 힘들지? 비상시국이라 더 그럴 것이야.

소현세자　…… 아, 아바마마.

인조　(화사한 웃음 가득하여) 널 보니 이 애비의 마음이 든든하다. 니가
날 살리고, 이제는 애비의 뜻을 받아 국정을 운영하니 난 죽어
도 여한이 없다. 그래, 어인 일이냐?

소현세자　(망설이다가) 옥체 강령하시온지 여쭈러 왔습니다.

인조　내 걱정을 했구나. 걱정 말거라. 이 애빈 보기보다 건강하다.
원수를 정벌해야 하는데 당연히 그래야지. 사사로움에 흔들리
지 말고 대의를 따라라. 반드시 오랑캐를 정벌해 이 애비의 한
을 풀어야 한다. 알겠느냐?

소현세자　…… 명심하겠습니다.

소현세자, 힘없이 나간다.

인조　세자가 갈수록 철이 드는구나. 이 와중에도 애비한테 문안 인
사를 다 오고. 근데 얼굴을 보니 근심이 가득하다. 무슨 일이
있나 모르겠다.

사관　(표정이 어두워진다)

인조　니놈 표정은 또 왜 그러느냐?

사관　여기서 물리심이 어떠하십니까?

인조   (천연덕스러워) 뭘 말이냐?

사관   천운은 청나라에 있습니다. 때를 기다리셔야 합니다.

인조   이미 엎질러진 물이다. 공신들한테도 북벌한다고 큰소리쳤는
        데 여기서 물러설 수는 없다. 나를 위해서도, 세자를 위해서도
        이 길밖에 없다.

사관   청나라의 군사는 이십오 만이고, 우리의 군사는 이만오 천입
        니다.

인조   사관은 역사만 기록하면 된다. 간여하지 말라.

사관   현명히 대처하소서.

인조   내 역사는 내가 책임진다! (사이) 세자를 보니 많이 지친 것 같
        다. 모처럼 부자가 만났는데 회포를 풀어도 좋았을 걸 그냥 보
        낸 게 아쉽구나. 세자한테 가 보자. 오늘은 부자가 마주 앉아
        술을 마셔도 좋을 듯하다.

사관   세자는 대궐에 없습니다.

인조   대궐에 없다니? 어딜 갔단 말이냐?

사관   밖으로 나갔습니다.

인조   밖으로?

인조, 망원경을 들어 먼발치를 본다. 무대 한쪽에 세자의 모습이 보인다. 그
는 술에 취한 듯 비틀거리며 걷는다.

인조   술을 먹은 게냐?

사관   그렇습니다.

인조   시찰을 나간 게로구나. 백성들하고 어울려 거나하게 한잔 했나
        보구나. (망원경을 내리고) 아암, 그래야지. 이럴 때일수록 민심을
        알고 흔들리면 잡아 주고 격려해 주어야 된다. (만족스러운 듯 고
        개를 끄덕이고) 세자가 저리도 열심인데 나라고 쉴 수는 없는 일.

북벌 계획이 어찌 되고 있나 돌아봐야겠다.

인조와 사관, 발 뒤로 물러선다. 백성들, 구석에서 밀짚 인형을 바늘로 찌르고 있다. 소현세자, 궁금한 듯 다가간다.

백성1　죽어라!

백성2　죽어, 죽어!

백성3　빨리 죽어라!

백성1　(소현세자가 물끄러미 보고 있자) 댁도 와서 찌르시오. 정성을 다해 찌르시오.

소현세자, 침으로 밀짚 인형을 찌른다. 재미있는지 계속해 찌른다.

백성1　많이 찌른다고 좋은 게 아니요. 정곡을 찔러야지.

백성2　죽었을까?

백성3　(손으로 차양을 만들어 대궐 모형을 보고서) 조용한 걸 보니 멀쩡하구먼.

백성2　산삼 두루치기를 먹었나?

소현세자　(인형을 가리키며) 근데 이건 뭘 하는 물건입니까?

백성1　뭐긴. 임금이지.

백성2　죽으라고 침을 찌르는데 불로초를 먹었는지 죽지를 않아.

소현세자　뭐, 뭐라!

백성3　나라가 절단나기 전에 임금이 죽어야지. 그 길이 우리가 사는 길일세.

백성3　은침이라 효과가 없나? 금침으로 해봅시다. 형씨도 같이 하시려오?

소현세자, 격분해 달려들자 백성들, 그를 쓰러뜨리고 뭇매질을 한다.

백성1 이놈이 미쳤나? 다짜고짜 박치기네.

소현세자 어찌 백성 된 자가 임금을 죽으라 하는가.

백성1 오라, 제법 글줄깨나 읽었다 이거구먼. 공부를 했으면 공부 값을 해, 이놈아. 니놈들이 공자왈 맹자왈 한 게 백성 죽으라고 외는 주문이지. 임금이 미쳤으면 쫓아내든지 정신을 차리게 하든지 결단을 내려야지. 죽는 게 무서워 찍소리도 못하고 술이나 퍼먹는 니놈들이 그러고도 선비냐!

백성2 저런 놈들이 과거 붙고 정치를 하니 나라가 요 모양 요 꼴이지.

백성3 (백성1, 2가 소현세자를 매질하려 하자) 그만 두시게. 이놈 때문에 부정 타면 신통력 떨어지네. 저쪽으로 가서 다시 해보세나.

백성들, 소현세자에게 침을 뱉고 퇴장한다. 베개를 안고 통곡하는 여인의 모습이 보인다.

여인 (베개를 어루만지면서) 자장자장, 우리 아기, 잘도 잔다, 우리 아기. (문득) 아가야, 배고프지. (젖을 물리다가) 임금이 실성해서 쌀도 뺏어가고 보리도 뺏어간다. 백성들 굶겨 죽이고 전쟁한다고 그런다. 아가야, 눈을 떠라. 에미가 여기 있다. 먹은 게 없어 젖도 안 나오는구나. (다시 베개를 어루만지면서) 어서 무럭무럭 자라거라. 아이고, 착하다.

여인, 소현세자를 물끄러미 쳐다보며 웃어 보인다. 소현세자, 민망해 하다가 엽전을 내민다.

여인 감사합니다요, 나리! 감사합니다. (여인, 엽전을 씹어보고서) 아이

고, 이빨아! (소현세자를 힐끗 쳐다보고) 미친놈. 먹지도 못할 걸 뭐
하러 주노. (엽전을 내던지고) 가자, 아가야. 흰밥하고 괴기 먹으러
가자.

소현세자, 망연자실 퇴장하는 여인을 바라본다. 걸인 아이 들어온다. 아이, 노
래를 한다.

아이　　아부지는 잡혀가고, 어무이는 끌려가고, 형아는 도망가고, 누
　　　　나는 딸려가고, 나는 동냥간다. (사이) 아부지는 맞아 죽고, 어무
　　　　이는 미쳐 죽고, 형아는 찔려 죽고, 누나는 빠져 죽고, 나는
　　　　…… 나는…….

아이, 울음을 터뜨린다. 소현세자, 아이의 눈물을 닦아준다.

소현세자　나랑 대궐 갈래?
아이　　싫어!
소현세자　왜?
아이　　대궐에는 사람 잡아먹는 요괴 산대. 곰보다 무섭고 호랑이보다
　　　　무섭대.
소현세자　같이 가자꾸나.
아이　　싫어!

소현세자, 아이를 끌어안는다. 아이, 소현세자를 밀치고 도망간다.

아이　　대궐에는 사람 잡아먹는 요괴 산대. 곰보다 무섭고 호랑이보다
　　　　무섭대.

복면을 한 사람이 벽에 '民草必殺悖君綾陽(민초필살패군능양)'이라는 벽보를 붙이고 도망친다. 소현세자, 넋을 잃은 듯 멍하니 벽보를 바라본다.

소현세자 민 …… 초 …… 필 …… 살 …… 패 …… 군 …… 능 …… 양. 백성이 패덕한 군주 능양을 죽인다 …….

잠시 침묵이 흐르고, 소현세자 실없이 웃기 시작한다.

소현세자 아바마마가 패덕한 군주라는구나. 내 아버지를 죽인다는구나.

소현세자의 웃음이 점점 커진다. 어느 순간, 그의 웃음이 울음으로 번져간다.

소현세자 아바마마, 어찌 하오리까. 소자가 어찌 하오리까!

세자, 어둠 속으로 사라진다. 인조, 발을 올리고 얼굴을 내민다. 대궐 모형의 앞에 무릎을 꿇고 있는 세자의 모형이 놓여 있다.

인조 세자가 저기서 뭘 하는 게냐?
사관 무릎을 꿇고 석고대죄를 하고 있습니다.
인조 (영문을 몰라) 석고대죄?
사관 …….
인조 죄가 없는데 석고대죄라니 당치 않다. 그만두라 하라.
사관 (책을 보고서) 사흘 밤낮을 석고대죄할 것입니다.

잠시 후, 천둥이 치고 비가 내리는 소리 들려온다.

인조 세자가 아직도 그러고 있느냐?

사관　예.

인조　대체 무슨 죄를 졌길래 저러느냐, 세자가?

인조, 세자의 모형에 다가가려 한다.

사관　물으셔도 대답하지 않을 것입니다. 그저 눈물을 흘리며 속죄를
　　　하듯 저렇게 있을 것입니다.

인조　답답하다, 답답해. 이게 대체 어인 일인고. (사이) 너는 알고 있
　　　으렸다. 얘기를 해다오. 이게 무슨 영문이냐?

벽 쪽에 섬광과 빗줄기가 보인다. 비가 점점 거세진다. 잠시 후, 세자의 모형
이 옆으로 쓰러진다.

소리　세자께서 쓰러지셨다! 세자께서 쓰러지셨다!

인조　(다급하여) 어의, 어의를 불러라!

어의, 세자의 모형에 실을 매고 진맥을 하는 것처럼 자세를 잡는다.

인조　어떤가?

어의　비를 맞으셔서 열병이 나셨지만, 며칠 요양을 하시면 괜찮아지
　　　실 겁니다.

인조　산삼이건 웅담이건, 뭐든 필요한 건 죄다 쓰거라.

어의　(세자의 모형을 손에 받쳐 들고 나간다)

인조, 초조한 듯 무대를 서성인다. 금관조복들, 벽 쪽 미닫이에서 나온다.

금관조복1 세자는 왕명을 거역하고, 국시를 위배했소.

금관조복2 혁명의 대의명분에 반기를 들었소.

인조 그게 무슨 뚱딴지 같은 소린가? 아파 누워 있는 세자를.

금관조복3 세자의 죄를 엄히 물을 것이오.

인조 세자의 죄를 물어! 멀쩡히 정사를 돌보는 세자의 죄를 묻겠다 함은 니놈들이 왕권을 찬탈하겠다는 뜻이렸다. 이제야 니놈들이 본색을 드러내는구나! (칼을 빼든다)

금관조복4 세자를 부르시오.

소현세자, 들어온다.

인조 열병이라는데 괜찮은 게냐? 무슨 연유로 비를 맞으며 석고대죄를 한 게야?

소현세자, 무릎을 꿇는다. 인조에게 옥새를 내민다.

인조 ⋯⋯?

소현세자 소자는 국정을 운영하기엔 미흡한 점이 많아 아바마마의 승은에 누를 끼칠까 두렵습니다. 거두어 주소서.

인조 (긴장하여) 이 일로 석고대죄를 한 게냐?

소현세자 소자의 불충을 용서하소서.

인조 세자는 듣거라. 너한테 국정을 맡긴 건 북벌 과업을 위함이었다. 니가 국정에 익숙지않은 건 당연한 일이다. 마음고생이 심했나 보구나. 스스로를 탓하지 말아라. 내가 국정을 맡겼으니 너의 부족함은 내 탓이다. 어쨌든 니가 석고대죄로 부족함을 뉘우쳤으니 더는 할 말이 없다. (옥새를 내밀며) 가져가라.

소현세자 소자는 받을 수 없습니다.

인조 ⋯⋯!

금관조복1 세자는 광해군을 축출한 혁명의 명분이 무엇인지 아는가?

소현세자 알고 있습니다.

금관조복2 그렇다면 반청북벌이 무엇인지도 아는가?

소현세자 …….

금관조복3 반청북벌을 받들고 왕위를 계승해야 할 세자는 본분을 망각하고 국론을 분열시켰다.

소현세자 나는 세자의 본분을 망각한 적이 없습니다. 내 본분은 아바마마를 보필해 이 나라를 부국강병케 하는 것이오.

금관조복4 우리가 혁명을 한 건 광해군의 중립외교 때문이었다. 그자는 하루아침에 조선을 오랑캐로 만들었다. 사대부의 생명이 무엇인가? 대의명분이다. 대의명분이란 사람으로서 마땅히 지켜야 할 도리요 본분이다. 군자를 보면 섬길 줄을 알고, 소인을 보면 나무랄 줄을 아는 게 대의명분이다. 우리는 군자의 나라 중국을 섬기고, 소인배들인 오랑캐와 왜를 멀리했다. 조선이 어찌 스승의 나라인 중국에 칼을 들이대겠는가? 하지만 왜는 스승의 나라인 조선에 조총을 쐈다. 오랑캐는 자혜로 다스려온 조선에 칼을 휘둘렀다. 이것이 대의명분을 알고 예와 의를 아는 자가 할 짓인가? 조선은 대의명분을 알기에 중국과 같은 군자인 것이다. 그런데 광해군이 오랑캐와 화친을 하는 통에 우리는 소인배가 되고 말았다. 양반이 노비가 된 꼴이다.

소현세자 경들은 이미 국정을 운영할 이성을 잃었소. 경들의 오만한 자존심과 명예를 위해 이 나라를 파국으로 몰지 마시오. 이 나라는 그대들의 소유물이 아니오. 임금을 백성의 원수로 만들고, 이 땅을 피로 물들인 그대들의 죄는 결코 용서할 수 없소. 여기서 멈추시오. 헛된 명분으로 종묘사직을 도탄에 빠뜨리지 마시오!

인조 니, 니가 또 왜 이러느냐?

소현세자 소자, 죽기를 각오하고 간청하나이다. 명을 거두어 주십시오.

북벌을 철회하여 주소서.

인조 이 애비가 당한 치욕을 잊었느냐!

소현세자 어찌 잊겠나이까. 하지만 치욕을 씻기 위해 흘려야 하는 피가 너무도 많습니다. 사신의 일은 소자가 해결하겠습니다. 청나라에는 소자가 아는 지인들이 많고, 신뢰가 깊어 이 문제를 해결하기에는 소자가 적합할 것입니다. 소자를 청나라로 보내주십시오.

인조 그걸 제정신으로 하는 말이냐? 오랑캐가 널 살려둘 것 같으냐?

소현세자 이 전쟁을 막을 수만 있다면 소자 죽어도 여한이 없습니다.

인조 대세는 기울었다. 북벌을 철회할 수는 없다.

소현세자 (애절하여) 밖을 보소서!

인조와 금관조복들, 객석을 바라본다. '民草必殺悖君綾昜(민초필살패군능양)'이라는 벽보가 보인다. 백성들, 일정한 율동에 맞춰 무대로 들어온다. 그들은 낫과 괭이 등을 든 백성의 모형을 하나씩 안고 있다. 백성의 모형은 저항을 하는 모습으로 격렬하다. 백성들은 대궐 모형의 주위에 백성의 모형을 내려놓고 나간다. 대궐 모형이 성난 백성의 모형에 포위 당한 형국이다.

소현세자 백성들이 등을 돌리고 있나이다. 백성들이 임금을 버렸습니다. 명을 거두어 주소서.

잠시 침묵이 흐른다.

인조 (당혹감에 휩싸인다. 믿기지 않는 듯) 백성들이 날, 날 버렸다고? 내, 내가 패덕한 군주라고?

인조, 멍하니 대궐 모형을 바라본다.

금관조복1 (급히 나서며) 북벌은 조선의 유학과 대의를 지키는 성전이다!

대궐 모형과 벽보, 어둠 속으로 사라진다.

금관조복2 우리가 죽어 오랑캐를 죽일 수만 있다면 구차히 사느니 대의를 위해 죽는 것이 낫다.
금관조복3 지금 즉시 출군을 명하시오!
인조　　……!
금관조복4 출군을 명하시오, 주상!
인조　　출, 출군을 말이오?
소현세자 북벌은 불가하오! 죽겠다면 그대들이 가서 죽으시오! 그대들이 야말로 조선의 원수요!
금관조복1 인조반정으로 세워진 지금의 정권은 반청북벌을 위한 것이다. 누구도 위배할 수 없는 절대 강령이다. 반정으로 왕위에 오른 주상이라도 비켜갈 수 없는 것이다. 대조선국의 대의명분이 대명사대 반청북벌임을 잊는 자는 누구도 살아남지 못한다! 이것이 조선의 국시다!
소현세자 그렇다면 국시를 바꾸시오!
금관조복2 주상! 출군을 명하시오!

인조, 안절부절 못한다.

인조　　너도 들어서 알겠지만, 이 왕권은 북벌을 위한 것이다. 내가 저네들한테 약속을 했다. 동생 원수 갚고 북벌한다고 왕이 됐어. 이 약속은 어길 수가 없다. 내가 이 약속을 어긴다면 나도 광해군처럼 쫓겨날 것이야. 여기서는, 더는 물러설 데가 없다. 이 애비를 도와다오.

소현세자 여기서 멈추소서. 이 나라를 구하소서. 조선은 아바마마의 나
라입니다.

인조 (소현세자의 손을 붙잡고) 나한텐 너밖에 없다. 니가 청나라에서 사
문난적을 하고 친청을 했다고 해도 애비는 믿지 않았다. 널 음
해하는 자들을 경계하고 너를 지켜 주었어. 이젠 니가 나를 지
켜 줄 차례다.

소현세자, 말없이 고개를 숙인다.

인조 애비의 소원이다. 나를, 나를 도와다오.

소현세자 …… 명을 거두어 주소서.

인조 내가 어떻게 살았는지 아느냐? 광해군이 목을 칠까 노심초사,
조종의 꼭두각시로 삼전도의 치욕을 당했다. 그렇게 버텨 온
20년이다. 너를 위해 참아온 시간이다. 너는 왕이 돼야 한다.
제왕이 돼야 돼.

소현세자 아바마마께서 성군으로 역사에 남으신다면, 소자는 임금이 되
지 않아도 좋습니다.

인조 니가 열병으로 실성을 했느냐?

소현세자 명을 거두어 주소서. 역사에 묻은 피를 닦아 내소서.

인조 더는 이 애비를 시험하지 마라.

소현세자 용상을 버리소서.

인조 ……!

소현세자 피로 물든 용상을 버리소서.

인조 용, 용상을 버리라고…….

소현세자 백성을 죽이는 임금이 되시느니 소자와 평민이 되어 사시옵
소서.

인조, 넋을 잃은 표정으로 멍하니 소현세자를 바라본다.

소현세자 (애절하여) 저와 같이 가소서.

인조 이것이 누굴 위해 지켜온 자리거늘, 누굴 위해 참아온 시간이
거늘, 뭐라 용상을 버리라? 나 죽이고 북벌을 막아라. 부자의
의리를 절단하려 하기에 오랑캐 사신을 죽이고 북벌을 명했건
만 용상을 버리라! 니가 내 가슴에 칼을 꽂으려 석고대죄를 한
것이로구나.

소현세자 아버님!

인조 니놈이 그러고도 나를 애비라 부르느냐! (순간, 세자의 얼굴에 옥새
를 집어던지면서) 고 – 얀 – 놈!

금관조복1 북벌군은 출군하라!

금관조복2,3,4 출군하라!

출군을 알리는 북소리가 들려온다. 무대의 양옆에 '大明事大(대명사대)', '反
淸北伐(반청북벌)'이란 현수막이 내걸린다. 소현세자, 애절하게 인조를 바라
본다. 소현세자, 천천히 걸어나간다.

인조 가, 가면 안 된다. 가면 안 돼!

금관조복3 세자를 폐하시오.

금관조복4 반청주의자 봉림대군이 조선의 세자가 될 것이오. 그가 우리의
과업을 받들 것이오.

금관조복들, 벽 쪽 미닫이로 퇴장한다. 무대, 차츰 어두워진다. 소현세자, 소
복차림으로 들어온다.

인조 누, 눈이 탄다. 눈이 불에 탄다!

인조, 기함을 지르며 눈을 감싼다. 인조, 괴로운 듯 기함 소리와 몸동작이 격해진다. 소현세자, 대궐 모형을 향해 있는 백성의 모형을 하나씩 반대 방향으로 돌려놓는다. 그 모습이 처음과는 반대로 대궐 모형을 호위하고 있는 형국이 된다. 소현세자, 천천히 ‘民草必殺悖君綾陽(민초필살패군능양)’이라고 쓰여 있는 벽보를 뜯어낸다. 소현세자, 벽보에 불을 붙인다. 북소리, 멈춘다.

인조 (기함을 지르며) 눈이 탄다!

소현세자, 재를 멀리 날려버리려는 듯 손바닥으로 불에 타는 종이를 널뛰운다. 소현세자, 괴로워 몸부림을 치는 인조를 말없이 바라본다. 소현세자, 인조에게 절을 한다. 천천히 걸어나간다. 잠시 침묵이 흐른다.

사관 (책을 보고) 곧이어 세자를 폐하라는 상소가 올라올 것입니다.

인조, 말없이 바닥에 몸을 눕힌다. 그는 몸을 잔뜩 웅크린 채 움직이지 않는다. 잠시 후, 대신 1, 2 들어온다. 그들은 상소문을 가득 안고 들어온다. 대신들은 상소문을 돗자리 깔 듯 인조 앞에 펴보인다.

대신1 세자를 폐하라는 상소가 끊이질 않습니다. 조속한 조처가 있어야 할 줄로 아옵니다.

대신2 북벌군은 심양으로 진격해 봉림대군을 구출하기로 계획을 세웠습니다.

대신1 결정을 미루시면 안 됩니다. 폐세자를 명하십시오.

인조, 대꾸하지 않는다. 대신3, 다급히 들어온다.

대신3 비상사태입니다! 역적의 답안지가 사라졌습니다. 과거장에서 불충무도한 발언을 했던 자의 답안지가 없어졌습니다.

복면을 쓴 사람이 들어와 주위를 살피면서 무대 뒷벽과 대궐 모형 구석구석
에 종이를 붙이고 나간다.

인조   (종이를 가리키며, 무심하게) 저게 뭐냐?
사관   (들여다보고) 벽서입니다.
인조   ……?

사관, 인조를 외면하는데 대신들 벽서를 읽는다.

대신1   역적의 답안지를 베껴쓴 것입니다!
대신2   그 밑에 '이것은 충신의 직언이다' 라고 써있습니다.
대신3   도성뿐만 아니라 대궐에도 붙어 있습니다.

인조, 깜짝 놀라 종이를 한 장 뜯어내 읽는다. 그의 표정이 일그러진다.

대신3   내부에 공범이 있습니다. 국가 전시령이 선포된 상황에 대궐을
          넘나드는 건 불가능합니다.
대신1   그렇습니다. 대궐 안에 역적이 있습니다.
인조   잡아라! 당장 잡아 오라!

대신들, 돋보기를 들고 대궐 모형을 이리저리 살핀다. 잠시 후.

대신1   찾았습니다. 동궁전에서 역적의 답안지와 필사본이 발견되었
          습니다.
인조   동궁전이면…… 세자가 있는 곳이 아니드냐?

인조, 대신의 돋보기를 빼앗아 대궐 모형을 들여다본다. 무대에 세자의 모습
이 보인다.

인조 그, 그럴 리가 없다. 모반이다. 왕실을 음해하려는 역모가 분명
하다.

소현세자 소신과 뜻을 같이 하는 우국지사들이 역사를 바로 잡고자 벽서
를 붙였나이다.

인조 니가, 니가 벽서를 붙였어?

소현세자 소신은 광해군을 폐위한 반정의 명분을 받아들일 수 없나이다.

인조 (귀를 의심하여) 뭐라는 게야, 지금?

소현세자 반정의 명분인 첫 번째 죄는 선왕 선조대왕을 독살하고, 형과
아우를 죽이고 어머니를 유폐시킨 죄라 했습니다. 허나 선조대
왕을 독살했다는 명분은 계모인 인목대비가 날조한 것일 뿐 아
무 근거가 없는 것입니다. 인목대비가 유폐된 것은 임금을 음
해한 죗값을 받은 것임에도 패륜이란 죄목을 붙여 반정의 명분
을 삼은 것은 무슨 까닭이며, 태종 임금과 세조 임금에게도 묻
지 않은 죄를 형과 아우를 죽였다 광해군에게 물은 까닭은 무
엇입니까?

인조, 귀를 막는다.

소현세자 왜란으로 훼손된 대궐을 재건해 왕실과 국가의 위신을 바로 잡
고자 한 것을 민생을 도탄에 빠트려 정사를 위태롭게 했단 죄
로 물은 것은 또 무슨 까닭입니까?

인조 그만 해라.

소현세자 국가와 백성을 위한 임금의 정책은 반정의 명분이 될 수 없음
에도 불구하고, 대명사대를 하지 않고 오랑캐한테 항복했다 하

여 죄를 씌운 것은 이는 분명 왕권을 능멸한 대역입니다.

인조 그만! (사이) 꾸, 꿈을 꾸는 게야. 나는 세자를 잘 안다. 세자가 누구드냐? 나를 살리고 역적을 죽인 이가 세자다. 정묘호란 때는 의병을 모집하고 민심을 수습한 이가 세자다. 북벌을 반대한 거야 백성들이 가엾고, 애비가 원성을 살까봐 그런 게지. 아암, 그럴 수도 있는 일이지. 세상 천지가 배신해도 세자는 날 배신하지 않는다.

소현세자 …… 신은 이 자리에 …… 신하의 도리를 다하고자 왔나이다.

인조 광, 광해 귀신이 여기까지 쫓아왔다. (몸을 뒤지며) 부, 부적이 어디 있느냐. 귀신을 쫓아야 돼.

소현세자 …… 신 죽기를 각오하고 진언하나이다, 주상 전하.

인조 주상이 아니라 니 애비다. 날 봐라. 내가 누구인지 잊었느냐?

소현세자 신이 벽서를 붙인 것은…….

인조 너만은 나를 버리면 안 된다. 세상 사람들이 날보고 권력에 눈이 멀어 반란을 했다고 해도 너만큼은 너만은 이 애비를 버리면 안 돼. 이 애비의 역사를 망나니의 역사로 만들지 마라. 제발.

인조, 무릎을 꿇는다. 소현세자, 눈물을 참으려는 듯 눈을 감는다. 그의 목소리가 떨린다.

소현세자 (사이) 신이 벽서를 붙인 것은 그릇된 역사를 바로잡아 종묘사직을 구하기 위함입니다. 이제 광해군을 폐위한 인조반정이 명명백백한 무력 반란임이 온 천하에 드러난 바, 인조 임금이 세운 국시 또한 그 정통성을 잃은 것입니다.

인조, 서서히 일어선다.

소현세자   북벌은 한낱 반란 수괴의 요망일 뿐, 조선의 국시는 광해군 전
        하의 개혁과 실리입니다. 앞으로 조선은 광해군 전하의 국시를
        이어받아 두 번 다시 이 땅에 명분이란 이름으로 전쟁이 있게
        해서는 안 될 것입니다. (사이) 임금은 …… 죄를 …… 뉘우쳐
        …… 명을 …… 거두고 …… 왕실과 …… 종묘사직에 …… 백배
        사죄해야 …… 할 것입니다 …….

        잠시 침묵이 흐른다.

인조   (고개를 끄덕이며) 그래, 유생들이 벽서를 보면 한바탕 난리가 일
        것이야. 세자가 임금을 안 믿는다는데 누가 나를 믿겠느냐. 반
        란 수괴의 명을 누가 받아 북벌을 하겠는고. 청나라 군사보다
        세자가 무섭다는 걸 이제서야 알았구나. (실없이 웃다가) 너야말
        로 사사로운 부자의 정을 끊고 대의를 위해 죽기를 각오한 성
        인군자렸다. 세상 사람들은 임금은 반란을 하고 세자는 역사를
        바로잡았다 말할 것이야.

        인조, 웃음을 터뜨린다. 그칠 줄 모르는 웃음. 그의 서글픈 웃음이 무대에 메
        아리친다. 인조, 싸늘하여 웃음을 멈춘다.

인조   니가 이 자리에 신하로서 왔다 했느냐? 그렇다면 애비로서 묻
        겠다. 아들인 너는 이 애비가 반란의 수괴라고 생각하느냐?

소현세자   …….

인조   답하라. 아들인 너는 이 애비가 일으킨 반정을 반란이라 생각
        하느냐?

소현세자   …….

인조   대답하라!

소현세자, 말없이 고개를 숙인다.

인조　죽-일-놈-! 내 너를 죽일 것이다! 너를 죽여 부자의 연을 끊을 것이야! 영원히, 영원히 니놈을 용서하지 않을 것이야! 죽어라!

인조, 칼을 들어 대궐 모형을 향해 내리꽂는다. 소현세자, 어둠 속으로 사라진다.

인조　세자는 죽었다. 왕실을 배신한 세자는 죽었다. 세자빈한테는 사약을 내리고, 그 자식놈들은 모두 제주도로 귀양을 보내라. 조선의 세자는 봉림대군이다!

금관조복들의 모습이 보인다.

금관조복1 세자는 어의 이형익의 침을 맞고 3일 만에 죽었다.
금관조복2 온몸이 새까맣고 뱃속에서는 피가 쏟아지고, 낯빛은 중독된 사람과 같았다.
금관조복3 세자는 주상에게 독살됐다. 죄를 물어 대역으로 다스리지 않고 사사로이 죽인 것은 두고두고 악재가 될 것이다.
금관조복4 인조반정이 형제를 살육하고, 어머니를 유폐한 패륜에서 힘을 얻은 만큼, 후에 아버지가 아들을 독살한 이번 일이 밝혀진다면 우리의 정권은 반정의 도전을 받을 것이다.

대신들, 들어온다.

대신1　수습 방안을 마련했습니다. 칼을 맞아 죽은 사신은 황명을 전

하고 청나라로 돌아가다가 한족 저항군한테 습격을 당해 죽은
걸로 하면 위기를 넘길 수 있을 것입니다.

대신2 대신 급한 대로 청나라가 요구한 사항을 조속히 실행해야 합니
다. 그래야 우리를 의심하지 않을 겁니다.

대신3 군량으로 비축한 쌀과 곡식을 청국으로 보낸다면 좋은 결과를
얻을 수 있을 것입니다.

인조 수습을 명한 적 없다. 북벌군은 진군하라!

대신들, 명을 기다리듯 금관조복들을 쳐다본다.

인조 이놈들아 어딜 보는 게야! 조선의 왕은 여기 있다!

금관조복4 세자가 역적과 어울려 벽서를 붙였다는 것이 알려지면 정국은
걷잡을 수 없이 혼란해 질 것이다.

금관조복3 북벌을 반대하는 세력에 힘을 실어줄 것이고, 왕권의 몰락을
가져올 것이다.

금관조복2 벽서 사건에 연루된 자를 찾아내 모두 참하고, 이 사건이 잠잠
해질 때까지 북벌은 보류한다. 북벌군을 되돌려라.

금관조복1 세자가 부왕에게 독살되었다는 사실은 누구도 알아서는 안 된
다. 세자의 죽음을 알아서는 안 된다. 대궐 문을 닫아라.

금관조복 일동 대궐 문을 닫아라!

대신들, 대궐 모형의 문을 닫는다. 무대, 차츰 어두워진다. 인조, 당황하여 안
절부절못한다.

인조 왕명이다! 군사는 진군하라!

대궐모형의 정문이 닫히면 객석을 향해 스포트라이트가 비치면서 무대의 조

명이 눈이 부시도록 밝아진다. 인조와 사관의 모습만이 보인다.

사관   돌아가실 시간이 됐습니다.

인조   (주위를 두리번거린다)

사관   왔던 곳으로 돌아가는 길목입니다.

인조   아직 가면 안 된다. 진군 명령을 내려야 돼. (망원경을 보이며) 이 걸로 오랑캐 죽는 걸 봐야 되는데 ……. (긴 사이, 기억이 가물거리는 지) 긴 여행을 한 것 같구나. 피곤하다. (사람을 쓰다듬듯 망원경을 쓰 다듬는다. 사이) 이놈도 많이 늙었구나. 여기저기 흠집이 생겼다.

인조, 망원경을 말없이 쳐다본다. 상념에 젖은 표정이다.

사관   가소서, 전하.

인조   (잠자코 있다고, 문득) 그래, 앞장서라. 내 주상 겁박하는 역적놈 등 판에 대침을 꽂을 것이야. …… 가자꾸나.

인조, 망원경을 조심스레 닦고 목에 건다. 사관, 나간다. 인조는 멈칫멈칫 뒤 를 돌아보며 뒤따라 나간다. 징 소리 들려오면서 암전된다.

제 3 장

1장처럼 미닫이문이 열려 있고, 제사상과 위패가 보인다. 효종, 객석을 향해 서 있다. 인조와 사관, 단 위에 선다. 이들은 어둠 속에서 상체만이 어렴풋이 보인다. 잠시 후 노대신, 들어온다.

노대신 약속드린 시간이 되었습니다.

효종 경의 패가 유용하다 보시는가?

노대신 부족함이 없으리라 생각되옵니다만.

효종 응하지 않는다면 …….

노대신 한나라의 대유학자 동중서 선생께서는 왕은 천지인을 관통하는 존재를 뜻한다 일찍이 말씀하셨습니다. 군왕의 도가 하늘과 땅의 덕을 본받아 이 땅의 백성들을 평화롭게 살게 하는 데 있다는 말씀입니다. 군주는 속세의 권력과 초월의 권능을 탐하기 전에 먼저 자신의 덕을 갈고닦아야 합니다. 왕이 덕을 닦지 않는다면, 왕한테는 권력도 권능도 존재하지 않습니다. 왕이라고 해도 인륜과 천륜을 위배할 수는 없는 것입니다. 이는 광해군도 피해갈 수 없었던 대목입니다. (사이) 응하시지 않으신다면, 부왕의 죄를 전하께 물을 수밖에 없습니다.

효종 그것이 반정의 명분인가?

노대신, 고개를 숙여 보인다.

인조 저 역적놈이 뭐라는 게야?

효종, 책에서 일정 부분을 찢어 갖는다. 노대신에게 책을 건넨다.

인조 (깜짝 놀라서 고개를 내밀며) 저, 저, 저건 …….

효종, 찢어낸 부분을 살펴본다.

인조 미, 믿지 마라! 저건 죄다 거짓말이다. 역모다. 모반이다!

효종 군사를 되돌리면 …….

노대신　이 역사는 영원히 사라집니다.

인조　안 된다. 조선에 천운이 왔어. 오랑캐를 쳐라!

잠시 침묵.

효종　인조대왕께서는 소현세자에게 자애로우셨고, 소현세자 또한 부왕께 극진한 효성을 다했소.

인조　누가 지극한 부자의 의리를 의심하오리까.

효종　세자께서는 반청북벌의 국시를 받드시고, 소임을 다하시다 학질로 승하하셨소.

노대신　소현세자 저하의 충정은 만세에 길이 남을 것입니다.

잠시 침묵.

효종　군사를 되돌려라. 나의 군사는 돌아오라.

소리　북벌군은 ─ 회군하라 ─.

노대신　성은이 망극하옵니다, 전하.

인조　안 돼! 이 애비 지 자식놈 잡아먹은 패륜아라 치고 넌 제왕이 돼야 돼. 나 땜에 그러면 안 된다. 그러면 안 돼!

인조, 어둠 속에서 나온다. 인조, 안타까워하며 효종에게 다가가려 한다. 효종, 책에서 찢어 가진 부분을 불태운다. 불이 다 타면, 잠시 후 소복을 입은 소현세자 들어온다. 그는 환하게 웃으며 인조에게 손을 내민다. 인조, 믿기지 않는 듯 소현세자를 멀뚱히 쳐다본다.

사관　가시옵소서, 전하.

인조　또 춥고 어두운 길을 가야 하는 게냐?

사관 전하가 가실 곳엔 추위도 어둠도 없나이다.

소현세자, 인조를 이끌고 천천히 걸어나간다.

효종 이 순간 이후 그 누구도 소현세자의 죽음을 기억하지 못할 것이며, 그 누구도 이 일을 꺼내는 이 없을 것이다. 오직 조선의 제왕만이 기억되리라.

소현세자와 인조, 효종을 돌아본다. 소현세자, 환히 웃어 보인다. 인조, 어설픈 웃음을 짓는다. 사관, 자신의 책을 덮는다. 무대 서서히 어두워지면서 막 내린다.

천년제국 1623년

초연 : 2000년 10월 27일~11월 12일
장소 : 동숭아트센터 동숭홀

극단 서전 / 연출 박계배

〈출연〉
박경근, 김재권, 이재원, 서민정, 정대용, 송영재, 최임수, 유학승, 차순배, 류창우, 장경섭, 이병술, 이윤상, 유승목, 김민성, 권혁준, 김영은, 안동숙, 김은정, 성봉근, 윤재진

〈스태프〉
음악 · 채희준 / 조연출, 무대감독 · 김성환 / 무대미술 · 손호성 / 의상, 분장 · 손진숙 / 조명 · 이인연, 김희선 / 안무 · 최준명 / 사진 · 임희정 /기획 · 공연기획〈이다.〉

– 서울특별시 [2000년도 무대공연작품 지원대상] 선정작

〈등장인물〉

　　광해군
　　허균
　　사관(史官) : 노사관의 젊을 적
　　이이첨
　　대신 1, 2, 3
　　한산
　　유생 1, 2, 3, 4
　　무화
　　대전(大殿)내관
　　기생
　　강홍립
　　이수광
　　노사관
　　신입사관
　　- 그 외 사람들. 배역은 주요 인물이 아니라면 일인 다역도 무방하다.

〈무대〉

무대는 기본적으로 빈 공간이다. 중앙에 단상이 하나 놓여 있다. 1장에서는 단상
의 앞쪽에 광목들이 막처럼 내걸려 있다. 단상은 어둠에 잠겨 보이지 않는다. 2장
이 시작되면 광목들은 위로 걷어 올려지고, 비로소 무대 전체가 보인다.

제 1 장

막이 오르면 오른손이 없는 노사관(老史官)과 상복을 입은 신입사관(新入史官) 보인다. 그들의 모습은 정지된 풍경처럼 무대의 앞쪽에 자리 잡는다. 그들의 앞에는 흡사 제사를 지내는 것처럼 음식과 향이 놓여 있다. 어렴풋이 글자들로 가득한 광목이 그들 너머로 보인다.

노사관 이곳은 지엄하신 주상 전하께서도 들어오시지 못하는 곳이다. 여길 들어올 수 있는 자는 사관뿐이다. 허나 사관도 여길 들어올 수 있는 건 두 번뿐. 사관의 예를 올리기 위해 오고, 죽어 이름을 남기기 위해 온다.

신입사관 (공손히 허리를 숙인다)

멀리서 들려오는 종소리. 촛대에 불이 밝혀진다. 뒤쪽의 광목들이 한층 더 뚜렷이 보인다. 신입사관, 그 광경에 경외감을 느낀 듯 두렵다.

노사관 이름 석 자 적었느냐?

신입사관, 자신의 이름이 적힌 종이를 노사관에게 건네고 무릎을 꿇는다. 노사관, 향을 피운다.

노사관 대전을 향해 두 번 절을 하거라.

신입사관, 대전을 향해 두 번 절을 한다.

노사관 술을 따르거라.

신입사관, 영전에 술을 바치듯 술잔을 돌리며 술을 놓는다.

노사관 충심으로 곡을 하거라.
신입사관 (길게 늘어지도록) 아 – 이 – 고. 아 – 이 – 고. 아 – 이 – 고. 아 – 이
– 고.

신입사관, 곡에 탈진한 듯 길게 몸을 뻗는다.

노사관 (사관의 이름이 적힌 종이를 불태우며) 연안 차씨, 차석중, 사관 입적
을 아뢰나이다.

잠시.

노사관 너는 국상을 치렀다. 이제부터 너의 임금님은 대전에 계신 상
감마마가 아니시다. 너의 임금은 하늘이시다. 니 이름 석 자 역
사 쓰는 사관의 이름이 되었다. 사관의 붓자락은 철위산 불구
덩이보다 두려운 것. 충신이 간신 되고 역모가 반정 되는 게 사
관의 붓자락에서 나온다. 들은 것과 본 것만을 써야 한다. 목이
달아나도 사지가 잘려도 그것이 사관이 할 일이다.
신입사관 명심하겠습니다.

멀리서 의식이 끝났음을 알리는 종소리 들려온다. 신입사관, 그제서야 몸을
일으킨다.

노사관 상복을 벗거라.

신입사관, 상복을 벗어 노사관에게 건넨다. 노사관, 무릎을 꿇고 상복을 정성

껏 갠다. 그 사이, 어물쩍 눈치를 보던 신입사관은 광목이 내걸린 쪽으로 조심스럽게 다가간다.

신입사관 (광목의 한켠을 나지막하게 읽는다) 태, 조, 대, 왕. (다른 광목을 보고) 세, 종, 대, 왕. (다른 광목을 보고) 중, 종, 대, 왕. (참다못해) 이걸 다 사관들이 쓴 겁니까? 저도 상감마마를 뵐 수 있습니까?

노사관 (대꾸없이 상복을 개다가) 너는 왜 사관이 되고자 하느냐?

신입사관 사내로 나서 출장입상(出將入相)을 못하면 이름이라도 남겨야 되지 않겠습니까?

노사관 입신양명하고 싶으냐?

신입사관 그야! (더 말을 할 듯하다가 입을 다문다)

노사관 이 상복이 무얼 뜻하는지 아느냐?

신입사관 …….

노사관 이건 니가 현세의 명예와 부귀영화를 버렸다는 증표인 게다.

신입사관 죄송합니다…….

노사관 잊지 말거라.

신입사관 심려 마십시오. 절대로 제 소임을 잊지 않겠습니다!

노사관 (상복을 내밀며) 니가 죽어 여기에 들어올 때까지 가슴 깊이 모셔 두거라.

신입사관, 경건하게 상복을 품에 안는다.

노사관 날이 밝으면 붓과 벼루를 줄 것이다. 그것으로 니 일이 시작된다. (촛불을 끄고) 예는 끝났고, 돌아갈 시간이다.

노사관, 앞장선다. 뒤따르던 신입사관의 시선이 바닥에 널브러져 있는 광목에 멈춘다.

신입사관 저 ……. (떨어져 있는 광목을 가리키며) 이것도 저기에 걸어 두어야
되지 않습니까? 곰팡이가 슬고 글자가 번져 읽기가 힘듭니다.
다 썩어버리겠습니다.

노사관 (광목에서 급히 시선을 거두며) 사관은 역사를 쓸 뿐, 우리 몫이 아니
다.

신입사관 후세가 읽을 수 있게 역사를 보존하는 것도 사관이 할 일이 아
닌지요?

잠시.

노사관 실록과 일기의 차이를 아느냐?

신입사관 실록은 왕의 역사고, 일기는 군의 역사인 줄로 압니다.

노사관 저기에 걸려 있는 것은 왕의 역사다. 나라를 건국하신 태조대
왕, 나라 글을 창제하신 세종대왕, 폭군 연산을 몰아내신 중종
대왕. 모든 왕들의 역사는 저기에 있다.

신입사관 (바닥의 광목을 보고) 그럼, 이건 폭군의 역사입니까?

신입사관, 놀라서 물러선다. 잠시. 노사관의 대답이 없자 신입사관 조심스레
바닥의 광목으로 다가간다. 신입사관, 궁금한 듯 광목의 한켠을 들여다본다.
역사를 읽던 신입사관, 까무러치게 놀라 뒤로 나자빠진다.

신입사관 (경악하여) 임금이, 임금이, 자기 어머니를 내쫓았습니다! 친형을
죽이고, 이복동생을 죽였습니다!

노사관 …….

신입사관 만고의 패륜입니다! 게다가 오랑캐를 섬겨 국시에 먹칠을 했습
니다.

노사관 (묵묵히 듣고 있다가) 역사란 흐르는 물결과 같다. 역류를 꿈꾸는

자는 그 거친 물살에 무인궁도(無人窮途)로 휩쓸려 간다.

신입사관 (무슨 말인가 하여 고개를 갸우뚱하다가) 무슨 말씀이신지요?

노사관 꿈을 꾸는 자는 죽는다. 허나 꿈을 꾸지 않는 자는 이 영욕의 시간을 견디어야만 한다.

신입사관 (노사관의 말을 곱씹다가, 사이) 임금이 …… 꿈을 꾸었습니까?

단상이 어렴풋이 보인다. 노사관의 시선, 단상을 향한다. 점차 윤곽이 뚜렷해지는데, 단상에 소복을 입은 모습으로 광해군 앉아 있다. 노사관, 애써 광해군을 외면한다.

신입사관 말씀해 주십시오. 궁금합니다.

노사관, 돌연히 죄인의 모습으로 무릎을 꿇는다.

신입사관 (깜짝 놀라서) 선생님!

노사관 목이 잘리고 사지가 잘려도 본 것과 들은 것만을 쓰는 것이 사관의 길이거늘, 이 한 손 잘린 것에 사관의 도를 저버렸나이다.

광해군 (무표정한 얼굴, 건조한 목소리) 사관은 역사를 기록한다. 그 안에는 내가 있다.

신입사관, 노사관의 돌연한 행동에 당황하다가 그를 부축하려는데,

노사관 (읍소하며) 죽여 주소서!

신입사관 (당혹스러워) 제가 잘못한 게 있다면 용서해 주십시오. 제가 아직 사관의 예를 몰라…….

광해군, 십자(十字) 모양 양팔을 든다. 노사관, 애절하여 광해군을 본다. 침묵.

노사관   문이 열렸다.

신입사관   문이라 하셨습니까? 심려 마십시오. 제가 닫겠습니다.

신입사관, 문을 찾으려는 듯 이리저리 주위를 살핀다.

노사관   이리 오거라.

신입사관, 영문을 몰라 머뭇거리다가 노사관의 옆에 앉는다.

노사관   듣고 싶다고 했느냐, 그 임금의 얘기를…….

신입사관   (조심스레 고개를 끄덕인다)

노사관   그럼, 저 임금의 말씀……. 귀를 기울이거라.

노사관, 손을 들어 천천히 좌중을 가리킨다. 신입사관의 시선, 노사관의 손길을 따른다.

대전(大殿)내관이 광해군의 옆에 거북마냥 목을 길게 내뺀 채 선다. 마지막으로 흰 광목을 들고 사관이 들어와 무대 한켠에 자리를 잡는다. 노사관의 젊을 적 모습이다. 그들은 사진 속의 인물처럼 정지해 있다.

– 노사관과 신입사관은 극이 진행되면 적절한 시기에 모습을 감춘다.

제 2 장

광해군   시작하라.

대전내관, 양팔을 벌리고 있는 광해군에게 곤룡포를 입힌다. 익선관을 씌운다. 대신들, 들어와 단상 앞에 정좌한다. 무대 한켠에 무장을 한 군사 보인다. 그의 손에 목각 인형이 놓여 있다. 인목대비이다.

이이첨 (길게 늘어지도록) 전 - 하 - !

잠시.

이이첨 바로 잡으소서! 대역 죄인을 국법으로 다스려 성상의 위엄을 보이소서.

광해군 내 어머니시오.

대신1 아홉 살이나 어린 계모입니다. 선왕의 즉위교서를 감추고 영창대군을 왕위에 옹립하려 한 게 인목대비입니다.

대신2 영의정 유영경이 이를 증언했나이다.

광해군 부왕의 즉위교서를 감춘 유영경은 오래전 죄를 받아 죽었소.

대신3 그 간악한 죄, 더는 미루지 마소서.

광해군 내가 그이의 언문교지로 보위에 올랐소.

대신1 영창대군이 어린 탓에 수렴청정도 할 수 없어 별수 없이 교지를 내린 것이옵니다.

이이첨 탁방을 지으소서. 다 죽었습니다. 영창대군을 밀던 소북파도, 우리를 반대하던 남인도 서인도, 남은 건 인목대비 하나입니다. 우리가 그네 아비와 아들을 죽였습니다.

광해군의 표정이 굳어진다.

이이첨 하명하소서.

잠시.

광해군 대역의 죄를 묻는다면 마땅히 주살해야 할 것이나 인목대비는 계모이기는 하나 나의 어머니이시오. 나는 이 나라의 지엄한 군주로 자비를 베풀려 하오. 인목대비는 존칭을 폐하고 서궁으로 유폐하라.

군사, 인목대비 인형을 갖고 밖으로 나간다.

대신1 죽이소서!

대신2 베소서!

대신3 대역 죄인이오, 인목대비!

이이첨 역적의 수괴를 살려 어쩌려 하시오! 이 판이 대마루요, 성상!

광해군, 무릎을 꿇는다. 대신들, 그의 느닷없는 행동에 당혹스럽다.

광해군 경들이 인목대비를 죽이고자 한다면 나부터 치시오.

광해군, 길게 목을 내민다. 이이첨, 격노한 기색으로 일어선다. 날카롭게 광해군을 쏘아보던 대신들, 무대를 나간다. 광해군, 터져 나오듯 길게 숨을 내뱉는다.

광해군 (인목대비를 향해) 이제 끝났소. 망령된 꿈을 꾸지 마시오. 대역 죄인은 죽는 게 이 땅의 법도요. 나 광해가 살렸소. 난 백정이 아니외다.

광해군, 답답한 듯 곤룡포와 익선관을 벗어던진다. 무대 뒤쪽에 기생들, 병풍의 그림마냥 서 있다.

기생　　부어라, 마셔라! 사내 하나에 기생이 몇이오? 동방화촉 불길에 소녀들 다 잡겠소. 나리 성함이 어찌 되시오?

광해군　내 이름 석 자면 하늘이 놀라고 땅이 놀란다.

기생　　뭘 하시는 분이시오?

광해군　가문 좋은 집안, 서얼로 태어나 사람대접 못 받다가 독한 마음 먹고 칼을 쥐어 이제사 대기만성했다. 나 싫다고 했던 이들 배 태워 보냈다.

기생　　어디로 보내셨소?

광해군　북망산 보냈지.

기생　　(깜짝 놀라) 죽이셨소, 그 사람들?

광해군, 대답 대신 엽전을 집어던진다. 기생들, 까르르 웃으며 광해군과 어울린다. 사관, 기생들에게 쫓겨 무대 구석으로 몰린다. 광해군, 기생들의 치마 속에 얼굴을 파묻는다. 광해군, 비를 갈구하듯 입을 벌리면 기생은 그의 입에 술을 퍼붓는다. 한바탕 펼쳐지는 놀이. 그들의 놀이 차차 수그러들며, 무대 천천히 어두워진다.

광해군, 잠이 들었다.

광해군　춥다.

사관, 내관이 보이지 않자 잠시 망설이는 기색으로 광해군을 바라본다. 광해군, 한기를 느끼는지 몸을 움찔한다. 사관, 조심스레 그에게 이불을 덮어준다.

광해군　(사관이 돌아서려는데) 몇 시냐?

사관　　오경입니다. 곧 날이 밝을 것이옵니다.

광해군 (짧은 신음 소리를 내며) 머리가 아프다.

사관 과음을 하셨습니다. 큰 잔으로 술을 열세 잔이나 드셨습니다.

광해군, 낯선 목소리에 실눈을 떠 사관을 본다.

광해군 누구냐, 넌?

사관 사관이옵니다.

광해군 (이상하다는 듯 몸을 일으키며) 여기서 뭘 하느냐?

사관 (엎드리며) 전하의 역사를 기록하고 있습니다.

광해군 역사를 기록한다고?

사관 역사는 밤에도 멈추지 않기에 붓을 놓아서는 안 됩니다.

광해군 언제부터 있었느냐, 거기에?

사관 전하께서 보위에 오르신 날부터입니다.

광해군 그런데 왜 널 보지 못했을까? (한동안 놀라움을 감추지 못하다가, 목소리 돌변하여) 넌 하나의 보탬도 하나의 빠짐도 없이 내 역사를 쓰고 있느냐?

사관 그렇습니다.

광해군, 느닷없이 칼을 뽑아 사관을 겨눈다.

광해군 이래도?

사관, 꼼짝하지 않는다.

광해군 (호탕하여) 너 같은 자가 대신으로 있으면 골치깨나 아프겠다.

광해군, 단상에 걸터앉는다. 두통이 있는지 머리를 매만진다. 잠시.

광해군 내가 피를 많이 보았지?

사관 (기록을 더듬어 보며) 역모가 있었던 사건은 김직재의 옥사, 칠서의 옥사, 신경희의 옥사가 있었으며, 역모에 가담했다 처형당한 왕족은 전하의 동복형이신 임해군과 이복동생이신 영창대군이 있사오며, 또.

광해군 (말을 가로채며) 그네들이 왜 죽었는지 아느냐?

사관 ……

광해군 이 자리를 탐했기 때문이다, 그래서 죽었다. (상념에 젖어 있다가) 사람 죽인 걸로 치면 태종대왕도 세조대왕도 나보다 더하셨으면 더하셨지, 절대 덜하시지는 않으셨다. 그렇지?

사관 (고개를 숙여 보인다. 그러나 긍정인지 부정인지는 분명치 않다)

광해군 하지만 그분들은 선정을 했다고 떠받든다. 누가 그분들의 역사를 의심하겠느냐?

잠시.

광해군 태종대왕께서 개경에서 한성으로 돌아오신 까닭을 아느냐?

사관 그는 태조대왕의 유조를 받든 것으로 그 해에 왕실이 머무르실 경복궁이 완성되었기 때문입니다.

광해군 아니다. 씻김이다! 대왕도 형제 살육하신 죄, 맘에 맺히신 게다. 그걸 씻으시려, 천도를 하신 거다. 그래서 성군이 되셨다.

무대, 날이 밝듯 밝아온다.

광해군 (경이로운 듯) 날이 밝는구나. (경이로움에 취해 있다가, 문득) 내 역사를 쓴다고 했느냐? 그렇담, 잘 보아야 한다. 이제부터가 정녕 내 역사다. 새 땅에 내 역사를 쓰리라!

광해군, 단상에 오른다.

광해군 (공포하듯) 경기도 땅, 교하로 간다!

소리 천도를 받들라!

내관들, 들어오며 '천도를 받들랍신대!' 라고 외친다. 내관들, 대궐의 집을 머리 위까지 떠받치고 종종걸음으로 무대를 가로지른다. 그들의 행위는 춤처럼 일정한 정형성을 가진다. 잠시 후 대신들, 들어와 단상 앞에 정좌한다.

광해군 (유쾌하여) 날이 밝았소. 새 역사가 시작되었소.

이이첨 경하드립니다.

광해군 경의 공이 크오.

이이첨 임금은 하늘이 내는 법. 신 이이첨, 그저 천명을 받들 따름입니다.

광해군 (만족스러운 듯, 좌중을 가리키며) 어떠하오?

이이첨 (물끄러미 바라보다가) 뒤에 강이 버티고 있으니 우선 뒤쪽에 있는 적을 막기에 용이하옵고 산이 낮으니 산성으로 사용하기에 알맞아 앞의 적을 막기에도 용이하옵니다. 강을 끼고 평야가 있으니 농사를 짓기에도 부족함이 없는 줄로 압니다.

광해군 (기뻐서) 저 강은 임진강이고, 저기가 경기도 땅 교하요.

이이첨 하오나, 천도는 불가합니다.

광해군 ……!

이이첨 유학의 도는 세상의 빛이며 질서가 되는 임금을 올바른 길로 이끄는 겁니다. 임금이 없는 세상은 암흑천지요, 혼란과 야만의 세계입니다. 정도를 걷지 않는 임금의 세상도 이와 같습니다.

광해군 내가 정도를 가지 않는단 말이신가?

이이첨 조정이 있는 것은 나라의 운영을 논의하기 위함입니다. 우리들

과 논의치 않으신다면 우리가 무슨 수로 성상을 정도로 이끌겠
습니까?

광해군 나도 사서삼경을 읽은 바, 내 길이 유학의 도에서 어긋난다 생
각하지 않소. 임진란으로 경복궁을 비롯해 역사가 무구한 대궐
이 한낱 재가 되었고, 백성들은 전쟁의 상흔에서 벗어나지 못
하고 있소. 이런 시국을 풀고 새로운 역사 창달을 위해서라도
적당한 조처요.

이이첨 조정의 논의가 없는 결정은 설사 나라를 살리는 고견이라 해도
부덕입니다. 유학의 정도를 걸으신 열성조의 덕치(德治)를 잊지
마소서.

대신1 (광해군이 무엇이라 말을 하려는데) 이미 경덕궁, 인경궁을 중건하고
있사온데 이런 와중에 천도를 하오시면 나라 살림이 파탄 지경
에 이름은 물론이거니와 대궐 중건으로 편치 않은 민심, 동요
치 않을까 심려되옵니다.

대신2 신들의 충정을 알아주소서.

대신3 유학의 도를 따르소서. 열성조의 역사가 이를 증거합니다. 천
도를 거두소서.

광해군 (안타까워) 그럼, 이 자리에서 논의를 합시다. 그러면 되지 않겠
소?

대신들, 입을 열지 않는다.

광해군 (표정 굳어지며) 정녕 불가하다 보시오?

이이첨 하명하여 주소서.

광해군 (머뭇거리다가, 풀이 죽어) 우린 수레의 바퀴와도 같소. 어느 한쪽이
없으면 수레는 쓰러질 터 나라의 운명이 경들의 어깨에 달려
있소. 내가 부덕하여 경들의 충정을 헤아리지 못했소.

짐을 나르던 내관들, 대신들의 눈치를 살피다가 도로 물건을 가지고 나간다.
대신들, 나간다.
잠시 침묵이 흐른다. 어디선가 구슬픈 여인의 울음소리 들려온다.

광해군　저 소리가 뭐냐?

소리　　서궁에서 나는 소리이옵니다.

광해군　서궁이면 …… ?

소리　　인목대비가 계신 곳입니다.

여인의 울음소리 더욱 커진다. 광해군은 담담히 소리를 듣는다.

광해군　(치밀어 오르는 분노를 밀어 넣으며) 내가 살렸소. 죽을 목숨 살려주
　　　　었는데 춤을 추진 못할망정 통곡이 웬 말이오.

여인의 소리　영 – 창 – 아 – 아 – 바 – 님 –.

광해군　그만하시오.

여인의 소리　(더욱 애절히) 영 – 창 – 아 – 아 – 바 – 님 –.

울음소리, 그칠 줄 모르고 광해군 귀를 틀어막는다.

광해군　그 – 만 – ! (돌연) 물. 무울!

대전내관, 놀라서 주전자를 갖고 들어온다.

광해군　(손을 보이며) 부어라!

광해군, 물로 손을 씻는다. 그 놀림이 결벽증 환자의 그것처럼 신경질적이다.

광해군 더, 더 부어라! 어여!

대전내관, 그의 손에 계속 물을 붓는다. 광해군의 손놀림이 격렬하면 할수록 여인의 울음소리도 더욱 거세진다. 어느 순간, 울음소리 멈춘다. 광해군, 그제서야 손놀림을 멈춘다. 거친 숨을 몰아쉬며 단상에 쓰러지듯 털썩 드러눕는다.

오랜 침묵이 흐른다.

대전내관 (근심스럽게 지켜보다가) 어의를 부르오리까? (대꾸가 없자) 마마.

광해군 (몸을 일으키며) 필지(筆紙)를 가져와라.

대전내관, 붓과 종이를 가져온다.

광해군 받아써라.

대전내관, 받아쓸 준비를 한다.

광해군 경들의 충정을 모르고 열성조의 덕치를 욕보인 과인을 용서하시오. 경들에게 과인의 부덕을 진심으로 사죄하니 노여움을 풀고 내 말에 귀를 기울여 주시오. 이제 역적들을 발본해 태평성대가 도래하니 천도는 종묘사직을 천년만년 보존키 위함이요, 경들의 위상을 더욱 높이 하기 위한 것이오. 전쟁의 폐허만이 남은 한성을 떠나 교하에서 새 역사를 펼칩시다. 간곡히 청하니 부디 과인의 뜻을 거절치 마시오. (사이) 다 썼느냐?

대전내관 예.

광해군 (편지를 확인하고, 만족스러운 듯) 대신들한테 건네거라. 내가 과오를

심히 뉘우치고 있다는 말도 덧붙여라.

대전내관, 나간다. 광해군, 초조한 기색으로 그를 기다린다.
얼마간의 침묵이 흐른다. 대전내관 들어오다가 광해군을 보고 멈추어 선다.
난처한 기색으로 입을 열지 못하고 서성인다.

광해군　(대전내관을 발견하고, 재촉하여) 대신들이 뭐라 하드냐? 내 뜻을 알
　　　　　겠다든?

대전내관　(난처하여) 대신들이 하는 말이, 한성에 종묘가 있고 사직이 있
　　　　　어, 이미 오랜 역사, 나라의 수도로 부족함이 없다며, 더는 논
　　　　　의할 문제가 아니라며, 불가하다 하여이다.

광해군　(싸늘하여) 그네들이 편지를 읽었느냐?

대전내관　예⋯⋯.

광해군　내가 과오를 심히 뉘우치고 있다는 말도 덧붙였느냐?

대전내관　예⋯⋯.

광해군　그런데도 논의조차 하질 않겠다고, 불가하다 했단 말이지?

대전내관　예⋯⋯. 그, 그리고⋯⋯.

광해군　말하라.

대전내관　그, 그리고, 대신들이 말하길, 대역 죄인이 아직도 지 죄를 모
　　　　　르고 살아 있는데, 천도를 논한다 함은 이치에 맞지 않는다 했
　　　　　나이다.

광해군　(표정 굳어지며) 그게 누구라든?

대전내관　(머뭇거리다가 손을 들어 무대 한켠을 가리키며, 서궁이다) 저, 저기 있
　　　　　는⋯⋯.

광해군의 시선 대전내관의 손끝에 멈춘다. 그의 표정 일그러진다.

광해군 (돌연히) 말을 준비하라!

대전내관 어, 어딜 가시려 하시나이까?

광해군 교하로 간다.

대전내관 (당황하여, 광해군을 쫓으며) 마마, 고정하옵소서.

광해군 (칼을 빼어들고) 막으면 벤다.

대전내관, 읍소한다. 내관들, 몰려들어와 광해군을 포위하듯 빙 둘러 엎드린다.

내관 일동 (과장되게 통곡하여) 종묘사직을 굽어 살피소서! 열성조의 덕치를 잊지 마소서! 통촉하여 주소서!

광해군, 자기를 포위한 내관들을 둘러보다가 힘없이 칼을 내려놓는다.

광해군 (절망하여, 독백을 하듯) 태종대왕께선 씻김을 하시어 성군이 되셨다. 근데 왜 나한텐 허락되지 않느냐.

전령, 급히 뛰어 들어온다.

전령 전령이옵니다. 명나라 원군 수장 강홍립 장군이 1만의 병사와 함께 오랑캐에게 투항했나이다.

내관 일동 (전령의 말에 귀를 기울이고 있다가, 한층 더 과장되게) 마마, 이를 어찌 하오리까!

무대 어두워지면서 무화의 모습만이 보인다. 그녀 너풀너풀 춤을 춘다. 한풀이 춤이다. 무대 한켠에 한산이 서 있다. 그는 접힌 부채를 손에 쥐고 짐짓 하늘을 바라보고 있다.

무화	(애절하여) 홍장군은 머나먼 섬 율도국에 있고

	길 떠난 선생님은 머무실 곳이 없구나

	활빈의 홍장군을 어이해 찾을까나

	선생님 지친 걸음 어디서 쉬실까나

	이승도 저승도 선생님을 싫다 하니

	우리 선생님 어디로 가실까나

무화의 춤, 절정에 이른다. 신비스러운 별이 하늘에 보인다. 한산의 시선 내
걸린 별에 붙박인다. 천문을 읽는 듯 그의 표정이 진지하다.

무화	(별을 보고) 저 별, 애절한 선생님의 영혼이시오?

멀리 허균의 모습이 보인다. 희미한 가운데 얼굴만이 어렴풋이 보인다.

허균	무 – 화 – 야 –.

무화	선생님!

허균	자네가 내 밥을 차렸는가?

무화	오늘이 선생님 기일입니다.

허균	다들 어디 가고 자네만 있는가?

무화	(죄스러워 입을 열지 못하다가) 모두……, 떠났습니다.

허균	모두?

무화	선생님 떠나시고 사람들도 갔습니다.

허균	(씁쓸하여) 그 많던 제자 중에 자네 하나만 남았구만.

무화	(안타까워) 구천을 헤매지 마시고 홍장군 찾으세요. 율도국이 선
	생님 나라입니다.

허균	나 주상을 만나야 되네.

무화	금수보다 못한 임금 왜 찾으세요? 선생님 죽인 원수예요.

허균   나 주상의 충신일세.

무화   (애절하여) 홍장군 찾아가세요. 이승도, 저승도 선생님을 싫다 합
         니다. 무슨 미련 남아 떠나지 못하세요.

허균   홍장군, 찾아야지.

무화   홍장군 율도국에 있어요.

허균, 대답 없이 천천히 돌아선다. 그의 모습, 홀연히 어둠 속으로 사라진다.
무화, 허균을 잡으려 손을 뻗으나 잡지 못하고 풀썩 주저앉는다. 어두운 표정
의 한산, 접힌 부채를 편다.

제 3 장

유생들, 바지를 무릎까지 올리고 줄을 지어 낚시를 하고 있다. 한산, 먼 풍경
을 내다보듯 좌중을 응시한다. 유생들, 입질이 없자 잔뜩 짜증이 났다.

유생1   어어어, 저놈 보게나. 봤냐?

유생2   뭘?

유생1   이땀시 팔뚝만 한 잉어가 내 앞을 쌩 지나갔어. (우울해져) 이젠
         잉어 새끼도 우릴 호구로 보는구만.

유생3   유학성국에서 성균관 유생 쫓아낸 건 나라 망할 징조다. 임금
         은 어머니를 내쫓는데 대신들은 본 척 만 척. 조선 천지가 패륜
         부덕 부패의 온상지가 되었어. (냄새 맡는 시늉을 하며) 나라 썩는
         냄새가 여기까지 난다.

유생4   근데 선생님은 뭘 하시는 걸까? 어젯밤에는 침소에 못 드시고

하늘만 보시더니 오늘은 우릴 데리고 산보를 나오셨어. 어째 심상치가 않구만.

유생들, 한산을 바라본다. 한산, 심각한 얼굴이다.

한산 이상하다. (긴 한숨) 이상해.

유생2 (조심스레 한산을 살피며) 뭐가 이상하다는 말씀이신지요?

한산 경기도 땅에 기운이 묘하다.

유생3 (무슨 일인가 싶어 고개를 갸우뚱하다가, 문득) 어젯밤엔 이상한 별도 내걸렸습니다. 선생님도 보셨지요?

유생4 아주 큰 놈이에요.

유생3 밝기로 보면 괄게 타는 단불 같고 크기로 치면 어린아이 머리만 했습니다.

한산 (심각하여) 아무래도 서울에 가 봐야겠다.

유생1 서울에요?

한산 너희들은 내가 없어도 게으름 피지 말고 학문에 경주해야 한다. 알았느냐?

한산, 급히 나간다. 영문을 몰라 어리둥절하던 유생들, '선생님!' 하며 뒤쫓는다.

광해군, 단상에 앉아 있다. 누군가를 기다리고 있는 듯하다. 사관, 한켠에서 역사를 쓰고 있다. 잠시 후 강홍립, 모습을 보인다. 강홍립, 큰절을 한다.

강홍립 신 강홍립 전하께 아뢰나이다. 신이 이끌고 온 일만의 군사는 청으로 개칭한 후금의 군대와 싸움 없이 투항하여 모두 무사하나이다. 이는 모두 하해와 같은 전하의 성은이옵니다. 신은 전하께서 명하신 대로 청나라에 조선은 의미 없는 전쟁을 원치 않는다 전하였나이다.

광해군 수고하셨소. 대륙의 시국은 어떠한가?

강홍립 전하께서 예지하신 대로 모든 게 그리되고 있나이다.

광해군 (솔깃하여) 그렇다면?

강홍립 대륙의 주인이 바뀔 듯하옵니다. 명나라가 패망할 것이옵니다.

광해군, 순간 멈칫하며 말을 잇지 못한다.

강홍립 신 강홍립, 신명을 다해 청나라의 일거수일투족을 아뢰겠나이다. 옥체 만강하시옵소서.

강홍립, 어둠 속으로 사라진다. 잠시.

광해군 (믿기지 않는 듯) 명나라가 …… 패망을 …… 한다. 명나라가 …… 기어이?!

광해군, 돌연히 통쾌한 듯 웃어 젖힌다. 그는 배가 아플 정도로 한참을 웃고 서야, 그곳에 사관이 있다는 사실을 깨닫는다.

광해군 (싸늘하여) 보았느냐?

사관 (고개를 숙여 보인다)

광해군 지워라.

사관 불가합니다.

광해군 종이 쪼가리에 목 떨어진다.

사관 들은 것과 본 것만을 쓸 따름입니다. 유념하여 주소서.

그들 사이에 긴장감이 도는데, 광해군 긴장을 일소하듯 피식 웃어 보인다.

광해군 궁금하지 않으냐? 강홍립이 항복한 까닭이? (무대 앞쪽으로 나가
며) 내가 단지 서자에 차남이라는 이유로 세자 책봉 고명을 내
리지 않은 게 명나라다. 이미 즉위하여 왕이 된 지 일 년이 지
났거늘 실사를 한다 사람까지 보냈다. 나를 능욕했으니 마땅히
나도 응답을 할 일. 내 군사들은 피 한 방울 흘리지 않고 돌아
올 것이다. 이제사 받은 대로 주었다. (통쾌한 웃음, 밖을 향해) 술상
을 들여라!

광해군, 기분 좋게 웃는다. 잠시 후, 내관들, 술상을 갖고 들어온다.

광해군 (술잔을 들고) 따르라.

대전내관, 술을 따른다. 광해군, 술을 들이켠다. 다시 잔을 내밀자 대전내관,
술을 따른다.

대전내관 (광해군을 살피다가, 조심스레) 마마. 조정 대소신료들이 뵙기를 청
하옵니다.

광해군 (대꾸없이 술을 마신다)

대전내관 지금 대궐 밖에는 전국 각지에서 올라온 유생들로 인산인해이
옵니다. 강홍립의 일을 시위하러 왔다 하더이다.

광해군 (대꾸없이 술을 자작하여 마신다)

대전내관 조정 대소신료들이 …….

광해군 대신들이 날 찾거든 병환이 깊다 하거라.

대전내관 예? 예…….

대전내관, 나간다. 광해군, 여러 잔 자작하여 마신다. 취기가 돈다.

광해군 (사관을 향해) 너도 한잔 하겠느냐?

사관   …….

광해군 받아라.

머뭇거리던 사관, 광해군의 위엄에 별수 없이 술을 받아 마신다. 잠시.

광해군 니 사초에는 내가 뭘 했다고 되어 있느냐?

사관   (기록을 더듬으며) 전하께선 모든 특산물을 쌀로 내게 하는 대동법을 실시하시어 방납의 폐단에서 백성을 구제하셨으며, 왜란으로 악화된 일본과의 관계를 회복하시어 통상을 재개하셨습니다. 또 허준을 비호하시어 동의보감을 편찬케 하시었고, 임진란에 타버린 대궐을 중건하여 왕실의 위엄을 바로 세우셨습니다.

광해군 넌 나를 어떻게 보느냐? (사관이 기록을 찾아보려 하자) 니 생각을 묻는 거다.

사관   (머뭇거리다가) 소인은 역사를 쓸 따름입니다.

광해군 말하라. (말이 없자) 왕명이다.

잠시.

사관   조선은 소중화의 나라요, 예로부터 예와 명분을 생명으로 여겨온 나라이옵니다. 조선이 명나라를 황제의 나라로 섬겨왔는데, 조선의 군사가 오랑캐한테 투항했다 함은, 충, 충의를 저버린 패덕이라 생각하옵니다.

광해군의 표정 굳어진다. 금세 칼을 빼어 들 것처럼 그의 모습이 경직된다.

광해군 패덕이라?

사관　(읍소하여) 죽여 주소서.

광해군, 물끄러미 사관을 응시하다가, 칼을 쥐고 다가간다.

광해군　니 말이 옳다. 내가 니 명을 끊어서 패덕한 군주가 뭔지를 보이
리라. 잘 보고 잘 쓰거라.

광해군, 칼을 빼어 든다. 광해군, 기함을 내지르며 칼을 치켜든다. 그의 칼날,
사관의 눈앞을 지나간다. 사관, 엎드려 고개를 들지 못하는데 광해군, 쾌활하
게 웃으며 칼을 내던진다.

광해군　내일이면 한바탕 난리가 날 거다. 일을 내도 이번엔 큰일을 냈
다. 하지만 속이 후련한 게 기분이 좋다. (잔을 내밀며) 자 –, 한
잔 더 따라라.

사관, 겁에 질려 술을 따른다. 광해군, 술을 마신다. 취한 듯 단상에 몸을 눕
힌다.

광해군　서자라고 우습게 알더니만 명나라가 임자를 만난 게다. 역사에
길이 남을 패덕한 군주가 명나라 물 먹였다. 이건 꼭 쓰거라.

잠시 후 광해군, 스르르 잠이 든다. 대신들, 말리는 대전내관을 뿌리치고 들
어온다.

대전내관　(당황하여) 마마께서는 병환이 깊으시어, 병환이 …….

대신들, 잠이 든 광해군을 쏘아본다.

이이첨　이 일은 사림의 이름으로 엄히 따져 물을 것이다!

대신들, 싸늘하게 돌아서서 나간다. 무대 어두워진다. 광해군, 피곤한 듯 몸을 뒤척인다. 사관, 광해군이 한기를 느껴 몸을 움찔하자 덮을 것을 가지러 밖으로 나간다. 무엇인가 흐릿한 물체가 무대로 들어온다. 긴 천 자락이 무대에 끌린다. 그 천 자락이 이불처럼 광해군을 덮는다.

광해군　(천 자락을 끌어당기며) 따뜻하다.

사관, 이불을 갖고 들어온다. 사관의 시선, 광해군이 덮고 있는 천 자락을 쫓는다. 허균의 얼굴, 어렴풋이 드러난다. 천 자락이 허균의 옷자락이다. 허균, 옷자락을 포대기처럼 쓰고 있어 팔과 다리가 보이지 않는다. 허균의 옷은 마치 불구덩이라도 지나온 것처럼 군데군데 탄 자국이 있다. 너덜너덜한 것이 흡사 거렁뱅이의 차림이다.

사관　누, 누구시오? 여기 상감마마 계신 대궐이오.

사관, 허균에게 다가가다 귀신인 것을 알고는 기겁하여 나자빠진다. 잠시.

사관　(허균을 알아보고, 깜짝 놀라) 좌, 좌참찬 허균 대감이 아니시오? 능지처참으로 죽은……!

허균　날 알아보시는가? (자신을 바라보는 사관의 시선을 의식하고) 놀라지 마시게. 팔다리 없어 이러고 다니네. 잘린 수족 찾을 길이 없어.

사관　(겁에 질려) 물, 물러가시오. 여, 여기가 어느 안전이라고 오시었소.

허균　나 주상의 충신일세.

사관　충신이 역적질을 한답니까! (허균의 차림을 쏘아보며) 그 몰골은 뭡니까? 저승에 가서도 역적질을 하시었소?

허균, 애절하여 광해군을 바라본다.

허균　허균을 기억하시오?

광해군　(잠결에) 허, 균? …… 내 그놈한테 네 충성심이 해와 달처럼 빛난다고 했었지. 그런데 그놈이 내 등판에 칼 꽂으려 모반을 했다.

허균　왜 그리했는지 아시오?

광해군　임금 되고 싶었던 게지.

허균　(고개를 저으며) 주상 눈 가리고 백성들 핍박하는 대신들 몰아내고, 사람으로 태어나 사람으로 살지 못하게 하는 법, 족쇄를 풀려 했소.

광해군　족쇄를 풀어…….

허균　이 땅 율도국 만들려 했소. 그곳엔 배고픔도, 악귀 같은 대신도, 백성들 옥죄는 차별도, 전쟁도 없소. 만백성이 꿈꾸는 나라요. 나 죽어 구천을 헤매지만 주상은 이 땅에 있소. 이제 주상이 율도국 만들어 주시오.

광해군　율도국…….

허균　(애절하여) 나 여기에 머물게 해주시오. 주상이 활빈당 당수가 되시오.

광해군　활…… 빈…….

아련히 들려오는 화동들의 노랫소리.

노래　임금님 임금님 우리 임금님

하해 같은 넓은 마음 광해 임금님

해동에 오셨네 성군이 나셨네

백성들 옷이 되어 백성들 신이 되어
거친 들판 달리시고 넓은 바다 건너시어
태평성국 세우시어 성군 되셨네

요순임금 저리가오 우리 성군 행차시오
백성들이 따르리다 지엄하신 우리 임금
우리들의 성군이신 광해 임금님

허균, 홀연히 어둠 속으로 사라진다. 사관, 귀신에 홀린 듯 어안이 벙벙하다.
사관, 영문을 몰라 광해군을 내려다본다. 광해군, 행복한 듯 웃음을 지으며
편안히 몸을 뒤척인다. 무대, 어둠 속에 잠긴다.
조명 들어오면 무대는 시장통마냥 사람들로 붐빈다. 상인, 도끼를 진열해 놓
고 손님을 기다리고 있다. 유생들, 두리번거리며 들어온다. 그들의 행색이 며
칠은 굶은 것 같다.

유생1 아이고, 팔이야, 다리야. 저렇게 사람이 많은데 선생님을 어디
서 찾냐?

유생2 그러게 어딜 가셨는지 분명히 알고 와야 고생을 안 하지.

유생3 어허! 우리가 누구냐? 유학의 도를 쫓는 유생이다. 선생님께서
이상하다 이상해 그러고 서울 가셨는데 어찌 우리들이 발 뻗고
편히 잘 수 있단 말인가!

유생4 아암, 그렇고말고! 여기서 꺾이면 유생이 아니지.

유생들, 발걸음을 재촉하는데 들려오는 소리.

상인 도끼 사시오, 도끼! 베고 찍고 가르고 자르고 한 번에 끝내는
도끼요. 단돈 열 냥에 도끼가 하나요.

유생들, 상인 앞으로 몰려간다. 진열된 도끼를 신기한 듯 구경한다.

상인　소자, 중자, 대자, 날 하나 외날 도끼, 날 두 개 양날 도끼, 도끼란 도끼는 다 있소이다. 고르시오.

유생1　이걸 다 누가 산다고 이렇게 많데요?

상인　(유생들을 훑어보고) 댁들은 유생들 아니오?

유생3　보면 모르시오. 우린 공자의 문하생들이오.

상인　근데 도끼를 몰라?

유생들, 고개를 젓는다.

상인　그러니까 이 도끼가 뭐냐? 이 도끼 등에 둘러메고 대궐 앞에 멍석 깔고 앉아서 '전 - 하 -, 불가하옵니다! 전 - 하 -, 종묘사직을 바로 잡으소서!' 이렇게 하고 탁 도끼를 앞에다 내놓는 거야.

유생2　그럼요?

상인　그러면 임금님이 옳다 하면 내비두고, 그르다 하면 그 도끼로 냅다 목을 쳐.

유생4　엥, 그럼 이게 사람 죽이는 도끼요?

상인　댁들 어디서 왔소?

유생들, 일제히 무대의 한쪽 방향을 가리킨다.

상인　서울 유생들은 다 샀어, 이거. 강홍립이 오랑캐한테 항복했다고, 유생들이 대궐 앞에서 시위하는데 도끼 없으면 촌놈이야.

유생3　(대뜸) 나도 하나 주시오.

유생2　나도.

유생들, 값을 치르고 도끼를 어깨에 둘러멘다.

유생3　가자!

유생2　어디?

유생3　어디긴 어디. 임금 있는 대궐이지. 할 말은 하고 살아야지.

유생들, 비장하여 나간다. 무대, 정리되면서 광해군과 대신들의 모습 보인다. 사관, 한켠에서 그들을 주시하며 역사를 쓰고 있다. 광해군은 숙취 탓인지 다소 초췌해 보인다.

이이첨　어젯밤에는 병환이 깊으시다 하시어 알현치 못했나이다. 쾌차하심을 경하 드리옵니다.

광해군　(멋쩍어) 고맙소.

군사들, 들어와 무대에 선다.

대신1　(광해군이 이상한 듯 군사들을 보자) 유생들의 경거망동이 우려되어 대궐 호위를 강화하였나이다.

광해군　유생들은 여전히 그대로요?

내관들, 유생들의 상소문을 들고 들어온다. 상소문을 광해군의 앞에 펼쳐보인다. 거의 무대를 덮을 듯하다.

광해군　(상소를 물끄러미 내려다보다가) 강홍립의 일은 나 또한 격분을 금할 수 없소. 경들이 유생들을 달래어 돌아가도록 하시오.

대신2　강홍립이 문제는 패군지장(敗軍之將)의 문제가 아니라 나라의 안위가 걸린 문제입니다.

대신3 유생들의 분노를 가라앉힐 수가 없습니다. 수습하지 않으면 우리가 오랑캐와 손을 잡으려는지 알 것입니다.

이이첨 강홍립을 보내신 게 전하이시오. 이걸 문제 삼는다면 일이 일파만파 커집니다. 강홍립의 식솔들을 국법으로 다스려 전하의 뜻을 보이소서.

대신1 평양감사 박엽이 강홍립의 식솔을 하옥했습니다.

대신2 대역죄인의 식솔은 삼족을 멸하는 게 이 땅의 법도입니다.

광해군 대륙의 시국은 우리가 생각하는 것 이상으로 복잡하고 다난하오. 강홍립이 조선의 명예를 실추시킨 건 사실이나 그로 우린 대륙의 시국을 주시할 시간을 얻었소. 예상치 못할 결말을 두고 섣불리 패를 내던지는 것은 현명치 않은 일이오.

대신3 (머뭇거리다가) 그렇다고 명나라가 오랑캐와 전쟁을 하고 있는데 이대로 보고만 있자는 말씀이십니까?

대신2 임진란에 원군을 보낸 게 명나라입니다!

광해군 그자들이 조선에서 무슨 짓을 했던가? 굶주린 백성들의 쌀과 고기를 빼앗아 호의호식을 하고 그것도 모자라 재물이란 재물은 죄다 쓸어가지 않았는가?

대신1 (강경하여) 대명사대는 소중화 조선의 국시입니다! 원군을 다시 보내야 합니다!

광해군 (날카로워) 만에 하나 명나라가 패망해 대륙의 주인이 바뀐다면, 우리의 원군을 빌미 삼아 오랑캐가 난을 일으킨다면, 이백 년 종묘사직의 안위를 경들이 책임지시겠는가? 누가 경들의 권면을 보전(保全)할 수 있겠는가?

대신들, 예상치 못한 광해군의 추궁과 경고에 멈칫한다.

유생들, 기웃거리며 들어온다. 대궐인 것을 확인하자 기세등등하여 무대로 나아가 무릎을 꿇는다. 유생들, 일제히 도끼를 '탁' 소리가 나게 바닥에 내려놓는다.

유생3   저희들은 열성조 세자의 사부이시며 사림 재야의 거두이신 한산의 제자들로 오늘 전하께 옳고 그름을 아뢰고자 왔습니다. 태조대왕께서 나라를 창업하심에 스스로 원구단(圓丘壇)을 폐하사 명나라 제후임을 만방에 공표하셨습니다. 이는 조선이 유학을 숭상하고 명나라를 섬기는 소중화 나라임을 증거하는 것이요, 누구도 거역치 못할 강령입니다. 열성조와 하늘의 뜻을 받들어 이백 년 종묘사직을 굽어 살피소서. 어버이 나라를 배신한 불효 불충 대악무도 강홍립을 심판하시어 소중화 조선의 대의명분을 만세에 알리소서.

유생들, 바닥에 머리를 숙인다.

유생 일동   사림의 제자가 간청하나이다. 강홍립을 심판하시어 소중화 조선의 대의명분을 만세에 알리소서!

광해군, 싸늘하여 유생들을 외면한다. 유생들, 일제히 고개를 치켜들고 도끼 자루로 바닥을 내리친다. 그 소리 광해군을 위협하듯 일정한 리듬을 만들어내며 무대를 긴장감에 몰아넣는다. 이이첨과 대신들, 유생들의 시위가 두렵다. 광해군의 하명을 요구하듯 리듬 격렬해진다. 소리, 극에 달하는데.

이이첨   전 – 하 –!

유생들, 소리를 멈춘다.

이이첨   수습하소서.

광해군 어찌해야 되겠소, 내가?

이이첨 석고대죄 하소서.

광해군 ……!

대신2, 3, 4 석고대죄하소서!

이이첨 열성조께 죄를 비시고, 사림의 분노를 가라앉히소서.

광해군 (표정 굳어져) 일개 장수의 문제요. 어찌 임금이 석고대죄를 해야 될 문제란 말인가?

유생들, 다시 도끼 자루로 바닥을 내리친다. 군사들도 가세해 칼자루로 바닥을 내리친다. 그들이 만들어 내는 소리, 무대를 휘감는다. 석고대죄를 재촉하듯 리듬 점점 사나와진다.

광해군 (위기감에) 너희들이 날 욕뵈려 하느냐!

내관들, 들어와 광해군의 곤룡포와 익선관을 벗긴다. 광해군, 몸부림을 치지만 내관들 아랑곳하지 않는다. 내관들, 광해군을 위패가 놓여 있는 무대 앞으로 끌고 나간다. 광해군을 눌러 앉힌다. 내관들, 머뭇거리는데 리듬 격렬하다. 내관, 광해군의 머리를 푼다. 그의 머리가 망나니마냥 산발이 된다. 순간, 소리 멈춘다. 광해군, 분노에 가득 찬 시선으로 좌중을 응시한다. 일그러지는 그의 얼굴. 잠시 침묵이 흐른다. 광해군, 물을 달라는 듯 손을 내민다. 내관 물을 건넨다. 광해군, 물을 잔뜩 입에 쏟아 넣는다.

광해군 (돌연 망나니처럼 물을 내뿜고) 열성조시여! 명나라가 망해 나라가 바로 서고 이제사 독립국이 되니 천운을 내리사 왕실과 종묘사직을 보존하소서. 요동을 회복하고 중국에 빼앗긴 문명을 되찾아 이 나라 천년만년 지속되게 하소서!

군사들, 다시 칼자루로 바닥을 두들긴다. 유생들, 도끼를 치켜들고 헛것처럼 광해군의 주위를 맴돈다. 그들의 행동은 춤으로 이어지며, 광해군을 맴도는 속도가 점점 더 빨라진다. 리듬 또한 더욱더 격렬해진다. 광해군, 헛것을 쫓으려는 듯 연신 손을 움직인다. 유생들의 춤, 격정으로 치닫는다. 사관의 붓놀림도 그들의 움직임을 쫓듯 빨라진다. 광해군, 몸을 주체하지 못하고 이리저리 흔들린다. 광해군, 털썩 쓰러진다. 일순간, 무대 정적에 휩싸인다.

유생3 (광해군이 쓰러진 걸 확인하고) 죄를 씻으셨다!

유생들과 군사들, 무대를 빠져나간다. 대신들, 쓰러져 있는 광해군을 차갑게 응시한다. 누구도 광해군을 거둘 생각을 하지 않는다. 사관만이 곁에 남아 안절부절이다. 그러나 대신들의 눈초리에 광해군에게 다가가지 못한다. 잠시 후 한산, 들어온다.

한산 잘들 계시었소?

대신들, 그의 갑작스러운 등장에 당혹스럽다.

한산 왜들 그리 험악하시오? 옛 친구가 왔소이다! (넉살좋게 웃는다)
대신2 (못마땅하여 보다가) 제자 키우며 소일하고 계시다던데, 어쩐 일로 청렴하신 선생께서 우리들을 보러 오시었소? (비아냥거려) 입신하러 오셨는가?
한산 (웃다가, 문득 멈추고) 경의 말은 두 가지 모두 틀렸소. 내가 입신을 하려했다면 지금쯤 정승 자리에 앉아 나라를 운영하고 있을 거라는 건 학문을 아는 사람이면 다 아는 사실이니 입신하러 왔다는 말은 틀린 말이고, 또 제자를 키우며 소일하고 있다 함은 유학성국 조선에서 사림의 제자를 키우는 일만큼 대업은 없으니 소일하고 있다는 것도 틀린 말이외다.

한산 허허, 우리가 남이오이까? 우린 동문수학한 사이가 아니요? 지금에야 당이 다르고 학파가 다르다고 해도 동문이란 인연이 어디 가겠소? 설령 동문이 아니라 해도 우리의 원류를 쫓아 올라가다 보면 우리의 스승은 단 한 분 공자이시오. 그러니 우린 형제고 동문인 게요.

이이첨 먼 길 오시느라 수고하셨소.

한산 역시 경밖에 없구려.

이이첨 공이 우리와 동문수학한 사이라는 걸 일깨우러 오시지는 않았을 테고, 무슨 연유이신가?

한산 성격도 급하시오. 하기사 나라의 조정 대신들이 나 같은 재야의 학자와 농이나 건넬 시간은 없을 터이니 경들을 찾아온 바를 말하리다. 내가 산속에 서원을 짓고 학문을 하다보니 언제부터인가 모든 도는 통한다 풍수를 보게 되었소. 근데 얼마쯤 전인가? 잠을 들려하는데 도통 심란하여 잠을 들지 못하고 그래 밖을 나가 천문을 살펴보니 일찍이 보지 못한 천기를 느꼈소. 그래 다음 날 높은 언덕에 올라 주위를 살펴보니 멀리 경기도 땅에서 심상치 않은 기운이 느껴지지 않겠소.

대신1 무슨 말이신가?

한산 제왕이 나올 기운이외다.

대신2 (긴장하여) 제왕이라 하면?

대신3 역모인가!

한산 나는 모름지기 사림의 학자요. 내가 그것까지 알 수는 없는 것이고, 그저 옛 친구도 볼 겸 해 겸사겸사 왔소이다. 이만하면

옛 친구 얼굴도 봤으니 그만 가보리다. (접혔던 부채를 활짝 펼치고
는) 수고들 하시구려.

한산, 나간다.

대신1 역모가 있다는 말이 틀림없소이다.

대신2 (두려움에) 설, 설마, 인목대비가……. 그러다 세상사 뒤집어지는
날이면…….

대신3 주상도, 우리도 끝나는 거요!

대신2 (떨며) 이를 어쩌면 좋습니까?

이이첨 (잠시 생각에 잠기다가) 끝냅시다.

이이첨, 무거운 걸음으로 나간다. 다른 대신들도 그를 따른다. 대신들, 나가자
무대 어두워지면서 조명 광해군에게 떨어진다. 사관, 그제서야 광해군에게 다
가간다. 잠시 후, 무엇인가 흐릿한 물체가 무대로 들어온다. 긴 천 자락이 무
대에 끌린다. 그 천 자락이 이불처럼 광해군을 덮는다. 허균의 얼굴, 보인다.

사관 (두려움에) 또, 또 오시었소? 무슨 연유로 밤마다 전하를 찾으시
오. 어여 물러가시오!

허균 나 주상의 충신일세.

사관 망발 거두시오. 정말 충신이 되고 싶으면 율도국이나 가시오.
여긴 조선 땅이오!

허균 (나지막하게) 주 — 상 —.

사관 전하의 꿈자리 사납게 하지 마세요.

사관, 허균을 쫓으려는데 광해군, 몸을 뒤척인다.

허균　　허균이 왔소.

광해군　(꿈을 꾸는 듯) 왔느냐?

허균　　내 술 한잔 받으시오.

광해군　음 ―, 니가 따르는 술은 언제나 잔을 넘칠 듯하구나.

허균　　우리가 처음 만났을 적, 그때가 기억나시오?

광해군　임진란으로 조선이 만신창이 됐을 때 너를 만났다.

허균　　주상은 열여덟, 나는 스물넷이었소.

광해군　…… 대궐은 불타고 백성들은 도륙되고 남은 건 산산이 부서진 가슴뿐이었다. 조선은 희망이란 찾을 수 없는 황무지가 되었어. 너와 난, 그리도 밤을 지새우며 이 나라를 생각했었지.

허균　　주상을 위해 목을 내놓으리라 다짐했었소. 피가 끓는 때였소.

광해군　(안타까워) 왜 나를 떠났느냐? 이 나라 바꾸자고 약속 해놓고 …….

허균　　나는 임금이 없는 나라를 보았소.

광해군　임금이 없어…….

허균　　그 자리는 애초 빈자리, 백성들의 자리오.

광해군　니놈이 죽어 구천을 헤매면서도 세상을 모르는구나. 그 어디에 임금이 없는 나라가 있다드냐?

허균　　(애잔하여) 백성들 옥죄는 족쇄를 풀어주시오. 그네들이 태평성국을 만들 것이오. 이 땅 율도국 만들어 주오. 활빈의 칼을 들어 도적을 몰아내시오.

광해군　칼!

광해군, 완전히 잠에 빠져든다.

사관　　칼이라니 그게 웬 말이오? 홍길동을 왜 여기서 찾으시오? 어서 돌아가시오!

허균　쉬이잇 -, 전하께서 꿈을 꾸시네.

광해군, 꿈을 꾼다. 화동들, 꽃을 들고 나온다. 광해군, 화동들과 어울려 춤을 춘다. 화동들, 씻김을 하듯 그의 몸에 꽃잎을 뿌려준다. 광해군, 휘날리는 꽃잎을 넋을 잃고 바라본다. 광해군, 행복에 겨워 웃음을 짓는다. 허균과 사관, 그 광경을 지켜본다.

화동들의 노래　임금님 임금님 우리 임금님
　　하해 같은 넓은 마음 광해 임금님
　　해동에 오셨네 성군이 나셨네

　　백성들 옷이 되어 백성들 신이 되어
　　거친 들판 달리시고 넓은 바다 건너시어
　　태평성국 세우시어 성군 되셨네

　　요순임금 저리 가오 우리 성군 행차시오
　　백성들이 따르리다 지엄하신 우리 임금
　　우리들의 성군이신 광해 임금님

허균, 옷자락을 끌며 나간다. 화동들, 노래를 부르며 따라나간다. 광해군, 단상에 몸을 눕힌다. 날이 밝는다. 잠시 후 광해군, 잠에서 깨어난다.

광해군　꿈을 꿨다. 누가 날 찾아왔는데……. (사관에게) 보았느냐?
사관　(말을 못하고 외면한다)
광해군　어디서 듣던 목소리였다.

　　잠시.

사관   (망설이다가) 허균이 왔었습니다.

광해군   허균?

사관   전하께서 그네 옷자락을 덮고 주무셨습니다.

광해군   ……!

사관   칼, 칼을 들라 했습니다.

광해군   칼? (생각에 잠겨 있다가, 돌연 싸늘하여) 허균이 왔었다고. 이-죽-
         일-놈!

         광해군, 칼을 빼어 들고 뛰쳐나간다.

         무대 앞에 조명 들어오면 다소곳이 앉아있는 무화의 모습이 보인다. 잠시 후,

         달려온 듯 숨을 헐떡이며 광해군, 들어온다.

광해군   허균, 불러라.

무화   해가 중천에 걸렸소.

광해군   불러라!

         무화, 눈을 감는다. 신대를 잡는다. 점차 몰입하는 무화, 신대가 떨린다. 무화

         한테 허균이 내렸다. 무화, 돌연 눈을 뜬다.

무화   (목소리 돌변하여) 주-상-.

광해군   이 역적놈! 니가 죽어서도 날 능멸하느냐? 날 찾아와 밤마다 무
         슨 수작을 했느냐? 내 등판에 칼 꽂을 생각했느냐!

무화   나 주상의 충신이오.

광해군   나랑 농을 하느냐?

무화   (애절하여) 이승도 날 싫다하고 저승도 날 싫다하오. 내가 머물
         곳 여기밖에 없소.

광해군   율도국 찾아가라!

무화   이 땅이 내가 찾는 율도국이오.

광해군   (어이가 없어) 니가 나보고 홍길동이 되라느냐?

무화   새 나라 만들자는 약속, 주상이 하시었소.

광해군   (벼락처럼) 반역의 칼을 든 게 니놈이다! 새 나라 만들자는 약속,
         뒤집은 게 니놈이야!

무화   더는 기다릴 수 없었소. 도적들이 주상의 눈을 가리고 귀를 막
         았소. 백성은 죽어 나가는데 주상은 보아도 보지 못했고, 들어
         도 듣지 못했소. 애가 타고 속이 탔소.

광해군   그래서 날 죽이고, 이 나라, 니가 가지려 했느냐?

무화   (천천히 고개를 저으며) 이 나라, 백성에게 돌려주려 했소.

광해군   뭐라?

무화   주상은 저들의 부름을 받고 옥좌에 앉았을 뿐이오. 백성이 가
         라하면 가고 오라하면 오는 것이 임금의 자리요.

광해군   닥쳐라! 임금은 하늘이요, 백성은 땅이다. 난 누구도 거역치 못
         할 강한 임금이 될 것이다.

무화   족쇄를 풀어 주시오. 신분의 족쇄, 빈부의 족쇄, 백성들 옥죄는
         족쇄를 풀어 주시오. 백성들이 태평성국을 만들 것이오.

광해군   태평성국은 임금이 만든다. 나 광해가 만든다!

무화   조선의 주인은 백성이오.

광해군   조선은 광해의 나라다! 가라!

무화   활빈의 칼을 드시오.

광해군   (발악하여) 망자의 땅으로 사라져라!

잠시 침묵이 흐른다. 무화, 신대를 내려놓고 조용히 무대를 나간다. 광해군,
칼을 내던지며 바닥에 털썩 주저앉는다. 곧이어, 대신들, 단상에 올라 정좌한
다. 단상에 앉은 대신과 바닥에 주저앉은 광해군의 모습이 마치 재판관과 죄
인의 형국이다. 사관도 들어와 자리를 잡는다.

이이첨   전-하-.

광해군   무슨 일이오?

이이첨   시간이 촉박하오.

대신1   역모입니다. 서궁에 대역의 기운이 감돕니다.

대신2   처단하십시오.

대신3   나라를 살리소서.

광해군, 정좌한다.

광해군   그네 힘없는 여인네에 불과하오.

이이첨   아비와 아들을 잃은 여인네입니다. 그 한이 칼이 되어 돌아옵
니다.

광해군   그네의 일은 논의가 끝났소.

대신1   죽이지 않으면 반드시 그 악함이 번성하여 다시금 나라를 혼란
에 빠트릴 이가 인목대비입니다. 현명하소서.

광해군   더는 거론치 말라. 인목대비를 살리라는 게 내 뜻이오.

이이첨   대역을 도모하는 데도 살려두겠다는 말씀이오!

광해군   서궁에 갇힌 몸으로 어떻게 대역을 한단 말인가? 보위를 위협
할 자도 경들의 권력을 빼앗을 자도 조선에는 없소.

이이첨   인목대비가 일어서면 성상의 역사는 끝나는 것이오.

광해군, 돌연한 이이첨의 말에 멈칫한다.

대신1   죽이소서!

대신2   베소서!

대신3   대역 죄인이오, 인목대비!

이이첨   시행하라!

군사들, 들어와 광해군을 일으켜 세운다. 그의 손에 칼을 들린다.

이이첨 서궁이 저기요.

광해군, 서궁을 응시한다. 긴장과 침묵의 시간. 광해군, 돌진하듯 기함을 내지르며 칼을 높이 쳐든다. 사관, 그 광경을 똑똑히 목도하려는 듯 자리에서 일어선다. 숨이 목까지 치밀어 오르도록 기함을 내지르는 광해군. 그의 칼, 바닥을 향해 내리꽂힌다. 광해군, 발작을 일으킨 듯 몸을 떤다.

광해군 (손을 어찌할 줄 모르며) 물. 무울. 무ー우ー울ー!

대전내관, 다급히 물이 담긴 세숫대야를 가져온다. 광해군, 손을 씻는다. 신경질적이고 격한 그의 손놀림, 격정을 부른다. 광해군, 돌연 세숫대야의 물을 대신들에게 끼얹는다. 어이없는 상황에 대신들, 말을 잃는다.

광해군 내 자리, 거둬가시구려.
이이첨 성상!

광해군과 대신들의 눈빛 충돌하며 긴장감 극으로 치닫는데, 무대 서서히 어둠 속에 갇힌다. 한산, 모습을 보인다. 여지껏의 광경을 지켜보고 있었던 듯하다. 한심하다는 듯 고개를 젓는다.

한산 (혀를 차다가) 제왕이 무엇이든가? 진시황이 제왕일세.

유생들, 들어온다. 거의 거지의 몰골이다.

유생1 이젠 때려잡아도 못 가겠다.

유생3   그래도 우리가 대궐 가서 선생님 제자다 하고, 할 말은 했잖아.
         우리 땜에 임금이 죄 씻었어. 우리가 충신이다.
유생4   그건 그런데 도통 먹질 못해서 하늘이 노랗고, 땅이 파랗다.

         주저앉으려는 유생들, 그제서야 먼발치를 내다보고 있는 한산을 발견한다. 유
         생들, 믿기지 않는지 목을 쭉 빼고 한산을 바라본다. 유생들, 일제히 넙죽 절
         을 한다.

유생 일동 선생님!
한산   (깜짝 놀라) 너희들이 여기서 뭘 하는 게냐?
유생3   선생님께서 까닭 모를 상경을 하셨는데 저희들이 어떻게 편히
         잠을 잘 수 있겠습니까?
유생2   그래서 선생님을 뵈려고 저희들도 상경을 했습니다. 몇 날 며
         칠을 헤매고 다녔습니다.
한산   그러게 여긴 뭣하러 오느냐? 어련히 때가 되면 돌아갈 것이거
         늘…….
유생일동 군사부일체!
유생3   선생님은 저희의 어버이시고, 어버이를 쫓는 것은 자식된 자의
         도리입니다.
한산   (만족스러워) 내가 제자 하나는 잘 두었구나.
유생4   근데, 무슨 일로 갑작스레 상경을 하셨는지요?
한산   때가 되면 다 알 때가 있을 것이다. (유생들의 모습을 살펴보며) 쯧
         쯧쯧, 보아하니 며칠 동안은 밥 구경도 못 했을 터, 어여 밥이
         나 먹으러 가자.

         유생들, 좋아하며 한산 뒤를 쫓아나간다.

제 4 장

무대 밝아지면, 단상에 앉아 있는 광해군의 모습이 보인다. 깊은 생각에 잠겨 있다. 사관, 한켠에서 역사를 기록하고 있다. 대전내관, 목을 길게 내뺀 모습으로 서 있다. 잠시 침묵이 흐른다.

광해군 (결심을 굳힌 듯) 대신들을 불러라.

잠시 후, 대신들 들어온다. 단상 앞에 앉는다.

광해군 내가 오늘 나라의 부덕함을 바로 잡으려 하오.

광해군, 십자(十字) 모양 양팔을 든다.

광해군 벗겨라.
대전내관 (깜짝 놀라) 예?
광해군 어여.
대전내관 (떨며) 마, 마마.
광해군 왕명이다!

대전내관, 광해군의 곤룡포를 벗긴다. 대신들, 벌떡 일어선다.

이이첨 멈추시오!
대신1 시국이 어수선합니다. 이러시면 아니 되옵니다.
광해군 임금은 모름지기 덕으로 종묘사직을 받들고, 백성들을 다독여야 하건만 나는 부족하여 그리하지 못하니 나라 대업을 세자한테 물려 내 부덕함을 씻고 상왕으로 물러나려 하오.

대신들, 광해군을 저지하려 달려든다. 광해군, 옥새를 내놓는다. 대신들, 멈추어 선다.

이이첨　거두시오! (격노하여) 그 자리를 어떻게 얻은 것인데, 이리도 쉽게 버리시려 하오!

대신1　역모를 발본하소서.

대신2　제왕이 나올 기운이옵니다!

대신3　계모 하나 때문에 이백 년 종묘사직을 망치려 하시오!

광해군　(무시하고) 세자한테 가거라. 가, 그걸 주거라.

대전내관, 곤룡포와 옥새를 갖고 나간다. 대신들이 무엇이라 말을 하려는데 광해군, 단상에 드러눕는다. 이이첨, 광해군을 쏘아보다 돌아선다.

대신1　이보시오, 대감! 이리 가시면 어쩌십니까?

이이첨, 대꾸 없이 나간다. 대신들, 안절부절 뒤쫓는다.

광해군　(사관에게) 이제 여기 있을 필요 없다. 세자한테 가거라.

사관　전, 전하!

무대 뒤쪽에 기생들, 병풍의 그림마냥 서 있다.

기생　한숨을 거두시고 우리 잔을 받으시오. 하늘이 영롱하고 들판이 기름진데 한세상 놀아본들 무엇이 아쉬울까. 나리 성함이 어찌 되시오?

광해군 나는 이름도 없고 성도 없는 그저 그런 서얼일 따름이다.

기생 뭘 하시는 분이시오?

광해군 조선 팔도 제일가는 광대이지.

기생 정말이시오?

광해군 보여주랴?

광해군, 병신춤을 추기 시작한다. 기생들, 까르르 웃는다. 사관, 민망하여 어쩔 줄을 모른다. 사관, 광해군의 모습을 가리려 기생들 앞에 나선다.

광해군 사관은 역사를 쓴다. 그뿐이다.

사관, 멈칫한다. 광해군, 엽전을 집어던진다. 기생들, 까르르 웃으며 광해군과 어울린다. 광해군, 비를 갈구하듯 입을 벌리면 기생은 그의 입에 술을 퍼붓는다. 한바탕 펼쳐지는 놀이.

광해군 (기생의 치마폭에 얼굴을 파묻으며) 아바마마, 새 장가 드셔서 좋으셨습니까? 새 마누라 얻어다가 아랫목에 앉혀 놓고 오순도순 얼마나 좋으셨습니까? 우리 어머니 공빈 김씨 왜 그리 천대하고 면박하셨습니까? 제가 그리도 보기 싫으셨습니까? 근데, 귀한 몸에서 나신 귀한 아드님, 영창 아우님, 혼자 두고 왜 가셨나이까!

광해군, 고개를 치켜든다.

광해군 아바마마, 원하시던 대로 이 서자 놈이 이제 그만 물러납니다. 피 한방울 섞이지 않은 내 어머님, 부디 부디 보살피소서. (발악하여) 부디 부디 보살피소서!

무대, 일순간 적막에 사로잡힌다.

광해군 (돌연 유쾌하여) 애들아, 우리 달 보러 가자.

기생 달?

광해군 다알!

기생 무슨 달?

광해군 쟁반같이 둥글고, 눈썹처럼 가늘고, 백옥같이 흰 달. 앞장서라. (사관이 뒤따르자) 내시도 아닌 놈이 왜 뒤를 졸졸 따르느냐? 니 갈 데로 가라.

광해군, 기생들과 나간다. 홀로 남은 사관, 역사가 담긴 광목을 물끄러미 바라본다. 잠시 침묵이 흐른다. 무대 어슴푸레 어둠에 잠긴다. 허균, 모습을 보인다. 사관, 허균이 온지 모르고 있다.

사관 (인기척을 느끼고 돌아본다. 허균을 확인하고, 뒤로 물러서며) 왜 자꾸 오시는 겝니까? 여기 귀신 드나들 곳 아닙니다. 저승으로 가시오!

허균 저승도 날 싫다하네. 율도국 찾아 명부도 갔지만 거기에도 율도국이 없어.

사관 전하, 여기 아니 계시오.

허균 (알고 있다는 듯 고개를 끄덕이고) 자네를 보러 왔네.

사관, 예상치 못한 말에 당혹스럽다.

허균 사관의 붓자락은 철위산 불구덩이보다 두려운 것. 충신이 간신 되고 역모가 반정되는 게 사관의 붓자락에서 나온다네.

사관 무슨 말씀이오?

돌연 사관의 광목, 너풀 하늘로 날아오른다. 사관, 두려움과 놀라움에 어쩔 줄을 모른다. 하늘로 날아오른 광목, 허균의 앞에 길게 펼쳐진다.

사관 지금 뭘 하시는 겁니까? 나라 임금 실록이요!

허균 자네가 잘못 쓴 역사 이제는 바로 잡아야지.

사관 (머뭇거리다가, 질색하여) 난 여태 본 대로 들은 대로 썼습니다! 이 역사엔 한 치의 그릇됨도 없소. 망령된 짓 그만 두시오!

허균 (사관을 진정시키려는 듯) 쉬이−. (광목을 보다가, 한 곳을 가리키듯) 여기.

사관, 달려들 기세인데 허균이 광목의 한켠을 가리키자 멈추어 선다.

허균 여기 −.

사관, 머뭇거리다가 거역할 수 없는 힘에 광목으로 다가간다.

허균 보았는가?

사관, 광목의 한켠을 들여다본다.

허균 주상이 임해군의 자리를 빼앗았다 했는데, 이는 그른 말이네. 임해군은 선왕께서 내치셨다네. 선왕께서 보시기에 임해군이 비록 장자이기는 했지만 성격이 포악해, 군왕감이 아니었지.

사관, 처음 듣는 이야기인지 귀가 솔깃하다.

허균 그리해 임해군의 동생인 주상이 왕위에 올랐는데, 임해군이 자기 자리 뺏겼다고 주상을 비방하고 다녀 부득불 유배를 가게 되었으이.

사관   (묵묵히 이야기를 듣고 있다가, 반박하듯) 설사 그렇다고 해도 임해군을 주살한 건 전하이십니다. 골육상잔의 패륜은 역사에 남겨 후세가 알게 해야 될 일입니다.

돌연 광목이 살아 있는 물체처럼 꿈틀거리며 요동친다. 사관, 기겁하여 뒤로 나자빠진다. 잠시.

허균   여기 –.

사관, 광목으로 다가가 한켠을 들여다본다.

허균   보았는가?
사관   (천천히 고개를 끄덕인다)
허균   영창대군께서 역모에 휩싸여 유배를 가신 건 사실이지만, 주상이 주살하라 명한 적은 없으셨네.
사관   그럴 리가 없소!

광목이 요동친다.

사관   그, 그럴 리가 없소이다. 난 분명히, 본 대로…….
허균   자네의 잘못이 아니네. 세상이 자네의 눈을 가린 탓이지.
사관   정녕 내가 잘못 안다면, 진실이 뭐란 말씀이오? (재촉하여) 말해 주십시오.

잠시.

허균	그분들 억울히 살해당하셨네. 저 먼 외딴 유배지에서.
사관	(깜짝 놀라) 살, 살해! (강하게 고개를 저으며) 날 미혹하지 마시오.
허균	나 죽어 명부 길 재촉하는데, 가는 길에 임해군도, 영창대군도 만났어. 내가 율도국 찾아 길을 떠난다 하니 그분들이 이승 가거든 일러주라 하시었네.
사관	증표를 보이시오! 그 말이 사실이란 걸 증거하시오.
허균	저 역사가 요동치는 걸 보시지 않으셨나?

사관, 천천히 주저앉는다.

사관	이럴 순 없습니다. 어, 어떻게 그런 일이 ……. (사이, 분에 겨워) 역사에 그 간악한 자 이름을 남기겠소. 누구요, 그게!
허균	주상을 보위에 올렸으니 끌어낼 수도 있는 자.
사관	……!
허균	그 업보로 주상이 죄를 안으셨네. 세상을 바꾸려 오욕의 역사를 인내했지. 하지만 주상의 손에 쥐인 건 그토록 꿈꾸던 힘이 아니라 씻지 못할 패륜의 피뿐이라네.

사관, 경악하여 말을 잃는다. 잠시.

사관	하지만 ……. (사이) 하지만 그리 되면 전하께선 만고의 패덕한 군주로 남으십니다.
허균	바로 잡으시게. 그것이 사관이 할 일이 아니시든가?

사관, 아직 충격에서 벗어나지 못한 듯 허망하여 광목을 내려다본다. 광해군, 지친 듯 무거운 발걸음으로 들어온다. 그 모습이 왜소하고 처량해 보인다. 추운 듯 어깨를 잔뜩 웅크린다. 사관, 연민에 젖어 광해군을 바라본다.

허균   우리 임금, 감기 드시겠네.

사관, 천천히 광해군에게 다가간다. 옷을 광해군의 어깨에 걸쳐준다.

광해군   (단상에 몸을 눕히며) 피곤하다. 오늘은 정말 긴 하루였다. (사이) 내
        일 짐을 싸서 여길 떠나자. 아무도 찾을 수 없는 먼 곳으로 가
        자. (긴 사이) 쉬고 싶다.

광해군, 잠이 든다. 허균과 사관, 그런 그를 말없이 바라본다. 허균, 돌아선다.

사관   (다급하여) 전하의 역사가 정말 이렇게 끝나는 겁니까?
허균   (독백하듯) 홍장군 찾아가는 길이 너무도 멀어.
사관   전하는 어찌 되시는 게요?
허균   (독백하듯) 율도국 찾아가는 길이 너무도 멀어.

허균, 대답하지 않고 나간다. 사관, 절망감에 사로잡혀 좌중을 본다. 무대, 어
둠 속에 잠긴다.
조명 들어오면 대신들, 격앙된 얼굴로 단상에 앉아 있다.

대신1   이 시국에 유람이라니, 허허허. 어디 있는지 행방도 찾을 수가
        없소이다.
대신3   뭘 하자는 겁니까! 시위도 이만하면 그칠 때가 되지 않았소이
        까!
대신2   세자는 죽어도 옥새를 받지 않겠다 하여 문을 걸어 잠그고, 문
        을 열면 목을 매겠다 유세니 진퇴양난올시다.
대신3   밀어붙입시다! 주상이 못하면 우리가 하면 그만이오.
이이첨   (대신3이 금세 뛰쳐나갈 듯하자, 위엄 있게) 자중하시오. 인목대비 있

는 곳이 대궐이오.

대신1 (답답하여) 그러게 죽이지 못할 바엔 유배라도 보냈어야지요. 그 랬으면 쉽게 손을 쓸 수가 있을 거 아니요? 난데없이 제왕이라 니, 이게 무슨 난리랍니까?

한산과 유생들, 들어온다. 유생들, 무대를 두리번거린다.

유생1 선생님, 여기가 어딥니까? 으리으리한 게 대궐보다 몇 갑절은 더 크겠는데요.

한산 내 동문들이 있는 곳이네.

유생3 (유생들이 감탄하자, 바닥에 침을 뱉고) 뭐가 그리 부럽냐? 이게 패륜 부덕 부패, 살아 있는 증거다!

한산 너희들은 여기 있거라. 내 잠시 만나고 오마.

한산, 대신들에게 향한다. 유생들, 무대 한켠에 철퍼덕 앉는다. 한산, 헛기침 을 하며 단상 앞에 앉는다. 대신들, 한산의 등장에 인상이 굳어진다.

한산 (무대를 둘러보며) 제자 놈들이 하는 말이 대궐보다 몇 갑절은 클 것 같다 하더구만. 정말 기왓장만 황색이면 황제께서 머무시는 황궁이라 해도 믿을 만하겠소.

대신들, '황궁'이라는 말에 움찔한다.

이이첨 (냉소적인 웃음을 머금으며) 공의 말씀, 큰 도움이 되었소이다.

한산 아아, 그 말 유념치 마시오. 내가 오독을 했소이다그려. 자세히 따져보니 제왕의 기운이 아니라 그게 난법의 기운이었소. 사문 난적의 기운이었소, 그게.

대신3   사 - 문 - 난 - 적 -!

대신들, 격분한다. 유생들, 바닥에 뭔가를 그려가며 열심히 논쟁을 벌이고
있다.

이이첨   (호탕하게 웃으며) 공의 촌철살인(寸鐵殺人)을 누가 따르겠소?
한산   (돌연 싸늘하여) 고인 물은 썩고, 썩은 물의 악취는 천지를 진동
         하는 법. 모름지기 공자의 제자는 물러날 때를 아는 것이 미덕
         이오.
이이첨   산이 높으면 계곡도 깊기 마련, 그것이 음양(陰陽) 세상의 이치
         요. 왜 공은 어두운 계곡만 보시는가?
한산   경의 권면은 나는 새도 떨어뜨리니 더는 오를 데가 없소. 이제
         더 넓은 곳을 향해 떠나시구려.
이이첨   (농담을 건네듯) 정녕 날 내치려 하시오?
한산   나라가 사는 길이라면 망설일 게 뭐 있겠소. 사문난적을 발본
         해 유학의 도를 바로 세우리다.
이이첨   (순간, 얼굴 일그러지며) 세치 혀가 멸문지화를 부른다!
한산   (응수하듯) 백년도 못 사는 이가 생사여탈을 논하시는가?

분위기 험악해지는 대신들, 한산의 말에 압도된 듯 어딘가 두려운 기색이 돈
다.

유생1   (바닥에 열심히 그림을 그려가며) 닭이 있으려면 달걀이 있어야 되고
         달걀이 부화해 병아리가 되고, 그게 커서 닭이 되는 거야. 그러
         니까 달걀이 먼저야.
유생4   허허, 닭이 없는데 어떻게 달걀이 있냐? 순리에 맞지 않는 일
         이다.

유생2 모든 것의 근본은 기(氣)! 닭의 근본은 달걀이고, 고로 달걀은 기다. 그럼으로 달걀이 먼저일세.

유생1 당연하지.

유생3 (잠자코 듣고 있다가) 니네들은 부모 없이 하늘에서 떨어졌냐? 이런 무식한 것들을 봤나?

유생1, 2 무식!

유생1 이런 사문난적 같은 놈을 봤나!

유생3, 4 사문난적!

유생들, 패가 갈리어 서로의 멱살을 잡는다. 주먹다짐이라도 할 것 같다.

한산 (분위기를 돌리려는 듯 사람 좋게 웃고는) 말은 나면 제주도로 보내고 사람이 나면 서울로 보내라더니 그른 말이 아니오. 이왕 온 김에 촌구석 제자 놈들 서울 구경이나 실컷 시켜줘야겠소이다. (일어선다. 돌아서서 몇 걸음 내딛다가, 문득) 제왕이 무엇이오? 진시황이 제왕이외다. 농업, 복서, 의서만 남기고 책이란 책은 모두 불태우고, 유생들 구덩이에 파묻어 죽인 게 진시황이오.

한산의 수수께끼 같은 말에 대신들의 얼굴에 두려움이 일렁인다. 한산, 유생들에게 간다.

한산 (유생들의 싸움질을 어이없이 보다가, 뇌성처럼) 이놈들아-! 한 스승 밑에서 공부한 동문들이 지네들끼리 멱살 잡고 무슨 추태냐!

유생들, 한산의 격노에 모두 엎드린다. 잠시.

한산 니네들이 남이냐?

유생 일동 (두려움에 떨며) 아, 아닙니다.

한산   양반 자제 장남으로 태어나 공자의 제자가 되면 조선 천지에
          너희보다 복 많은 자들이 또 누가 있느냐? 잊지 말거라. 동문
          은 혈육보다 가까운 것이다. 그걸 잊으면 화가 따른다.

유생 일동 (떨며) 명, 명심하겠습니다.

        유생들, 눈물을 찔끔이며 과장되게 끌어안는다. 한산, 흐뭇하게 그 광경을 지
        켜본다.

유생3   선생님, 언제 돌아가실 겁니까? 나라 꼴 돌아가는 거 더러워
          못 보겠습니다.

선생   그래?

유생2   공자님이 땅을 치고 통곡하실 일입니다.

선생   음 -. 이왕 왔으니 서궁이나 한 번 들러보고 가갔구나.

        한산, 나간다. 유생들, 유쾌하여 어깨동무를 하고 뒤따른다. 광해군과 사관,
        들어온다.

광해군   조선 땅이 이리 좋은지 여태 모르고 살았다. (깊게 숨을 들이마시
          고) 아 -, 가슴이 후련하다.

        광해군, 만족스러운 듯 무대를 둘러보다가 단상에 가 앉는다. 사관, 침울하여
        앉아 있다.

광해군   왜 말이 없느냐?

사관   ……

광해군   (사관을 물끄러미 보다가) 얼굴이 침울하고 분통터질 노릇인데

……. 오라, 졸지에 대궐 뒷방 위인 쫓게 된 신세. 가슴이 시린 가 보구나?

사관 (망설이다가) 전하, 대궐로 돌아가시지요. 전하는 이 나라의 임금 이십니다.

광해군 (냉정하여) 사관이 역사의 방향을 바꾸려 하느냐?

사관, 광해군의 날카로운 말에 고개를 숙인다. 잠시 침묵이 흐른다.

광해군 내 곁에 머문 지 얼마나 되었느냐?

사관 십오 년이옵니다.

광해군 십오 년……. 강산이 한 번은 변하고, 또 반은 변했을 시간이구 나.

잠시.

광해군 넌 꿈을 꾸느냐?

사관 ……예?

광해군 세상을 바꿀 수 있다고 보느냐?

사관 (무슨 말인가 하여) …….

광해군 (일어서 먼발치를 내다보며) 저 세상을 바꿀 수 있다고 생각하느냐?

사관 (머뭇거리다가) 그런 생각은 대악무도한 역적들이나 하는 줄로 아 옵니다. 조선은 소중화의 나라요, 예로부터 예와 명분을 생명 으로 여겨온 나라이옵니다. 모든 게 하늘과 땅의 이치에 합당 한데 무엇을 바꿀 게 있겠습니까.

광해군 (피식 웃으며) 그럼, 니 사초엔 나도 역적으로 남겠구나? 나도 이 세상을 바꾸고 싶은데 말이다.

사관 ……!

광해군　하나에서 열까지. 하늘에서 땅 끝까지 모두 다. 전쟁이 없는 나라, 강한 군대가 있는 나라, 금과 은이 넘치는 나라, 소중화가 아니라 대조선국으로 불리우는 나라. 내 백성들 쌀과 고기로 배를 채우고 비단옷에 옥 장식 덩실덩실 춤을 추는 나라. 언문으로 글을 쓰고 읽어 만백성 글을 아는 개화된 나라. 서양과 교역하고 그들과 문명을 소통하는 나라. 이만하면 나도 만고에 남을 역적이렸다?

사관　저, 전하…….

광해군, 씁쓸하여 걸음을 옮긴다.

광해군　강한 자가 임금이 되어야 한다. 임금이 허약하면 백성이 흔들리고, 백성이 흔들리면 나라가 흔들린다. 그러면 이 나라는 또다시 전쟁의 수렁 속에 빠져들 것이다. 지금이 아니라고 해도 언젠간 돌이킬 수 없는 화를 부르게 될 것이야. 성군이 무엇인지 아느냐? 칼을 들어 세상과 맞서는 자가 성군이다.

사관　(충동적으로) 대궐로 돌아가소서. 전하께서 강한 임금이 되시옵소서.

광해군　이 좋은 경치를 두고 돌아가라고? 이젠 나도 쉬고 싶다.

사관　하, 하오나……전하의 역사는…….

잠시.

광해군　율도국이 어디 있는 섬이냐?

사관　소인도 알 수 없습니다. 아무도 알지 못하는 섬입니다.

광해군　(생각에 잠긴다) 아무도 모른다……. (사이) 찾아도 찾을 수 없는 나라…….

잠시.

광해군 (푸념하여) 그랬겠지. 저승에도 없는 나라가 이승엔들 있겠느냐? (사이) 세상은 바뀌지 않는다. 나는 이제사 그걸 알았고, 허균은 영영 몰랐던 게야. (사이) 누가 나한테 술을 따라줄까? 잔이 넘치도록 술을 따를 자가 어디에 또 있을까?

광해군, 씁쓸하다. 괜한 생각을 했다 싶은지 상념을 쫓듯 고개를 젓는다. 그가 걸음을 재촉하려 일어서려는데 무대 뒷벽에 벽서가 붙어 있는 것이 보인다.

광해군 (유심히 보다가) 저게 뭐냐?
사관 벽서인 것 같습니다.
광해군 (가져오라는 듯 손짓을 한다)

사관, 벽서를 뜯어낸다. 벽서를 읽은 사관의 얼굴이 난처하다.

광해군 (사관이 머뭇거리자) 얼른.

사관, 벽서를 건넨다.

광해군 (벽서를 읽는다, 사이) 남에서는 왜군이 쳐들어오고, 북에서는 오랑캐가 쳐들어온다고? (도무지 모르겠다는 표정)

무대 앞에 조명 떨어지면 백성들, 삽과 곡괭이를 들고 일을 하고 있는 모습이 보인다. 대궐을 중건 중이다.

백성1 이놈의 대궐은 지어도지어도 끝이 없구만. 농사질은 은제 하고 맨날 이 짓이냐.

백성2 그러니까 꽈아악 뒤집혀야 된다니까!

백성1 (깜짝 놀라) 쉿! (주위를 살펴보며) 죽으려 작정했어?

백성2 대궐 짓는다고 위엄이 서냐? 지 에미 쫓아낸 임금한테 무슨 위엄이 있냐?

백성1 (생각을 해보더니, 고개를 끄덕이며) 그건 그렇지.

백성2 묘지기 한 자리에 갖다줄 게 수백 냥이야. 열 냥만 깎아달라고 했는데 그 관리 놈이 하는 말이, 줄선 게 백 리다, 이것도 없어서 못해, 그러더니 거기다 열 냥을 더 얹으래. 할 만큼 해먹고도 뭐가 남았다고 눈에 쌍불 켜고 지랄이야, 지랄은. 세금이다 뭐다 집 안에 있는 건 밥알 하나까지 긁어 가는데 이러다 우리다 굶어 죽어. 우리도 화적패나 하자고. 그래야 먹고살어.

백성1 임금이 실성을 했다든데 맞는 말인가, 고것이?

백성2 실성? 실성이 아니라 죽었다. 이 나라, 임금 없어.

백성1 (깜짝 놀라) 정말!

백성3 개벽 온다! 이게 후천 개벽이야. 개벽 오면 정도령 시대 와. 이씨 시대 끝났어. 그러니까 니네들도 헛고생 말고 계룡산에 가서 자리 잡어. 거기가 정씨네 도읍이야.

백성들의 모습, 사라진다. 광해군, 충격을 받은 듯 멍하다.

광해군 (불현듯) 내 역사를 가져와라.

사관 (깜짝 놀라) 예?!

광해군 내가 본다.

사관 임금은 자신의 역사를 볼 수 없나이다.

광해군 열어라!

사관　　통촉하여 주소서!

광해군, 사관의 광목을 빼앗는다. 저지하려는 사관을 밀치고 광목을 펼친다.

광해군　(전율에 몸을 떨며) 유언비어 난무해 백성들이 피난을 다닌다……
관리는 부패하여 백성을 착취한다…… 굶어죽는 백성들 넘쳐
나 원성이 하늘을 찌른다…… 이씨 나라 물러가고 정씨 나라
오라 기원한다…….

오랜 침묵이 흐른다.

광해군　정씨 나라…….

망연자실, 좌중을 바라보는 광해군. 무대, 어스레하게 어둠에 잠긴다. 무대 뒤
쪽에 기생들, 병풍의 그림마냥 서 있다.

기생　　골상을 보아하니 왕후장상 따로 없고, 금작자 휘두르며 천하영
웅 자처할 터, 통곡이 웬 말이오. 어이해 달랠손가. 잔을 주오,
꽃을 주오? 나리 성함이 어찌 되시오?

광해군　(고개를 떨구고) 광해…….

기생　　뭘 하시는 분이시오?

광해군　이백 년 종묘사직 파투낼 망나니…….

기생　　농을 하시오?

기생들, 까르르 웃으며 광해군에게 달려든다. 기생들, 광해군을 희롱한다. 기
생들, 광해군의 옷깃을 풀고 이리 밀치고 저리 밀친다. 사관, 기생들을 쫓으
려 하지만 역부족이다. 광해군, 묵묵히 자기를 희롱하는 기생들에게 몸을 맡

긴다. 전령, 급히 들어온다.

전령　　전하! 강홍립 장군의 밀서이옵니다.

　　　　기생들, '전하'라는 말에 기겁해 흩어진다. 기생들, 숨어서 광해군을 본다.

광해군　(고개를 떨군 채) 읽으라.
전령　　(편지를 읽는다) 청패를 버리면 황패를 얻는다. 청국왕 누루하치.

　　　　무화, 모습을 보인다. 그녀의 등장에 무대는 일순간 정적에 휩싸인다. 사람들,
　　　　입을 굳게 담은 채 무화를 주시한다. 광해군, 고개를 들어 무화를 본다.

무화　　선생님이 보내시었소.
광해군　(놀라움과 당혹감이 교차하여) 허균이…….
무화　　천운을 잡으라 하시오.
광해군　천운.
무화　　가시오.
광해군　……어디로.
무화　　임금의 자리로.

　　　　무화와 기생들, 전령, 무대를 빠져나간다. 광해군, 자기를 부축하라는 듯 손을
　　　　내민다. 사관, 달려와 광해군을 부축한다. 광해군, 단상에 오른다. 정좌한다.
　　　　광해군, 십자(十字) 모양 양팔을 든다. 대전내관, 들어와 광해군에게 곤룡포를
　　　　입힌다. 익선관을 씌운다. 무대 앞쪽에 조명 떨어지면 앉아 있는 이이첨이 보
　　　　인다. 그들 앞에 술상이 놓인다. 광해군, 잔에 술을 따른다.

광해군　받으시오.

대전내관, 잔을 이이첨에게 가져간다.

이이첨 성은이 망극하여이다.

이이첨, 술을 따른다. 대전내관, 잔을 광해군에게 가져간다. 광해군, 건배를 청하듯 잔을 들어 보인다. 이이첨도, 잔을 든다. 술잔을 비우는 그들.

이이첨 이제사 전하께서 나라 대업에 동참하시니 이 기쁨을 어이 술 한 잔에 담겠습니까?
광해군 저 바깥세상이 내겐 큰 스승이 되었소.
이이첨 무엇을 배우셨습니까?
광해군 내 주위에 악귀가 있소.
이이첨 ……?
광해군 그 악귀를 염라전에 끌어내 죄를 물으려 하오.
이이첨 악귀의 죄가 무엇이옵니까?
광해군 임금 손에 피 묻히어 맞바꾼 종묘사직, 정씨에게 내준 죄! 백성을 핍박하고 착취하여 나라를 파탄 지경에 이르게 한 죄! 타락하고 부패하여 조정의 명예를 더럽힌 죄! (침착하여) 그로 죽어 마땅하지 않은가?

이이첨, 묵묵히 들으며 술잔을 기울인다. 대전내관, 전령의 밀서를 이이첨에게 건넨다.

이이첨 (읽는다) 청패를 버리면 황패를 얻는다 ……. (사이, 생각을 하다가) 청은 제후의 색이요, 황은 황제의 색이니, 청패를 버리라 함은 조선이 명나라의 속국에서 독립하란 말이요, 그리하면 황제의 권능을 얻는다?

광해군 청이 명을 치고 중원을 차지하려면 후방에 적을 두면 아니 될
일. 후일 일본을 치기 위해서도 조선은 반드시 필요한 곳이요.
누루하치의 말은 조선과 청이 중국과 일본을 경영하자는 뜻이
오. 청나라가 동맹을 원하오.

이이첨 (술잔을 내려놓으며) 신과 거래를 하고자 하십니까?

광해군 거래가 아니라 왕명이오.

잠시 침묵이 흐른다. 이이첨, 돌연 무릎을 꿇고 목을 내민다.

이이첨 신이 부덕하여 정씨가 왕이 된단 소문이 떠돌고, 대소신료를
관리치 못해 민폐가 극심합니다. 시국이 어수선하여 백성들이
피난길을 재촉하니, 신이 어찌 죽음을 마다하겠나이까.

광해군 나를 따르시오. 이로 경의 죄를 사하겠소.

이이첨 치소서.

광해군 정녕 죽고자 하시오?

광해군, 이이첨이 수그러들지 않자 당혹스럽다. 잠시 침묵이 흐른다.

광해군 (달래듯) 조선이 명분을 쫓든 실리를 쫓든 경한테 달라질 것은 아
무 것도 없소.

이이첨 신 또한 공자의 제자이옵니다.

광해군 새로운 질서가 천하를 이끌 것이오. 우리가 오랑캐라 천대했던
자들이 대륙의 주인이 될 것이오. 왜인들도 양이와 교역하며
부국강병을 꿈꿀 것이오. 이젠 오랑캐도 왜도 존재하지 않소.
강한 자와 약한 자만이 있을 뿐이오.

이이첨 문명이 없는 야만의 세계에서는 왕실도 종묘사직도 한낱 헛것
에 지나지 않습니다.

광해군 나는 경에게 누구도 넘볼 수 없는 권능과 위엄을 주었소. 내 편이 되어주시구려.

이이첨 거두어 가소서.

광해군, 격노해 술잔을 내던진다.

광해군 정녕 날 거역할 셈인가!

이이첨 조선의 사림과 싸움을 하려 하십니까?

광해군 조선제국이 눈앞에 있소!

이이첨 방벌의 칼날을 손수 맞으시겠소?

광해군, '방벌'이라는 말에 순간 움찔한다.

이이첨 임금이 온당치 못하면 내치고 죽여도 꺼릴 게 없으니 그것이 방벌(放伐)이요, 유학입니다.

광해군, 술을 들이켠다. 자작하여 술을 마시던 광해군 절망감에 사로잡혀 일어선다.

이이첨 황패를 버리시려 하십니까?

이이첨, 호탕하게 웃으며 일어선다.

이이첨 우리는 이 나라의 수레바퀴와도 같습니다. 어느 한쪽이 없으면 수레는 쓰러질 터, 같은 길을 가야 함이 우리의 운명입니다.

광해군, 이이첨을 본다.

이이첨　성상을 따르리다.

군사, 검을 들고 들어온다.

이이첨　인목대비의 목을 주시오.

광해군, 서서히 밀려드는 두려움에 시선을 어쩔 줄을 모르고 안절부절이다.

이이첨　(그런 광해군을 떠밀 듯) 요동을 회복하고, 제왕의 자리에 오르소
　　　　서.
광해군　(두려움에 떨며) 나, 난…….
이이첨　천운을 놓치면 두 번 다시 기회가 없소이다.
광해군　공자의 제자가 만고의 패륜을 저지르라 하시는가.
이이첨　마지막 남은 한 명이오. 그가 죽어야 우리의 권력과 위엄이 영
　　　　원토록 지속되오.
광해군　그네를 치면…….
이이첨　내가 방벌의 칼날을 막겠소. 족쇄를 풀어 들이리다.

광해군, 술을 마신다. 잔에서 병으로, 끊임없이 들이켜는 술. 술이 폭포가 되
어 광해군의 몸을 적신다. 이이첨, 광해군에게 칼을 쥐어준다. 이이첨, 손을
들어 서궁, 좌중을 가리킨다. 광해군의 시선, 이이첨의 손끝에 멈춘다.

이이첨　제왕에 오르소서!

광해군, 발악하듯 기함을 내지르며 칼을 높이 쳐든다. 숨이 목까지 치밀어 오
르도록 기함을 내지르는 광해군. 사관, 그 광경을 지켜보다 고개를 돌린다.
그의 칼, 바닥을 향해 내리꽂힌다. 광해군, 발작을 일으킨 듯 몸을 떤다.

광해군 (손을 어찌할 줄 모르며) 물. 무울. 무-우-울-!

대전내관, 다급히 물이 담긴 세숫대야를 가져온다. 이이첨, 대전내관의 세숫대야를 빼앗는다. 광해군, 간절하여 이이첨에게 손을 뻗고, 이이첨, 보란 듯이 세숫대야를 내던진다. 쏟아지는 물! 나뒹구는 대야. 광해군, 쏟아진 물을 향해 엉금엉금 기어간다. 사관, 광해군을 잡고 싶으나 이이첨의 눈초리에 머뭇거린다.

이이첨 그것이 제왕의 모습인가?

침묵이 흐른다.

광해군 (자조 섞인 웃음, 희미하게 입가를 맴돈다) 난 경들이 걸치는 옷이요, 신발일 따름이외다. 주인이 버리자면 버려지는 옷이요, 신발이외다.

이이첨 (비웃음 가득하여) 성상의 말이 옳소. 떠나시오. 나라 대업은 세자와 논하겠소.

광해군 내 아들이 임금이 되고 또 아들의 아들이 임금이 되어도 경들의 권면을 어찌 넘을 수가 있겠소? 떠나라 하면 떠나고 오라 하면 오는 것, 그게 우리네의 운명이 아닌가? 석가의 제자가 공자의 제자가 되고, 또 언젠가는 누구의 제자가 되어, 왕조가 망하고 임금이 죽어도 영원토록 경들의 세상은 번영할 것이오.

이이첨 (대수롭지 않게 흘려버리고는) 서궁에서 굿 소리가 나도 놀라지 마시오. 인목대비 한 맺힌 맘, 굿판으로 풀어줄 것이외다.

이이첨, 나간다. 사관, 그제서야 광해군에게 달려간다. 사관, 광해군의 곤룡포에 묻은 술과 물을 닦는다. 광해군, 자신의 몸을 닦아내는 사관을 물끄러미 내려다본다. 광해군, 천천히 고개를 들어 좌중을 응시한다. 허균의 모습이 보인다. 잠시 침묵이 흐른다.

허균 일어나시오, 주상. 임금 잡는 족쇄, 백성 잡는 족쇄, 모두 풀어 버리시오. 훨훨 풀어 버리시오.

광해군 족쇄를 풀어…….

허균 도적들 내치고 새 나라 만드시오. 백성이 칼이 되고 방패가 되어 줄 것이오. 강한 임금은 백성의 힘에서 나오는 것이오. 임진란에서 조선을 구한 건 임금도 대신도 양반도 아니었소. 작고 여린 백성들이었소. 이제 그들을 묶어 놓은 족쇄를 푸시오. 활빈당 당수가 되오.

광해군 활빈당 당수…….

허균 이 땅 율도국 되게 하오.

광해군, 그의 얼굴에 격정이 몰아친다.

광해군 (광기 어린 눈빛, 좌중을 벨 듯 섬뜩하다) 내 니 소원 들어주마. 공자 귀신, 권문세가 대감님들, 모두 다 내치마. 내가 홍길동이다. 나, 광해가 활빈당 당수다.

불이 꺼진다.
단상에 앉아 있는 대신들 보인다. 무대 양쪽 가에는 무녀들로 가장한 군사들이 정렬해 있다. 무대 앞에 그들의 대장격인 무녀, 고깔을 깊게 눌러쓴 채 서 있다.

이이첨 오늘 이 굿을 주재함은 인목대비께서 평소에 귀신들의 해코지를 당한다 하시어 귀신을 쫓고 옥체 만강하심을 기원하기 위해

서다. 그의 아들과 아비가 대역 죄인인 건 사실이나 왕실의 큰
어른이신 인목대비에게 죄를 물음은 가당치 않으니 오늘 여기
모인 너희들은 성심을 다해 그의 맺힌 한을 풀고 귀신을 몰아
내라. 시작하라!

광해군 (들어오며) 멈추시오!

대신들, 광해군의 등장에 긴장한다.

광해군 이처럼 좋은 볼거리가 있는데 왜 나는 빼고 경들만 보시는가?

광해군, 고깔을 둘러쓴 무녀로 향한다. 광해군, 희롱하듯 무녀를 이리저리 살
펴본다. 광해군, 돌연 무녀의 고깔을 벗긴다. 무녀로 변장한 군사이다.

광해군 오라, 이제 보니 박수무당이었구려. 하기사 도력이야 무녀들보
다야 박수무당이 제격이지. (군사를 밀치고 서며) 여긴 내 어머니가
계신 곳이오. 어머니께서 밤마다 귀신들한테 해코지를 당하신다
는데 어찌 아들이 두고 볼 수 있는가? 내가 이 굿을 주재하리다.
(대신들이 무엇이라 말을 하려는데) 아, 근심마시오. 사직 제사, 종묘
제사, 선농, 선잠, 우사 제사, 마사, 마보, 영제 제사. 천신, 지기,
인귀할 것 없이 제사란 제사엔 모두 통달한 게 임금이니 굿이라
고 못 하겠소? 내가 귀신 쫓는 데는 도사올시다. 아예, 모두 이
자리에서 박멸해 버립시다. 두 번 다시 이 나라 못 찾게 끝을 냅
시다. 아, 그리고 이왕 하는 김에 우리 열성조 한도 달래줍시다.
한 나라 임금으로 태어나, 권문세가 눈치 보며 이리저리 휘달리
다 임금 자리 뺏길까 한평생 노심초사 연명하신 가엾은 임금님
들. 그분들 한도 이 자리에서 풀어줍시다.

이이첨 성-상-!

광해군 (돌연 싸늘하여) 경들은 알아야 할 것이오. 이 나라가 누구의 나라
인지.

대신들, 일순간 굳어진다. 광해군, 머리를 풀어헤친다.

광해군 한번 놀아보자꾸나!

광해군, 덩실덩실 춤을 춘다. 들려오는 무악 소리. 그의 춤이 신이 내린 듯 격
렬해지는데, 무대 양쪽에서 내금위가 들어온다. 무녀로 변장한 군사들 마침내
무녀 옷을 팽개치고 본 모습을 보인다. 무대는 일순간 긴장에 사로잡힌다. 광
해군의 춤사위 더욱 격정으로 치닫고, 무악 소리 뒤따른다. 내금위와 군사들
칼을 빼어 든다. 내금위와 군사들, 춤의 격정에 끌려가 듯 칼싸움을 벌인다.
극으로 치닫는 춤사위, 더욱 격렬해지는 칼싸움. 피가 튀긴다! 마침내 한 명
씩 남은 내금위와 군사들 서로의 심장에 칼을 꽂는다. 그 순간, 광해군 숨이
터져 나오듯 기함을 내뱉으며 털썩 쓰러진다. 대신들, 경악한다.

불이 꺼진다.
한산과 유생들 들어온다. 유생들, 을씨년스러워 하며 무대를 살핀다.

유생1 (냄새 맡는 시늉을 하며) 이게 무슨 냄샌가? 닭을 잡았나 돼지를 잡
았나, 피냄새가 진동하네.
유생2 쯧쯧쯧, 이렇게 문을 열어놓으니까 나라에 도둑이 들끓지.
유생4 근데 대궐이 왜 이리 조용하지. 다들 어딜 갔나?
유생3 원군 갔잖아. 명나라에. 이보시오. 아무도 없소?

조명 떨어지면 대신들과 광해군의 모습이 보인다. 대신들, 속이 빈 껍데기처
럼 꼼짝하지 않는다. 헝클어진 머리로 쓰러져 있는 광해군을 보고 유생들, 깜

짝 놀라 물러선다.

유생3　저, 저게 뭐야? 사람이야, 귀신이야?

침묵이 흐른다.

광해군, 기진맥진해 가까스로 몸을 바로 잡는다. 거친 숨을 몰아쉰다.

광해군　(잠긴 목소리, 그러나 발악하여) 열성조시여. 명나라가 망해 나라가 바로 서고 이제사 독립국이 되니 천운을 내리사 조선제국의 뜻을 이루게 하소서. 나의 백성들 굶주린 배를 채우게 하시고 만 리, 삼만 리, 저 넓은 세상으로 뻗어가게 하소서. 나 광해가 백성의 칼이 되고 방패가 되겠나이다. 이 광해, 제왕의 자리에 오르게 하소서. 굽어 살피소서.

광해군, 칼을 바닥에 끌며 비틀비틀 나간다. 한산, 묵묵히 그 광경을 지켜본다.

한산　이백 년 종묘사직을 살려라.
유생1,2,4 (놀라서) 저희가요?
한산　제왕의 기를 끊어라.
유생3　뭘 망설이나? 우리가 나설 때다.

유생들, 대신들 뒤쪽에 선다.

한산　그들을 쳐라.
유생1　도, 도끼로 말씀입니까?
유생2　선, 선생님!

한산 저들이 죽을 죄가 셋이다. 하나는 이 나라 세우신 선학들의 고
결한 피, 제왕을 베어낼 신권을 위태롭게 한 죄. 둘은 공자의
도를 배우고도 공자의 문하생들을 반목하여 죽인 죄. 셋은 부
모의 나라 명나라를 배신하여 조선의 대의명분을 더럽힌 죄.
이로 저들은 죽어야 한다. 쳐라!

유생3, 이이첨을 도끼로 내려친다. 다른 유생들도 각기 대신들을 내려친다.
쓰러진 대신들 치워지고, 그 자리에 유생들이 앉는다. 유생들에게 대신들의
옷이 입혀진다. 어색하던 모습이 금세 전의 대신들처럼 익숙해진다. 한산, 그
광경을 응시하다 돌아선다.

유생3 선생님, 어딜 가십니까?
한산 내 할 일은 다 했네. 이제 왔던 데로 가야지. 자네들 뒤에 설 후
학이 있어야 않겠는가? 교육은 만년대계일세.
유생4 이제 어떻게 해야 합니까?
한산 그건 자네들의 몫일세.

한산, 유유자적 나간다. 잠시.

유생3 혁명이다! 반정군은 우리를 따르라!

유생들, 나간다.

제 5 장

어둠에 잠겨 있는 무대. 단상에 조명 떨어지면 광해군의 모습이 보인다. 사관, 그 아래에서 역사를 쓰고 있다.

광해군　올해가 무슨 해냐?

사관　계해년, 서양력으로 1623년이옵니다. 실록이 쓰여진 지 십오 년이 되는 해입니다.

광해군　1623년, 광해가 조선의 제왕이 되었다. 기록하라.

무대, 다시금 서서히 어둠 속에 잠기는데 의금부 병졸들, 춤을 추며 들어온다. 그들의 손에는 의자가 들려 있다. 의자에 인형들이 묶여 있다. 그들의 뒤로 단상에 비스듬히 기대어 앉아 있는 광해군의 모습 실루엣으로 보인다. 의금부 병졸들, 의자를 바닥에 내려놓는다. 앞으로 벌어지는 의금부 병졸들의 장면은 비현실적이며, 분위기에 어긋나게 해학적이다.

병졸1　(인형의 무릎을 돌로 누르며) 압슬형! 집채만 한 돌멩이를 죄인의 무릎에 올려놓고 내리누르는 고문이다. 이렇게 내리누르면 무릎팍이 박살나 그 고통은 이루 말할 수가 없으며 아는 사실은 술술 불고 모르는 사실도 창작해 불게 된다.

병졸2　(인형의 다리를 주리 틀며) 주리 틀기! 이렇게 다리를 맞대 놓고 그 사이에 막대기를 놓고 벌리면 뼈에 금이 가고 마침내 부러지고 만다. 다리가 철갑이 아니고서는 절대 버텨낼 수 없으며 걸렸다 하면 다리 병신 되기 십상이다.

병졸3　(인형의 몸에 인두질을 하며) 인두질! 시뻘겋게 달구어진 인두로 죄인의 몸을 지진다. 이렇게 하면 살갗이 타들어 가고 오장육부가 요동치는데, 불로 지진 데 또 지지면 환장해부려.

이어지는 의금부 병졸들의 고문.

광해군 죄를 고했는가?
병졸1 아무리 고문을 하고 매질을 해도 도통 입을 열지 않습니다.
광해군 친국하리라.

고문으로 피투성이가 된 권문세가, 끌려 들어온다.

광해군 니가 니 죄를 알렸다?
권문세가 (신음하며) 내가 무슨 죄가 있단 말씀이오? 내 죄라 하면 조선 땅
에 태어나 평생 공부한 죄뿐이오.
광해군 그 공부가 임금 업신여기고 백성 핍박하는 공부렸다.
권문세가 당치 않소이다!
광해군 너희 가문에서 지금껏 배출한 대소신료들이 줄잡아 스물이렸
다?
권문세가 그러하오.
광해군 신라시대, 고려시대를 거쳐 지금까지 따지면 족히 몇 백은 되
렸다?
권문세가 내가 그걸 일일이 어찌 알겠소이까…….
광해군 왕이 바뀌고 왕조가 바뀌어도 제 밥그릇 하나 챙겨 이제까지
살아온 너희가 아니냐? 가뭄에 역병에 백성들의 배가 등짝에
달라붙어도 백성들 마지막 남은 쌀 한 톨까지 긁어간 게 너희
가 아니냐?
권문세가 억울하오…….
광해군 (낯빛 돌변하여) 니네 조상들한테 능욕당하고, 형제 살육하셔야

했던 우리 아버지, 또 아버지의 아버지, 아버지의 아버지의 아버지를 생각하면 니놈은 찢어 죽여도 분이 안 풀린다. 내 아들과 내 후손들이 이끌어 갈 천년제국을 위해서라도 너희들은 마지막 남은 한 명까지 찾아내 그 죄를 물을 것이다. (천연덕스런 얼굴로) 이실직고할 때까지 국문하라.

권문세가, 끌려 나간다. 처절한 비명소리. 사관과 대전내관, 그 소리에 두려워 떤다. 도끼를 둘러멘 사림, 들어온다. 무대 앞으로 나아가 앉는다. 도끼를 '쿵' 소리가 나게 내려놓는다.

광해군　너는 누구냐?

사림　나는 사림의 유학자로, 더는 나라 돌아가는 꼴 볼 수가 없어 왔소이다.

광해군　그래?

사림　이 나라는 대의명분을 생명으로 아는 나라올시다. 하루아침에 오랑캐와 손을 잡고 제국을 운운하니 천지가 개벽할 일이오! 오랑캐와의 관계를 청산하시오!

광해군　조선은 천운을 맞았다. 내 길 막지 마라.

사림　선정하시오! 공자님이 보고 계시오!

광해군　공자는 죽었다. 내 칼에 목 떨어졌다.

사림　망발을 거두시오! (절규하며) 서자가 왕이 돼 나라가 이 지경이 됐으니 이를 막지 못한 내가 죽일 놈이요!

광해군　죽겠다니 죽여주마.

광해군, 단상을 내려와 도끼를 든다. 광해군, 도끼를 쳐든다. 광해군, 거리낌 없이 사림의 목을 친다. 공포와 잔혹이 무대를 휘감는다. 구슬픈 여인의 울음소리 들려온다. 광해군, 담담히 소리를 듣는다.

여인의 소리　영–창–아–아–바–님–.

광해군　우시오.

여인의 소리　(더욱 애절히) 영–창–아–아–바–님–.

광해군　더 크게 우시오. 울어라! 울어라!

단상에 올라선다.

광해군　망설이지 않으리다. 날 잡으면 설령 누구라 해도 벨 것이오. 이
나라는 나 광해의 나라요. 내 말이 조선의 법이요, 내가 곧 이
백 년 종묘사직이요.

더욱 커지는 여인의 울음소리.

광해군　(도끼를 쳐들고, 발악하여) 내 말이 조선의 법이요, 내가 이백 년 종
묘사직이다!

순간, 울음소리 멈춘다.

광해군　(승리감에 도취해, 사관에게) 보았느냐! 한 많으신 여인께서 울음을
멈췄다. 더는 우시지 않을 게야. (사관이 두려움에 떠는 것을 보고) 넌
왜 그러고 있느냐? (사이) 내가 두려우냐?

사관　(떨며) 그, 그렇습니다.

광해군　(의외라는 듯) 왜 두려운 게냐?

사관　(말을 못 하고 전전긍긍이다)

광해군　난 지금이나 예전이나 똑같은 광해다. 임금 왕(王) 자가 도끼에
서 나온 상형문자다. 내 그걸 다시 찾아 이 손에 쥐었을 뿐이
다. 두려워 마라. (대전내관을 향해) 강홍립한텐 소식이 없느냐?

대전내관 아, 아직 별다른 소식이 없나이다.

광해군 어찌 되나 알아보고 오라.

대전내관 (떨면서) 분, 분부 받들어 모시겠나이다.

대전내관, 재빠르게 나간다. 광해군, 단상에 몸을 눕힌다. 무화, 들어온다.

무화 왜 약속을 지키지 않으시오?

광해군 (모로 누워 무화를 본다)

무화 선생님한테 약속하지 않으셨소? 이 땅 율도국 만든다 하시었소.

광해군 백성들이 원하는 건 황제가 있는 제국이다.

무화 왜 도적을 내치고 마침내 새 나라 만들 수 있게 되었는데, 왜 더 큰 도적이 되려 하시오?

광해군 (몸을 벌떡 일으키며) 이 나라가 내 나라인데 나보고 도적이라?

무화 이 나라는 백성들의 나라요.

광해군 그 선생에 그 제자로구나.

무화 정녕 선생님의 뜻을 배반하려 하시오!

광해군 이 껍데기만 남은 나라, 아무 쓸짝 없는 명분에 목을 매는 이 가련한 나라를 내가 제대로 된 나라로 만들 것이야! 나 광해가 조선을 살릴 것이다!

무화 임금은 이 나라의 도적이오!

광해군 ……!

무화 임금은 족쇄 풀고 뛰쳐나온 망나니요!

광해군, 도끼를 쥐고 무화에게 간다. 그의 도끼, 번뜩이며 무화에게 내리꽂힌다. 사관, 광해군을 붙든다. 광해군의 도끼, 무화를 비껴간다.

사관   전하, 고정하옵소서! 천하고 천한 무녀일 따름이옵니다.

       잠시. 광해군, 도끼를 거두며 돌아선다.

광해군   허균, 데려와라.
무화   선생님, 부르셔도 오시질 않소. (사이, 슬픔에 젖어) 오시지 않으
       시오.
광해군   어딜 갔느냐?
무화   (눈물지으며 천천히 고개를 젓는다) 모르오.
광해군   (피식 웃고는) 이승도, 저승도 허균을 싫다하는데 그놈이 어딜 갔
       단 말이냐? (사이, 문득) 오라, 그놈이 마침내 율도국을 찾았나 보
       구나.
무화   (앙칼지게) 선생님은 돌아오실 겁니다. 다시금 활빈의 칼을 드실
       것이오.

       무화, 나간다.

광해군   (사관에게) 난 누구냐?
사관   …….
광해군   난 고립무원의 제왕이다.

       광해군, 단상에 가 앉는다. 깊은 생각에 잠긴다. 잠시 침묵이 흐른다.

광해군   허균이 오질 않는다고 ……. 나한테 천운을 잡으라 해 놓고
       ……. 율도국을 찾아갔는가, 그놈이 ……. (사이) 어디 있다고 했
       느냐, 그 섬?
사관   어디 있는지 아무도 아는 자가 없나이다.

광해군, 문득 무대를 둘러본다. 헛것을 보는 양 두려움이 밀려온다. 광해군, 손을 씻듯 계속 손을 만지작거린다. 잠시.

광해군 교하로 가자. 여긴 사람 살 구석이 아니다. 교하가 제왕의 땅이다. (긴 사이) 피곤하다.

광해군, 단상에 몸을 눕힌다. 잠이 든다. 잠시 후, 무대 앞쪽에 조명 떨어지면 이수광의 모습이 보인다.

광해군 (잠결에) 경이 쓴 지봉유설을 잘 보았소. 옳은 말이오. 우리도 서양 문물을 배워야지. 근데 경의 이름이 뭐라고 했소?

이수광 이수광이라 하옵니다.

광해군 나라를 부국케 하려면 뭐부터 하면 좋겠는가?

이수광 우선 서양의 과학을 들여와야 할 줄로 아옵니다. 서양인들은 이미 오래전 바다에 배를 띄워 새로운 대륙을 찾는 여행을 시작하였으며, 앞선 과학으로 세계 여러 나라로 진출하고 있으니, 조선이 이들을 경계치 않는다면 필시 화가 따를 것이옵니다. 이웃 일본에서도 서양의 문물과 과학을 들여와 나날이 발전을 하고 있나이다. 조선도 더는 머뭇거려서는 안 될 줄로 아옵니다.

광해군 대조선제국이 왜인들보다 뒤쳐질 수는 없는 노릇, 양이들이 제국을 넘보기 전에 우리가 먼저 쳐야될 일. 경에게 모든 권한을 위임하리다. 조속히 시행하라.

이수광, 어둠 속으로 사라진다. 조명, 차츰 좁혀져 단상의 광해군만이 뚜렷이 보인다.

오랜 침묵이 흐른다. 허균, 모습을 보인다. 허균의 옷이 전과는 달리 깨끗하다.

허균   (조용히 광해군을 바라보며) 주상께서 잠을 자시는구만.

사관   (두렵기도 하고 반갑기도 하여) 오시었소?

허균   (사관이 자신이 입고 있는 새 옷을 보자) 먼 길 갔다왔네. 내 이제 길을
        찾았어.

사관   어딜 말씀이오?

광해군, 추운 듯 몸을 웅크린다.

광해군   춥다.

허균의 긴 옷자락, 광해군을 덮는다.

광해군   (옷자락을 끌어 덮으며) 따뜻하다. (잠결에) 니가 이제서야 왔구나?
        어딜 갔다 왔느냐? 내가 마침내 도적들 내치고 제왕이 되었다.
        이승도, 저승도 널 싫다는데 구천을 헤매지 말고 여기서 살자.

허균   이승도 저승도 우리를 싫다하니 주상을 모시고 먼 길 가려왔
        소.

광해군   어디로…….

허균   교하로.

광해군   제왕의 땅…….

아련히 들려오는 화동들의 노랫소리.

노래   임금님 임금님 우리 임금님
        하해 같은 넓은 마음 광해 임금님
        해동에 오셨네 성군이 나셨네

백성들 옷이 되어 백성들 신이 되어
거친 들판 달리시고 넓은 바다 건너시어
태평성국 세우시어 성군 되셨네

요순임금 저리가오 우리 성군 행차시오
백성들이 따르리다 지엄하신 우리 임금
우리들의 제왕이신 광해 임금님

광해군, 잠에서 깨어난다. 화동들의 모습이 보인다. 그들, 노래를 하며 광해군에게 꽃잎을 뿌려준다. 피 묻은 도끼를 깨끗이 닦아준다. 광해군, 행복한 얼굴로 그들을 본다.

광해군 내가 꿈을 꾸었느냐?

허균 우리 모두 꿈을 꾸었소.

광해군 그 꿈, 한번 요란했구나.

강홍립의 모습이 보인다.

강홍립 신 강홍립 전하의 뜻을 받들어 청국왕 누루하치에게 동맹의 뜻을 전한 바, 달포 후 모든 명나라 원군이 말을 돌려 북경으로 진군토록 계획이 섰나이다. 신 강홍립 반드시 명나라를 정벌해 조선제국의 위세를 만방에 알리겠나이다. 옥체 만강하소서.

강홍립, 어둠 속으로 사라진다. 곧이어 유생들과 반정군들, 몰려 들어온다. 광해군, 묵묵히 그들을 맞이한다.

유생1 패덕한 군주 광해는 무릎을 꿇으라!

인목대비 목각 인형, 고이 모셔 들어온다. 대전내관, 잡혀 들어온다.

대전내관 (겁에 질려) 난, 난 아무 짓도 안 했소.
유생4 패덕한 군주의 내관이다. 죽여라.

반정군, 대전내관을 죽인다.

유생1 (사관에게) 물러가라.
사관 아직 기록을 해야…….
유생1 여기서 죽겠느냐?

사관, 광해군을 본다. 사관, 결심을 굳힌 듯 기록을 멈추지 않는다. 사관이 계속 기록을 하자 유생1, 사관의 오른손을 자른다. 광목이 피로 물든다. 다시 칼을 겨누자 사관의 애절한 눈빛, 광해군을 향한다. 그러나 금세 시선을 거두고 도망치듯 무대 한 구석에 숨는다. 몸을 감추고 광경을 지켜본다. 유생들과 반정군들, 광해군의 뒤에 배경막처럼 선다. 광해군, 무릎을 꿇는다.

광해군 광해일기가 쓰여진 지 십오 년, 1623년, 나는 왕위에서 물러난다.

광해군이 말을 멈추자 유생들과 군사들, 도끼와 칼자루로 바닥을 두들겨 소리를 낸다. 광해군의 말을 재촉하듯 리듬 사납다.

광해군 내 죄는 선왕 선조대왕을 독살하고 형과 아우를 죽이고 어머니를 유폐시킨 죄. 과도한 토목공사로 민생을 도탄에 빠트린 죄. 대명사대를 하지 않고 두 마음을 품어 오랑캐한테 항복한 죄. 이로 내 죄는 마땅히 벌을 받아 패덕한 군주의 최후를 보여야 한다.

유생3 어머니께 사죄하라!

광해군, 인목대비 목각 인형을 향해 절을 한다.

광해군 소자의 죄를 용서하소서…….

단상에 '仁祖大王(인조대왕)'이란 글자가 내걸린다.

유생4 그대가 역적으로 몰아 자결한 능창군의 형, 능양군이 조선의
       새 임금이오.
광해군 그 어릿광대가…….
유생3 주상의 화의를 버리고, 반청북벌(反淸北伐)을 나라의 국시로 삼
       을 것이오. 우리는 오랑캐를 멸망시키고 대명국의 신하로 그
       예를 다할 것이오.
광해군 (단상을 향해 손을 뻗으며) …… 저기는…… 내 자리다.
유생2 반정은 끝났소.
유생3 강화로 내려가라. 새 주상 인조대왕의 어진 은덕으로 목숨을
       건졌다.

반정군, 사관이 썼던 역사를 광해군에게 건넨다.

유생4 가져가시오.
광해군 이 나라는 광해의 나라다!

광해군이 유생들에게 달려들려 하자 반정군들 일제히 달려들 기세다. 광해군,
기를 꺾고 역사를 품에 안는다. 하늘에서 별이 떨어진다. 일동, 떨어지는 별

을 바라본다. 한산, 모습을 보인다.

광해군 패덕한 군주의 마지막 부탁이다.
유생2 말하시오.
광해군 능지처참으로 죽은 허균의 수족을 찾아 합관해 주어라. 나와
　　　　 먼 길 가야 한다.

무화, 들어와 허균의 옷을 벗긴다. 그의 온전한 팔 다리가 보인다.

허균 갑시다.
광해군 어디로 말이오…….
허균 주상은 교하로 가고 난 율도국으로 갑니다. 가는 길이 같소.
광해군 (긴 사이) 갑시다.

화동들, 광해군의 어깨에 도끼를 매어준다.

허균 무화야. 귀한 분, 길 떠나신다. 니가 불을 밝혀다오.

광해군과 허균, 천천히 발걸음을 뗀다. 무화, 광해군의 길을 열듯 너풀너풀
춤을 춘다.
– 신입사관과 노사관의 모습이 보인다. 신입사관, 떠나는 광해군을 잡으려는
듯 손을 뻗는다.

광해군 (돌아보고) 저 춤이 뭐요?
허균 우리 임금 길 밝히는 춤이오.
광해군 (화동들을 보고) 너희들도 가자.

광해군과 허균, 천천히 나간다. 그 뒤를 화동이 뒤따른다.

한산   역사란 무릇 흐르는 물결과 같으니 역류를 꿈꾸는 자, 거친 물살에 무인궁도로 휩쓸려 간다. 천하의 영웅인들 그것을 어찌 막겠는가.

유생3   경기도 교하 땅은 어떻게 할까요?

한산   금침을 꽂아라. 제왕의 기 다신 흐르지 못하도록…….

길 떠나는 광해군과 허균, 무대를 점령한 인조반정군. 그들의 모습, 여운을 남기며 무대 서서히 어두워진다.

신입사관과 노사관만이 무대에 남아 있다. 무대는 1장처럼 광목들이 내걸려 있다. 신입사관, 광해군을 잡으려는 손 천천히 떨군다. 신입사관, 자신이 본 것을 믿을 수 없는 듯 멍하니 서 있다. 잠시 침묵이 흐른다. 신입사관, 무엇을 물을 듯하지만 입을 열지 못하고 서성인다.

노사관   넌 손이 없다면 무엇으로 역사를 쓰겠느냐?

신입사관   손이 없다면……. (곰곰이 생각을 하다가) 손이 없다면 듣고 본 바를 모두 기억했다가 후세에게 입으로 전하겠습니다.

노사관   말을 할 수 있는 입도 없다면?

신입사관   그러면…….

신입사관, 좀체 답을 찾을 수 없는지 말이 없다. 잠시.

신입사관   (불현듯) 그러면, (가슴에 손을 얹고) 여기다 고이고이 모셔두겠습니다.

노사관의 입에 희미한 웃음이 번진다. 천천히 몸을 일으킨다.

신입사관 (머뭇거리다 참을 수 없어) 선생님, 왜 꿈을 꾸는 자는 저 머나먼 무
인궁도로 휩쓸려 가는지요?
노사관 이 세상을 새로 만들려 하기 때문이다.
신입사관 (안타까워) 꿈을 꾸는 것이 그리 큰 죄가 되옵니까?
노사관 (천천히 고개를 젓고서, 먼 하늘을 바라보며) 홍길동이 되고자 하는 이
가 없다면, 율도국을 찾고자 하는 자가 없다면……, 우리가 무
엇을 쓸 수 있겠느냐?
노사관 …….

아침이 되었음을 알리는 종소리가 들려온다. 무대, 날이 밝는 듯 서서히 밝아
진다. 노사관과 신입사관, 해가 뜨는 것을 보고 있는 듯 조용히 좌중을 바라
본다.

노사관 이제 문을 닫아야 할 시간이다.

노사관, 바닥의 광목을 바라본다. 천천히 눈을 떼고 발걸음을 옮긴다.

노사관 돌아가자꾸나.

노사관, 나간다. 신입사관, 그 뒤를 따른다. 나가려던 신입사관, 돌연히 걸음
을 멈추고 바닥의 광목을 본다. 조심스레 광목을 향한다. 물끄러미 광목을 내
려다보던 신입사관, 광목을 무대에 내건다. 그는 만족스러운 듯 광목을 바라
본다. 신입사관, 화창한 웃음을 머금으며 뛰어나간다. 텅 빈 무대, 왕들의 역
사만이 내걸렸다. 무대 서서히 어두워지면서 막 내린다.

암흑전설 영웅전
(暗黑傳說 英雄傳)

초연 : 2002년 3월 9일~31일
장소 : 예술의 전당 자유소극장

극단 작은신화 / 연출 최용훈

〈출연〉
김은석, 이혜원, 서현철, 장용철, 임형택, 송경순, 강일, 정의순, 김왕근, 정세라, 최준식, 송성정, 이진우, 오용택, 김문식, 김기준, 박소현, 안성헌, 박지호, 정선철

〈스태프〉
작곡 · 이형주 / 무대디자인 · 이윤수 / 조명디자인 · 이보만 / 의상디자인 · 김혜민 / 오브제디자인 · 안나영 / 분장디자인 · 이재형 / 무술감독 · 김재성 / 무대감독 · 설정빈 / 조연출 · 신동인 / 음향오퍼 · 이영민 / 자막오퍼 · 안꽃님

– 2000년 삼성문학상 장막희곡 부문 당선작

〈등장인물〉

  남자
  군사(軍師)
  청와장군
  백와장군
  무희(舞姬)
  마법사
  병사 1, 2, 3, 4
  농부 1, 2, 3
  아낙
  태황제
  황태후
  사신(使臣)
  포톤 대왕
  사회자
  - 그 외 사람들. 주요 인물이 아니라면 일인 다역도 무방하다.

〈무대〉

  무대는 「암흑전설 영웅전」이라는 제목의 게임이 진행되는 가상의 세계이다. 무대
뒤쪽에 나지막한 단이 있다. 이곳은 게임을 하는 남자의 방으로 현실의 세계이다.
남자의 방에는 책상과 의자가 놓여 있다. 책상 위에는 모니터를 제외한 컴퓨터 본
체, 키보드, 마우스, 프린터, 전화기가 놓여 있다. 결국 무대는 게임을 하는 남자
가 보고 있는 모니터인 셈이다. 남자의 방에서 무대의 한쪽 가로 통로가 나 있다.
남자는 이 통로를 통해 밖으로 나갈 수 있다. 엄격히 이 공간은 남자 방의 연장으
로, 남자는 이 공간을 자유롭게 사용할 수 있다. 무대 앞쪽은 무대보다 한층 정도
가 낮다. 이곳 또한 게임이 진행되는 가상의 공간으로 여러 장소로 활용된다. 객
석에서 두루 잘 보일 수 있는 곳에 자막을 보여줄 수 있는 스크린이 설치되어 있
다.
  게임 속의 등장인물들의 머리에는 모자 모양 빨간 비상등이 달려 있다. 실제로 비
상등은 끄고 켜는 것이 가능해야 한다. 그들은 동양적인 분위기의 옷을 입고 있지
만 명확히 시대나 장소를 구분하는 것은 모호하다.

프롤로그

관객들이 자리를 잡으면 곧이어 경쾌한 팡파르가 울린다. 조명을 받으며 사회자가 들어온다.

사회자 (좌중을 보고) 안녕하십니까? 여러분! 정말 오랫동안 기다리셨습니다! (비밀스러워) 신화 속의 주인공이 되어 광활한 대지와 시간의 굴레를 초월해 펼치는 모험과 로맨스의 세계. 전 세계 게임 마니아를 열광의 도가니로 몰아넣을 게임 역사상 최고의 명작. 실재보다 더욱 진짜 같은 다양한 인물들과 흥미진진한 스토리, 바로 여러분 자신이 주인공이 되어 게임을 이끌어 가는 최고의 전략 시뮬레이션 게임 암흑전설 영웅전이 드디어 여러분을 찾아왔습니다!

게임의 테마곡이 연주된다.

사회자 (진지하여) 어둠과 혼란이 세상을 지배하는 암흑전설(暗黑傳說)의 시대. 지금 빛의 제국과 악의 제국은 세상의 구원과 파멸이란 갈림길에서 물러설 수 없는 최후의 전쟁을 벌이고 있습니다. (박진감 넘쳐) 막강한 악의 제국 암흑성국은 한 가닥 남은 세상의 빛마저 저 깊은 어둠의 나락 속에 가두어 버리려고 합니다. 파멸과 악의 기운으로 대지가 뒤덮인 이 세상은 정의의 검을 들고 암흑성국과 맞서 싸울 영웅을 기다리고 있습니다. 악의 제국을 멸망시키고 빛의 제국을 통일할 진정한 영웅을 기다리고 있습니다. 과연 누가 이 절망의 암흑을 물리칠 것인가! (숨을 죽이며) 마침내 어둠을 물리치고 세상에 빛을 부를 자, 그가 암흑의 시대를 평정하기 위해 정의의 검을 치켜들었습니다. 바로 여러분이 암흑전설의 영웅, 빛의 제국의 위대한 황제입니다!

게임의 테마곡이 분위기를 고조시킨다.

사회자 이제 전략을 세우고 군대를 양성해 악의 제국 암흑성국을 평정하십시오. 충직한 제국의 신하들이 여러분들을 기다리고 있습니다.

무대에 게임 속의 등장인물들(군사, 청와장군, 백와장군, 무희, 마법사, 병사1, 2, 3, 4, 농부1, 2, 3, 아낙)의 모습이 보인다. 사회자가 등장인물을 소개하면 해당되는 사람들(농부들과 아낙은 일꾼)은 앞으로 나와 자신의 캐릭터를 보여주는 포즈를 잡는다.

사회자 (소개하며) 군사(軍師)는 여러분의 전략에 대해 조언을 할 것이며 암흑성국의 음모를 꿰뚫고 전쟁을 승리로 이끌 것입니다. 용맹한 장군들은 거칠 것 없는 기백과 지략으로 암흑성국을 공포에 떨게 할 것입니다. 병사들은 제국의 승리를 위하여 초개같이 목숨을 던져 충성할 것입니다. 마법사는 신화시대의 신비를 여러분의 눈앞에 펼쳐보일 것입니다. 부지런한 일꾼들은 여러분의 제국을 살찌우고 죽음을 맞는 그 순간까지 제국의 번영을 위해 일할 것입니다. 그리고 제국의 무희는 신비로운 춤으로 전장의 피로에 지친 병사들을 위로할 것이며, 그 아름다움으로 여러분의 눈을 사로잡을 것입니다.

포즈를 잡은 사람들의 모습이 조형미를 이루어 마치 한 편의 게임 포스터를 보는 것 같다.

사회자　(찬찬히 관객들을 둘러보며) 자 −, 준비되셨습니까? 마우스를 잡으십시오. 모니터를 응시하십시오. 이제 시작입니다. 게임은 시작되었습니다. 황제의 권능과 위엄으로 명령하십시오. (손을 치켜들며) 싸워라! 쟁취하라! 승리하라!

게임의 테마곡이 객석을 압도한다. 클라이맥스를 이루며 서서히 사그라진다. 무대의 조명도 서서히 어두워진다.

제 1 장

자막 / 게임 1 단계
임무 : 무적 군대를 섬멸하라

무대에는 게임 속의 등장인물들이 마네킹처럼 서 있다. 무희, 청와장군, 마법사의 모습은 보이지 않는다. 농부들은 삽을 들고 있고, 아낙은 바구니를 들고 있다. 곧이어 남자의 방에 조명이 들어오면 게임 설명서를 읽고 있는 남자의 모습이 보인다. 그의 어깨너머로 셰익스피어의 초상화가 보인다.
남자는 말투가 어눌하며 조금씩 말을 더듬는다. 그의 말투는 극이 진행되면서 서서히 변화하기 시작한다. 마침내 5장에 이르면 그는 더 이상 말을 더듬지 않는다.

남자　(설명서와 등장인물을 비교해 보며) 군사 …… 장군 …… 병사 …… 일꾼…….

남자는 손가락을 들어 등장인물들을 세어본다. 제대로 되었는지 만족스럽다.

남자 (설명서를 확인하고) 일꾼들은……. (마우스를 클릭한다)

명령을 받은 농부들과 아낙의 비상등이 켜진다. 농부들은 삽질을 하고, 아낙은 바구니에 달걀을 주워 담는 행위를 기계적으로 반복한다.

남자 니네들은 일하러 가고…….

일꾼들 나간다. 남자, 마우스를 클릭한다. 백와장군과 병사들의 비상등이 켜진다. 백와장군과 병사들은 칼을 뽑아들고 발을 구르며 위에서 아래로 칼을 휘두른다. 남자가 다시 마우스를 클릭하자 이번에는 칼을 앞으로 길게 찌른다. 유심히 지켜보던 남자는 반복해서 마우스를 클릭해 보고, 명령을 받은 백와장군과 병사들도 반복하여 칼을 움직인다.

남자 병사들은……. (설명서를 확인하고) 정찰, 장군은…… 너도 정찰.

백와장군과 병사들, 무대 앞쪽으로 간다.

남자 그리고……. (설명서를 확인하고) 군사는 여기 있고…….

전화벨이 울린다. 남자, 어딘지 불안한 기색으로 울려대는 전화벨 소리를 듣는다. 전화가 끊기기 직전 조심스럽게 수화기를 든다.

남자 여, 여보세요? (잠시 듣고 있다가) 괜찮아. 미, 미안할 건 없어. (사이, 힘없이) 잘 갔다 와. 파, 파리라고 했지? (사이) 언제…….

전화가 끊긴다. 전화의 두 절음이 건조하게 들려온다. 남자, 천천히 수화기를 내려놓는다.

무대 앞쪽에 적군이 나타난다. 적군은 칼을 휘두르며 백와장군과 병사들에게 달려들지만 남자는 우두커니 바라만 보고 있다. 백와장군과 병사들은 적군의 공격에 무방비로 서 있다. 남자는 우물쭈물하다가 마우스를 클릭한다. 비상등이 켜지면서 백와장군과 병사들도 공격을 시작한다. 적군은 재차 공격을 하지만 아군은 무난히 방어를 해낸다. 공격이 실패로 끝난 적군은 무대 앞쪽을 빠져나간다.

전화벨이 울린다. 이번에도 남자는 잔뜩 경계심에 어려 전화기를 바라본다. 조심스럽게 수화기를 든다.

남자   여, 여보세요? 아니 아, 아직 안 끝났어. 자료 조사할 게 생각보다 많아. 알았어. 내일까지 찾아서 메, 메일로 보내줄게. (조심스럽게) 이, 읽어 봤어? 내가 보낸 작품. (기대감에) 재, 재밌지 않아? (사이, 실망하여) 괜찮아. 뭐 그냥 써, 써본 거니까 시간 되면 읽어봐. (사이) 내일 보낼게. (수화기를 내려놓는다)

다시 적군이 나타난다. 남자를 힐끗힐끗 살피며 슬금슬금 백와장군과 병사들에게 다가간다.

남자   뭐, 뭐해! 적, 적군이 왔잖아!
소리   명령을 내려주십시오.
남자   (우물쭈물하다가) 공, 공격!

백와장군과 병사들의 비상등이 켜진다. 칼싸움이 벌어진다. 적군이 퇴각하자 아군이 뒤쫓지만 금세 다시 밀려들어 온다. 그들은 서로 밀고 밀리며 칼싸움을 벌인다. 아군에게 밀려 적군이 밖으로 내몰린다. 밖에서 요란하게 칼싸움을 벌이는 소리가 들려온다. 남자는 긴장하여 싸움의 결과에 귀를 기울인다.

소리　모든 적군을 섬멸하였습니다.

경쾌한 팡파르 소리가 들려온다.

자막 / 게임 1 단계 임무 완수
점수 : 605점

남자　벌, 벌써 끝난 거야? (으쓱하여) 별거 아니네.

잠시.

자막 / 게임 2 단계
임무 : 마법의 성을 함락하라

남자　성을 함락하라…….

남자, 진지하여 작전을 짠다. 남자가 턱을 괸다. 게임 속의 인물도 턱을 괸다. 남자가 손을 바꾸어 턱을 괴자 게임 속의 인물들도 남자의 흉내를 내는 것처럼 따라한다. 남자가 한숨을 내쉬자 그들도 따라 한숨을 내쉰다. 그들의 모습이 꼭 남자의 거울을 보는 것 같다.

남자　(생각에 잠겨) …… 마법의 성이 …… 산꼭대기에 있으니까 ……
머, 먼저 올라가서…….

사람들, 슬그머니 고개를 돌려 남자를 본다. 남자가 무대 쪽으로 시선을 옮기
자 사람들 재빠르게 고개를 돌린다.

남자 ······ 올라가는데 ······ 우리보다 적군이 많은데 ·······.

남자, 고개를 갸우뚱하며 생각을 하지만 뾰족한 수가 떠오르지 않는다. 사람
들, 조심스럽게 고개를 돌려 다시 남자를 본다.

남자 적군이 많으니까 ······ 성을 함락하려면 ·······. (불현듯 손가락을 튕
기며) 불, 불을 지르는 거야! 산으로 올라가는 길이 북, 북쪽하고
남쪽 두 갈래니까 북쪽에다 불을 지르고, 남쪽으로 올라가면
적군은 불 때문에 우왕좌왕할 거고 그, 그 사이에 성을 함락하
는 거야!

남자, 자신만만하여 마우스를 클릭한다. 백와장군과 병사들의 비상등이 켜
진다.

군사 저어 -.
남자 ······?
군사 (앞으로 한 걸음 나오며) 옛 성현의 병법서에 의하면 산에 불을 놓
는 화공은 무엇보다 바람의 움직임을 봐야한다 했습니다. 바람
의 방향에 따라 불의 방향이 바뀌게 되어 있으니 이는 타당한
말씀입니다.
남자 (뜨끔하여) 그런데?
군사 만약 지금의 작전으로 북쪽에 불을 지르고 남쪽으로 공격을 한
다면, 만에 하나 바람의 방향이 바뀌어 북쪽에서 타야 할 불이
남쪽으로 옮겨오면 우리의 군사들은 싸워보지도 못하고 모두

불에 타 죽을 게 확실합니다.

남자, 멋쩍어 머리를 긁적인다. 남자, 진지하여 생각에 잠긴다. 사람들, 그런 남자를 조심스럽게 지켜본다. 잠시 침묵이 흐른다.

남자　(자신감에 차서) 그럼, 이건 어때? 적군이 산꼭대기에 있으니까아, 아래에서 유인을 하는 거야. 저, 적군이 밑으로 내려오면 그 틈에 마법의 성을 함락하는 거지.

군사　옛 성현의 병법서에 의하면 아군의 진지를 적군의 진지보다 낮은 곳에 잡는 것은 아니 된다 했습니다. 적을 유인한다고 적군이 훤히 내려다볼 수 있는 곳에 진을 치면, 필시 적군은 아래로 돌을 굴리거나, 화살을 쏠 것이고 그렇게 되면 우리 군사들은 모두 전멸할 것이 분명합니다.

남자, 입을 다물어 버린다. 백와장군은 그런 남자가 답답한지 얼굴에 한껏 불만의 기색이 드러난다.

남자　(말을 더욱 더듬으며) 그, 그, 그러면…….

백와장군　(도저히 못 참겠는지) 거참, 싸나이가 쫀쫀하게!

남자　……?!

백와장군　그냥 화끈하게 밀어 버립시다! 쫀쫀하게 불이나 지르고 꼬드기기나 하고 그게 뭡니까? (과장되어) 아-, 힘이 솟는다! 힘이 솟아! 몸이 근질근질 두 팔이 실룩실룩. (칼을 빼들고) 한번 붙어 봐! 붙어, 붙어!

군사　장군, 신중하시오.

백와장군　전쟁은 파워! 파워가 힘이야, 힘!

군사　전쟁은 힘으로만 하는 게 아니외다. 전략과 전술이 있어야지.

백와장군 거참, 그냥 밀어 버리자니까! (웅변조로) 우리는 역사의 소금! 우리는 제국의 도끼!

백와장군은 칼을 치켜들고 싸움을 걸 듯 좌중을 쏘아보고 군사는 백와장군의 한심한 몰골에 혀를 찬다. 병사들, 무대 한켠으로 쪼르르 몰려간다.

병사1 이번엔 몇 번이나 죽어야 되나?

병사2 주인 잘못 만나면 하루에도 수십 번 죽어.

병사3 (남자를 힐끗 보고, 잔뜩 겁을 먹어) 혹시 컴맹은 아닐까?

병사4 안 돼, 절대로 안 돼! 손 따로, 눈 따로, 머리 따로 노는 꼴을 어떻게 보라고? 심심하면 그냥 만화책이나 보든가 노래방에 가서 노래나 하지 왜 하필이면 우리가 나오는 게임을 사 가지고 그렇게 죽도록 고생을 시켜! 이러면 안 돼지. 그러면 안 돼.

남자는 통제불능의 상황에 당혹스럽다. 그런 남자를 지켜보는 병사들은 더욱 한탄조의 한숨을 연발한다. 남자, 쉬지 않고 주절대는 사람들의 소리에 안절부절 키보드를 누른다.

소리 게임을 일시 정지합니다.

사람들 굳은 듯 멈추어 있다. 남자, 그제서야 한시름을 덜었다는 듯 한숨을 내쉰다. 남자, 게임 설명서를 뒤적인다. 원하는 항목을 찾았는지 상세히 읽어 본다. 남자, 설명서를 덮고 찬찬히 무대를 훑어본다. 키보드를 누른다.

소리 게임을 진행합니다.

소리가 끝나기가 무섭게 무대는 다시 사람들의 소리로 시끄럽다.

남자   잠, 잠깐만!

       일동, 남자를 주목한다.

남자   모든 전략은 군사와 상의하는 게 이 게임의 루, 룰이야. 규칙이
       라고. 그러니까 군사가 말해 봐.

       군사의 비상등이 켜진다.

군사   이번 임무는 악의 제국 암흑성국과의 피할 수 없는 숙명의 대
       결을 위해 반드시 성공해야만 합니다. 마법의 성은 산꼭대기에
       있고 게다가 병력도 우리보다 수적으로 우세한 만큼 이번 작전
       은 신중의 신중을 기해야만 합니다. 이런 불리한 상황 속에서
       승리를 얻으려면 마법의 성의 주인이자 암흑성국의 막강한 실
       력자인 마법사 칼마한을 제거하는 게 급선무입니다.
남자   ……칼마한?
백와장군 그놈 무서운 놈입니다. 이름에 '칼' 자 들어가잖아요.

       병사들, '칼마한'이라는 이름에 겁을 먹고 슬금슬금 자리를 피한다.

군사   칼마한이 무서운 자라는 건 사실이지만 그자에게도 약점이 있
       습니다.

       군사, 품에서 부적을 꺼내 백와장군에게 건넨다.

백와장군 (부적을 이리저리 살펴보다가) 이걸로 어떻게 하라고?
남자   (백와장군의 궁금증을 뒤쫓으며) 어떻게 하는데?

군사   이 부적은 칼마한의 모든 마법을 일시 정지시킬 겁니다. 이걸
       그자의 가슴에 붙인 다음 단칼에 목을 베면 됩니다. (백와장군에
       게) 칼마한을 암살하시오.

남자   (깜짝 놀라) 암, 암살?!

군사   그가 죽으면 적군은 사기를 잃을 것이고, 마법의 성을 쉽게 함
       락할 수 있을 겁니다.

남자   자, 잠깐만! (이리저리 생각을 해보다가) 만, 만약에 그러다가 거, 걸
       리기라도 하면…….

군사   ……?

남자   (바싹 긴장하여) 그, 그러니까 내 말은…….

군사   심려하지 마십시오. 반드시 성공할 겁니다.

남자   …… 더 생각해 보는 게 조, 좋지 않을까?

군사   다른 계획이라도 있으신지요?

남자   (우물쭈물하여) 그, 그건 아닌데…… 그래도…….

백와장군 (주먹을 불끈 쥐어 보이고) 한 방에 끝내는 겁니다! 스릴 있고 좋잖
       아요? (병사들에게) 안 그러냐?

       병사들, 고개를 끄덕인다.

군사   시간을 끌수록 우리 측에 불리합니다. 암살 작전을 승인하여
       주십시오.

       남자, 결정을 내리지 못하고 우물쭈물한다. 사람들, 물끄러미 남자를 지켜본
       다. 남자, 사람들의 시선에 머쓱하다.

남자   (가까스로) 조, 좋아. 작전을 승인한다.

백와장군 일 단계!

병사1   (품에서 밧줄을 꺼내 보이며) 마법의 산에 밧줄을 건다!

백와장군   이 단계!

병사2   (밧줄을 타는 시늉을 하며) 밧줄을 타고 산에 오른다!

백와장군   삼 단계!

병사3   (단검을 빼어들어 목을 그어 보이며) 보초를 제거한다!

백와장군   사 단계!

병사4   (부적을 가슴에 붙여 보이며) 마법사 칼마한의 가슴에 부적을 붙인다!

백와장군   마지막으로 제가 그 요괴의 목을 자릅니다! 싹둑! 어떻습니까?

군사   실행하시오.

남자   (주위를 조심스럽게 살펴보고, 나지막하게) 어떤 흔적도 남기지 말고 깨끗하게 수행하도록.

백와장군과 병사들의 비상등이 켜진다.

백와장군   돌격 앞으로!

병사 일동   돌격 앞으로!

백와장군과 병사들, 무대를 빠져나간다. 군사는 망원경으로 좌중을 바라본다.

남자   (재촉하여) 어떻게 됐어?

군사   잠시 후면 마법의 산에 도착할 겁니다.

잠시 후, 무대 앞쪽에 백와장군과 병사들이 나타난다. 군사, 망원경으로 그들을 살핀다. 무대 앞쪽에는 마법의 산 미니어처가 놓여 있고, 산 위에는 보초 모형의 인형이 있다. 얼마 떨어진 옆에 마법사 칼마한의 인형이 있다. 장군과 병사들은 작전대로 행동을 한다. 그 행동은 모두 마임이다. 긴장감을 더하는 음악이 무대를 흐른다.

군사　　1 단계! (병사1, 밧줄을 거는 시늉을 한다) 2 단계! (병사2, 밧줄을 타오르는 시늉을 하며 미니어처 산을 넘는다) 3 단계! (병사3, 단검으로 보초 모형의 인형을 찌른다) 4 단계! (병사4, 부적을 마법사 칼마한의 가슴에 붙인다)

침묵. 백와장군, 칼마한 인형의 머리를 자른다.

군사　　성공입니다!
남자　　(벌떡 일어서며) 저, 정말? (기뻐서) 좋았어!

백와장군과 병사들의 노랫소리가 들려온다. 군가이다. 백와장군과 병사들, 들어온다. 군사, 누군가를 기다리고 있는지 목을 빼 밖을 살핀다.

백와장군　　번호!
병사1　　하나!
병사2　　둘!
병사3　　셋!
병사4　　넷! 이상 무!
백와장군　　모조리 무찔렀습니다! 한 놈도 남김없이 몽땅 쓸어버렸습니다.
군사　　그런데 그분들은 어디에 계시오? (반가워서) 저기 오십니다!
남자　　누, 누구?

청와장군과 마법사가 들어온다. 반가움에 청와장군에게 달려가려던 병사들, 백와장군의 매서운 눈초리에 멈칫한다. 백와장군, 못마땅하여 청와장군을 쏘아본다. 마법사와 청와장군, 남자에게 정중히 인사를 한다.

마법사, 청와장군   뵙게 되어 영광입니다.

남자, 그들의 정체를 확인하려 게임 설명서를 뒤적인다.

남자   (설명서를 확인하며) ……마법사.

마법사의 비상등이 켜진다.

남자   (설명서를 확인하며) …… 청와장군.

청와장군의 비상등이 켜진다.

군사   마법사와 청와장군은 칼마한의 마법에 걸려 마법의 성 철탑에
간혀 있었습니다. 우리가 성을 함락하자 마침내 마법에서 풀려
나 귀환하게 된 겁니다.

남자   그래?

군사   자세한 내용은 게임 설명서를 참조하시기 바랍니다. 5페이지
입니다.

남자, 군사의 말대로 설명서를 확인한다. 청와장군, 비장하여 무릎을 꿇는다.

청와장군   소장 청와장군, 주인님을 위해 기꺼이 목숨을 바치겠나이다.
제국 통일의 과업을 이루시어 만인지상의 제왕이 되시옵소서!

남자, 솔깃하여 고개를 든다.

청와장군   홍복(洪福)을 누리소서. 황제 폐하!

남자   ……?
병사 일동 (백와장군의 눈치를 보며 머뭇거리다가) 황제 폐하, 만세! 황제 폐하,
          만세!

병사들의 우렁찬 만세 선창에 군사와 마법사도 만세를 부르기 시작한다. 아
니꼬워 청와장군을 쏘아보던 백와장군도 기세에 밀려 만세를 부른다. 남자,
천천히 몸을 일으킨다. 만세를 외치는 소리에 어안이 벙벙하다.

일동   황제 폐하, 만세! 황제 폐하, 만세!
남자   황제 ……. 황제? (피식 웃음을 머금으며) 재, 재밌네. 게임치고는
          …….

'황제 폐하, 만세!'를 외치는 소리가 무대를 뒤덮으며, 무대 서서히 어두워진
다. 경쾌한 팡파르 소리, 들려온다.

자막 / 게임 2 단계 임무 완수
점수 : 908점

제 2 장

남자, 컴퓨터 앞에 앉아 편지를 쓰고 있다. 키보드를 두드리는 소리만이 침묵
을 깨며 들려온다. 남자, 프린터로 편지를 출력한다. 천천히 거닐며 편지를
읽어본다.

남자 (편지를 읽는다) 지금쯤이면 도착했을까? 아니면 지금도 비행기를 타고 있을까? 여길 떠나겠다고 하더니 정말 먼 곳으로 갔구나. 아주 먼 곳으로……. 이제 우리들의 시계는 다른 시간을 가리키겠지. 내가 밤이면 넌 낮이고, 내가 낮이면 넌 밤이겠지. 꼭 엇갈린 선들처럼, 평행선처럼 너와 나는 늘 다른 곳으로만 내달리는구나. 언제 돌아오는지 궁금하다. 물어보고 싶었는데 전화가 끊겼어. 배웅해주지 못해서 미안해. 잘 지내. (편지를 접고, 사이) 보고 싶다. (사이) 사랑해……. (사이) 파리…….

남자, 슬픈 상념에 젖는다. 천천히 편지를 찢는다. 남자, 의자에 앉는다. 우두커니 앉아 있던 남자, 리모컨을 누른다. TV 소리가 들려온다. 남자, 채널을 바꾼다. 채널이 바뀔 때마다 드라마, 스포츠, 뉴스, CF……. TV 소리가 어지럽게 들려온다. 남자, TV를 끈다. 남자, 게임 설명서를 집어든다.

남자 (건성으로 읽는다) ……신화 속의 주인공이 되어 광활한 대지와 시간의 굴레를 초월해 펼치는 모험과 로맨스의 세계…….

잠시 머뭇거리던 남자, 의자를 바짝 끌어당겨 앉는다. 키보드를 누른다.

소리 게임을 시작하시겠습니까?

남자, 키보드를 누른다.

자막 / 게임 3 단계
임무 : 요새를 방어하라

자막이 나왔지만 무대는 여전히 어둠 속에 잠겨 있다. 남자, 계속 키보드를 눌러보지만 무대는 어둡기만 하다.

남자 (키보드를 누르며) 이, 이게 왜 이러지? (컴퓨터를 신경질적으로 툭툭 쳐 보며) 고장난 거야!

소리 암호? (남자의 대꾸가 없자) 암호?

남자 그거 나한테 하는 소리야?

소리 암호?

남자 (자신만만하여) 황제.

소리 틀렸다.

남자 음, 음. 제왕!

소리 틀렸다.

남자 (생각을 하다가) 영웅!

자막 / 게임 설명서의 암호 목록을 참조하시기 바랍니다

남자 (목록을 보며) 황금도끼? (반응이 없자) 민들레? 호박? 가시나무? (점차 짜증이 섞여가며) 오뚜기, 갈대국수, 널부러지다, 뜀뛰기, 솟아나다, 메뚜기, 깔때기.

소리 통과!

실로폰의 화음 소리가 들려오면서 무대 밝아진다. 병사1, 2는 긴 창을 들고 경계를 서고 있다. 병사3, 4는 줄지어 서 있는 농부들을 검문하고 있다. 군사와 장군들은 검문을 지켜본다.

병사3 서라. 움직이면 찌른다. 암호?

농부1 깔때기.

병사3   누구냐?

농부1   농부요.

병사3   용무는?

농부1   농장으로 가는 중인데요.

병사3   통과!

병사4, 농부1을 검문한다.

청와장군   (남자를 발견하고) 홍복을 누리소서!

일동   (바닥에 바싹 엎드리며) 홍복을 누리소서!

남자   (어색하게 손을 들어 보이며) 그, 그래. (무대를 둘러보고) 지금 뭐, 뭐하
는 거야?

군사   게임의 세 번째 임무는 요새를 방어하는 겁니다. 그러기 위해
선 요새 안의 보안부터 철저히 해야 합니다. 지금 검문을 시행
하고 있습니다. (병사들을 향해) 암호가 틀리는 자는 망설이지 말
고 베어라!

병사 일동   알겠습니다!

농부들, 검문을 받고 나간다.

군사   적의 동태는 어떻소?

백와장군   동태? 지깟 것들이 어쩔려고?

군사   지금 적군은 군사력을 한곳에 모으고 있소이다. 우리 요새와는
불과 지척이오.

백와장군   거참, 걱정도 팔자구먼. 천하의 백와장군이 있는데 뭔 걱정이
그리도 많은가? 그냥 쳐들어오면 단박에 작살을 내버리면 되
지. (좌중을 향해) 와 봐. 오라니까! 봐? 봤지? 쫄았잖아.

청와장군 (비아냥거려) 장군이 생각하는 것처럼 저들은 호락호락하지가 않소. 그렇게 만만히 봤다가는 화를 입을 거요.

백와장군 내 걱정은 하지 말고 댁 걱정이나 하쇼.

청와장군 난 걱정이 돼서 한마디 했을 뿐입니다. 그러다가 목이라도 달아나면 내가 장군의 시신을 거두어야 되니까 말이오.

백와장군 뭐야! (칼을 빼어들고) 이게 보자보자 하니까 대가리에 피도 안 마른 게! 너 죽어!

청와장군 말을 삼가 하시오! 나도 제국의 장군이오.

백와장군 너 진짜 죽어!

백와장군과 청와장군, 서로 칼을 빼어들고 위협적으로 대립한다. 군사와 병사들은 익숙한 광경인지 태연하다.

남자 (영문을 몰라) 재, 쟤네들 왜 저러는 거야?

군사 모르셨습니까?

남자 뭐, 뭘?

군사 청와장군과 백와장군의 가문은 역사 대대로 원수지간입니다. 지금이 전시라 저렇게 한 군영에 있는 것이지 전쟁이 나기 전에는 하루가 멀다하고 싸움을 벌였던 사이입니다. 제국에선 누구나 알고 있는 견원지간입죠. 게임 설명서 14페이지, 제국의 역사편에 보면 자세히 나와있습니다.

남자 (당혹감에) 무, 무슨 게임이 이렇게 복잡해? 난 그냥 게임이라고 하길래 쉬, 쉬울 줄 알았는데…….

군사 요즘 게임은 다 이러는데요.

남자 …….

군사 (조심스럽게) 다른 게임은 많이 해보셨는지요?

남자 (사이) 아니.

군사　(근심이 가득하여 남자를 바라보다가) 황제라는 자리는 결코 쉬운 자리가 아닙니다. 말 그대로 최고의 통치자는 밖으로는 적을 경계하고 안으로는 국론 분열을 막고 왕위를 지켜야만 합니다. 특히 충성도에 대해선 특별한 관리가 필요합니다. 장군과 백성들의 충성도가 30퍼센트 밑으로 떨어지면 경계 수준이고, 15퍼센트로 떨어지면 위험 수준입니다.

남자　(긴장하여) 위, 위험 수준이 되면 어, 어떻게 되는데?

군사　음–, 그렇게 되면 반란이 일어나거나……또는…….

남자　또는?

군사　황제가 암살될 수도 있습니다.

남자　……!

무엇인가 허공을 가르는 소리, 날카롭게 들려온다. 백와장군의 가슴에 화살이 박힌다.

백와장군　(물끄러미 자신의 몸에 박힌 화살을 내려다보며) 뭐여, 시방?

연거푸 날아오는 화살이 백와장군의 몸에 박힌다.

군사　기습이다!

무대로 화살이 쏟아져 들어온다. 남자, 까무러치게 놀라 책상 밑에 숨는다. 공습경보를 알리는 사이렌 소리가 요란하게 들려온다. 병사들은 우왕좌왕 도망가기에 바쁘다.

군사　병사들은 뭘 하느냐? 적을 막아라! 주인님, 명을 내려주십시오!

소리　불이야! 불이야! 불이야!

군사　요새에 불이 붙었다. 불을 꺼라, 어여!

사이렌 소리가 무대를 뒤덮는다. 남자는 몸을 웅크리고 귀를 막는다. 공포가 그를 엄습한다. 무대는 화염에 쌓인 듯 붉은 조명으로 어지럽다. 얼마간의 시간이 지나고 무대는 정상적인 조명으로 돌아온다. 병사들은 온몸에 화살이 꽂힌 채 바닥에 나뒹굴고 있다. 농부들과 아낙은 병사의 몸에 꽂힌 화살을 빼내고 있다. 남자, 책상 밑에서 기어 나온다. 눈앞에 펼쳐진 광경을 망연자실 바라본다. 백와장군은 고슴도치처럼 화살이 꽂힌 몸을 하고 분에 겨워 무대를 서성인다. 군사와 청와장군만이 공격에서 빗겨난 듯 온전하다.

남자　(백와장군을 향해) 너도 화살 뽑아.

백와장군　왜요? 상처는 사나이의 명예! 이것이야말로 진정한 군인의 표상입니다.

남자　안, 안 아파?

백와장군　글쎄요. 잘 모르겠는데요.

남자　이, 이제 어떡하지?

군사　조만간 다시 공격이 있을 겁니다. 이번엔 완전히 초토화를 시키려 할 것입니다.

남자　(겁에 질려) 또, 또?!

청와장군　소장이 적군을 막겠습니다.

남자　너 혼자?

청와장군　맡겨주십시오. 풍전등화와 같은 제국의 운명을 소장이 목숨을 바쳐 지키겠습니다.

백와장군　(항의조로) 나는요!

군사　(어이가 없어) 화살이나 뽑으시오! (남자에게) 청와장군만이 우리의 희망입니다. 윤허해 주십시오.

남자, 다급히 마우스를 클릭한다. 청와장군의 비상등이 켜진다. 청와장군, 밖
으로 나간다. 병사들, 과장되게 신음 소리를 낸다.

군사 방어에 실패한 것들이 무슨 명목으로 끙끙거려!

병사1 아이고, 군사님. 너무 하십시다요. 이게 저희 책임입니까? 주
인님께서 제대로 명령을 내려주셔야 방어를 하든 공격을 하든
하죠.

병사2 (몸의 상처를 보여주면서) 이것 봐요. 온몸에 구멍이 났어요.

병사3 이젠 죽었으면 죽었지 못 싸워요.

병사4 (불쑥) 엄니! 엄니!

병사들, 막무가내로 주저앉아 훌쩍이기 시작한다.

소리 병사들의 사기가 85퍼센트 하락했습니다. 현재 병사들의 사기
는 15퍼센트입니다.

병사들, 더욱 크게 훌쩍인다.

군사 이대로는 안되겠습니다. 병사들의 사기를 올려야 합니다. 무희
를 부르십시오.

남자, 마우스를 클릭한다. 무희가 들어온다. 그녀는 무대 중앙에 자리를 잡는
다. 비상등이 켜지자 무희, 춤을 추기 시작한다. 일동, 숨을 죽이고 그녀의 춤
을 지켜본다. 바닥에 주저앉아 있던 병사들은 부풀어 오르는 풍선처럼 서서
히 몸을 일으키기 시작한다. 그들의 얼굴에 화색이 돈다. 무희의 춤이 끝나자
팡파르 소리가 들려온다.

소리 병사들의 사기가 85퍼센트 상승하였습니다. 현재 병사들의 사기는 100퍼센트입니다.

병사 일동 (과장되게 근육을 만들어 보이며) 사! 기! 충! 천!

군사 사기가 백 퍼센트 충전되었습니다.

남자, 신기한 듯 병사들을 보다가 마우스를 클릭한다. 백와장군과 병사들의 비상등이 켜진다.

백와장군 우리의 원수들을 모조리 까버리자!

백와장군과 병사들, 우렁찬 함성을 지르며 나간다. 남자, 호기심에 찬 시선으로 무희를 바라본다.

군사 제국의 무희입니다.

무희 (정중히 인사를 하고) 아랑이라고 하옵니다.

남자 고, 고마워.

무희 (고개를 숙이며, 어딘지 과장되어) 소녀는 주인님의 종이옵니다. 소녀의 춤이 필요하시다면 언제든지 불러주시옵소서.

무희, 대뜸 고개를 들어 빤히 남자를 쳐다본다. 남자, 당돌한 시선에 얼굴이 붉게 달아오른다.

남자 …… 왜, 왜?

무희, 뒷짐을 지고 가볍게 무대를 거닌다. 남자, 조용히 무희를 지켜본다.

무희 내 다리도 0과 1, 내 가슴도 0과 1, 저 산도, 하늘도, 바다도, 이 세상은 모든 게 0과 1이죠. 우린 이진법의 세상에 살고 있으니까요. 하지만 거긴 0과 1, 이런 무의미한 숫자들만 있는 세상이 아닐 거예요. 그렇죠? (남자를 돌아보며) 당신이 있는 그곳 말이에요?

남자, 돌연한 질문에 대답을 하지 못하고 머뭇거린다.

무희　(남자의 얼굴을 바라보며) 당신이 어떤 사람일까 궁금했어요.
남자　(당황하여) …….
무희　(혼자 생각에 잠겨) 어떻게 생겼을까? 목소리는 어떨까? 무슨 옷을 좋아할까? 웃는 모습은 어떨까? 키는 클까? 아니면 작을까?

잠시.

남자　(무희가 대답이 없자, 조심스러워) 내가 새, 생각했던 것하고 달라?
무희　솔직히 다른 건 사실이에요. 난 당신이 지금보다 훨씬 더 잘생기고 남자다울 거라고 생각했거든요.

군사, 주의를 주듯 헛기침을 한다.

무희　(개의치 않고) 하지만 상관없어요. 당신을 만난 게 중요하니까요.
남자　…….
무희　난 당신이 살고 있는 세상을 알고 싶어요. (기대에 차) 그곳에선 어떻게 사랑을 하죠? 사랑하는 연인을 만나면 뭘 하면서 시간을 보내요? 겨울에 내리는 눈은 어떤 감촉이죠? 여름에 바다에서 수영을 할 땐 어떤 기분이에요? 난 알고 싶어요. 하나에서 열까지 모두 다! 당신이 알고 있는 모든 걸요. 그곳은 어떤 곳이죠?
남자　…… 그, 글쎄.

무희   (재촉하여) 말해 봐요.

남자   ……글쎄.

무희   분명히 그 세상은 멋질 거예요. 그렇죠?

남자   (가볍게 웃음을 머금으며) 내가 있는 세상이 머, 멋있을 것 같애?

무희   당신이 그랬잖아요?

남자   ……?

무희   (기억을 떠올리며) 그 날이 오면 나는 머리를 하얗게 물들이고 눈
       이 부시도록 아름다운 이 길을 걸으리라. 혁명처럼 타오르는
       열정과 용기로 나를 해방시키고 이 멋진 세상을 사랑하리라.

순간, 남자의 얼굴이 굳어진다.

무희   당신이 열아홉 살이 되던 생일날 이렇게 말했잖아요.

남자   (당혹감과 불안감에 휩싸여) 그, 그걸 어떻게 알아?

무희   모든 정보는 0과 1. 컴퓨터에 존재하는 정보를 알아내는 건 아
       무 것도 아니에요. 아무리 겹겹이 암호를 걸어놔도 우리들한텐
       식은 죽 먹기죠.

남자   내 일기를 본 거야? 펴, 편지를 봤어!

무희   그게 중요한가요?

남자   (어이가 없어) 주, 중요하냐고? 그건 내 사생활이야. 누구도 봐선
       안 될 비, 비밀이라고!

무희   (태연하여) 이곳에는 비밀이란 없어요. 하드디스크에 저장된 당
       신의 데이터는 누구나 볼 수 있으니까요.

군사, 난처하여 남자의 눈길을 피한다.

무희   난 저 밖의 세상이 궁금해요. 당신이 말했던 멋지고 아름다운

것들에 대해 알고 싶어요. (신이 나서) 사랑하는 여자한테 선물을 주는 건 아름다운 것이고, 친구와 여행을 가는 건 멋진 것이고, 아버지한테 인정받는 것도 멋진 것이고, 또 옥상에서 밤새도록 별을 보는 건 아름다운 것이죠. (문득 떠올라 셰익스피어의 초상화를 가리키며) 저 사람처럼 되는 것도 멋진 것이고요! (기억을 떠올리며) 셰익스피어! 당신은 작가예요. 글을 쓰는 사람. 재밌어요. 뚱뚱한 여자와 마른 남자의 사랑 이야기는 내가 제일 좋아하는 작품이에요. 자기보다 무거운 여자를 업어주지 못하는 남자가 슬퍼하는 장면은 정말 가슴이 아팠어요.

남자   (조심스럽게) 정말 재밌었어?

무희   그럼요. 당신이 쓴 대사도 모두 외우고 있는 걸요. (대사의 한 대목을 떠올리며) 이상하지? 오랫동안 여기에 있었는데 왜 우린 서로가 있다는 걸 몰랐을까? 어제만 해도 이 세상은 정말 고요했어. 아무 소리도 없었으니까.

남자   (머뭇거리다가, 대사를 받아) 정말 이상해. 왜 우린 서로가 있다는 걸 몰랐을까?

무희   (대사를 받아, 연기를 하듯) 하지만 이 고요한 세상에도 소리가 생겼어. 바로 날 부르는 너의 목소리가······.

남자의 굳었던 얼굴이 스르르 풀린다.

남자   나, 나도 내가 쓴 드라마 중에서 제일 맘에 들어. 아직 방송이 되진 않았지만······.

무희   사람들은 당신의 이야기를 좋아할 거예요. 분명히! (대뜸 군사에게) 안 그래요?

군사   (순간 당황하여) 그렇습니다. 주인님은 (대뜸 셰익스피어 초상화를 가리키며) 저 사람처럼 유명한 작가가 되실 겁니다.

남자, 기분 좋게 웃음을 머금는다.

남자　아, 아직 데뷔를 하진 못했지만 내 작품을 읽어 본 사, 사람들은 다들 괜찮다고 하기는 해. 재, 재능이 있다는 얘기도 하, 하고. 고등학교 때도 글을 써서 사, 상을 받은 적도 있거든…….

무희　(호기심에 차서) 정말? (기억을 더듬으며) 여기에는 그런 기록이 없는 걸요.

남자　…….

무희　(재촉하여) 말해 봐요. 데이터에 없는 당신 얘기를 듣고 싶어요.

남자　(머뭇거리다가 점차 신이 나서) 처, 처음에는 아버지처럼 의, 의사가 되려고, 의대에 가려고 했는데 진로 면담시간에 담임이 소, 소설을 한번 써보라고 했어. 우리 담임이 구, 국어 선생이었거든. 그래서 별생각 없이 이틀 동안 대, 대충 썼는데 그걸 학교 문학상에 내, 내보라고 하잖아. 저, 정말 기대도 안 하고 냈는데 그게 당선이 됐어. 딱 이틀 동안 써, 썼는데 말이야. 다, 담임이 그랬어. 나, 나한테…… 글 쓰는 쪽에 처, 천부적인 재능이 있다고……그, 그래서……작가가 되려고 결심을 했지.

무희　정말 멋진 일이에요! 상상 속의 이야기를 사람들한테 들려준다는 건 신나는 일일 거예요. 그 소설은 어떤 내용이었어요?

남자　(멋적은 듯 웃으며) 한참이 지나서 잘 기억은 안 나는데 그러니까, 그러니까 그게…….

무희　어서 생각을 해봐요. 난 당신의 이야기를 듣고 싶어요.

남자　(생각을 더듬으며) 음…… 그 소설에는 천재 과학자가 나오는데, 그 사람은 세상의 모든 걸 알고 있는 사람이었어. 정말 천재였거든. 하, 하지만 그 사람은 자, 자기가 인간이기 때문에 신에게서 버, 벗어날 수 없다는 절망감에 빠져.

무희　(남자의 이야기에 몰입하며) 그래서요?

남자   그래서. 그 남자는 결심을 해. 인간의 영혼을 분리해서 신한테
      서 해방되겠다구. 그래서 그 남자는 영혼 분리기를 만, 만들려
      고…….

남자의 말을 끊으며 병사1, 다급히 뛰어 들어온다.

병사1 주인님! 적국에서 사신이 왔습니다.

청와장군, 사신을 데리고 들어온다. 백와장군과 병사들도 급히 뒤따라 들어온
다. 백와장군, 청와장군을 밀치고 거칠게 사신의 멱살을 부여잡는다.

군사   물러서시오!
백와장군 이놈을 냅두라고! 나한테 화살을 한 다발이나 쐈는데!
군사   이건 외교적인 문제요. 아무리 적이라도 해도 사신한텐 예의가
      있는 법이오.

백와장군, 탐탁지 않아 멱살을 놓는다. 사신, 거만하여 남자를 본다.

사신   당신이 이 나라의 황제요?
남자   (애써 위엄을 갖추고) 그, 그렇다. (사이) 용건이 뭐, 뭐야?
사신   (날카롭게 남자를 쏘아보며) 이 전쟁은 귀국이 시작했소. 우리의 군
      사를 싸그리 몰살시키고, 그것도 모자라 위대하신 마법사 칼마
      한 선생의 목을 자르고 암흑성국의 영토인 마법의 성을 무단으
      로 점거했소. 우리는 귀국의 야만스러운 범죄행위를 규탄하며
      다음과 같은 요구를 하는 바요. 귀국의 재정의 반과 농부 한
      명, 그리고 무희를 우리에게 양도하시오.
남자   뭐?! (기가 차서) 내, 내가 못 하겠다면?

사신　만약 우리의 요구를 받아들이지 않는다면 곧이어 총공격이 시작될 거요. 전쟁이오!

군사　(다급하여) 여기서 공격이 이어지면 빛의 제국은 멸망하고 말 겁니다. 후일을 기약하십시오.

남자, 황당하고 분에 겹지만 해결책이 없다. 농부1, 한 보따리 짐을 지고 들어온다. 그들을 배웅하기 위해 다른 일꾼들도 들어온다. 사람들, 무희와 농부1에게 작별인사를 한다.

군사　너무 심려 마십시오. 무희와 농부는 반드시 되찾아 올 수 있을 겁니다.

남자　(사이, 무희를 향해) 미, 미안해…….

사신, 무희와 농부1을 이끌고 나간다. 잠시 후, 사신 일행이 무대 앞쪽을 지나간다. 남자, 안타까워 무희를 바라본다. 사람들, 힘없이 끌려가는 무희와 농부1에게 손을 흔들어 준다. 병사들과 일꾼들, 노래를 한다.

노래　조국의 꽃다운 처녀 이제 멀리 떠나네
　　　저 붉은 입술을 누가 훔쳐 가는가
　　　저 머나먼 타향 길 얼마나 고단할까
　　　언제 다시 볼까 우리의 벗이여
　　　해가 가고 또 해가 가서 우리가 만나면
　　　모든 슬픔은 잊고 환희의 노래를 부르세

노래를 뒤로 하며, 사신 일행은 무대 앞쪽을 빠져나간다. 일꾼들, 슬픔에 젖어 나간다. 침울한 분위기가 무대에 흐르는데 돌연 둑이 무너지는 굉음이 요란하게 들려온다. 농부2가 급히 뛰어 들어온다.

농부2   홍, 홍수가 났습니다!

남자, 무슨 일인가 하여 고개를 드는데 이번에는 농부3이 급히 뛰어 들어온다.

농부3   역, 역병입니다. 전염병이 돕니다!

남자, 영문을 몰라 어리둥절하다. 아낙이 뛰어 들어온다.

아낙   지진입니다! 집이 무너지고 산이 무너져요.

농부들과 아낙   살려주십시오! 백성들이 길을 잃고 두려움에 떨고 있습니다.

소리   (경고음과 함께) 국운이 90퍼센트 하락했습니다. 현재 국운은 10퍼센트입니다.

하늘이 무너질 것처럼 요란하게 벼락 치는 소리가 들려온다. 다들 놀라 하늘을 올려다본다.

소리   (경고음과 함께) 국운이 10퍼센트 하락했습니다. 현재 국운은 0퍼센트입니다.

사람들, 겁에 질려 주위를 둘러본다. 위험을 알리는 것처럼 경고등이 어지럽게 점멸하기 시작한다.

군사   (다급하여) 주인님께서 직접 나서야 하실 것 같습니다.

남자   내, 내가?

군사   천제를 올려 국운을 회복하셔야 합니다.

남자   (순간 당황하여) 나, 교, 교회 다니는데…….
일동   (간곡하여) 나라를 구하소서!

무대에 제사상이 차려진다. 사람들, 열을 지어 선다. 모두 경건하여 고개를
숙인다.

남자   (책을 읽는 것처럼) 오, 하늘이시여! 어둠과 혼란이 세상을 지배하
       는 지금, 정의의 방패로 빛의 제국을 보호하소서.
일동   보호하소서!
군사   (재촉하여) 계속 하십시오.
남자   (하늘을 향해 두 팔을 펼쳐든 모습이 어색하기만 하다) 하늘이시여! 제국
       의 운명을 축복하소서.
일동   축복하소서!
군사   하늘을 향해 절을 하십시오.

남자, 나름대로 격식을 갖추어 절을 한다. 그러나 여전히 어색하다.

소리   국운이 10퍼센트 상승하였습니다. 현재 국운은 10퍼센트입
       니다.

남자, 계속하여 절을 한다.

소리   국운이 40퍼센트 상승하였습니다. 현재 국운은 50퍼센트입
       니다.

갑작스레 남자를 부르는 소리가 들려온다. 사람들, 굳은 듯 멈추어 선다.

소리　밥 먹어!

남자　이, 이따가.

소리　국 식는다니까!

남자　나, 바뻐!

소리　차려줘도 못 먹어!

남자　바쁘다니까!

남자, 절을 한다. 게임이 다시 시작된다. 일정한 리듬의 타악기 소리가 무대로 흘러들어 온다. 마치 주술처럼 들리는 리듬이 서서히 무대를 휘어 감는다. 남자, 그 소리에 감염된 듯 멈추지 않고 절을 한다. 강렬한 리듬, 남자를 내몰 듯 극점으로 내달린다. 남자, 지쳐간다. 마침내 남자가 쓰러진다. 사람들, 조심스럽게 몸을 일으켜 남자를 바라본다. 잠시 침묵이 흐른다. 남자, 비틀거리며 가까스로 일어선다.

남자　(거친 숨을 몰아쉬며) 제, 제국을 보호하소서. 제국을 보호하소서. (서서히 내면의 목소리가 깨어나며) 나의 제국을 보호하소서. 나의 제국을 보호하소서! 내게 힘을 주소서. 내 손에 불멸의 칼을 쥐어 주소서. 나를 가로막는 모든 적을 베어내게 하시고, 그 피로 이 대지를 적시게 하소서! 나의 제국, 영원한 나의 제국을 세우게 하소서!

남자의 모습, 어둠 속에 묻힌다. 경쾌한 팡파르 소리가 들려온다.

소리　국운이 50퍼센트 상승하였습니다. 현재의 국운은 100퍼센트입니다.

제 3 장

남자의 방에 조명이 들어온다. 남자의 모습은 보이지 않는다. 잠시 후, 옆구리에 가득 책을 낀 남자가 급히 들어온다. 그는 컴퓨터 앞에 앉아서 워드 작업을 시작한다. 남자는 시간에 쫓겨 정신없이 책들을 펼쳐보며 자료를 찾는다. 그는 재차 시간을 확인하며 더 빨리 키보드를 두드린다. 얼마간의 시간이 지나고 남자의 작업이 끝난다. 남자, 재빠르게 키보드의 한 키를 누른다.

소리　메일이 전송되었습니다.

소리가 끝나기 무섭게 전화벨이 울려댄다. 남자, 재빨리 수화기를 든다. 남자는 상대방에게 압도된 듯 얼굴에 긴장감이 인다.

남자　어, 나, 나야. 지금 보냈어. (잠시 듣고 있다가) 마, 마음에 들 거야. 내, 내가 언제 약속 어긴 적 있어? (사이) 자, 작품은 잘 돼가?

남자가 말을 다 끝마치기도 전에 전화가 끊긴다. 남자, 대수롭지 않다는 듯 명랑하여 수화기를 내려놓는다. 남자, 신이 난 어린아이처럼 게임을 시작하려고 한다. 그러다 무슨 생각이 들었는지 천천히 손을 들어 보인다. 환호에 답하는 연습을 하는 것처럼 근엄한 표정이다. 남자, 게임을 시작한다.

소리　저장된 게임을 진행합니다.

자막 / 게임 3 단계
임무 : 요새를 방어하라

삼엄하게 경계를 서고 있는 장군들과 병사들의 모습이 보인다. 군사는 무대 한 켠에서 생각에 잠겨 있다. 남자는 환호를 대비해 손을 들어 보이지만 남자의 생각과는 달리 무대는 침울하기만 하다. 남자, 멋쩍어 재빨리 손을 내린다.

병사1　아랑은 잘 있을까?

병사2　잊자, 잊어. 물 건너갔어.

병사3　나의 여신, 나의 꿈……. (기도하듯) 위대하신 중앙연산처리장치 펜티엄이시여, 우리의 아랑을 보호하소서.

병사4　그러기에 주인을 잘 만났어야지. 이게 뭐야. 제대로 싸워보지 도 못하고 온몸엔 화살 구멍이 숭숭 어째 초장부터 심상치가 않다 했어.

군사의 비상등이 켜지지만, 그는 여전히 생각에 잠겨 있다.

병사1　(군사에게) 부르는데요.

군사　(남자에게 쪼르르 달려가며) 부르셨습니까?

남자　자, 잘 돼가?

군사　현재 보시다시피 적의 공격에 남아난 것이 없습니다. 다행히도 국운이 회복되고, 적의 요구를 받아들여 지금은 조용하지만 원 래 간악하기 짝이 없는 자들이라 언제 무슨 짓을 벌일지 알 수 가 없습니다.

남자　걔네들은 뭘, 뭘 하고 있어?

군사, 망원경으로 좌중을 살펴본다.

군사　아직까진 별다른 동태를 보이고 있진 않습니다.

청와장군　너무 심려치 마십시오. 이번 공격만 막아내면 요새 방어의 임무를 마치고 다음 단계로 넘어갈 수 있습니다.

백와장군 (못마땅하여) 그걸 누가 모르나? (무대를 가리키며) 봐! 뭐가 있어야
지. 산은 홀라당 타버렸지, 땅은 쩍쩍 갈라졌지, 먹을 것도 없
지, 숨을 데도 없지, 이거 이러면 안 돼지.

청와장군 용맹하기 그지없는 장군께서 무슨 그런 약한 말씀을 하시오?

백와장군 (힐끗힐끗 남자를 보면서) 그러길래 윗물이 맑아야 아랫물이 맑지.

사람들, 백와장군의 뜬금없는 말에 멀뚱히 그를 바라본다.

백와장군 (머쓱하여) 그러길래 하늘을 봐야 별을 따고 님을 봐야 뽕을 따
지. (말을 찾다가 부득불 우겨대며) 그러길래 싸나이는 파워! 파워는
힘! 그냥 밀어붙이는 게 최고야! 싸나이가 힘이 없으면 그걸로
끝이야. 뺏느냐, 뺏기느냐, 이게 사나이의 운명이야! (병사들에게)
안 그러냐?

병사들, 수긍을 하듯 고개를 끄덕인다. 남자, 자신을 빗대는 말에 민망하다.
먼발치에서 장엄한 나팔 소리가 들려온다. 일동, 귀를 기울이는데 근엄하게
태황제와 황태후가 들어온다. 태황제는 지팡이를 들었다. 사람들, 바닥에 넙
죽 엎드린다. 태황제와 황태후, 다짜고짜 남자 앞으로 다가간다. 남자, 갑작스
러운 인물들의 등장에 어리둥절하다.

군사 (남자가 멀뚱히 바라보고 있자) 태황제 폐하와 황태후 마마이십니다.

황태후 황상, 벌써 우리를 잊으셨습니까?

남자 (영문을 몰라) 누, 누구세요?

태황제 (지팡이로 남자의 머리를 때리며) 이놈아, 니 애비도 몰라보냐?

군사 주인님의 아버님과 어머님이십니다. 어서 예를 갖추십시오.

남자 아, 아버지? 엄마?! (당혹감에) 자, 잠깐만! 여기에 왜 엄마 아버

지가 나와?

군사　　암흑전설의 영웅은 빛의 제국의 시조이신 차차우 태황제 폐하
와 몽몽 황태후 마마의 세 번째 아들로 태어나셨습니다. 위로
두 분의 형님이 계셨지만 첫 번째 형님께선 암흑성국과의 전쟁
에서 전사하셨고, 두 번째 형님께선 병약하여 그만 일찍 세상
을 떠나시고 말았습니다. 그래서 주인님께서 빛의 제국의 제 2
대 황제로 즉위하신 겁니다.

남자　　(기억을 더듬으며) 그, 그 얘긴 읽은 것 같은데…….

군사　　주인님의 족보는 게임 설명서 3페이지 영웅의 탄생편에 도표
까지 곁들여 자세히 나와있습니다.

남자　　(그제서야 기억이 나는지) 마, 맞아. 영웅의 탄생, 보, 본 것 같애.

남자, 태황제의 시선이 매섭자 슬쩍슬쩍 주위의 눈치를 보면서 엎드린다.

황태후　　쯧쯧쯧, 국정이 힘들지요?

남자　　(사람들의 눈치를 보며 머뭇거리다가) 뭐, 별, 별로…….

황태후　　자, 어서 고개를 들어보세요. 이 에미는 황상의 얼굴이 보고 싶
어 이렇게 달려왔답니다. 어서요.

남자, 난감하여 어쩔 줄을 모르지만 별수 없이 고개를 든다.

황태후　　얼굴이 많이 여위었군요. 어렸을 적엔 '엄마, 엄마' 하면서 그
렇게도 이 에미를 쫓아다녔는데, 이젠 장성하여 황제가 되었으
니 이 에미는 죽어도 여한이 없답니다. (돌연 흐느끼기 시작한다)

남자　　……?

황태후　　옛적이 그립습니다. 황상이 어렸을 적이 말이에요. 한 번 이 에
미를 불러보지 않겠어요? 엄마, 이렇게 말이에요.

남자, 도저히 참을 수가 없는지 벌떡 일어선다. 금방이라도 뛰쳐나갈 것 같은 분위기다. 사람들, 간곡하게 남자를 바라본다. 남자, 숙연한 분위기에 헛기침 이 절로 나온다. 잠시 침묵이 흐른다.

남자 (머뭇머뭇거리다가 들릴 듯 말 듯) 어, 엄마. (좀 더 크게) 엄마.

사람들, 기다렸다는 듯 감동의 박수를 친다. 병사들은 감격하여 눈물을 훌쩍 인다.

황태후 그래요. 내가 엄마입니다!

태황제 (못마땅하여 남자를 쏘아보다가) 내가 여기에 온 즉슨, 나라 돌아가는 꼴을 좀체 참을 수가 없어서다. 내가 너한테 왕위를 물려주고, 조용히 은둔하면서 살고자 만년설궁으로 떠나있었건만, 대체 이게 무슨 꼬라지냐? 내가 어떻게 이 나라를 세웠는데 하루아 침에 알거지로 만들어? 거기에다 철천지원수 놈한테 줄줄이 무희에 농부에 재정까지 달랑 떼어주고! 이건 가문의 수치요, 왕조의 수치다. 니 엄마한테 물어 봐! 내가 얼마나 고생해서 이 나라 세웠는지!

남자 …….

황태후 너무 다그치지 마세요. 황상도 생각이 있을 겁니다.

태황제 생각 있는 놈이 저래?

황태후 잘 하실 거죠, 황상?

남자 …… 예.

태황제 쯧쯧쯧, 그러기에 첫째가 죽지를 말았어야 하는 건데 ……. 하 늘도 무심하시지.

청와장군 태황제 폐하, 심려치 마옵소서. 황제 폐하께선 제국의 재건을 위해 노심초사 최선을 다하고 계십니다. 폐하께서 손수 천제를 지내시어 국운이 회복되었고, 지금도 백성들은 쉬지 않고 일을 하고 있습니다. 조만간 다시 원래의 모습으로 빛의 제국은 일어설 겁니다. 반드시 적의 공격을 막아내고 암흑성국을 멸망시켜 제국의 통일을 이루실 겁니다.

황태후 맞는 말입니다. 황상은 꼭 제국 통일의 과업을 이룰 거예요. 한번 믿어보시지요.

태황제는 여전히 불만이 남아 못마땅한 시선으로 남자를 흘겨본다.

태황제 (병사들을 보고) 니놈들은 여기서 뭐하냐? 나가서 훈련해!

백와장군과 병사들, 쫓기듯 나간다.

태황제 (남자를 향해) 잘 해.
남자 예, 예…….

군사, 태황제와 황태후를 정중히 모시고 나간다. 남자는 퇴장하는 태황제와 황태후에게 꾸벅 인사를 하고 모습이 보이지 않을 때까지 꼼짝하지 않고 서 있는다. 남자, 그들의 모습이 사라지자 안도의 한숨을 내쉰다. 남자, 게임 속의 인물들에게 인사까지 하는 자신의 모습이 한심스럽다. 그렇지만 한편으로는 태황제의 기세에 눌린 듯 어딘가 불안함과 초조함이 엿보인다. 남자, 무엇인가가 떠올랐는지 불현듯 게임 설명서를 뒤적이기 시작한다. 페이지를 넘기던 남자의 손이 멈춘다.

남자 (찾은 대목을 읽는다) 당신의 전략과 국정 운영이 미흡할 경우, 당신은 태황제의 방문을 받게 될 것입니다. 그의 신임을 얻기 위해 부단히 노력해야 할 것입니다. 당신이 제국의 운명을 위험

속에 빠뜨리게 된다면 그는 과감히 당신의 자리를 되찾아 갈 것입니다. 그의 방문에 긴장하십시오. 그의 세 번째 방문을 받게 된다면 게임은 자동 종료될 것입니다. (사이) 자, 자동 종료…….

전화벨이 울린다. 남자, 잠시 그대로 있다가 천천히 수화기를 든다.

남자 여, 여보세요? 어, 나, 나야. (사이) 뭐? 화, 화 내지 말고 말해봐. 뭐, 뭐가 잘못됐는데? 내가 찾은 자료가 다, 다 잘못됐단 말이야? 난 니가 말해준 대로 했는데……. (더욱 더듬으며) 미, 미안해. 내, 내가 착, 착각을 했나 봐. (사이) 그, 그게 무슨 말이야? 내, 내가 잘못한 건 아, 알아. 하, 하지만 내 작품하고 자, 자료 조사가 틀린 거 하고 무, 무슨 관계가 있어? 이건 그, 그냥 시, 실수야. (잠시 듣고 있다가 화가 나서) 니, 니가 잘 나가는 작가라는 건 알아. 난 아직 데, 데뷔도 못 했지만 나, 나도 열심히 쓰고 있어. 나, 나도 작가가 될 수 있다고! (사이, 기세가 수그러들며) 화, 화내는 거 아니야. 나, 난 그, 그냥……. 아, 알았어. 다, 다시 찾아볼게. 미, 미안해.

남자, 수화기를 내려놓는다. 그는 치밀어 오르는 화를 삭이려 서성이기 시작한다.

남자 (혼잣말로) 비, 빌어먹을 자식.

청와장군 (그런 남자를 말없이 지켜보다가) 우정을 모르는 사람은 친구가 될 수 없습니다. 아무리 명성이 있고, 돈이 많고, 재능이 있다고 해도 말입니다.

남자, 청와장군을 본다.

청와장군 물론 그거야 주인님께서 결정하실 문제이긴 하지만 말입니다. (사이) 전 현실 속의 주인님에 대해선 관심이 없습니다. 허망한 미래를 위해서 작가로 성공한 친구의 뒤치다꺼리나 하면서 졸졸 쫓아다니든.

남자 ……?!

청와장군 사람들 눈치나 보면서 말이나 더듬으며, 습지 식물처럼 골방에 틀어박혀 있든 저하고는 상관없습니다.

남자 뭐, 뭐!

청와장군 하지만 여기서는 다릅니다. 나약한 황제를 믿고 생사를 걸기에는 너무 위험 부담이 크니까요.

남자, 기가 막히고 황당하다. 남자, 말을 잃고 멍하니 청와장군을 쳐다본다.

청와장군 (냉정하여) 나약한 사람은 결코 황제의 자리에 앉을 수 없습니다. 설령 운이 좋아 황제가 되었다 해도 그 자리는 언젠가 다른 사람의 것이 될 것입니다. (사이) 더 이상 제국의 병사들과 백성들을 사지로 내몰지 마십시오. 자신이 없으시다면 여기서 게임을 끝내십시오.

남자 (격분하여) 다, 닥치지 못해!

청와장군 컴퓨터를 꺼버리면 게임은 끝납니다.

남자, 달려들 기세로 주먹을 불끈 쥔다.

청와장군 (도전적으로 바라보며) 아니라면 진정한 황제의 모습을 보여주십시오. 강하고 위대한 황제의 모습을 말입니다.

남자 내, 내가 게임도 하나 못하는 얼간이로 보이나 본데, 좋아. 보여 주겠어. 이, 이제부터 진짜 내, 내 실력을 보여 주겠어!

남자, 충동적으로 마우스를 클릭한다. 곧이어 군사, 백와장군, 마법사와 병사들이 들어온다. 일동, 공손히 허리를 숙여 보인다. 남자, 싸늘하여 사람들을 흘겨본다. 사람들, 갑작스러운 공포 분위기에 몸을 사린다.

남자 (마법사에게) 니가 쓸 수 있는 마법이 세 가지라고?

마법사 그렇습니다. 제가 부릴 수 있는 마법은 세 가지로, 하나는 우박의 폭풍을 부르는 것이며, 또 하나는 사람의 영혼을 가두어 돼지로 변신시키는 것이고, 마지막 하나는 어둠의 병사를 빛의 병사로 만드는 것입니다.

남자, 손을 들어 좌중을 가리킨다. 사람들의 시선이 모두 남자의 손끝을 쫓는다.

남자 (명령하여) 우박을 내려.

군사 (깜짝 놀라) 주, 주인님! 저쪽은 적군이 진을 치고 있는 곳입니다. 가까스로 휴전을 얻어냈는데, 여기서 섣불리 공격을 했다가 반격을 당하면 지금의 상황에선 도저히 막아낼 도리가 없습니다. 이번 임무는 방어를 하는 데 있습니다. 우선 이번 단계부터 끝낸 후에.

남자 (말을 끊으며) 내, 내가 누구야?

군사 예, 예?

남자 (위협적으로) 여기 앉아 있는 내가 누구냐고?

군사 (눈치를 살피며) 우리의 주인님이시며 제국의 황제이십니다.

남자 그럼, 시키는 대로 해!

사람들, 남자의 매서운 시선에 눈치 보기에 바쁘다.

군사　(남자의 강경함에 초조하여) 장군들, 뭐라고 말씀 좀 하시오.

백와장군　(남자의 눈치를 살피며) 뭐, 나야……. 까라면 까야지. 그게 군인의 정신이지.

청와장군　황제께서 명을 내리시면 마땅히 따라야하는 게 도리입니다. 군사께선 폐하의 명을 받드십시오.

군사　……!

마법사의 비상등이 켜진다. 무대 앞쪽에 조명이 떨어지면 미니어처 요새가 보인다. 적군이 진을 치고 있는 곳이다. 마법사, 방울을 꺼내 든다. 그는 방울을 흔들기 시작한다. 무대에 미풍이 불어온다. 사람들, 바싹 긴장하여 마법사를 지켜본다. 방울이 미친 듯이 울려대자 불어오는 바람도 점점 강해지기 시작한다. 마법사에게 신비한 빛이 감돈다.

마법사　하늘과 땅을 지배하는 위대한 빛이여. 그대의 힘으로 나를 도우소서. 신성한 빛의 주인이시여. 그대의 권능을 내 앞에 보이소서. 우박의 폭풍이여, 몰아쳐라! 하이스토 템페라! 우박의 화살이여, 쏟아져라! 하이스토 템페라!

별안간 천둥소리가 들려온다. 무대 앞쪽의 미니어처 요새에 우박이 떨어지기 시작한다.

남자　한 번 더!

마법사　우박의 폭풍이여, 몰아쳐라! 우박의 화살이여, 쏟아져라! 하이스토 템페라!

무섭게 천둥이 치며, 미니어처 요새에 더욱 많은 우박이 떨어지기 시작한다. 얼마간의 시간이 지나자 요새는 완전히 우박에 덮이고 만다. 남자, 손을 들어 좌중을 가리킨다. 장군들과 병사들의 비상등이 켜진다. 급히 무대를 빠져나간다. 잠시 후, 무대 앞쪽에 장군들과 병사들이 들어온다. 요새를 사이에 두고 적군의 모습이 보인다. 그들은 우박에 맞았는지 온몸에 붕대를 칭칭 감고 목발을 짚고 있다. 아군은 남자의 명령을 기다리고 있다.

남자　(진군 명령을 내리듯 손을 치켜들며) 공격-!

아군은 함성을 지르며 적군에게 달려든다. 적군들은 제대로 대적 한 번 못해 보고 밀리기 시작한다. 그들이 도망치자 아군은 그 뒤를 쫓는다. 군사, 갑작스러운 남자의 변화에 초조감을 감추지 못하며 슬쩍슬쩍 그를 살핀다.

남자　(냉랭하여) 어때? 이만하면 괜찮지?
군사　짧은 시간 동안 실력이 정말 많이 느신 것 같습니다. 장족의 발전이십니다.

남자, 피식 웃는다. 청와장군이 뛰어 들어온다.

청와장군　폐하, 작전이 성공했습니다!

곧이어, 개선가가 들려오면서 병사들이 들어온다. 그들은 적군에게 빼앗은 전리품을 한 움큼씩 메고 있다. 뒤따라 무희와 농부1이 들어온다. 일꾼들도 그들을 환영하기 위해 들어온다. 무희와 농부1, 남자에게 인사를 한다. 남자는 무희를 보자 반가움에 한결 화가 누그러진다.

농부1　구해주셔서 감사합니다, 주인님.

백와장군이 사신을 끌고 들어온다.

사신　놔, 안 놔!

병사1　주인님, 아까 그 사신 놈을 잡아왔습니다!

사신　이러면 안 되는 거야. 원래 3단계는 그냥 방어만 하면 된다니까.

백와장군　니가 화살 쐈지. 니가 시켰지.

사신　거참, 난 사신이라니까 그러네. 위에서 그냥 시키는 대로 하는 사람이야.

백와장군　(칼을 빼어들고 금세라도 벨 기세로) 이걸 그냥!

군사　멈추시오! (남자에게) 포로로 잡혀온 자는 심문을 하여 전향 의사가 있으면 살려주는 게 제국의 법도입니다.

사신　(우물쭈물하다가) 하하하! 역시 천하의 호걸이로다! 신 이 한 몸 다 바쳐 주인님의 충직한 신하가 되겠습니다. (넙죽 절을 하며) 황제 폐하, 만세!

군사　포로가 전향 의사를 밝혔습니다.

남자, 물끄러미 사신을 바라본다.

남자　내, 내가 천하의 호걸이라고?

사신　두 말 하면 잔소리죠.

남자　그리고?

사신　빛의 제국의 황제이십니다! 또 위대하신 암흑전설의 영웅이십니다!

남자　(거만하여) 이제 내가 누구인지 분명히 알았지? 이 정도 게임은 나한텐 식은 죽 먹기야. 다들 알았어?

사람들, 공손히 허리를 숙여 보인다. 남자, 기분 좋게 웃는다.

청와장군 주인님, 판결을 내려주십시오. (남자, 기분 좋게 웃는데) 제국의 무
희를 탐한 죄 죽어 마땅합니다.

남자 (귀를 의심하여) …… 뭐, 뭐라고?

청와장군 제국의 무희를 범한 것은 황제를 욕보인 것과 다를 것이 없습
니다.

농부1 (울먹이며) 저놈이 우리 아랑 아씨를…….

남자, 믿기지 않는 상황에 멀뚱히 무희를 바라본다.

남자 (무희에게) 저, 정말이야?

무희, 고개를 돌린다.

남자 (사신에게, 믿기지 않아) 니가 저, 저 애를 그, 그랬다고……?

사신, 엎드려 부들부들 떤다. 남자의 얼굴에 격랑이 인다.

군사 (초조하여) 이미 전향 의사를 밝혔습니다. 너그러이 용서해 주십
시오.

청와장군 판결을 내려주십시오, 폐하!

남자 (창백하여) 판결? 좋아.

남자, 일어선다. 사람들, 숨을 죽이며 그의 판결을 기다린다.

남자 (싸늘하여) 저 자식을 죽여.

사신   (벌떡 일어서며) 원래 나같이 전향한 포로는 안 죽이는데요.

군사   (당혹감에 휩싸여) 주, 주인님, 이러시면 안 됩니다. 전향한 포로를
        살려주는 건 이 게임의 규칙입니다. 숙고하여 주십시오!

        청와장군의 비상등이 켜진다. 사람들, 긴장하여 청와장군을 주시한다. 그의
        칼이 번뜩이며 사신의 목을 벤다. 무희, 질끈 눈을 감는다. 사람들, 경악한다.
        남자, 술렁이는 사람들을 찬찬히 둘러본다.

남자   (동의를 구하여) 저런 놈은 이 나라엔 필요 없어. 안 그래?

        남자, 동의를 구하듯 무희를 바라본다. 무희, 알 수 없는 절망감에 싸여 천천
        히 고개를 돌린다. 팡파르 소리, 들려온다.

        자막 / 게임 3 단계 임무 완수
        점수 : 1400점

제 4 장

        자막 / 게임 4 단계
        임무 : 어둠의 요새를 점령하라

        무대는 어둠 속에 잠겨 있다.

소리　　업그레이드(upgrade)를 실시합니다.

망치질을 하고, 금속이 절단되는 소리가 무대를 뒤덮는다. 어둠 속에 잠겨 있던 무대가 서서히 모습을 보이면 농부들은 기계를 조립하는 것처럼 병사들에게 갑옷을 입히고 드라이버로 조이고 망치로 두들겨 무장을 시킨다. 병사들의 모습이 로봇 같다. 남자의 모습이 실루엣으로 어렴풋이 보인다.

군사　　(남자를 향해) 업그레이드를 실시하게 되면 방어력은 기존보다 30퍼센트가 향상되고, 공격력은 50퍼센트가 향상됩니다.

새로운 갑옷을 입은 장군들과 병사들은 예전에 비해서 훨씬 더 우람하고 호전적으로 보인다. 농부들 마지막으로 그들에게 무기를 쥐여준다. 무기도 전보다 훨씬 더 크고 공격적이다. 경쾌한 팡파르 소리, 들려온다.

소리　　업그레이드가 완료되었습니다.

조명, 서서히 정상으로 돌아온다. 남자의 모습이 또렷이 보인다. 남자, 컵라면을 먹고 있다. 셰익스피어의 초상화가 걸려 있던 자리에 나폴레옹의 초상화가 걸려 있다. 군사, 무장한 장군들과 병사를 돌아보며 확인을 한다.

군사　　어떻소?

백와장군　　(만족스러워) 군인의 생명은 자세야. 폼생폼사! 폼 나잖아!

병사들, 갑옷이 무거운지 움직이는 게 여의치가 않다.

청와장군　　모든 준비가 끝났습니다.

남자, 허겁지겁 컵라면을 비운다.

남자　(입을 닦으며) 브리핑.

군사　현재 상황에 대해 말씀드리겠습니다. 현재 암흑성국의 모든 부대가 어둠의 요새로 속속히 집결하고 있습니다. 어둠의 요새는 암흑성국으로 들어가는 관문이자 저들에겐 물러설 수 없는 최후의 보루입니다. 제국의 통일을 위해 기필코 어둠의 요새를 점령해야만 합니다. 그 어느 때보다 신중한 작전이 필요하다 사료되옵니다.

남자　(병사들을 둘러보며) 이 정도면 승산이 있겠지?

청와장군　우리는 거칠 것이 없는 무적의 군대입니다. 암흑성국의 방어선을 돌파하는 건 시간 문제일 뿐입니다.

군사　물론 우리의 군사들이 최고의 수준으로 향상된 건 사실이지만 필시 암흑성국에서도 이에 맞설 만한 준비가 되어있을 겁니다. 전쟁의 승패는 이제부터라고 해도 과언이 아닙니다.

백와장군　거참, 그냥 밀어버리면 된다니까!

군사　이제 우리의 상대는 일개 장수들이 아니라 암흑성국의 대왕 포톤이오.

병사들, '포톤'이라는 이름에 겁을 먹고 슬금슬금 뒷걸음질을 친다.

남자　포톤…….

백와장군　(대뜸) 나쁜놈입니다, 그놈!

군사　그자는 무예가 출중하고 지략이 밝아 앞으로의 전쟁은 고전을 면치 못할 것입니다.

청와장군　설령 그렇다 해도 주인님과는 감히 대적치 못할 겁니다. 여기서 시간을 주면 오히려 저들의 방어력만을 키워줄 뿐입니다.

늦기 전에 기선을 제압해야 합니다.

군사   어허! 신중들 하시오. 공격을 하려면 먼저 철저히 전략부터.

남자   (말을 끊으며) 공격 해.

군사   (난감하여) 옛 성현의 병법서에 따르면 적을 치기 전에 먼저…….

남자   (나폴레옹 초상화를 가리키며) 저, 저 사람이 누군지 알아?

일동, 나폴레옹 초상화를 바라본다.

남자   나폴레옹이라는 사람이야. 아주 위대한 사람이지.

백와장군   (대뜸) 왜요?

남자   왜? (사이) 거대한 제국을 세웠으니까……. 별 볼일 없는 가문에 돈도 없고 빽도 없었지. 오직 자기 힘으로만 황제의 자리에 올랐어. 키, 키가 백육십도 안 되는 저 짱딸마니가. 황제한텐 과감성이 필요해. 기회를 포착하는 능력이 필요하지. (군사에게) 너처럼 병법서만 뒤지고 있다간 백날 가봐야 그 자리야. 이번 작전은 청와장군이 군대의 통솔을 맡는다.

백와장군   (깜짝 놀라) 예! 왜, 왜 재가 통솔을 해요? 짬밥도 내가 더 많은데!

남자   (쏘아보며) 너, 말대꾸하지마.

청와장군   명을 받들겠나이다!

백와장군, 불만이 가득하지만 남자의 위엄에 입을 열지 못한다.

군사   주인님, 다시 한 번 재고를…….

청와장군   (칼을 치켜들고) 어둠의 요새를 점령하라!

장군들과 병사들의 비상등이 켜진다. 무대를 빠져나간다. 군사, 근심 어린 얼굴로 나간다. 남자는 의자에 깊이 몸을 묻는다. 남자, 생각에 잠긴다. 남자, 몸

을 일으킨다. 턱을 괸 채 손가락으로 톡톡 책상을 두들긴다. 망설이던 남자,
마우스를 클릭한다. 잠시 후, 무희가 들어온다.

무희　부르셨습니까?

남자는 힐끗 무희를 보더니 슬며시 고개를 돌린다.

무희　(남자가 말이 없자) 분부가 없으시다면 이만 물러가겠습니다.
남자　(나가려 하자) 가, 가지 마.

무희, 걸음을 멈춘다. 그들 사이에 어색한 침묵이 흐른다. 무희, 물끄러미 나
폴레옹 초상화를 본다.

무희　(어색함을 깨려는 듯) 저 사람도 작가인가요?
남자　아, 아니. 황제였지. 세계사를 바꾸어 놓은 사람이야.
무희　당신하곤 어울리지 않는 사람이군요.
남자　……나, 나랑 어울리는 사람은 누군데?
무희　(기억을 떠올리며) 셰익스피어……. 셰익스피어처럼 되고 싶다고
했잖아요.
남자　(피식 웃으며) 십 년 전에 그런 말을 썼었지. 내 생일날 일기에다.
세상이 멋지다고 생각했을 때…….

그들 사이에 다시 어색한 침묵이 흐른다.

남자　그, 그 자식을 죽였으니까 복수는 한 거야.
무희　(사이) 당신은 규칙을 깼어요.
남자　재판을 한 거야. 그리고 정의로운 판결을 내렸지. 내, 내가 마

땅히 해야 될 일이었어. 난 너희들의 황제니까.

무희 ……황제?

남자 그래, 황제.

무희 당신은 글을 쓰는 사람이에요. 작가예요.

남자 (자조 섞여) 아, 아무도 인정해 주지 않는 작가? 누구도 날 작가라고 생각하는 사람은 없어. 그냥 작가를 꿈꾸는 사람, 아니면 빈둥빈둥 노는 백수라고 생각하지.

무희 (안타까워) 당신은 가능성이 있어요. 다시 시작해요. 이 전쟁놀이를 끝내고 글을 써요.

남자 전쟁놀이라고? 그, 그렇지 않아. 청와가 날 깨닫게 만들었어. 나한테 그러더군. 더 이상 제국의 병사들과 백성을 사지로 내몰지 말라고. (진지하여) 나, 난 책임감을 느끼게 됐어. 내 말 한마디에 일사불란하게 움직이고, 내 명령에 기꺼이 목숨을 바치는 충직한 백성들을 위해서 나도 뭔가를 해야 된다는 사실을 깨달은 거야. 이 세상을 책임져야 한다는 걸 말이야.

무희 여긴 당신이 책임져야 될 세상이 아니에요. 당신이 책임져야 될 세상은 저 밖에 있어요.

남자의 얼굴에 불현듯 냉랭함이 돈다.

무희 돕고 싶어요.

남자 날, 돕는다고?

무희 당신이 돌아갈 수 있게 말이에요.

남자, 어이가 없다는 듯 피식 코웃음을 터뜨린다.

남자 니가 그랬었지? 내가 사는 세상엔 0과 1, 이 무의미한 숫자 말고 다른 무엇이 있을 거라고. 그래, 있지. (점차 격한 감정에 휩싸이며) 좌절, 고통, 권태, 슬픔, 이별, 증오, 분노, 분노! 목을 매겠다고 협박을 해도, 아침에 눈을 뜨면 꿈에 그리던 파라다이스에 가 있기를 바라지만 아무것도 변하는 건 없어. 늘 똑같이 여기에 있을 뿐이야. 언제나 이렇게 혼자……. 아버지도, 사랑했던 여자도, 이 세상의 누구도, 찾아오지 않았어. 잊혀진 무인도처럼 이 세상에 혼자 떠 있는 거야. 열일곱 천재 소년은 파산했어. 아버지의 말대로 그건 그냥 소가 뒷걸음질을 치다가 쥐를 잡았던 거야. 난 치열하지도 당당하지도 못해. 떠나버린 그 여자의 말처럼 별 볼일 없는 삼류일 뿐이야. (자조 섞여) 날 데리고 어딜 갈 거야?

잠시 침묵이 흐른다. 무희, 남자의 모습에 깊은 슬픔을 느낀다.

무희 (침울하여) 사람들은 왜 서로에게 상처를 주죠? 아물지 않을 상처를…….

남자 타고난 습성이겠지.

무희 당신은 그 사람들하고는 달라요.

남자 (단호하여) 힘이 없다는 거. 그게 다를 뿐이야. 하지만 이젠 나도 힘을 얻었어. 세상을 움직일 수 있는 힘.

무희 (절망감에 싸여) 이건 게임일 뿐이에요. (돌연 두려움에 사로잡혀) 위험한 게임…….

남자 사과하고 싶었어. 널 지키지 못한 내 무능함에 대해서……. 하, 하지만 이젠 걱정하지 않아도 돼. 다신 이런 일이 없을 테니까. (명랑하여) 가서 쉬도록 해. 난 작전이 제대로 돌아가고 있는지 봐야 되니까.

무희, 무슨 말을 할 듯 하다가 힘없이 돌아선다.

남자　(나가는 무희를 향해) 다, 다신 널 뺏기지 않아.

　　　무희, 걸음을 멈추고 남자를 바라본다. 무희, 천천히 시선을 거두어 나간다.
　　　군사, 들어온다.

남자　작전 상황은?

　　　군사, 망원경으로 좌중을 살핀다. 무엇인가 이상하다. 군사, 눈을 껌벅이며 몇
　　　번이고 망원경을 들어 살펴본다.

군사　(두려움에) 아, 아군이 보이질 않습니다. 장군들도, 병사들도 보
　　　이질 않습니다.
남자　……?

　　　무엇인가가 무대로 날아 들어온다. 다시 무엇인가가 연거푸 날아 들어온다.
　　　군사, 조심스럽게 다가간다. 군사, 그것을 들어보는데 병사의 잘린 머리다. 군
　　　사, 기겁을 하고 물러선다. 무대 앞쪽에 포톤의 모습이 보인다. 그는 피가 흥
　　　건히 묻어 있는 도끼를 들고 있다. 거대한 체구와 살기 어린 눈초리가 남자를
　　　압도한다.

포톤　(도끼로 남자를 가리키며, 쩌렁쩌렁하여) 니가 암흑전설의 영웅이냐?
　　　선물이 마음에 드냐? 장군이란 것들은 꽁무니가 빠져라 도망을
　　　치고 잡혀온 것들은 살려달라고 아우성. 모조리 꼬챙이에 꿰어
　　　서 매달아 세우고 알맞게 구웠지. 찍소리도 못하고 죽더구만. 무
　　　적군대?! (벼락처럼) 이런, 시건방진 놈! 감히 나한테 도전을 해!

포톤의 위협에 남자, 뒤로 주춤 물러선다. 그의 몸이 떨린다.

포톤   (그런 남자를 쏘아보다가 한바탕 웃어젖히고) 계집아이처럼 바들바들 떠는 모습이 가관이구나. 이런 놈이 암흑전설의 영웅이라고? 아무짝에도 쓸모없는 놈이 용케도 그 자리에 앉아 있구나. 조금만 기다려라. 내가 찾아가마. (도끼를 치켜들며) 이 도끼로 니 목을 잘라주마.

포톤, 사라진다. 남자의 얼굴이 창백하다.

군사   (병사들의 머리를 보면서) 모조리 몰살을 당하다니……

장군들이 들어온다. 그들은 가까스로 살아난 것처럼 얼굴은 피범벅이고 머리는 망나니처럼 풀어 헤쳐져 있다. 군사, 망연자실해 그들을 본다. 장군들, 풀썩 무릎을 꿇는다.

군사   이, 이게 어떻게 된 거요?

청와장군   매복해 있던 적군한테 기습을 당했소.

군사   (귀를 의심하여) 뭐, 뭐요?

백와장군   어디에 숨어 있었는지 개떼로 덤비는데 나 죽는 줄 알았다니까! 이게 웬 개망신이야!

군사   (영문을 몰라) 그럴 리가 없는데……. 이번 단계에선 저들은 방어만 하게 되어 있단 말이요.

청와장군   우리가 게임의 규칙을 깨자 저들도 게임의 규칙을 깬 겁니다. 이젠 아무도 이 전쟁의 승패를 예상할 수가 없게 되었소.

백와장군   (퍼질러 앉으며) 이제 어떡해요? 이러다가 잡히면 꼬치구이 신세라고.

청와장군 (남자의 안색을 살피며) 괜찮으십니까?

남자 (기억에 각인시키려는 듯) 포톤이라고 했지? 그 자식 이름이?

청와장군 그렇습니다.

남자 (천천히 숨을 고르고) 좋아. 정면대결을 원한다면 그렇게 해주지.

남자, 마우스를 클릭한다. 무대 한켠에 조명이 떨어지면 정렬해 있는 농부들과 아낙의 모습이 보인다. 그들은 무표정한 얼굴로 마네킹처럼 서 있다.

남자 시작해.

소리 병사를 양성합니다.

그들의 비상등이 일제히 켜진다. 아낙, 로봇처럼 꾸벅 허리를 앞으로 숙인다. 그 뒤로 농부1이 선다. 농부1, 로봇처럼 허리를 앞뒤로 움직이기 시작한다. 농부1이 옆으로 비끼자 농부2가 아낙의 뒤에서 허리를 움직인다. 그 다음에는 농부3이 아낙의 뒤로 간다. 농부들의 행동이 쉬지 않고 반복된다. 순간, 그들의 움직임이 멈추며 아기의 울음소리가 들려온다. 유모차가 무대로 들어온다. 모두 넉 대이다. 거기에는 아기들이 타고 있다. 그러나 수염까지 있는 얼굴에 우유병을 물고 있는 모습이 그로테스크하다. 유모차에 타고 있던 아기들이 벌떡 일어선다. 멜빵 바지를 입었다. 우유병을 물고 있는 아이들에게 갑옷을 입히고, 투구를 씌운다.

소리 병사 양성이 50퍼센트 진행되었습니다.

아이들은 점점 병사들의 모습에 가까워진다. 그들의 눈에 살기가 등등하다. 마침내 그들은 완전한 병사가 된다. 경쾌한 팡파르 소리, 들려온다.

소리 병사가 양성되었습니다.

병사들, 남자 앞에 정렬한다.

남자　(찬찬히 병사들을 둘러보고, 연설조로) 제군들은 위대한 제국의 통일을 위해 태어났다. 제군들의 어깨에 제국의 미래가 걸려 있다. 찬란한 제국의 영광을 위해 물러서지 말고 싸워라! 우리를 가로막는 모든 적을 베어내 그 죄를 받게 하라! (황제의 위엄으로) 싸워라! 쟁취하라! 승리하라!

병사들의 비상등이 켜진다.

병사 일동　(칼을 치켜들고) 우리의 원수 포톤을 죽이자!

병사들, 함성을 지르며 몰려 나간다.

백와장군　(병사들을 뒤쫓으며) 얼레? 나도 가!

남자를 지켜보던 청와장군, 만족스러운 듯 박수를 친다. 남자, 뜬금없는 박수 소리에 청와장군을 본다.

청와장군　이제 주인님은 진정한 황제가 되신 겁니다. 나약한 모습은 모두 사라졌습니다. 진정한 영웅의 기백만이 넘치고 있습니다.

군사　(청와장군의 시선에 못 이겨) 그렇습니다. 지금의 주인님께선 예전의 모습이 아니십니다. 정말 장족의 발전을 하셨습니다.

남자　(우쭐하여) 너희들의 공이 크다.

청와장군　(무릎을 꿇으며) 소장 청와장군, 충심으로 폐하를 보필하겠나이다!

남자, 기분 좋게 고개를 끄덕인다. 남자와 청와장군 한바탕 기분 좋게 웃는데

장엄한 나팔 소리가 들려온다. 일동, 긴장감에 휩싸인다. 곧이어 태황제와 황
태후가 들어온다. 청와장군과 군사, 바닥에 넙죽 엎드린다. 남자도 조심스럽
게 엎드린다.

군사, 청와장군　홍복을 누리소서!

태황제, 매섭게 남자를 쏘아본다. 남자, 푹 고개를 숙인다.

태황제　(주위를 둘러보고) 다들 어디 갔냐?

청와장군　포톤의 목을 치러 갔습니다.

태황제　목을 치러 가? 그렇게 당하고도 정신을 못 차려!

청와장군　이번에는 반드시 방어선을 뚫을 수 있을 것이옵니다.

태황제　저놈은 입이 없냐? 왜 니가 나서. (지팡이로 때리며) 니가 황제야!

황태후　고정하세요, 폐하.

태황제　(남자를 보고) 나도 속 편히 한번 살아보자. 이 노인네를 두 번씩
이나 이 먼 길을 오게 만들어.

황태후　(근심 어려) 황상, 그 말이 사실입니까?

남자　…… 예, 예?

황태후　규칙을 어기셨다는 거 말입니다?

남자　(난처하여) 그, 그게…….

태황제　지금 니놈 하나 때문에 이 세상이 뒤죽박죽이 되어버렸어. 저
포악한 놈들도 지키는 규칙을 니놈이 깨? 내 아들놈이! 이제 이
애비가 무슨 면목으로 얼굴을 들고 다녀!

황태후　분명히 무슨 연고가 있을 거예요. 얘기라도 좀 들어보세요. 황
상, 어찌 된 사연인지 폐하께 말씀해 보세요. 어서요.

남자　(머뭇거리다가) 사, 사신이 무희를 범했습니다. 그, 그래서…….

태황제　(기가 막혀) 뭐야? 그깟 계집 하나 때문에 규칙을 깨?

남자 하, 하지만.

태황제 이 애비가 니 머리에 왕관을 씌워줄 때 뭐라고 그랬냐? 대의명
분이 없는 세상은 암흑이며, 황제는 대의명분을 지키기 위해
목숨을 걸어야 한다고 그토록 애기를 했건만 니놈은 귀가 먹었
냐! 이 애비가 한 말을 여태 뭘로 들었어? 이 애빈 니 나이 때
세상을 품에 안고 천하를 호령했다. 저 거친 광야를 질주하면
서 제국의 통일을 꿈꿨어. 그런데 내 아들놈이란 게 다른 것도
아니고 고작 치마 두른 계집 하나에 세상의 규칙을 깨고 대의
명분을 더럽혀! (절망에 사로잡혀, 한숨을 연발하며) 될성싶은 나무는
떡잎부터 알아본다고 어릴 적부터 뭐 하나 제대로 하는 게 없
더니만 죽도록 고생해서 세운 나라 지 품 안에 안겨줘도 그거
하나 못 챙겨. 미련한 놈.

남자 …….

태황제 (지팡이로 남자의 머리를 때리며) 규칙이 무너졌으니 이제 이 세상은
걷잡을 수 없는 혼란 속에 떨어질 거야. 이제 이 나라도 끝났
어. 망했다고. (울상이 되어) 그래서 첫째가 살았어야 하는 건데
……. 어떻게 가지 말아야 놈은 가고 쭉정이만 남았노.

황태후 폐하, 말씀이 지나치십니다. 쭉정이라뇨?

태황제 이게 다 당신 책임이야! 애를 어떻게 키웠길래 저 모양이야!

황태후 폐하께서 그렇게 역정만 내시니 황상이 기를 피고 살겠습니
까?

태황제 그래, 내가 역적이다. 저런 놈을 황제에 앉혔으니 내가 역적
이야.

황태후 폐하!

남자 (안절부절하다가) 저, 저도 최선을 다하고 있습니다.

태황제 하긴 니놈이 하는 게 고작 이거지. 그나마 망하지 않고 여태까
지 버틴 것도 용타, 용해.

남자　(충동적으로) 그, 그자는 죽어 마땅한 자였습니다. 아랑을 범했습니다. 아랑은 제가, 제가…….

남자가 말을 멈추자 사람들 재촉하여 주시한다.

남자　(용기를 내어) 아랑은 제가 사, 사랑하는 여자입니다.
태황제　(어이없어) 일국의 황제라는 게 계집 치마폭에 싸여서 잘하는 짓이다. (지팡이로 때리며) 대가리에 피도 안 마른 놈이 뭔 놈의 사랑이야!
남자　(버럭) 저, 저도 이제 스물일곱입니다!
태황제　(깜짝 놀라) 이놈이 어따 대고 소리를 질러?

태황제, 지팡이로 남자의 머리를 때린다. 남자, 지팡이를 붙잡는다. 태황제, 지팡이를 잡아당기지만 남자의 힘에 밀려 뺏지를 못한다.

태황제　놔! 안 놔, 이놈아!

남자, 천천히 지팡이를 놓는다.

남자　(애원조로) 제발 그, 그만 좀 하세요. 저도 할 만큼 하고 있습니다. 천제를 올려서 국운을 회복하고, 작전을 세워 승리를 하고, 병사를 양성했습니다. 절 좀 믿어주세요. 저도 잘 할 수 있다고요.
태황제　(경멸하여 쏘아보며) 니놈을 믿을 바엔 차라리 돼지를 믿는다.
황태후　폐, 폐하!
태황제　돼지만도 못한 놈!

남자, 일어선다. 폭발할 것 같은 그의 내면이 그를 현실과 가상의 경계선으로 위태롭게 내몬다. 좌절, 분노, 증오, 모멸감이 눈물이 되어 흘러내린다.

남자　이 나라는 제 것입니다. 이제는 아버지의 나라가 아니라고요. (악을 쓰며) 내가 제국의 주인이에요! 내가 제국의 황제라고요! (사이) 어, 언제나 그러셨죠. 언제나 그러셨어요. 내가 하는 일이라면 늘 우습게 아셨잖아요? 내, 내가 삼류 인생이라고 생각하시죠? 아, 아뇨. 잘못 아신 거예요. 나도 잘 할 수 있는 게 있어요. 나, 나도 사람들한테 인정받을 수 있다고요. 그깟 의사 나부랭이가 안 됐다고 인생이 끝난 건 아니에요. 그깟 규칙 하나 깼다고 세상이 바뀌는 건 아니라고요. 아시겠어요? 난 위대한 황제가 될 거예요. 아버지가 보란 듯이 말이에요! 당당하게, 품위있게, 멋있게, 아름답게, 내 삶을 살겠어요. (잔인한 증오에 사로잡혀) 이젠 누구도 내 제국을 뺏어갈 순 없어요. (발악하여) 내 앞에서 사라져요! 없어지라고요!

충격에 젖은 사람들, 할 말을 잃고 멍하니 남자를 바라본다. 잠시 침묵이 흐른다. 태황제, 남자를 힐끗 보고는 고개를 돌린다.

태황제　(헛기침을 몇 번 하고) 잘 해…….

태황제, 아까와는 달리 확연히 기세가 꺾인 모습으로 맥없이 나간다. 그의 꾸부정한 모습이 안쓰럽다. 황태후가 그를 부축하여 나간다. 군사, 다급히 뒤를 따른다.

청와장군　이제 한 번 남았습니다. 다음에는 폐하의 왕위를 가져가실 겁니다.

침묵이 흐른다.

청와장군   태양이 두 개일 수는 없습니다.

남자의 얼굴에 가볍게 경련이 인다. 분노와 증오의 잔상은 서서히 악마적인 웃음으로 변해간다. 그의 눈빛이 두렵다. 광풍이 몰려온다.

남자   (서늘하여) 태양은 하나면 족해.

청와장군의 비상등이 켜진다. 청와장군, 무대를 빠져나간다. 잠시 후, 무대 서서히 어두워져 남자의 얼굴만이 보인다.

긴박감을 더하는 음악이 무대를 흐른다. 무대 앞쪽에 태황제와 황태후의 모습이 보인다. 그들은 먼 길을 재촉하고 있다. 그들의 앞에 복면을 쓴 자객이 나타난다. 음악의 템포가 빨라지며 더욱 긴박감 속으로 몰아넣는다. 태황제, 지팡이를 들어 저항한다. 음악이 클라이맥스에 다다른다. 자객의 칼이 태황제를 찌른다.

무대는 어둠 속에 잠겨 있다. 서서히 밝아져 오면 도열해 있는 청와장군, 군사, 무희, 마법사, 일꾼들의 모습이 보인다. 그들은 상복을 입고 있다. 개선가가 들려온다. 곧이어 백와장군과 병사들이 들어온다. 백와장군은 포톤의 도끼를 메고 있다. 백와장군, 남자 앞으로 쪼르르 달려간다.

백와장군   주인님! 이겼습니다! 요새를 점령했어요. (도끼를 내밀며) 포톤의 도끼입니다. 그 포톤이가 얼마나 급했는지 도끼까지 버리고 냅다 도망갔습니다.

남자   (물끄러미 보다가) 수고했어.

백와장군   (분위기가 심상치가 않자) 근데 뭔 일이래?

| 남자 | (침착하여) 오늘 나의 부친이신 태황제 폐하와 모친이신 황태후 |
| | 마마께서 피살되셨다. |

| 백와장군 | (까무러치게 놀라며) 예! (격분하여 칼을 빼들며) 포톤이, 이놈이! |

| 남자 | 빛의 제국의 시조이신 태황제 폐하와 황태후 마마의 비극적인 죽음에 대해 간단히 예를 올리고자 한다. 모두들 충심으로 예를 올려라. |

일동, 숙연하여 '아-이-고, 아-이-고' 곡을 하기 시작한다. 얼마간 지나 곡이 끝난다.

| 남자 | 내 부모님을 살해한 포톤 대왕을 기필코 처단하여 이 원수를 갚을 것이다. 너희들은 동요하지 말고 각자 맡은 일에 충실해라. |

| 일동 | 명심하겠습니다. |

| 남자 | 청와장군을 대원수로 삼아 제국의 모든 군사를 맡길 것이다. 최후의 결전을 위해 만반을 기하라. |

| 청와장군 | 명을 받들겠나이다! |

| 백와장군 | 잠깐만요! 왜 자꾸 쟤만 시켜요? 짬밥은 내가 더 많다니까요! |

| 남자 | (무시하고) 해산. |

사람들, 무겁게 발걸음을 옮긴다.

| 백와장군 | (방백, 격분하여) 왜 쟤만 감싸고도는 거야. 짬밥을 먹어도 내가 더 먹었는데 왜 쟤만 승진시켜? 나 백와장군, 군인의 명예를 걸고 싸웠고, 충성을 다해 주인을 모셨어. 이건 나에 대한 배신이야, 배신! 도저히 못 참어! 이제는 못 참어! (칼을 뽑아들고) 반란이다! |

| 소리 | (경고음과 함께) 백와장군의 충성도가 70퍼센트 하락했습니다. 현재 충성도는 15퍼센트입니다. |

백와장군, 칼을 치켜들고 남자에게 다가간다. 사람들, 혼비백산하여 도망친다. 청와장군이 백와장군의 앞을 가로막는다.

백와장군 너 죽어!
청와장군 (칼을 뽑아들며, 기다렸다는 듯) 너하곤 승부를 내고 싶었어.
백와장군 이게 막판까지 반말이네! 너 진짜 죽어!

두 장수, 서로에게 칼을 겨누며 선다. 긴장감이 흐른다. 번뜩이는 칼날. 칼싸움이 벌어진다. 팽팽한 접전. 기어이 청와장군의 칼이 승부를 가른다. 백와장군, 풀썩 주저앉는다.

백와장군 (남자를 보고) 왜 …… 나만 …… 미워해 …….

백와장군, 쓰러진다. 팡파르 소리, 들려온다.

자막 / 게임 4 단계 임무 완수
점수 : 3840점

뒤이어 들려오는 경고음.

자막 / 벌점 : 3600점

[막간극]

무대 앞쪽은 박물관이 된다. 포톤의 도끼가 승전을 기념하는 것처럼 전시되어 있다. 완장을 찬 병사1, 농부들과 아낙을 인솔해 들어온다. 사람들은 '충성

방문단' 이라고 쓰여 있는 현수막을 들고 있다. 병사1, 도끼 옆에 선다.

병사1　(웅변조로) 위대한 암흑전설의 영웅이시며, 친애하는 제국의 지도자이신 황제 폐하께서는 친히 군사를 이끄시어 저 간악무도한 악의 도당을 단칼에 무찌르셨습니다!

사람들, 감동하여 박수를 친다. 농부1, 소변이 마렵다.

병사1　(더욱 과장되어) 백전-백승-! 가는 길엔 오직 승리뿐! 누가 감히 우리의 영웅과 맞서랴! 악의 화신 포톤마저 경외와 존경을 바치는 우리들의 위대하신 황제 폐하를 위하여 우리들은 분골쇄신! 충성! 충성! 충성을 다해야 할 것입니다! 제국 통일의 역사적 과업을 위하여 우리 모두 진군합시다!

사람들, 감동에 겨워 눈물을 훌쩍인다. 사람들, 도끼 앞에 서서 현수막을 내걸고 기념 촬영을 한다. 병사1, 옆으로 자리를 옮긴다. 조명 떨어지면 잘려진 백와장군의 머리가 보인다. 농부1, 괴로워 몸을 꼰다.

병사1　(변사처럼) 비극적인 배신자의 말로!

사람들, 경멸하여 침을 뱉는다. 병사1, 옆으로 자리를 옮긴다. 태황제의 지팡이가 보인다.

병사1　(물끄러미 보다가) 묵념.

사람들, 묵념한다. 농부1, 얼굴이 창백하다.

병사1 (감동하여) 위대한 암흑전설의 영웅이시며, 친애하는 제국의 지
도자이신 황제 폐하께서 우리의 불공대천지원수(不共戴天之怨讐)
포톤의 도끼를 빼앗으신 그 영광된 자리! 역사에 길이 남을 제
국 통일의 선봉! (숨을 고르고) 어둠의 요새로 가보겠습니다.

병사1, 인솔하여 나가려는데 농부1, 도저히 못 참겠는지 번쩍 손을 든다. 일
동, 그를 주목한다.

농부1 (가까스로) 저어 -.

사람들 매섭게 쏘아본다. 농부1, 슬금슬금 눈치를 보다 손을 내린다. 병사1,
인솔하여 나간다. 농부1, 바지춤을 움켜잡고 비틀비틀 따라 나간다.

제 5 장

자막 / 게임 5 단계
임무 : 제국을 통일하라

어둠 속에 잠겨 있던 무대, 서서히 밝아진다. 청와장군, 팔짱을 끼고 자신만
만하여 좌중을 바라보고 있다. 군사, 무대 구석에 꾸부정 서 있다. 병사2, 3,
4는 각기 창, 도끼, 갈고리를 들었다. 건들거리며 삐딱하게 서 있는 모습이
군인이라기보다는 불량배 같다.
남자의 방에 조명이 들어온다. 책상 위에 거울이 놓여져 있다. 남자는 거울을
보며 무엇인가를 열심히 매만지고 있다. 거울에 가려서 남자의 모습이 제대

로 보이지 않는다.

완장을 찬 병사1, 급히 들어온다. 절도 있게 부동자세로 선다. 병사들, 병사1을 물끄러미 바라본다. 병사1, 머쓱하여 완장을 벗어 던지고 그들처럼 삐딱하게 선다. 잠시 침묵이 흐른다. 사람들, 남자가 말이 없자 고개를 돌려본다.

남자 (거울 뒤에서) 시작해.

마법사가 들어온다. 무대 앞쪽에 경계를 서고 있는 적군들의 모습이 보인다. 마법사의 비상등이 켜진다.

마법사 (기를 모으듯 손을 움직이며) 위대한 마법의 신 오르가여! 정의의 수호자 오르가여! 그대의 마법으로 빛의 제국을 수호하소서! 그대의 검으로 암흑의 군단을 몰아내소서! 세라폰테모 세라폰테모! 태양의 병사가 되어라! 세라폰테모 세라폰테모! 빛의 병사가 되어라!

청명한 종소리가 들리면서, 적군1의 비상등이 켜진다.

적군1 (돌연) 황제 폐하, 만세!

적군들, 깜짝 놀라 그를 본다. 적군1, 칼을 빼어들어 공격을 한다. 적군들, 속수무책으로 공격을 받는다. 적군들, 혼비백산해 도망친다. 적군1, 살기가 등등하여 적군을 찾는다. 적군들, 숫자가 곱절이 되어 몰려온다. 적군1과 칼싸움을 벌인다. 그러나 수적으로 열세인 적군1, 적군들의 공격에 쓰러진다.

마법사 (그 광경을 지켜보다가, 서둘러) 성스런 태양의 지배자여! 그대의 불길로 어둠의 영혼을 태우소서! 영혼을 지배하는 천상의 주인이

여! 저승의 문을 열어 어둠의 영혼을 가두소서! 트라스타 파이드로! 변신하라, 변신하라. 트라스타 파이드로! 돼지가 되어라!

순간, 무대 앞쪽의 조명이 꺼진다. 돼지가 울어 대는 소리가 요란하게 들려온다.

청와장군 (남자를 향해) 사냥을 하실 시간입니다.

병사들의 비상등이 켜진다. 병사들, 어슬렁거리며 나간다. 남자가 거울을 치우고 얼굴을 보인다. 머리를 새하얗게 물을 들였다. 청와장군과 군사, 다소 충격에 젖은 듯 그를 바라본다. 나폴레옹의 초상화가 걸려 있던 곳에 남자의 사진이 걸려 있다. 남자, 사람들의 시선에 대수롭지 않다는 듯 담배를 피워 문다. 도살당하는 돼지들의 울음소리가 시끄럽게 들려온다.

청와장군 (자신만만하여) 포톤의 정예부대가 제거되면, 포톤은 이제 한낱 허수아비에 불과합니다.
군사 하지만 아직 안심을 하기엔 이릅니다. 정예부대가 사라졌다 해도 포톤에겐 아직도 많은 수의 군사가 있습니다. 승기를 잡았다하여 자만하면 낭패를 보기 십상입니다.
남자 (조용히 듣고 있다가) 니 문제가 뭔 줄 알아?
군사 ……?
남자 너무 소심해. 계집아이처럼. 너무 앞뒤 재는 게 많아.

돼지의 울음소리가 멈춘다. 무대, 앞쪽에 병사들의 모습이 보인다. 그들의 무기와 손에는 피가 흥건히 묻어 있다. 남자, 천천히 일어나 먼발치를 내다본다.

남자   (천천히 손을 들어 보이며 황제의 위엄으로) 승리하라!

         진군을 명령하는 뿔 나팔 소리, 병사들의 비상등이 켜진다. 병사들, 나간다.
         군사, 망원경으로 좌중을 살핀다. 연이어 들려오는 칼싸움 소리와 뿔 나팔 소
         리가 거칠 것 없는 남자의 승리를 알린다. 군사, 눈앞에 펼쳐지는 광경이 두
         렵다.

군사   (참을 수 없어) 우리의 군사들은 승리를 거듭하며 진군을 하고 있
         고, 저들은 두려움에 감히 대적치를 못하고 있습니다. 지금 우
         리들의 군사들은 군인이든 민간인이든 할 것 없이 눈에 보이는
         것은 닥치는 대로 모조리 죽이고 있습니다. 이미 승기를 잡은
         마당에 이런 무차별한 공격은 결코 득 될 것이 없습니다. 오히
         려 점령지 백성들의 반감을 사 제국 통일의 과업에 화가 될까
         심려되옵니다.
청와장군   전시 상황이오. 무슨 수로 군인과 민간인을 구분한단 말이오.
군사   (어이가 없어) 칼하고 삽도 구분을 못한단 말씀이오. 점령지의 백
         성도 우리의 백성이오.
청와장군   반란이나 일삼을 무리들을 굳이 살려둘 필요가 있겠소?
군사   그렇다고 모조리 죽이자는 말씀이오! 이건 학살이외다!
남자   그만.

         일동, 입을 다문다.

남자   전쟁의 목적은 죽이는 게 아니라 승리하는 데 있어.
군사   지당하신 말씀이십니다!
남자   적이라고 해도 생명은 존중해야 돼. 그래서 제네바 조약도 있
         는 거야.

군사   (기대에 차서) 그렇습니다.!

남자   (냉정하여) 하지만 복종하지 않는다면 어쩔 수 없어. 복종하지 않는다면 파멸할 수밖에.

군사, 침울하여 입을 다문다.

청와장군   제국 통일은 시간문제일 뿐입니다. 이제 마지막 대사를 준비하실 때가 되셨습니다.

남자   ……?

청와장군   황제가 있으면 황후가 있어야 하는 법입니다. 황후를 맞이하여 제국의 번영을 기약하소서.

남자   (무슨 말인가 하다가) 결혼?!

군사   (당혹감에) 지, 지금 무슨 말씀을 하시는 거요? 겨, 결혼이라니! 결혼이란 항목은 설명서 어디를 뒤져봐도 없소이다.

청와장군   이미 규칙은 깨졌소. 폐하의 뜻이 곧 우리의 규칙이오.

군사   (두려움에) 폐, 폐하. 이건 아니 될 말입니다. 결혼이라니요. 숙고하여 주소서!

남자   (짜증스러워) 조용히 좀 해 봐!

남자, 생각에 잠겨 서성인다.

남자   결혼이라 …… 결혼 …… 아랑 …… 아랑하고 …… 나하고 …… . (사이) 결혼을 해본 적은 없지만, 내 친구 중엔 결혼해서 애까지 난 애도 있어. 이 나이면 이상할 것도 없지. 한 번쯤 해본다고 나쁠 것도 없을 거야, 그렇지?

청와장군   아랑을 생각하십니까?

남자, 쑥스러움에 얼굴이 상기된다.

남자 (애써 위엄있게) 일리가 있는 말이야. 황제만 있는 제국은 여태 보질 못했으니까. 너희의 뜻을 받아들이마. 국혼을 준비해라.

군사, 충격에 젖어 멍하니 남자를 바라본다. 청와장군의 입가에 정체 모를 미소가 떠오른다.

청와장군 (군사에게) 지금 바로 성대한 결혼식을 준비하시오.

군사, 머뭇머뭇 나간다.

청와장군 아랑을 부르겠습니다.

청와장군, 나간다. 남자, 들뜬 기분으로 거울을 보며 머리를 빗는다. 옷맵시를 살펴본다. 잠시 후, 청와장군 아랑을 데리고 들어온다. 청와장군, 자리를 비켜 준다. 무희, 남자의 새하얀 머리에 잠시 멈칫한다.

남자 (낭독하듯) 그 날이 오면 나는 머리를 하얗게 물들이고 눈이 부시도록 아름다운 이 길을 걸으리라. 혁명처럼 타오르는 열정과 용기로 나를 해방시키고 이 멋진 세상을 사랑하리라. (신이 나서) 정말 이 세상은 아름답고 멋있어. 이제야 새삼 깨닫지만……. (머리를 좌우로 돌려 보이며) 어때?

무희 (말없이 바라보다가) 축하해요.

남자 오늘은 기쁜 날이야. 마침내 제국의 통일이 이루어지는 날이니까.

무희 (냉랭하여) 게임이 끝나는 날이군요.

잠시.

남자 가끔씩 너도 그 여자처럼 차가울 때가 있어. (사이, 상념에 젖어) 그 여잔 내 앞에서 울지 않았지. 난 그 여자 앞에서 울었지만 ……. 난 그 여자를 생각하면서 편지를 썼어. 아주 많이. 하지만 한 통도 보내지 않았어. (진지하여) 편지를 보냈다면 떠나지 않았을까? 아니, 그런다고 변하는 건 없었을 거야. 내가 비집고 들어갈 틈이라곤 없는 여자였으니까. (피식 웃으며) 그 여자한테 난 많은 남자 중의 하나였을 뿐이니까……. (돌연 유쾌하여) 널 용서하기로 했어.

무희 (영문을 몰라) 날 용서해요?

남자 그래.

무희 대체 뭘 용서한다는 거죠?

남자 너의…….

남자의 말을 끊으며 전화벨이 울린다. 남자, 수화기를 든다.

남자 (대뜸) 이따가 해.

남자, 전화를 끊는다.

남자 니가 남자랑 잠을 잤지만, 하긴 자의보단 타의였겠지만, 어쨌든 너의 죄를 용서했어. 황제의 자비로 말이야.

다시 전화벨이 울려 댄다. 남자, 신경질적으로 수화기를 낚아챈다.

남자 이따가 하라고 했잖아? (타이르며) 그 정도는 혼자 할 수 있잖아?

바쁜 건 알지만, 그 정도 자료면 백과사전을 찾아보면 금방 나올 거야. 아니면 인터넷 검색을 해보던가. (사이, 냉랭하여) 지금은 바빠. (수화기에서 욕설이 들려오는지 얼굴이 굳어진다. 돌연) 이 빌어먹을 자식아! 니 쓰레기 같은 글 나부랭이를 쓰려면 니가 직접 찾아 써! 내가 언제까지 니 뒤치다꺼리나 해줘야 돼! 내 말 똑바로 들어. 넌 삼류야. 죽었다 깨어나도 내 반의반도 못 쫓아와! 알았어! 빌어먹을 자식아!

남자, 부수어 버릴 듯 수화기를 놓는다. 여자, 흠칫 놀라 물러선다.

남자 어디까지 했지? (기억을 되살리며) 내가 널 용서했으니까 이젠 새롭게 시작하는 거야.

무희 ……무슨 말을 하는 거예요?

남자 우리의 미래에 대해서 하는 말이야. 결혼에 대해서.

무희 ……!

남자 황제가 있으면 마땅히 황후가 있어야 하는 법이야.

무희, 충격과 당혹감에 말을 잃는다. 군사, 들어온다.

군사 (내심 안 내키어) 결혼식 준비가 끝났습니다.

무희 결, 결혼은 규칙에 없는 거예요.

남자 (게임 설명서를 들어 보이며) 제국의 역사, 영웅의 탄생, 암호 목록……, 너희들이 성경처럼 떠받드는 이 얘기들은 이제 다 내 머릿속에 들어있어. 모두 외웠어. (내던지며) 우리들한텐 새로운 규칙이 필요해. 제국의 규칙.

무희 (어이가 없어) 이건 게임일 뿐이에요.

남자 아니. 게임이 아니라 나의 역사야. (유쾌하여) 새로운 나의 역사!

잠시 침묵이 흐른다.

무희 (슬픔에 젖어) 처음엔 난 당신을 좋아했어요. 어눌하고 슬픈 모습이었지만 그 안에서 순수함을 봤으니까요. 그 다음엔 안타까웠어요. 당신의 세상에서 자리를 찾지 못하는 모습이 애처롭고 가슴 아팠죠. 그런데 이제보니 당신은 미치광이에요.

남자 ……뭐?

무희 주위를 둘러봐요. 당신의 눈으로 똑바로 봐요. 뭐가 진짜고 가짜인지 현실이고 허구인지 당신의 눈으로 보라고요!

남자 (타이르며) 황제한테 그런 말버릇은 쓰는 게 아니야.

무희 황제라고요? 당신은 도망자일 뿐이에요. 저 밖의 세상에서 도망쳐왔을 뿐이라고요.

남자 (자신의 사진을 가리키며) 난 암흑전설의 영웅이다! 이 세상의 위대한 황제야!

무희 제발 꿈에서 깨요!

남자, 무희의 눈빛에 싸늘해진다.

남자 너의 그런 눈빛을 난 누구보다 잘 알지. 너무나 익숙해 있었으니까. 경멸과 무시, 비웃음, 비아냥, 하찮게 내려다보는 그 눈빛. (사이) 난 변했어. 혁명처럼 타오르는 열정과 용기로 마침내 날 해방시켰지. 내가 꿈꾸던 것처럼 말이야. 긍정적이고 진취적이고 남자답게! 활기차고 과감하고 늠름하게! (광기 어려) 이젠 누구도 그런 눈빛으로 날 봐서는 안 돼! 우러러 찬미하는 눈빛으로 존경과 경외의 마음으로 날 봐야 돼! 난 이 세상의 주인이며 지배자니까! 너희의 생사화복을 주관하는 절대자니까! 아무도 거역치 못할 위대한 정복자니까!

남자, 광기에 쏘여 부르르 몸을 떤다. 무희, 그런 남자의 모습에 연민과 두려움, 벗어날 수 없는 절망감을 느낀다.

남자 (싸늘히 보다가) 너의 무례함은 용서할 수가 없어. (선고하듯) 너한테 합당한 벌을 내리겠다. 매맞는 아이를 불러라.

아낙, 들어온다. 잔뜩 겁을 먹고 몸을 사린다.

남자 법은 누구에게나 공정해야 돼. 설사 내 아내가 될 여자라고 해도.

청와장군, 들어온다. 아낙의 비상등이 켜진다. 아낙, 무대 중앙으로 간다. 아낙의 얼굴에 두려움이 몰려온다. 청와장군의 비상등이 켜진다. 청와장군, 칼을 빼어들고 아낙에게 다가간다. 무희, 앞으로 일어날 일을 직감한 듯 공포에 사로잡힌다.

아낙 (두려움에 떨며) 대원수님, 왜, 왜 그러세요?

청와장군, 칼을 치켜든다. 아낙의 오른팔을 자른다. 비명소리. 사방에 피가 튄다.

무희 (오열하며) 안 돼!

무희, 아낙에게 달려간다. 무희의 비상등이 켜진다. 무희, 제자리에서 움직일 수가 없다. 무희의 저항 강렬하다. 남자의 명령과 충돌한다. 움직이지 못하는 무희의 몸이 부서질 듯 떨린다.

아낙　(고통에 일그러져) 사, 살려주세요, 아씨.

청와장군, 칼을 치켜든다. 아낙의 왼팔을 자른다.

무희　(절규하여) 제발!

청와장군, 아낙의 심장을 찌른다. 남자, 무심히 그 광경을 지켜본다. 무희, 넋을 잃고 멍하니 쓰러진 아낙을 본다. 무희의 비상등이 꺼진다. 무희, 풀썩 쓰러진다.

남자　(무희에게, 근엄하여) 벌을 받았으니 황제의 자비로 너의 죄를 용서한다. (태연하여 박수를 치며) 이제 시작해야지.

군사, 망연자실한 무희를 데리고 나간다. 청와장군, 아낙의 시체를 치운다. 흥겨운 음악이 연주된다. 무대에 화려한 잔칫상이 차려진다. 샹들리에가 드리운 것처럼 무대에 환한 빛이 쏟아진다. 병사들, 게걸스럽게 음식을 주워 먹는다. 사람들, 하객이 되어 무대에 정렬한다. 지켜보는 남자, 흥겹다.

남자　(문득) 아참, 사회자가 있어야지.

눈치를 보던 군사, 앞으로 나온다.

군사　(좀체 내키지 않아 머뭇거리며) 이제부터 황제 폐하와 제국의 무희 아랑의 결혼식을 시작하겠습니다.

사람들, 박수를 친다. 병사들, 환호한다.

군사 (힘없이) 신부 입장.

남자, 설레는 마음으로 무희를 기다린다. 돌연, 먹구름이 몰려오는 것처럼 무대가 어두워진다. 뿔 나팔 소리가 들려온다. 적군의 공격 나팔 소리다. 무대의 양옆에서 적군들이 들이닥친다. 사람들, 우왕좌왕 무대는 아수라장이 된다. 압도적으로 많은 적군의 숫자에 병사들 역부족이다. 포톤, 들어온다.

포톤 (벼락처럼) 너의 목을 가지러 왔다!

청와장군, 칼을 빼어들어 나서지만 남자, 손을 들어 물러서게 한다.

남자 내 목을 가지러 왔다고? 도끼도 없이?
포톤 이 손으로 니 목을 비틀어주마!
남자 (태연하여) 어쨌든 내 결혼식에 와주다니 고마워.
포톤 세상의 규칙을 깨고 피에 굶주려 칼을 휘두르는 너야말로 악의 화신이다! 이 세상을 어둠 속에 가둬버린 악의 화신이야! 니놈을 죽여 세상을 바로 잡으마!
남자 악의 화신? (재미있다는 듯 웃으며) 난 암흑전설의 영웅이야.
포톤 암흑전설의 영웅? 너 같은 패륜아가!

남자, 낯빛 돌변하여 웃음을 멈춘다.

남자 이제 클라이막스군. 마침내 최후의 결전이 온 거야.

남자, 침착하여 의자에 앉는다.

남자 (살기 어려) 넌 여기서 죽는다.

포톤　　(격분하여) 죽여라 –!

최후의 결전. 게임의 테마곡이 무대를 흐른다. 남자, 능숙하게 손을 놀려 키보드와 마우스를 조작한다.

남자　　방패!

농부1, 2, 3의 비상등이 켜진다. 그들의 얼굴이 두려움에 일그러진다. 농부들, 병사들을 둘러싼다. 적군의 칼날이 무섭게 날아든다. 농부들이 방패처럼 칼날을 막는다. 그들의 몸이 칼에 찢겨 나간다. 뒤에 숨은 병사들이 공격을 한다. 압도적으로 많던 적군들, 변칙적인 병사들의 공격에 조금씩 숫자가 줄어든다. 농부들 쓰러진다.

남자　　(바삐 손을 움직이며) 변신!

마법사의 비상등이 켜진다. 마법사, 겁에 질려 주춤주춤 포톤에게 다가간다.

마법사　　(기를 모으듯 손을 움직이며) 트라스타 파이드로. 변신하라, 변신하라. 트라스타 파이드로.

포톤, 무방비로 다가오는 마법사를 단칼에 쓰러뜨린다.

남자　　이런, 빌어먹을!

아군들, 적군에 밀리기 시작한다. 남자, 불리한 기세에 안절부절이다. 격렬한 칼싸움이 벌어진다. 병사1, 2가 쓰러진다. 남자, 기겁하여 키보드를 누른다.

소리　　게임을 일시 정지합니다.

사람들, 굳은 듯 멈추어 선다. 남자, 두려운 기색 역력하여 생각에 잠긴다. 신중하여 작전을 짜던 남자, 결정을 한 듯 키보드를 누른다.

소리　　게임을 진행합니다.

다시 결전이 벌어진다. 남자, 바삐 손을 움직여 키보드와 마우스를 조작한다. 군사의 비상등이 켜진다.

군사　　(두려움에) 저, 저도요?
남자　　(발악하여) 돌격 —!

군사, 사색이 되어 적군을 향해 달려간다. 그를 방패 삼아 청와장군과 병사들이 뒤따른다. 적군들, 돌격해 오는 아군에 밀려 뒤로 밀리기 시작한다. 포톤, 무서운 기세에 주춤주춤 뒤로 물러선다. 군사의 몸이 적군의 칼날에 찢긴다. 아군의 칼이 적군을 유린한다. 병사3이 쓰러진다. 병사4가 쓰러진다. 마침내 군사가 쓰러지고 뒤에 몸을 감추었던 청와장군 화살처럼 적을 향해 돌진한다. 게임의 테마곡, 귀를 찢을 듯 절정을 향해 내달린다. 포톤, 기겁을 하고 도망친다. 살아남은 적군들, 도망친다. 청와장군, 함성을 내지르며 뒤쫓는다. 잘려진 적군들의 몸뚱어리가 무대로 쏟아져 들어온다. 클라이맥스.

무대를 뒤덮던 음악, 서서히 사그라진다. 남자, 그제서야 안도의 한숨을 내쉬며 평정을 되찾는다. 남자, 격정을 달래듯 눈을 감는다.

전화벨이 침묵을 깨며 울린다. 남자, 깜짝 놀라 눈을 뜬다. 남자, 무심히 울려대는 전화벨 소리를 듣는다. 재촉하듯 쉬지 않고 울리는 전화벨 소리. 남자, 전화선을 자른다. 다시 침묵 속에 빠져든다.

무희가 들어온다. 그녀는 웨딩드레스를 입고 있다.

남자   (무희를 보고) 이겼어. 내가 이겼어…….

무희   (시체가 널브러져 있는 무대를 찬찬히 둘러보며) 다 죽었군요. 모두 다
       …….

남자   아니야. 넌 살아 있잖아? 청와도 있고. (애써 자신감을 보이며) 이제
       부터 시작이야. 통일된 제국은 정말 방대하지. 할 일도 많고.
       먼저 세금을 내릴 거야. 노동 시간도 줄이고. 그래야 민심을 얻
       거든. 반란은 미연에 방지를 해야지. 현명한 황제는 백성을 챙
       길 줄 알아야 돼. 제국의 법전도 만들어야 되고, 군사도 정비하
       고, 또……. (환하게 웃으며) 제국의 황후도 맞아들여야지.

무희, 품속에서 조그마한 병을 꺼낸다. 남자, 무희의 행동을 말없이 지켜본다.
돌연, 경고음이 요란하게 울리기 시작한다.

소리   경고합니다. 바이러스가 감지되었습니다. 경고합니다. 바이러
       스가 감지되었습니다.

무희   이 병을 열면 당신의 컴퓨터는 바이러스에 감염될 거예요.

남자   뭐?

무희   모든 데이터가 지워질 거예요. (사이) 당신이 남겨 놓은 모든 기
       록이 사라질 거예요.

남자   ……!

무희   이 미친 왕국도 사라질 거예요.

남자   (믿기지 않아) 뭐, 뭐하는 거야? 바이러스에 감염되면 너도 죽어
       …….

무희   당신도 죽어가고 있어요. 그걸 모르겠어요?

남자   내, 내가? (어이가 없어) 넌 지친 거야. 전쟁은 벅찬 일이지. 이젠
       다 끝났어.

무희   (애잔하여) 이제 돌아가요. 0과 1, 그 너머의 무언가가 있는 세상

으로……. 태초에 오염되지 않은 에덴동산처럼 모든 게 지워진 컴퓨터 안에 다시 기록을 해요. 당신을 아프게 했던 상처를 잊고 새 역사를 써요.

남자　(두려움에 떨며) 그, 그러지 마! 이겼어. 내가 이겼어! 제국을 통일했다고!

무희　당신이 꿈꾸는 그 날이 오길 바래요. 아름다운 길을 걸으며 멋진 세상을 사랑할 수 있기를요.

남자　(발악하여) 명령이야! 당장 집어치워! 황제로서 명령한다!

무희　다시는 이 어두운 세상, 암흑전설 속으로 들어오지 말아요.

무희, 눈을 감으며 천천히 병의 뚜껑을 열기 시작한다. 남자, 안절부절 마우스를 클릭한다. 그러나 무희의 비상등이 켜지지 않는다.

소리　무희의 충성도가 70퍼센트 하락했습니다. 현재 충성도는 10퍼센트입니다.

소리　경고합니다. 바이러스가 감지되었습니다. 경고합니다. 바이러스가 감지되었습니다.

경고등이 어지럽게 점멸한다. 미친 듯이 울려대는 경고음이 무대를 집어삼킨다. 남자, 돌연 무대로 뛰어 내려온다. 칼을 들어 무희를 찌른다. 무희의 짧은 비명. 그들의 모습, 마치 정지된 화면처럼 멈춘다. 무희, 남자를 본다. 그녀의 웨딩드레스가 피로 물든다. 미끄러지듯 천천히 쓰러진다.

경고음이 멈춘다. 차가운 적막함이 무대를 흐른다. 남자, 꿈에서 깨어나는 듯 몸을 움찔하며 맥없이 칼을 떨어뜨린다. 무희를 본다. 주위를 둘러본다. 보이는 것은 널브러진 시체들과 파괴의 잔상뿐 ……. 을씨년스러운 분위기에 남자, 주춤거린다. 재빨리 병을 줍는다. 그의 손에 무희의 피가 묻는다. 흠칫 놀라 피를 닦는다. 따뜻하다. 자기와 똑같은 피. 사람의 피다. 순간 남자의 얼굴

에 걷잡을 수 없는 공포가 밀려온다. 무희의 얼굴을 만져본다. 머리카락을 만
져본다. 냄새를 맡아본다. 사람이다. 남자, 인정할 수 없는 사실에 사납게 부
정의 근거를 찾는다. 널브러진 시체들을 확인한다. 그들도 사람이다.

남자 (악몽에서 깨어나려는 듯) 게임이야. 게임이야. 이건 게임이야. (공포
에 떨며) 이, 이젠 끝낼 거야. 재, 재미없어.

무대 앞쪽에 조명이 떨어진다. 포톤의 모습이 보인다. 포톤, 피로 흥건히 젖
었다. 이미 치명적인 상처를 입은 듯 무릎을 꿇은 채 거친 숨을 헐떡인다. 청
와장군, 모습을 보인다. 그의 머리에는 비상등이 없다. 현실 속의 살아 숨 쉬
는 존재처럼.
청와장군, 천천히 칼을 치켜든다. 문득 고개를 돌려 남자를 본다. 그의 입가
에 피식 서늘한 웃음이 지나간다. 남자, 창백하여 주춤주춤 물러선다. 청와장
군의 칼이 포톤을 향해 사나운 야수처럼 떨어진다. 무대 앞쪽, 급히 어둠 속
에 잠긴다. 남자의 방도 어둠 속에 잠긴다.
남자, 출구를 찾는다. 널브러진 시체들과 잘려진 몽뚱어리가 장애물이 되어
그의 걸음을 잡는다. 남자, 안절부절 출구를 찾지만 어디로 나가는지 찾을 수
가 없다. 조명, 차츰 어두워지며 남자를 향해 조여온다. 경쾌한 팡파르 소리,
들려온다.

자막 / 게임 5 단계 임무 완수
점수 : 9500점
게임의 테마곡이 연주된다.

자막 / 축하합니다! 모든 임무가 끝났습니다. 제국이 통일되었습니다.

사회자의 목소리가 에필로그처럼 들려온다.

목소리 (경건하여) 어둠과 혼란의 암흑전설의 시대는 마침내 정의의 검을 치켜든 영웅에 의해 그 종말을 맞이하게 되었습니다. 악의 제국은 이제 저 깊은 심연의 신화 속으로 사라졌습니다. 파멸과 악의 기운으로 뒤덮였던 세상은 움트는 생명과 창조의 신비로움으로 다시 태어났습니다. 위대한 암흑전설의 영웅, 바로 여러분이 이 새로운 세상의 주인입니다. (찬양하여) 여러분은 승리하였습니다! 여러분은 위대한 황제입니다! 빛의 제국이여, 영원하라!

출구를 찾던 남자, 마침내 이곳에는 출구가 없다는 사실을 깨닫는다. 남자, 조명 속에 갇힌다. 그의 얼굴만이 덩그러니 보인다. 쇠잔한 황제처럼 물끄러미 좌중을 바라보는 남자의 눈, 어둠 속에 잠긴다. 게임의 테마곡, 끝난다. 침묵과 어둠 속에서 마지막 자막이 뜬다.

자막 / 게임을 다시 시작하시겠습니까?

막 내린다.

갑옷을 입은 투란도트

초연 : 2002년 12월 30일~2003년 1월 9일
장소 : 문예진흥원 예술극장 대극장

극단 반도 / 연출 주요철

〈출연〉
조성희, 장성원, 주호성, 손해선, 남상백, 유승목, 홍성범, 권동렬, 박경근, 한동현, 이광수, 정대용, 박연두, 박정렬, 서민정, 문성필, 이미정, 고혜란, 고희기, 윤성열, 하재숙, 송수영, 전세근, 김한백, 이호, 서광표, 이수진, 강민성, 전은성, 김응태

〈스태프〉
조명 · 최형오 / 의상 · 장인우 / 안무 · 박성찬 / 분장, 소품 · 강대영 / 분장 · 김선희 / 음악 · 김태근 / 무대감독 · 김지훈 / 조연출 · 김경환 / 그래픽다자인 · 홍성진 / 총기획 · 이봉규 / 기획 · 이영주 / 홍보, 마케팅 · 박세연, 안주영, 모성혁

〈등장인물〉

  투란도트
  왕자(거타지)
  대왕
  제사장
  4대신(水神, 地神, 火神, 風神)
  학자 1, 2, 3, 4
  대신 1, 2, 3
  구혼자의 형(이국의 왕자)
  해적 1, 2, 3
  장군
  병사 1, 2
  궁녀
  무관
  – 그 외 사람들. 주요 인물이 아니라면 일인 다역도 무방하다.

〈무대〉

무대의 뒤쪽에는 무대의 양쪽 가를 가로지르는 철골이 놓여 있다. 얼핏 보아서는 성벽을 연상시킨다. 철골의 가운데 부분은 평평한 단이 놓여 있다. 그곳은 극이 진행되면서 투란도트의 언덕, 대왕의 침실, 거단의 묘소 등 여러 장소로 사용된다. 철골의 양쪽 모서리에는 가운데의 단보다 높게 되어 있으며, 왼쪽 모서리에는 커다란 징이 놓여 있다. 징은 극의 진행에 따라 이동이 가능하여야 한다. 무대의 한쪽 가에는 철골의 단 위로 올라갈 수 있는 계단이 놓여 있으며 철골의 가운데에는 성문처럼 입구가 있다.

철골의 뒤쪽에는 철탑을 상징하는 높은 사다리가 세워져 있다. 이 사다리 또한 철골로 만들어져 있고 사람들이 실제로 사다리에 매달릴 수 있어야 한다. 극이 시작될 때 이 사다리는 막에 가려져 있고 2장에서 모습을 보이게 된다. 또한 사다리를 가리고 있는 막에는 영상이 투영될 수 있어야 한다.

무대가 허락한다면 무대의 한쪽이나 양쪽 가에 북을 놓아도 무방하다. 작품에서 북소리는 매우 중요한 요소이므로 연주자가 등장하여 북을 직접 치는 것도 좋을 것이다.

제 1 장

동이 트기 전, 새벽의 어둠이 가시지 않은 시간. 천제(天祭)의 시작을 알리는 종소리가 들려온다. 잠시 후, 정적을 깨며 들려오는 제사장의 옴(Om) 소리. 이 소리는 흡사 뿔 나팔의 소리처럼 끊어짐이 없이 연속적으로 들려온다. 제사장의 옴 소리는 더욱 경건한 분위기를 만들며 반복된다. 무대가 서서히 어둠 속에서 제 모습을 모인다. 무대의 앞쪽에는 사람들이 둥글게 원을 그리며 엎드려 있다. 그 가운데에 서 있는 제사장.

제사장 (길게 끊임없이) 오 – 오 – 오 – 오 – ㅁ – 옴 – 옴 – 옴 – .

제사장, 이번에는 훔(Hum)소리를 낸다. 이 또한 '옴' 소리처럼 끊어짐이 없이 연속적으로 들려온다. 사람들, 앞과 같이 '훔' 소리를 따라 낸다. 제사장, 어느 순간 소리를 멈춘다. 정적 속에서 들려오는 북소리. 짧게 끊겨 들려오는 북소리는 차츰 분위기를 고조시키듯 빠른 리듬을 탄다. 제사장, 그 북소리에 호응하듯 움직이기 시작한다. 그것은 접신(接神)이다. 그 움직임은 새가 알을 깨고 나와 날갯짓을 하는 움직임이다.

사람들, '옴' 소리를 내며 서서히 고개를 들어 제사장을 바라본다. 사람들, 제사장의 움직임이 끝날 때까지 소리를 멈추지 않는다. 그들의 소리 또한 제사장의 소리처럼 끊어짐이 없이 연속적으로 들려온다. 하늘을 비상하는 제사장의 날갯짓은 어느 순간 서서히 느려지기 시작한다. 강렬한 불꽃에 피할 곳을 못 찾고 허공을 헤매는 것처럼 제사장은 괴롭게 날갯짓을 한다. 제사장, 곤두박질을 치는 새처럼 날개를 가까스로 퍼덕이며 몸을 낮춘다. 사람들, 소리를 멈추고 고개를 숙인다.

제사장 (음률을 갖고 노래를 하듯) 하늘의 신 땅의 신 물의 신 불의 신 바람의 신 모든 신들이시여 우리들을 굽어살피소서.

사람들　굽어살피소서.

제사장　지극정성으로 예를 올리나니 모든 신들이시여 자비를 베푸
소서.

사람들　자비를 베푸소서.

제사장　하늘에는 하나의 태양 땅에는 하나의 임금 세상 만물의 이치대
로 흘러가게 하소서.

사람들　하나의 태양 하나의 태양 하나의 태양.

제사장　하나의 태양만을 주시옵소서.

사람들　하나의 태양 하나의 태양 하나의 태양.

제사장, 하늘을 향해 절을 올린다. 사람들, '옴'과 '훔'을 반복하여 소리를 내
기 시작한다. 북소리가 호응하듯 들려온다. 북소리, 점차 분위기를 고조시키
며 점점 빠르고 크게 들려오기 시작한다. 제사장의 절 또한 북소리에 맞춰 빠
르게 진행된다. 북소리와 사람들의 소리는 관객들을 깊은 최면상태로 몰아넣
듯 쉼 없이 이어진다.

무대 뒤쪽으로 어렴풋이 사람들의 그림자가 보인다. 두 사람이 검을 들고 싸
우고 있는 모습이다. 어느 한쪽에 치우치지 않는 팽팽한 접전이 벌어진다. 그
들의 그림자는 제천의식이 막바지로 치달으면서 더욱 뚜렷이 보인다. 그리고
어느 순간, 그림자로 보이던 사람들 뚜렷이 제 모습을 보인다. 갑옷과 투구를
입은 두 사람. 투란도트와 그녀에게 구혼을 하기 위해 찾아온 이국의 왕자이
다. 그들의 결투 또한 무대의 천제처럼 막바지로 향한다.

먼발치에서 동이 트듯 여명이 밝아온다. 사람들, 고개를 들어 하늘을 바라본
다. 그들의 얼굴에는 희망과 공포가 교차한다. 그들의 시선은 한편으로는 검
을 들고 결투를 벌이고 있는 투란도트와 왕자를 보고 있는 것처럼 느껴지기
도 한다.

격렬하게 결투를 벌이던 두 사람. 마침내 승부가 갈린다. 투란도트의 검이 왕

자의 검을 멀리 날려버린다. 왕자, 숨을 가쁘게 몰아쉬며 투란도트 앞에 풀썩 무릎을 꿇는다. 투란도트, 왕자 앞에 다가선다. 왕자, 자비를 구하듯 투란도트를 바라본다. 투란도트, 검을 치켜든다. 사람들, 억제할 수 없는 충동에 모두 몸을 일으켜 떠오르는 태양을 지켜본다. 절을 하던 제사장, 깊은숨을 내쉬며 쓰러진다. 북소리, 최고조에 이른다. 투란도트의 칼이 왕자의 목을 향해 떨어진다. 왕자의 피가 하늘로 번지기라도 한 것처럼 하늘이 붉게 물들며 두 개의 태양이 떠오른다. 사람들, 태양의 강렬한 열기에 비명을 지르며 혼비백산하여 도망친다. 북소리, 멈춘다. 정적만이 무대를 흐른다. 투란도트, 쓰러진 왕자 앞에 한쪽 무릎을 꿇으며 앉는다.

투란도트 날 원망하지 말아요. 당신이 선택한 거니까.

투란도트, 왕자의 머리를 자른다. 투란도트, 잘려진 왕자의 머리를 한 손에 들고 일어선다. 왕자의 머리를 든 채 정면을 응시하는 투란도트. 무대, 어둠 속에 잠긴다.

제 2 장

1장에서 이어지는 어둠과 정적을 몰아내며 사람들의 노동을 고취시키는 기합(氣合) 소리가 강렬히 들려온다. 기합 소리 사이로 날카로운 채찍 소리가 들려온다. 반복되어 들려오는 이 소리들은 마치 거대한 기계의 기계음을 연상시킨다.
무대의 뒤쪽 막이 서서히 걷어 올려지면서 하늘을 향해 쌓아 올린 철탑의 모습이 보인다. 철탑은 사다리처럼 생긴 모습으로 무대의 천장까지 닿아있다.

어떤 사람들은 사다리에 매달려 있고, 또 어떤 사람은 간신히 몸을 지탱하며 사다리를 오르고 있다. 사다리에 매달려 공사를 하고 있는 사람들은 뜨거운 열기와 끝없는 노동으로 괴로운 얼굴들이다. 무대 앞쪽에는 커다란 돌을 나르는 사람들의 모습이 보인다. 그들은 금세라도 쓰러질 것처럼 간신히 걸음을 옮긴다. 무관, 채찍을 들고 그들을 날카롭게 주시한다.

무관 (사람들이 쓰러지자 채찍을 휘두르며) 쓰러지지 마라! (채찍을 휘두르며) 멈추지 마라! (채찍을 휘두르며) 옮겨라! 계속 옮겨라!

무관의 채찍질에 사람들, 가까스로 몸을 일으켜 돌을 옮긴다.
단상으로 대왕과 대신들이 들어온다. 커다란 부채를 든 궁녀들, 급한 걸음으로 왕을 쫓는다. 대왕, 단상 위에 서서 철탑을 바라본다. 대신들은 한 몸처럼 걸음걸이, 손짓, 고갯짓 등이 똑같이 움직인다.

대왕 (손으로 차양을 만들어 철탑을 보다가) 얼마를 더 기다려야 하나? 언제야 하늘에 닿겠는가?

대신1 앞으로 절반만 더 쌓으면 됩니다.

대왕 절반이라구?

대신 일동 그렇습니다.

대왕 어제도 절반이라고 했고, 그제도 절반이라고 했다. 일주일 전에도, 한 달 전에도! 근데 오늘도 절반이 남았다고?

대신 일동 (난처한 듯) 분명히 그렇게 아뢰었습니다만, 그것이 사실입니다.

대왕 (분노하여) 농을 하는가!

대신1, 대왕의 눈치를 슬금슬금 살피다가 두 손으로 공손히 탑을 가리킨다.

대신1 (손을 움직여가며, 대신2, 3도 대신1을 따라한다) 저렇게 탑을 한 치 쌓아 올리면 하늘은 한 치 더 높아지는 것 같고.

대신2　두 치를 쌓아 올리면 두 치가 더 높아지는 것 같습니다.

대신3　탑이 높아질수록 하늘도 높아지니 늘 절반이 부족한 겁니다.

대신1　(대왕의 표정이 어두워지자) 하지만 제아무리 하늘이라고 해도 이렇게 쌓고 쌓으면 반드시 도달할 수 있을 겁니다.

대신2, 3　그렇게 되면!

대신1　대왕 마마의 근심이 일순간에 사라지는 겁니다!

대왕　(묵묵히 듣고 있다가) 만에 하나 저 탑이 하늘에 오르지 못한다면, 이 나라는 멸망하고 말 것이오.

대신1　반드시 성공할 겁니다. (무관을 향해) 서둘러라!

대신2, 3　(사람들을 향해) 서둘러라! 급히 급히 서둘러라! 쉬지 말고 서둘러라!

무관, 날카롭게 채찍을 휘두른다. 다시 기계가 작동하듯 기합(氣合) 소리와 날카로운 채찍 소리가 들려온다. 대왕과 대신, 궁녀들, 철골 아래로 내려온다. 대왕, 죽을힘을 다해 가까스로 일을 하는 사람들을 차마 보지 못 하고 고개를 돌린다. 대왕, 깊은 근심에 잠겨 무겁게 고개를 젓는다. 잠시 철탑을 바라보던 대왕, 나간다. 사람들 뒤따른다.

무대를 울리는 기합 소리와 채찍 소리 최고조에 이른다. 얼마 후 소리 줄어들며 조명 어두워진다. 무대 뒤쪽의 철탑만이 보인다. 일을 하던 사람들, 모두 빠져나가며 무대 정리된다.

철골의 한쪽 가에 앉아 있는 투란도트의 모습이 실루엣으로 보인다. 갑옷과 투구를 쓰고 한 쪽에는 장검(長劍)을 들고 있다. 투란도트, 누군가를 기다리고 있는 것처럼 한 틈의 미동도 없이 앉아 있다.

잠시 후, 오케스트라 피트에서 무대 앞쪽을 향해 둥글게 펼쳐진 대나무 양산들이 모습을 보인다. 양산들이 무대로 올라온다. 그 뒤쪽에 숨은 학지들은 얼굴을 보이지 않으려는 듯 조심스럽다. 무대 위로 올라온 학자들은 양산을 오른쪽, 왼쪽으로 돌려 보이기도 하며 목을 숨긴 거북이처럼 양산 뒤에 숨어 주위를 살핀다. 학자들의 분위기들은 다분히 희화적으로 장검을 바닥에 세운 채 앉아 있는 투란도트의 분위기와 확연히 구분된다.

(무대가 허락하지 않는다면 오케스트라 피트 외에 다른 출입구를 이용해도 무방하다)

학자들, 마음을 놓을 수 없는지 여전히 양산 뒤에 숨어 얼굴을 보이지 않는다. 학자1, 양산 위로 얼굴을 내밀어 바깥을 살핀다.

학자1　(학자들이 밀치자 주위를 주듯) 쉿!

학자2　(양산 뒤에 숨어서) 아무도 없어?

학자1　그런 것 같은데.

학자3　잘 봐. 진짜로 없냐?

학자1　(다시 주위를 살피고) 확실해! 우리뿐이야.

학자들, 그제서야 얼굴을 보인다. 학자들은 오랜 여행을 한 것처럼 남루한 옷차림이다. 주위를 살피던 학자들, 철골 위에 앉아 있는 투란도트를 발견하지 못하고 언제 그랬냐는 듯 근엄하게 양산을 머리 위로 올린다.

학자4　이게 얼마만이야? 그리운 고향 땅!

학자3　(손가락을 꼽아보며) 3년이야. 3년만의 귀향이라구.

학자4　30년은 된 것 같아. 빌어먹을 놈의 영감탱이!

학자들, 감격에 겨워 주위를 둘러본다.

학자2　(두려움에) 근데 이렇게 와도 되는 걸까? 이러다 잡히면 목이 달아날 텐데.

학자1　그러니까 이렇게 만반의 준비를 했지.

학자1, 봇짐에서 변장에 쓸 수염을 꺼내 보인다. 학자들, 변장을 한다. 그러나 수염을 붙인 모습이 더욱 의심스럽게 보인다.

학자1　어떤가?

학자3　좀 튀는 것 같긴 하지만 그럭저럭 괜찮군. 이러면 아무도 못 알아볼 거야.

학자들, 만족스러운 듯 서로를 바라본다.

학자2　(불안하여) 정말 괜찮을까?

학자1　어허! 우리가 누군가! 하늘을 우러러 한 점 부끄럼이 없는 이 시대의 선각자들이야! 이젠 누구도 우릴 막을 수 없어! 가자구!

학자들, 기세등등하여 철골 위로 올라간다. 언덕을 넘듯 철골을 넘어가려던 학자들, 그때서야 철탑을 발견한다. 학자들, 그 거대한 모습에 소스라치게 놀란다. 잠시 멍하니 철탑을 바라본다.

학자2　(기겁하여) 저, 저, 저게 뭐야?

학자들, 입을 다물지 못한 채 천천히 고개를 들어 하늘로 솟은 철탑을 바라본다. 잠시 침묵이 흐른다.

학자4　(넋을 잃고) 지금까지 살면서 볼 꼴 못 볼 꼴 꼴이란 꼴은 다 봤지만 저런 건 처음 본다.

학자3　저걸 밟고 올라가면 하늘에도 오르겠어. 이건 기적이야!

학자1　(이리저리 손을 움직여 철탑의 크기를 가늠해보며, 설명조로) 저 탑에 소요
된 돌은 소달구지로 500만 대에 해당되고, 소요된 돌을 땅에
늘어놓으면 우리들이 3년간 돌아다닌 거리를 6번하고도 두 번
반을 왕복할 수 있으며, 최소 5만 명의 사람이 하루 15시간 2년
이상을 쌓아야 가능하다는 결론이 나오지.

학자2, 3, 4, 학자1의 해박한 설명에 놀라운 듯 고개를 끄덕인다.

학자2　(문득) 그건 그런데, 저걸 만들어서 뭘 하려구? 왜 저렇게 높다
란 탑을 쌓는 거지?

학자들, 대답을 못하고 고개를 갸우뚱거린다.

투란도트　하늘에 닿을 만큼 높게 쌓은 다음 궁수를 올려보내 저 두 개의
태양 중 하나를 활로 쏴 떨어뜨리기 위해서지.

학자들, 깜짝 놀라 서로를 본다. 그들이 놀란 이유는 정체 모를 소리 때문이
아니라 탑을 쌓는 이유 때문이다.

학자4　그 영감탱이가 노망이 든 게 틀림없어! 하늘에 오르려고 탑을
쌓다니 그게 제 정신이야!

학자1　이것이야말로 말세의 징조로다! 저 두 개의 태양 중 가짜와 진
짜를 모르는 마당에 무턱대고 활을 쏘아 진짜를 떨어뜨리게 된
다면 그땐 상상도 못할 재앙이 따를 거야. 세상의 종말이 올 테
니까.

투란도트　이미 종말은 시작됐다. 강은 마르고, 땅은 갈라지고, 타는 열기
에 사람들은 모두 넋을 잃었지. 하지만 어디에도 숨을 데는 없

어. 세상의 땅끝까지 도망친다고 해도.

학자들, 그제서야 목소리의 정체에 긴장하기 시작한다. 학자들, 조심스럽게
곁눈질을 한다.

투란도트 그대들도 저 징을 울리러 왔나?

학자들, 무심히 징을 바라본다. 학자들, 그때서야 목소리의 주인공이 투란도
트인 것을 깨닫는다. 학자들, 기겁하여 일제히 고개를 젓는다.

투란도트 그렇다면 내려가라. 여긴 죽음을 갈구하는 자가 오는 곳이다.

학자들, 내려가는 방향이 서로 달라 우왕좌왕이다.

투란도트 (고개를 들어 학자들을 바라본다) 낯이 익은 얼굴이구나.

학자들, 두려움에 양산을 펴 얼굴을 가린다. 그런 그들의 행동이 더욱 수상쩍
게 보이게 한다.

학자1 (두려움에) 저, 저희는 공주님을 처음 뵙습니다. 저희는 그냥 미
천한 상인들입니다. 근데 공주님이 어떻게 저희들을 아시겠습
니까?

투란도트, 학자들에게 다가간다. 검으로 양산을 눌러 내린다. 학자들의 얼굴
이 보인다.

투란도트 너희들은 추방된 학자들이 아니냐?

학자2   우, 우린 그냥 상인인데요.

투란도트   돌아와선 안 된다는 대왕의 명령을 잊었느냐?

학자 일동   (두려움에) ……..

투란도트   너희들은 영원히 추방됐어. 살아서는 돌아올 수 없지.

학자들, 더 이상 변명의 여지가 없자 투란도트 앞에 무릎을 꿇는다.

학자1   공주님! 우린 힘없고 나약한 학자들입니다. 더 이상은 돌아다
닐 힘도 없어 어쩔 수 없이 돌아왔습니다. 제발 자비를 베풀어
주십시오.

투란도트   너희 죄를 아느냐?

학자1   (더듬더듬) 알, 알고 있습니다. (투란도트가 추궁하듯 바라보자) 우리는
공주님을 모함했습니다.

투란도트   지금도 그렇게 생각하느냐?

학자1   (다른 학자들과 눈짓을 주고받다가) 아닙니다! 절대로 아닙니다! 저
두 개의 태양과 공주님이 관계가 있다고 생각한 것은 명백한
논리적 오류였다고 생각합니다. 물론 공주님께서 처음으로 청
혼을 받으시고, 그 청혼자의 목을 냅다 칼로 치신 후부터 태양
이 두 개가 되었지만 공주님께서 청혼자의 목을 친 것이 결정
적인 이유가 되어서 태양이 두 개가 떴다고 주장했던 것은 분
명 저희들의 실수인 것이 틀림없습니다.

투란도트   그럼?

학자들   (무슨 뜻인가 하여) ……?

투란도트, 말없이 장검을 들어 하늘을 가리킨다. 학자들, 예상치 못한 질문에
서로의 눈치를 볼 뿐 대답을 하지 못한다.

학자2　(돌연) 저건 신들이 미쳤기 때문입니다! (두서없이) 아니면 …… 태양이 미쳤거나 …… 아니면 이 세상이 미쳤거나 …….

학자3　분명한 건 저 태양과 공주님은 아무런 관계가 없다는 겁니다.

학자2　그렇습니다!

투란도트　신도 미치고, 태양도 미치고, 이 세상도 미쳤다구?

학자들　…….

투란도트　(피식 웃으며) 너희들이 맞다. 이 세상은 미쳤어. 죽고 죽이는 전쟁으로 강은 피로 물들고 여인들은 두려움에 떤다. 아이들은 울고, 검은 피를 찾아 떠돈다. 서로 죽이지 못해 안달이더니 결국 불지옥에 빠진 셈이지.

투란도트, 칼을 뽑아 학자들을 겨눈다.

투란도트　(냉랭하여) 살고 싶으냐?

학자 일동　예!

투란도트　너희들을 살려준다고, 내게 무슨 이득이 있지?

학자3　우선 세금을 낼 사람이 네 명은 늘게 되고.

학자4　(이어서) 지금까지 닦은 학문으로 나라 발전에 이바지 할 수 있으며.

학자1　(이어서) 공주님의 변호인이 되어 저 해괴한 태양을 들먹이며 공주님을 모함하는 놈들을 쫓아낼 수 있습니다.

학자2　(과장되게 울먹이며) 무엇보다 우리는 공주님을 존경합니다.

투란도트　날 존경한다구?

학자2　(벌떡 일어서며) 그럼요! 세상의 날고 긴다는 왕자들도 공주님 앞에선 추풍낙엽인데 어떤 남자들이 감히 공주님을 존경하지 않겠습니까? 공주님이야말로 문무(文武)를 겸비한 이 시대의 영웅이십니다!

투란도트, 학자2의 말에 유쾌하게 웃음을 터뜨린다. 학자들도 투란도트를 살피며 따라 웃는다. 돌연 투란도트의 웃음이 멈춘다. 다시 싸늘한 표정으로 검을 치켜드는 투란도트. 망설임 없이 학자들을 향해 칼을 휘두른다. 그녀의 칼이 간발의 차이로 학자들의 머리 위를 지나간다. 학자들은 비명을 지르며 나자빠진다.

투란도트 사라져라. 다시 내 눈에 뜨일 때는 용서치 않을 것이다.

학자들, 살아 있는 것을 확인하려는 듯 목을 매만지다가 허둥대며 도망친다. 단상에 홀로 남은 투란도트, 고개를 들어 하늘을 올려다본다. 스산한 바람 소리만이 침묵을 깨며 들려온다.

투란도트 세상을 태워라. (고함치며) 세상을 태워라! 하나도 남김없이! 모두 다!

투란도트의 고함에 대답하듯 두 개의 태양이 그녀 어깨너머로 강렬한 빛을 내며 타오른다. 객석을 향해 눈이 시릴 정도의 강렬한 조명이 비친다. 태양 속의 투란도트. 징 소리가 울린다.

제 3 장

징 소리가 길게 끊임없이 이어지는 '옴' 소리로 바뀌어 들려온다. '옴' 소리, 반복하여 들려온다. 철탑은 막에 가려 보이지 않는다. 막에는 4대신(지신, 수신, 풍신, 화신)을 상징하는 문양이 그려져 있다. 4대신들은 동상처럼 서 있다. '옴' 소리 끝나고 무대에는 잠시 정적이 흐른다.

공중에서 파리가 앵앵 날갯짓을 하는 소리가 들려온다. 신들의 시선이 일제히 파리를 쫓는다. 긴장감이 흐르는 순간, 화신이 혀를 날름하며 파리를 집어 삼킨다.

화신 (벌을 삼키는 순간) 앗! 따거!

풍신 (한심한 듯) 그러길래 파리인지 벌인지 잘 보고 먹어야지. 아프겠다.

신들, 절망감에 깊은 한숨을 내쉰다.

수신 (버럭) 저것들을 그냥! 세상 만물의 근원 지, 수, 화, 풍, 4대신이 쫄쫄 굶고 있는데 코빼기도 안 보여!

신들의 배 속에서 요란스럽게 꼬르륵 거리는 소리가 들려온다.

화신 화악 불로 끄슬려 버려? 한 방이면 끝난다니까!

풍신 참아라. 체통 있는 우리가 참아야지.

화신 아사 일보 직전인데 체통은 뭔 놈의 체통! 밥 구경 한 지가 언제냐? 이젠 잡아먹을 거미도 없어. 쥐도 없고, 파리도 없고, 벼룩 한 마리 없다고……. 배고파 죽겠어.

화신, 과장되게 훌쩍거리기 시작한다.

풍신 명색이 신이란 놈이 맨날 훌쩍이긴. (한심한 듯 보다가) 대체 너 같은 신격 미달이 어떻게 신이 됐냐? 너 뇌물 썼지?

화신 (버럭) 뭐야! 이 허파에 바람 빠진 놈이!

풍신　(곱씹으며) 허파가 어째?! (위협하여) 너, 그러다가 꺼진다.

화신　불어봐야 휘파람이 끄긴 뭘 끄냐?

풍신　……!

풍신과 화신, 멱살이라도 잡을 것처럼 서로에게 다가간다. 그러나 녹슨 몸통 때문에 요란하게 삐그덕 소리만 낼 뿐 움직이는 것이 여의치 않다. 풍신과 화신, 머리끝까지 치밀어 오른 화에 끝내 멱살을 잡을 기세다.

수신　좀-! 힘 있으면 나가서 먹을 거나 구해 와!

신들의 배 속에서 더욱 요란하게 꼬르륵 소리가 들려온다. 풍신과 화신, 주린 배를 감싸 안으며 제자리로 돌아온다.

수신　이젠 서 있을 힘도 없어. 몸엔 때가 껴서 근질근질 창자는 꼬여서 꼬르륵꼬르륵. 밥도 안 주면서 여기다 신전은 왜 만들어서 우릴 고문해?

지신　(느릿느릿하여) 아침에 눈뜨면 탑 쌓으러 가고 해 지면 집에 가서 자고, 쌓고 자고, 자고 쌓고, 두 해 동안 저러는데 우리한테 밥 줄 틈이 어딨겠어?

풍신　(끼어들며) 거기다가 쟤네들은 이 변고와 우리들이 직접적인 관계가 있다고 생각한다구. 우리가 농간을 부리고 있다고 생각한단 말이야. 제사장이 백날 물어봐도 대답을 안 하니 그럴 만도 하지.

수신　(잠시 생각을 하다가) 안 되겠다. 살 방법을 찾자.

다른 신들, 수신의 말에 귀를 기울이며 고개를 돌려 바라본다.

수신　말해버리자.

지신　뭘?

수신　(하늘을 가리키며) 저거!

풍신　(깜짝 놀라) 그건, 천기누설인데!

수신　지금 이 마당에 그런 거 따지게 생겼냐? 저 미련한 것들이 하늘에 올라간답시고 탑을 쌓는데 탑 쌓을 때까지 기다렸다간 창자가 뱃가죽에 붙어 버릴 거야. 그러니까 말을 해주자. 그러면 저 미련한 것들은 고생 안 해서 좋고 우린 안 굶어서도 좋고. 어때?

다른 신들, 심각하게 생각에 잠긴다.

화신　천기누설죄는 중범죄인데…….

풍신　걸리면 천계 추방형인데…….

지신　(느릿느릿한 어조로 타이르며) 그러면 안 되는 거야. (하늘을 가리키며) 저건 인간들이 풀어야 될 수수께끼. 우리가 나서는 건 직권남용, 하늘에 항명하는 무서운 짓이라구.

수신　(답답하여) 저 미련한 것들은 백 번 죽었다 깨어나도 모른다니까!

풍신　(수긍하여) 하기사 지혜가 있다면 진작에 알았겠지.

화신　(맞장구치며) 맞아! 3년 동안 그 고생을 해도 모른다면 앞으로도 가능성이 없다고 보는 게 타당하다고 할 수 있지.

수신　(과장된 연민으로) 설령 하늘에서 쫓겨난다고 해도 저 가엾은 것들을 두고볼 수는 없어. 이건 우리의 사명이야. 우리가 왜 이 땅에 내려 왔는지 생각해 보라구.

풍신　(으쓱하여) 나는 바람을 불어 선원들의 뱃길을 열어주고, 시원한 바람으로 인간들의 땀을 식혀주려고 왔지.

화신　내가 없으면 쟤네들 겨울에 다 얼어 죽어. 밤이면 집구석에서 꼼짝도 못하고 새벽녘까지 공포에 떨 거야.

지신　(끼어들며) 내가 없으면 쟤네들은 잘 때도 없어. 농사도 못 짓고 모두 굶어 죽는다구.

수신　나는 인간들에게 물을 주어 생명을 유지시키고, 거기다 청결까지 책임지고 있잖아? 이게 바로 자비라는 거야. 그러니까 우리가 저 하늘의 비밀을 말해주는 것도 자비의 연장이라고 할 수 있는 거라구. 설령 우리를 파견한 천상의 신께 벌을 받는다고 해도 우린 자비를 베풀어야 돼!

풍신　(맞장구치며) 두말 하면 잔소리!

화신　자비가 없는 놈은 신이 될 자격도 없어.

　　　수신, 풍신, 화신, 삐그덕 소리를 내며 뒤를 돌아본다. 단상 위에 잠들어 있는 대왕의 모습이 보인다. 그의 머리맡에는 어둠을 밝히는 촛대와 언제든지 잡을 수 있도록 준비된 검과 방패가 놓여 있다.

　　　수신, 풍신, 화신, 서로 무언의 대화를 나누며 고개를 끄덕인다. 풍신이 입김을 불자 음산한 바람 소리가 들려온다. 화신이 창을 던지듯 팔을 움직이자 먼 발치에서 천둥이 치는 소리가 들린다.

　　　대왕, 몸을 뒤척인다. 지신, 안절부절이다. 지신, 머뭇거리다가 별수 없는 듯 그들 틈에 낀다. 풍신, 보다 세게 입김을 내뿜는다. 무대 뒤쪽의 막이 거센 바람에 나부낀다. 화신, 보다 강하게 창을 날리는 시늉을 한다. 대왕, 이상한 기운을 느꼈는지 잠에서 깨어난다. 풍신의 바람에 촛불이 꺼진다. 대왕, 본능적으로 검과 방패를 든다. 대왕의 눈에만 보이는 거단의 환영이 실루엣으로 보인다.

대왕　(안절부절하여) 또 니놈이냐! 또 니놈이야? (달려들 자세로 주위를 살피며) 어딨느냐! 숨지 말고 모습을 보여라!

신들　(갑작스러운 대왕의 말에) ……?!

대왕　죽었으면 땅으로 꺼지든 하늘로 오르든 할 것이지 왜 날 찾아
오느냐? 땅에는 오직 하나의 임금 뿐, 그건 세상의 이치다. 내
칼에 멸했다고 원망 마라. 나도 니놈 칼에 왕비를 잃었다! 내
왕비를! (거칠게 무대를 오가며) 어디 숨었느냐? 내 앞에 나타나라!
내 기꺼이 니놈의 목을 쳐주마! 어딨느냐!

대왕, 허공을 향해 칼을 휘두른다. 신들, 대왕의 칼을 피해 이리저리 움직인
다. 대왕의 칼이 아슬아슬하게 신들을 비켜간다. 신들, 갑작스러운 상황이 당
혹스럽다.

화신　저자가 노망이 들었나!
수신　천기누설하기 전에 저 칼에 죽겠다. 얼른 본론으로 들어가자.

풍신, 머뭇거리다가 강하게 입김을 분다. 태풍이 몰아치는 것처럼 격렬한 바
람소리가 들려온다. 무대 뒤쪽의 막이 거칠게 나부낀다. 대왕, 을씨년한 분위
기에 두려움을 느끼는데 막이 걷어 올려지면서 철탑의 모습이 보인다. 이제
철탑은 배의 돛대이다. 사다리에는 칼을 든 해적 무리들이 매달려 있다. 강한
태풍을 만난 듯 사다리가 좌우로 흔들린다. 대왕, 눈앞에 나타난 형상에 기겁
하여 넘어진다.

해적1　대장! 바람이 너무 셉니다. 이러다가 돛대가 부러져요! 대장-!

왕자가 단 위로 올라온다. 대왕, 왕자를 향해 칼을 휘두르지만 헛것을 향해
휘두르는 듯 허공만을 가른다. 왕자, 대왕이 보이지 않는지 개념치 않고 앞쪽
으로 다가간다. 손으로 차양을 만들어 먼 풍경을 본다. 강한 바람에도 왕자는
태연하다.

왕자   힘을 내라! 제 아무리 포악한 바다의 신이라고 해도 우릴 막진 못해. 앞을 잘 봐라! 놓치면 안 돼!

해적2   (사다리에 매달려) 보인다! 놈들이 보입니다! 바로 저 앞에 있습니다.

왕자   전속력으로 돌격!

대왕, 눈앞에 펼쳐지는 광경을 물끄러미 바라본다. 무대 양쪽에서 커다란 돛대들과 무장을 한 병사들이 들어온다. 곧이어 무대 앞은 세 개의 돛대를 가진 커다란 배로 형상화된다. 돛대들은 태풍을 만난 듯 위태롭게 흔들린다.

병사1   (뒤를 보고, 다급히) 장군님! 바로 뒤까지 따라 붙었습니다!

장군   (잠시 생각을 하다가) 정 죽고 싶은 놈들이라면 그렇게 해주마. 돛대를 내려라!

병사2   돛대를 내려라!

사람들, 돛대를 내린다.

장군   (왕자를 향해) 이 해적 놈! 기어이 해보겠단 말이지!

왕자   해적? 우리가? (해적들을 향해) 저 장군께서 뭔가 오해를 하고 계신 모양이다. 우릴 해적 무리로 보시다니 지나가는 개가 웃겠구나.

돛대에 매달려 있는 사람들, 웃음을 터뜨린다. 장군, 그 웃음에 모욕감을 느낀 듯 표정이 굳어진다. 왕자, 손을 든다. 해적들, 웃음을 멈춘다.

왕자   이보시오. 우린 해적이 아니라 의적이오. 의로운 도적이지.

장군   감히 대왕께 바칠 공물을 찬탈하는 놈이 의적이라구?

왕자　　찬탈을 한 건 당신네들이 아닌가! 곡식과 재물을 약탈하고 마을을 송두리째 태워버리지 않았나? 이런 악행을 저지르고도 살아 도망칠 수 있을 거라고 믿었다면 오늘 그 믿음이 얼마나 헛된 것인지 보여주겠소.

장군　　이런 오만방자한 놈! 니놈의 명줄을 끊어 도적의 말로를 보이리라!

왕자　　정 그렇다면 나도 응할 수밖에. (해적들을 향해) 배를 붙여라! 공격이다!

장군　　죽여라!

돛대에 매달려 있던 해적들이 철골로 내려온다. 무대 앞에 있던 병사들이 해적을 향해 달려간다. 철골은 하나의 배가 되고 해적들과 병사들의 전쟁터가 된다. 대왕은 그 무리들의 틈에 끼어 갈팡질팡한다. 간신히 빠져나와 그들을 지켜본다. 해적과 병사들의 전쟁은 막상막하다. 패한 자들은 배 위에서 떠밀리듯 철골에서 밀려나 뒤로 떨어진다. 왕자, 병사들의 사이로 달려들어간다. 왕자, 발군의 검술 실력으로 병사들을 몰아낸다. 대왕, 왕자의 검술을 놀라운 듯 지켜본다.

왕자　　(장군을 보고) 어디 숨었나 했더니 여기 계셨구만. 어디 한번 이 도적의 목을 베보시지.

장군, 기함을 지르며 왕자에게 달려든다. 왕자, 가뿐히 장군의 칼을 피한다. 왕자와 장군, 한바탕 칼싸움을 벌인다. 그러나 얼마간의 시간이 지나자 왕자의 탁월한 실력은 장군을 압도하기 시작한다.

왕자　　(장군을 철골의 끄트머리로 내몰며) 조심해요. 이 바다엔 상어가 많으니까.

왕자의 칼을 피해 뒷걸음질을 치던 장군, 물속으로 떨어진다. 해적들의 승리가 점차 굳혀진다.

수신　2단계!

풍신과 화신, 동시에 입김을 풀고 창을 던지는 시늉을 한다. 폭풍우가 몰아치며 천둥이 친다.

해적1　오늘 바다가 왜 이러는 거야. 또 시작이야, 빌어먹을!
해적2　그러길래 그 장군놈을 제물로 던졌어야 한다니까!

수신, 자신의 차례가 온 듯 앞으로 나서더니 줄을 던지는 시늉을 한다.

해적2　파도다! 파도가 온다!
왕자　꽉 잡아라! 머리를 숙여라!

파도가 다가오자 해적과 병사들, 일제히 바닥에 엎드린다. 거대한 파도를 상징하는 파란색 천이 철골을 뒤덮는다. 파란색 천이 왕자의 몸을 휘감는다. 왕자, 줄에 매어 끌려가듯 물속으로 떨어진다.

해적1　대장! 대장이 빠졌다! 대장!
해적들　대장!

무대, 서서히 어두워진다. 해적들이 '대장'을 찾는 소리만이 아련하게 들려온다. 신들, 만족스러운 듯 무대를 지켜본다.

수신　(다른 신들의 동의를 구하듯) 이제야 제대로 됐구만.

지신　　(걱정스러워) 천기누설은 진짜 안 되는 건데……

신들의 모습, 어둠 속으로 사라진다.

잠시 후, 폭풍우가 가시면서 하늘은 고요해진다. 신비스러운 빛깔이 감도는 하늘에 눈과 날개가 하나인 새, 비익조(比翼鳥)가 날아온다. 하나뿐인 날개 때문에 제대로 날기가 어렵다. 대왕은 그 광경을 신기한 듯 바라보는데 비익조는 괴롭게 날갯짓을 하다가 바닷속으로 추락한다.

곧이어 여명이 뜨듯 무대가 밝아진다. 하늘에 태양이 떠오른다. 하나의 태양이다. 대왕, 하나의 태양을 보자 환희에 가득 차 칼을 내던진다. 태양을 끌어안을 듯 두 팔을 벌리는데 순간 하나의 태양이 두 개로 나누어진다. 강렬한 햇빛이 쏟아져 내린다. 대왕, 눈을 가리며 고통스러운 비명을 내지른다. 잠시 후, 무대는 다시 현실로 돌아간다.

제사장　또 악귀를 보셨습니까? 마음을 편히 가지십시오. 제아무리 악귀라 해도 사람을 해치지는 못합니다.

대왕　　악귀가 아니라 어떤 젊은이를 보았소. 한 번도 본 적이 없는 얼굴인데……. (생각에 잠겨) 그런데도 어딘지 낯익은 구석이 있었소. 그 젊은이가 사라지자 이번엔 기괴한 모양의 새가 날아왔소. 날개가 하나밖에 없는 새였소.

제사장　분명 날개가 하나뿐인 새를 보셨습니까?

대왕　　하지만 얼마 날지 못하고 바다에 떨어졌소.

제사장　그것은 비익조(比翼鳥)입니다. 비익조는 암컷과 수컷의 눈과 날개가 하나라 짝을 짓지 못하면 날지 못하는 전설의 새입니다. 이것은 하늘이 내리신 길몽입니다. 공주님의 천상배필이 찾아온다는 꿈이 분명합니다.

대왕　　천상배필?

제사장　그렇습니다.

잠시 침묵이 흐른다.

대왕　(근심에 가득 차) 하늘이 맺어준 천상배필이라 해도 공주의 손에서 칼을 빼앗지 못한다면 그도 죽은 목숨이오. 내가 아무리 이 나라의 대왕이고, 공주의 애비라 해도 그 아이의 갑옷을 벗길 수가 없소.

제사장　하늘이 공주의 배필을 정해주셨다면 어떤 고난이 있다 해도 반드시 이루어 질 것입니다.

대왕, 답답한 듯 일어선다. 그의 걸음걸이가 힘겹다.

대왕　공주는, 지금도 거기에 있소?

제사장　(어렵사리) 그렇습니다.

대왕　여전히 갑옷을 입고 검을 들었겠지…….

제사장　…….

대왕　내 죄업이 하나 뿐인 딸아이를 갑옷 속에 가둬버렸구려.

제사장　당치 않으십니다. 대왕의 죄업이라뇨? 대왕께선 미개한 족속들을 복속시켜 나라의 기틀을 짜셨고, 어진 선정으로 백성들을 다스리셨습니다. 대왕께선…….

대왕　(말을 끊으며) 그만 하시오. 내가 듣고 싶은 건 진실이오. (사이) 왕비의 죽음이, 정녕 내 탓이 아니오?

제사장　(잠시 머뭇거리다가) 왕비님께선 제겐 하나뿐인 혈육이십니다. 왕비님의 죽음은 제게도 크나큰 슬픔이었습니다. 하지만 한 번도 대왕을 탓한 적은 없습니다. (대왕이 이유를 묻듯 바라보자) 옥좌에 그 누가 있었다 해도 대왕과 똑같은 결정을 내렸을 겁니다.

대왕　그 선택이 정말 옳은 것이었소?

제사장　그건……. (용기를 내어) 하늘의 뜻을 믿으소서.

대왕, 침울해진다. 잠시 침묵이 흐른다. 침묵을 깨며 들려오는 징 소리.대왕, 깜짝 놀라 휘청인다. 제사장, 급히 부축한다.

대왕　(절망감에) 또 한 사람이 죽는가……. 또…….

대왕과 제사장, 철골의 가운데 입구로 나간다.

어둠 속에서 징이 놓여 있는 철골의 모서리가 밝아진다. 한 이국의 왕자가 거침없이 징을 울리고 있다. 곧이어 반대편의 모서리에 앉아 있는 투란도트의 모습이 보인다. 그녀는 계속 그 자리에 있었던 것처럼 갑옷과 투구를 쓰고 한쪽 손에 장검을 들고 있다. 왕자는 사람들을 불러 모으려는지 계속하여 징을 울린다.

이국의 왕자　(투란도트를 돌아보며, 증오에 가득 차) 이 요사스러운 년! 이제 죽을 준비나 해라! 니가 아무리 천하의 절세 미녀고 검술의 귀신이라고 해도 오늘이면 머리 없는 송장 신세가 될 테니까!

투란도트　(묵묵히 듣고 있다가) 예의라고는 눈곱만큼도 찾을 수가 없군.

이국의 왕자　예의?! 니 목을 잘라 내 동생의 원한을 갚으마!

투란도트　단지 그 이유인가? 날 찾아온 게.

이국의 왕자　(분노하여) 단지, 그 이유냐고! 내 동생은 바로밀국의 왕자다!

투란도트　그 사람이 당신 동생이든, 형이든 누구라고 해도 나와는 상관없어.

이국의 왕자　(칼을 뽑으며) 칼을 뽑아라. 칼을 뽑아!

투란도트　싸움을 하고 싶다면 다른 곳을 찾아. 난 검투사가 아니야.

이국의 왕자　그렇다면 나도 구혼을 하지. 그럼 되겠지?

투란도트, 머뭇거리는데 사람들이 들어온다. 대왕과 제사장, 대신들도 급히 뒤따른다. 왕자, 어수선한 분위기를 틈타 투란도트에게 달려든다.

투란도트, 칼을 뽑는다. 결투가 시작되는 것을 알리는 북소리가 들려온다. 투란도트와 왕자, 격렬한 칼싸움을 벌인다. 북소리는 싸움의 긴장을 고조시키며 점차 클라이맥스로 치닫는다. 사람들, 그 광경을 숨을 죽이며 지켜본다. 왕자의 칼이 투란도트의 팔을 벤다. 위기에 몰리던 투란도트, 반격을 가한다. 팽팽하던 접전은 서서히 투란도트에게 유리하게 진행된다. 마침내 투란도트의 일격에 왕자가 쓰러진다. 북소리 끝나며 무대는 침묵 속에 빠져든다. 사람들, 공주의 일거수일투족을 숨을 죽이며 지켜본다.

투란도트, 목을 벨 기세로 왕자에게 다가간다. 이국의 왕자, 자비를 구하듯 손을 모은다.

이국의 왕자 내가 죽으면 우리 왕국은 망합니다. (투란도트의 대꾸가 없자) 공주님, 목숨만은 살려주세요. 공주님의 종이 되라면 되겠습니다. 가랑이 사이로 기어가라면 가지요.

투란도트 (목에 칼을 겨누며 냉소적으로) 사내라는 것들은 다 이런가? 그 당당하고 오만하던 모습은 어디로 갔지? 그대의 동생은 최소한 왕자의 품위는 지켰다. 그대가 정녕 고귀한 왕가의 피를 물려받았다면 당당히 칼을 받아라.

이국의 왕자 (대왕을 발견하고) 대왕마마! 우리 부왕과 원수가 되려 하십니까!

투란도트 (경멸하여) 너희 왕자란 족속들은 승냥이와 다를 게 없어. 탐욕에 미쳐 온 세상을 전쟁터로 만들고, 그 피로 왕관을 삼는 것이 너희들이니까. 너희 족속에겐 지옥만이 유일한 거처다!

대왕 공주! 그만하면 됐다. 저자는 왕자의 품위도 명예도 없는 자다. 저런 자는 죽일 가치도 없어. 살려주거라.

투란도트 …….

대왕 자비를 베풀거라. 자비를!

투란도트, 대왕의 말이 끝나기가 무섭게 왕자의 목을 친다. 사람들, 잔혹한
광경에 고개를 돌린다.

투란도트 (싸늘하여) 이 칼이 벤 건, 한 마리 승냥이일 뿐입니다.

투란도트, 나간다. 잠시 후, 사람들도 빠져나간다. 대왕, 가슴을 움켜쥔 채 가
쁜 숨을 내쉰다. 대왕, 무너지듯 풀썩 주저앉는다.

제 4 장

무대의 양쪽 가에 줄지어 놓여 있는 촛불만이 어둠을 밝히고 있다. 무대의 오
른쪽에는 대리석으로 만들어진 분수대가 놓여 있다. 단상에는 커다란 궤(櫃)
가 놓여 있다. 궤의 양옆으로 키가 큰 촛대가 놓여 있다. 철골의 양쪽 모서리
에는 투란도트에게 죽임을 당한 구혼자들의 머리가 놓여 있지만 아직 어둠에
가려 보이지 않는다. 투란도트 어머니의 사당인 이곳의 전체적인 분위기는
신비스러우면서도 음산한 기운이 감돈다.
철골의 가운데 입구로 투란도트가 들어온다. 힘겨운 발걸음을 옮겨 분수대로
내려간다. 투란도트, 고통을 가까스로 참으며 갑옷을 벗는다. 이국의 왕자에
게 베인 상처가 깊다. 투란도트, 이를 악물고 상처를 물로 씻는다. 제사장, 들
어온다.

제사장 (조심스럽게 살피다가 상처를 보고, 깜짝 놀라 다가서며) 괜찮니? 상처가
깊구나.

투란도트, 반동적으로 물러선다.

투란도트 이 정도로는 죽지 않아요. (냉소적으로) 또 설교를 하러 오셨나
요?

제사장 …….

투란도트 (대수롭지 않게) 고작 마흔 개의 목숨을 거두었을 뿐이에요.

제사장 그들은 모두 고귀한 핏줄을 이어받은 왕자들이야.

투란토트 세상을 좀먹는 해충들일 뿐이에요.

제사장 그 사람들이 죽는다고 해도 세상은 변하지 않는다. 너 혼자 이
세상과 맞설 참이냐?

투란도트, 대꾸 없이 돌아선다.

제사장 (안타까워) 이제 그만 하거라. 대왕께선 하루가 모르게 쇠약해지
고 계시다. 밤이면 악귀에게 시달리고 낮이면 하늘의 변고 때
문에 한시도 마음을 놓지 못하신다. 대왕껜 니가 필요해. 네겐
한 분뿐인 아버지시다.

투란도트 내겐 아버지가 없어요.

제사장 ……!

투란도트 이모가 아는 그 아이는 죽었어요. 이 왕궁이 불탈 때 그 아이도
불에 타버렸어요. 어머니의 사지가 잘렸을 때 그 아이의 사지
도 잘렸어요.

제사장 이젠 그만 잊거라. 아픔은 되새길수록 네 영혼을 병들게 할 뿐
이다. 대왕께선 최선을 다하셨다. 나라를 구하고, 왕비님을 구
하기 위해서.

투란도트 아버지는 왕관을 지키기 위해 어머니를 버렸어요.

제사장 그건 오해야. 그자들이 왕궁으로 올 거라고는 누군들 꿈에서라

도 생각을 했겠니?

투란도트 (냉소 섞여) 자기의 아내가 적들의 노리개가 되고, 만신창이가 된 몸으로 적들과 맞섰을 때 아버지는 어디에 있었죠? 어머니가 날 구하기 위해 자신의 몸을 칼날의 미끼로 던졌을 때 아버지는 어디에 있었죠? (증오하여) 아버지는 오지 않았어. 단 한 명의 병사도 보내지 않았어. 적군을 막는다는 명목으로 전장에서 돌아오지 않은 거야. 거기서 물러서면 왕좌를 빼앗길 테니까!

제사장 애야 …….

투란도트 (냉랭하여) 돌아가요.

제사장 신들의 뜻을 거역하지 마라. 신들께선 평화를 원하신다.

투란도트 듣고싶지 않아.

제사장 제발 멈추거라. 피는 피를 부르고, 복수는 복수를 부른다.

투란도트 설령 지옥 불에 떨어진다 해도.

제사장 자비로운 신들께 죄를 고하고 용서를 받거라. 살육의 죄를 씻어 네 영혼을 구원받거라.

투란도트 (폭발하여) 설령 신들이 억겁의 저주를 내린다고 해도! 설령 신들이 내 육체를 송두리째 부숴 버린다고 해도! 나는 멈추지 않아요. 산이 가로막는다면 산을 벨 것이고, 강이 가로막는다면 강을 벨 거예요! 아무도 날 막지 못해! 아무도!

제사장, 두려움에 물러선다.

제사장 (기도하여) 자비로운 오방내외의 신들이시여, 삼업(三業)의 죄를 용서하소서. (주문을 외우듯) 옴-뮤-훔 옴-뮤-훔 옴-뮤-라-훔 옴-뮤-라-훔.

투란도트 날 위해 기도하지 마. 이모의 기도는 피를 부르는 주문과도 같으니까.

제사장 (깜짝 놀라) ……!

투란도트 왜 신탁이 없는지 알아요? 이모는 한 번도 신의 목소리를 들은 적이 없기 때문이에요.

제사장, 사색이 되어 투란도트를 바라본다.

투란도트 이모가 들었던 건 신의 소리가 아니야. 욕망의 소리였지. 그래서 언제나 아버지가 듣기 원했던 얘기만을 한 거야. 싸우고, 죽이고, 승리하라. 그래야지만 아무도 넘보지 못할 힘을 갖게 될 테니까.

제사장 (분노하여) 공 - 주 - !

투란도트와 제사장 사이에 긴장감이 돈다. 투란도트의 얼굴에 싸늘한 웃음이 지나간다.

투란도트 여긴 고귀하신 제사장께서 오실 곳이 아니에요. (경고하듯) 다시는 날 찾아오지 말아요.

투란도트, 촛불을 들고 궤가 놓여있는 단 위로 오른다. 충격에 젖은 채 서 있던 제사장, 주춤주춤 나간다.

궤 옆의 촛대에 불을 붙이자 모서리에 놓여있던 구혼자들의 잘린 머리가 뚜렷이 보인다. 마흔 개에 가까운 잘린 머리들은 썩어 해골이 되었거나 미라처럼 기괴하게 말라버린 모습들이다.

투란도트, 궤 앞에 한쪽 무릎을 꿇고 앉는다. 투란도트, 조심스럽게 궤의 뚜껑을 연다. 뚜껑이 열리는 순간, 안에서 강렬한 빛이 쏟아져 나온다. 동시에 여인네의 처참한 울부짖음과 비명 소리가 그로테스크하게 들려온다. 투란도트, 그 소리를 더 듣고 있을 자신이 없는지 급히 뚜껑을 닫아버린다.

투란도트 힘을 주소서. 힘을 주소서. 어머니, 제게 힘을 주세요. 어머니
의 울음을 잠재울 수 있게 힘을 주세요. 태양이 닳고 닳아 땅에
떨어지고, 천지가 개벽하여 땅과 바다가 뒤바뀐다고 해도, 이
울음이 멈추지 않는다면 갑옷을 벗지 않겠습니다. 어머니의 원
한을 갚기 위해 싸우겠습니다. 제 손에 검을 쥐여주세요. 검을
놓치지 않게 제 손을 잡아주세요. 어머니, 저를 버리지 마세요.

투란도트, 기도를 하듯 눈을 감는다.

제 5 장

무대 앞쪽에는 학자들이 줄을 지어 앉아 있다. 그들은 머리에 새로운 발명품
인 듯 조그마한 양산이 달려 있는 모자를 쓰고 있다. 두 개의 태양이 떠오른
정오. 그들은 강(오케스트라 피트)에 낚싯대를 드리우고 있지만 뜨거운 열기
때문인지 집중을 하지 못하고 제각기 딴생각에 잠겨 있다.
적막하기만 한 그들의 머리 위로 새처럼 허공을 나는 물고기가 나타난다. 학
자2, 눈을 껌벅이며 허공을 나는 물고기를 바라본다.
앞으로 펼쳐지는 장면은 학자2의 환각으로서 가능한 희화적으로 표현된다.
학자2는 눈앞의 광경을 넋을 빼고 바라본다. 다른 학자들에게 말을 해주려는
데 이번에는 그보다 몇 배나 큰 물고기가 나타난다. 학자2, 경악하여 입을 다
물지 못한 채 가까스로 다른 이들을 부르지만 그들은 여전히 딴생각에 사로
잡혀 있다. 학자2, 홀린 듯 일어서서 허공을 헤엄치는 물고기를 바라본다. 곧
이어 지금까지의 물고기보다 몇 배가 큰 고래가 물을 뿜으며 나타난다. 잠시
후, 물고기들은 한곳에 모여 춤을 추기 시작한다.

학자2　(그 광경을 황홀한 듯 보고 있다가, 돌연) 애들아 - (쪼르르 달려가며) 나도 끼워 줘 -.

학자2, 물고기들과 어울려 춤을 추기 시작한다.

학자3　(학자2를 보고) 드디어. 갔다!

학자들, 대수롭지 않다는 듯 고개를 돌린다. 그들 모두 학자2와 별반 다를 게 없이 반쯤 넋이 나가 있는 것 같다.

학자4　(힘없이 띄엄띄엄) 갈 만도 하지. 이 더위 아래서 제정신인 게 비정상이지.

학자1　(비장하여) 진실을 말하면 추방되어야 하는 이 나라에서 과연 어떤 지식인이 제정신일 수 있겠는가? 이것이야말로 역사의 비극이지.

학자3　(울상이 되어) 이럴 줄 알았으면 돌아오는 게 아닌데 ……. 이게 뭐야? 완전히 땡볕 아래 내걸린 북어 신세잖아. 하늘엔 미친 태양, 땅에는 미친 대왕, 미친 공주, 이러다가 우리도 미칠 거야. 완전히 돌 거라고. (낚싯대가 소리를 낸다. 고개를 숙여 물끄러미 보다가) 이젠 나도 헛게 다 보인다.

학자 1, 3, 학자4를 따라 강을 내려다본다.

학자1　(깜짝 놀라 벌떡 일어서며) 저게 뭐야!

학자들, 낚싯대를 들어올린다. 왕자가 낚싯대에 걸려 올라온다. 학자들, 깜짝 놀라 왕자에게서 멀찌감치 떨어진다.

학자3 (경악하여) 저, 저게 말로만 듣던 인어, 왕자!

학자4 (진지하여 왕자를 살피며) 근데 인어라고 하기엔 기묘하게 생겼는
데.

학자 1, 3, 4, 왕자의 주위에 몰려든다. 왕자를 유심히 살펴본다.

학자1 (심각하게 생각을 하며) 잠깐! 저것이 인어라고 하기엔 다분히 논리
적 오류가 있단 생각이 드는군.

학자3, 4 그럼?

학자1 저건 한마디로 물에 빠진 사람이라고 할 수 있지.

왕자, 물을 토해내며 숨을 쉰다. 눈을 뜨던 왕자, 두 개의 태양을 보자 다시
졸도한다. 학자들, 쪼르르 왕자에게 몰려간다.

학자1 (왕자의 뺨을 톡톡 치며) 이보쇼?

왕자 내가 죽었나요?

학자1 (맥을 짚고서) 의학적 관점으로 봤을 때는 맥박과 심장이 뛰고 있
으므로 살아 있다는 잠정적인 결론을 내릴 수 있소.

왕자 (몸을 일으키며) 근데 여긴 어딥니까?

학자1 여긴 모든 문명의 출발지이자 세상의 중심지인 불나국이오.

학자3 (급히 끼어들며) 그 유명한 효녀 바리공주의 출생국이지.

학자4 거기에 덧붙여 우린 이 나라의 지성을 대표하는 학자들이오.

학자1 (왕자가 춤을 추고 있는 학자2를 보자, 둘러대며) 가끔 실패작이 나오기
도 하지만……

왕자 (영문을 몰라) 근데 태양이 두 개나?!

학자1 저것이야말로 불나국의 자랑이지. 안 그런가?

학자3, 4, 돌연 수긍하듯 고개를 끄덕인다.

왕자   (심각히 생각에 잠겨) 이게 어떻게 된 영문이지? (문득) 용성국을 가려면 어떻게 해야 되죠?

학자3   거긴 까마득히 먼 곳인데……. 배를 타면 족히 석 달은 걸릴 거야.

학자4   무슨 소리! 최소 일 년은 걸려. 어쩌면 더 걸릴 지도 모르지.

왕자   그렇게 멀단 말이에요!

학자1   근데 그런 후진국엔 가서 뭘 하려고 하쇼?

왕자   거긴 내 고향입니다. 분명히 어제만 해도 난 거기서 배를 타고 있었어요. 그런데 하루 사이에 이곳으로 오게 된 겁니다. 폭풍에 휩쓸려 바다에 빠졌거든요.

학자1   (거만하여) 그건 전적으로 불가능한 일이오. 순간 이동을 하지 않고서야 그 먼 길을 하루 만에 올 수가 없으니까. 신들이 장난을 했다면 또 모를까…….

학자3   (호기심에) 선원이쇼?

왕자   아뇨! 난 (난감하여, 한참을 머뭇거리다가) 그러니까…… 일종의 …… 의적이라고 할 수 있죠.

학자들   의적?

왕자   다른 사람들이 부를 땐 간혹 해적이라고도 하지만…….

학자들   정말?!

왕자, 학자들이 못 미더워하자 배 위에서 선원을 지휘하듯 칼을 뽑아드는 자세를 취한다. 왕자, 학자들이 감탄하여 바라보자 으쓱하여 여러 자세를 취해 보인다.

학자3   (겸손해지며) 그럼, 사람도 죽여보셨나요?

왕자 난 사람을 죽이지 않아요. 살생을 하지 않는다는 게 내 철학
이지.

학자4 도둑질도 많이 하셨겠네요?

왕자 도둑질이 아니라 위치 이동이지. 주인만 바뀔 뿐이니까.

학자3 그럼, 예쁜 여자들도 많이 만나셨겠네요?

왕자 가끔 만날 때도 있지.

학자4 모험도 많이 하셨겠죠?

왕자 모험이라면 적지 아니 했죠.

학자1 혹시 그 중에서 특별히 기억나는 건 없으신지요?

왕자 (잠시 생각을 하다가) 글쎄. 기억에 남는 게 있다면…….

학자들, 왕자의 말에 바짝 귀를 기울인다. 왕자, 귀찮은 듯하다가 이야기를
학수고대하는 학자들의 모습에 별수 없다는 듯 입을 연다.

왕자 그러니까, 처음으로 배를 탔을 때죠. 아주 큰 배의 선원으로 일
을 했었는데 그게 내 첫 번째 항해였어요. 그 배에는 온갖 진귀
한 보물들로 가득했죠.

학자들, 천진한 아이들 같이 왕자의 주위에 쭈그려 앉아 턱을 괸 채 왕자의
말을 듣는다.
왕자의 본격적인 이야기가 시작되면 무대의 뒷막에는 왕자의 이야기를 따라
영상이 비친다. 영상은 사실적이지 않으며 동화의 삽화처럼 아기자기하다. 앞
으로 진행되는 왕자의 모험담은 한 편의 동화처럼 들려준다.

왕자 그런데 그 배가 항해를 시작한 지 얼마 되지 않아서 지금까지
한 번도 본 적이 없는 엄청난 폭풍우가 불기 시작했어요. 아무
리 큰 배라고 해도 그런 폭풍우 앞에선 고작 떠다니는 나뭇잎

에 불과하죠.

폭풍우 소리와 함께 무대 뒷막에는 위태롭게 항해를 하고 있는 배의 삽화가
보인다.

왕자　별수 없이 우린 어떤 섬에 배를 대야만 했어요.

배가 섬에 닻을 내리는 삽화가 보인다.

왕자　그런데 아침에 눈을 떠보니까 나밖에 없지 뭐예요. 그 사람들
　　　　은 폭풍우를 잠재우기 위해서 날 제물로 그 섬에 남겨둔 거였
　　　　어요. 막막했죠.

학자1, 3, 4　(아이들의 천진함으로) 저런!

홀로 남은 왕자가 슬픈 모습으로 앉아 있는 삽화가 보인다.

왕자　그래도 난 신들을 원망하지 않았어요. 이 모든 게 신들의 뜻이
　　　　라고 믿었으니까요. 그렇게 며칠 동안 그 섬에 버려져 있었는
　　　　데, 어느 날, 갑자기! 내 앞에 홀연히 어떤 노인이 나타났어요.
　　　　그 바다에 살고 있는 용왕이었죠. (학자들, 감탄하는데) 그 용왕은
　　　　늙은 여우 한 마리가 소라 나팔을 불면서 자기의 머리를 아프
　　　　게 하니 부디 여우를 없애달라고 부탁을 했죠.

왕자 앞에 나타난 용왕, 소라 나팔을 부는 늙은 여우의 삽화가 보인다.

학자1, 3, 4　그래서요?

왕자　나는 기꺼이 그렇게 하겠다고 약속을 하고, 약속대로 꼬리가

아홉 개 달린 그 늙은 여우를 단칼에 해치웠죠.

늙은 여우를 무찌르는 왕자의 삽화가 보인다.

학자1, 3, 4   세상에!

왕자, 우쭐하여 어깨를 들썩인다.

학자1, 3, 4   그 다음은요?
왕자   용왕은 그 보답으로 내 소원을 들어주겠다고 했고, 난 동방의
왕이 되겠다고 했죠.

용왕이 왕자의 머리에 왕관을 씌워주는 삽화가 보인다.

학자1, 3, 4   (깜짝 놀라) 왕?! 동방의 왕!
왕자   (낙담하여 한 숨을 내쉬며) 하지만 왕은커녕, 지금은 어딘지도 모를
곳에 버려진 한심한 신세가 돼버렸어요. (경건하여) 자비로운 신
들이시여, 굽어살피소서.

학자들, 왕자의 모험담에 넋을 잃은 듯 말이 없다.

왕자   여러분들이 학자라면 모르는 게 없겠죠?
학자1   물론이죠!
왕자   그럼, 용성국으로 가는 방향을 가르쳐주십시오. 난 반드시 돌
아가야 해요.

학자들, 방향을 가리키는데 모두 제각각이다. 학자들, 머쓱하다.

왕자   (낙담하다가) 이곳에도 신전이 있겠죠? 신들이 계신 곳 말이에요?
        (자신만만하여) 그분들이라면 제게 고향으로 돌아갈 수 있는 방법
        을 가르쳐 주실 겁니다. 신들께선 저의 영원한 보호자가 되어
        주시겠다는 신탁을 내리셨죠. 징표로 제 가슴에 지, 수, 화, 풍
        네 개의 별을 그려주셨구요.

학자3   신전이라면 ……. (철골을 가리키며) 저 언덕을 넘어 반나절을 가
        면 있어요.

        왕자, 곧장 철골로 올라가 먼발치를 바라본다.

왕자   (학자들을 향해) 이제 가봐야겠습니다. 갈 길이 멀거든요. 다음엔
        선생들의 신묘한 학문을 꼭 배워보도록 하죠.

        왕자, 유쾌하게 손을 들어 보이더니 언덕을 넘어간다. 학자들, 왕자가 넘어간
        언덕을 물끄러미 바라본다. 잠시 침묵이 흐른다.

학자4   바다에서 펼치는 숨가쁜 노략질!
학자3   예쁜 여자들이 즐비한 천국!
학자1   낭만과 모험이 넘치는 바다!
학자1, 3, 4   (돌연) 두목! 두목!

        학자2, 3, 4, 왕자의 뒤를 따라간다.

학자2   (물끄러미 학자들의 뒷모습을 보다가) 얘들아~ 나도 끼워 줘~.

        학자2, 뒤따라 나간다.

제 6 장

궁녀들이 무대 앞에 정렬하여 서 있다. 침울한 분위기다. 잠시 후, 철골의 가운데 입구로 제사장과 대신들이 나온다. 그들 또한 침울한 분위기다. 대신들은 2장에서와 마찬가지로 한 몸처럼 움직인다.

대신1　아무래도…….

대신2, 3　아무래도…….

대신1　대왕께서…….

대신2, 3　대왕께서…….

제사장　별일 없으실 겁니다. 조금 편찮으실 뿐입니다.

대신1　(조심스럽게) 지금 나라 곳곳에서 해괴한 소문이 돌고 있습니다.

제사장　해괴한 소문이라뇨?

대신1　대왕께서 밤마다 악귀한테 시달리시고, 천심도 대왕마마를 떠났다는 소문이 돕니다. 하늘에 변고가 일어난 이후로 어떤 신탁도 내리지 않았다는 건.

대신2, 3　않았다는 건!

대신1　분명한 사실이니까요.

제사장　하늘의 깊은 뜻을 우리가 어떻게 알겠습니까? 경들은 유언비어에 현혹되지 말고 충심으로 마마를 보필하도록 하세요.

대신2, 3　거기다 덧붙여!

대신1　두 해가 넘게 지속된 부역으로 백성들도 대왕마마께 등을 돌리고 있다는 소문도 돕니다.

무대 뒤쪽으로 철탑의 모습이 보인다. 제사장과 대신들, 철탑을 바라본다. 2장처럼 사람들이 철탑에 매달려 일을 하고 있다. 그 앞에는 무관이 채찍을 들고 매서운 눈초리로 서 있다. 무관, 백성들의 노동을 재촉하여 채찍을 휘두른다. 무관의 채찍에도 불구하고 백성들, 뜨거운 열기와 굶주림에 하나둘 쓰러진다. 제사장, 암울한 현실에 표정이 어두워진다.

대신1　　나라의 운명을 책임질 탑의 완공은 요원하기만 합니다.

대신2　　백성들은 연속된 가뭄으로 인해 굶주림에 허덕이고 있으며.

대신3　　과도한 노동으로 사상자가 속출하고 있습니다.

대신1　　하루속히 백성들의 마음을 다독여야 합니다.

대신2, 3　(제사장이 무슨 말을 하려는데) 그래서 결론은!

대신1　　대왕 마마의 후사를 정해야 할 것 같습니다.

제사장　　후사라뇨? 대왕께서 정정하신데 대체 무슨 말씀입니까?

대왕, 휠체어처럼 바퀴가 달린 의자에 앉아 있다. 궁녀, 의자를 밀며 철골의 가운데 입구로 들어온다. 대왕은 몹시 병약하여 보인다.

대왕　　경들의 말이 옳다. 이제 후사를 정할 때가 되었다.

제사장　　당치 않습니다. 후사라니요?

대왕　　천심도 민심도 날 떠났다면 새로운 왕을 세워 나라의 안녕을 기약해야 할 것이오. 그것이 임금이 할 일이 아니던가.

대왕, 몸이 떨릴 정도로 심한 기침을 한다.

대왕　　(가까스로 기침을 멈추고) 공주를 불러 오라.

궁녀 중의 하나가 대왕의 명을 받고 나간다. 잠시 무거운 침묵이 흐른다. 잠시 후 투란도트, 들어온다. 투란도트, 말없이 예를 갖춘다. 사람들, 조용히 나간다. 무대에는 대왕과 투란도트만이 남아 있다. 그들 사이에 어색한 침묵이 흐른다.

대왕　　네게 부탁을 하고자 불렀다.

투란도트　말씀하십시오.

대왕　　(잠시 머뭇거리다가) 그 갑옷을, 단 한 번만 벗어다오.

투란도트　(깜짝 놀라) ……!

대왕　　이 부탁은 애비로서의 처음이자 마지막 부탁이다.

투란도트　(냉정하여) 그렇게는 할 수 없습니다.

대왕　　단 한 번이면 된다.

투란도트　더 하실 말씀이 없으시다면 물러가겠습니다.

대왕　　(다급하여) 가지 마라! 가지 마라!

대왕, 투란도트를 붙잡으려 하다 의자에서 떨어진다. 투란도트, 걸음을 멈춘다.

대왕　　(가까스로 몸을 일으키며) 난 이제 얼마 남지 않았다.

투란도트　대왕께선 강한 분이십니다. 나약한 말씀은 하지 마십시오.

대왕　　난 대왕이 아니라 니 애비야. 왕비가 니 에미인 것처럼 말이다. (사이) 니가 나를 어떻게 생각하는지 잘 안다. 넌 내가 전쟁에 미쳤다고 생각하겠지? 하지만 나라고 전쟁을 좋아하는 건 아니다. 그건 임금으로서 어쩔 수 없이 해야 하는 일이었어. 나라의 기틀을 잡고, 부족을 복속시키고, 땅을 넓히는 건 나의 몫이었다. 하지만 임금이라는 것은 그저 허울 좋은 껍데기, 그 또한 헛된 것은 세상사와 다를 게 없다. 사람들은 나를 대왕이라고 하지만 내가 얻은 것은 원한에 찬 악귀와 살육의 과업뿐. 남은 것이라고는 평생을 싸워 얻은 이 나라뿐이다.

투란도트　(냉랭하여) 무슨 말씀을 하고자 하십니까?

대왕   이제 이 나라엔 새로운 왕이 필요해. 새로운 왕이라면 이 변고
       를 없앨 수 있을지도 모른다.

투란도트 그것뿐입니까? 제게 갑옷을 벗으라는 이유가?

대왕   (머뭇머뭇거리며) …….

투란도트 그러시겠죠. 평생 전쟁으로 일군 나라를 허공에 날려버릴 순
       없을 테니까요.

대왕   내가 후사를 정하지 않고 죽는다면, 니가 곤경에 처하게 될까
       두렵구나.

투란도트 다른 자가 왕관을 가로채는 게 두려우시겠죠.

대왕   넌 내 생명보다 소중한 아이야.

투란도트 (냉소 섞여) 아버지에게 소중한 건, 왕관뿐이에요. 오직 그것만을
       위해 사셨잖아요?

대왕   무슨 말을 해도 좋다. 네게 용서를 빈다고 해도 넌 용서치 않을
       테니까. 하지만 제발 이 애비의 마지막 청을 너그러이 들어다
       오. 왕이 없는 나라를 만들 순 없어. 그건 왕비의 죽음을 헛되
       이 만드는 것이다. 왕비는 이 나라를 위해 죽었으니까.

투란도트 (증오에 가득 차) 그 입으로 어머니를 팔지 말아요. 어머니가 죽은
       건 나라를 위해서라 아니라 당신의 딸을 구하기 위해서였어요.

       투란도트, 억누를 수 없는 증오와 분노로 대왕을 쏘아본다. 잠시 침묵이 흐
       른다.

투란도트 (냉정을 되찾으며) 대왕께서 갑옷을 벗으라고 하신다면 그렇게 하
       겠습니다. 대왕의 명을 따르는 것이 신하의 도리니까요.

대왕   (기쁨에) ……!

투란도트 대신.

대왕   말해보거라. 무엇이든 니 뜻을 들어주마.

투란도트 저의 시험을 통과하지 못한다면, 어느 누구든 죽을 겁니다. 제
세 치의 혀가 칼이 되어 이 저주받은 나라를 탐내는 자의 목을
자를 겁니다. (싸늘하여) 똑똑히 보십시오. 대왕의 딸이 무엇을
하는지. 그리고 기억하십시오. 왕비의 딸이 대왕께 무엇을 드
리는지!

대왕, 깜짝 놀라 무엇이라 말을 하려는데 투란도트, 정중히 예를 갖추고 나간
다. 홀로 남은 대왕, 긴 탄식을 내뱉으며 얼굴을 감싼다.

제 7 장

어둠 속에 4대신들이 동상처럼 서 있다. 그들은 모두 꾸벅꾸벅 졸고 있다.
잠시 후, 호롱불을 든 왕자가 들어온다. 그는 불을 비추어 주위를 둘러본
다. 제대로 신전에 찾아온 것을 확인하자 안도의 한숨을 쉰다. 왕자, 곧장
촛대에 불을 밝힌다. 곧이어 무대 밝아진다. 왕자, 절도 있게 4대신을 향해
절을 한다.

왕자 (한쪽 무릎을 꿇고) 만물의 근원이신 지, 수, 화, 풍, 4대신이시여!
자비로운 신들이시여! 길을 잃고 이국의 땅에서 배회하는 제게
지혜의 말씀을 내려 주소서. 고향으로 돌아갈 수 있는 방법을
일러주소서. 신탁을 내려 주소서!

왕자, 신들의 계시를 기다리지만 무대에는 정적만이 흐른다.

왕자　(좀 더 큰 목소리로) 자비로운 신들이시여! 고향으로 돌아갈 수 있
는 방법을 일러 주소서. 신탁을 내려 주소서! (반응이 없자 더욱 크
게) 신탁을 내려 주소서!

왕자의 소리에 잠들어 있던 신들이 잔뜩 짜증이 묻은 기지개를 펴며 깨어
난다.

수신　달라는 밥은 안 주면서 이젠 수면방해까지 해! (버럭) 어떤 놈이
야!

신들, 소리의 주인공을 찾으려는 듯 육중한 몸을 이끌고 앞으로 나온다. 녹슨
몸이 움직일 때마다 요란하게 삐꺼덕거리는 소리가 들려온다. 왕자, 갑작스러
운 상황에 본능적으로 칼을 빼어 든다. 잠시 주위를 두리번거리던 신들, 칼을
들고 있는 왕자를 발견한다. 신들, 위협적으로 왕자에게 다가선다. 신들, 왕자
를 둘러싼다.

왕자　(경계를 늦추지 않으며) 요괴라면 물러가고, 잡귀라면 사라지고, 악
신이라면 지옥으로 꺼져라!

화신　(버럭) 이런 당돌한 놈을 봤나! 감히 만물의 근원 4대신 앞에서
칼을 들고 설쳐!

왕자　만약 자비로운 신들이시라면 제 말에 귀를 기울이시고 제게 지
혜를 주십시오!

풍신　(왕자의 얼굴을 물끄러미 바라보며) 근데 어디서 많이 본 것 같은데
…….

신들, 왕자의 얼굴이 낯이 익은지 고개를 갸우뚱거리며 생각에 잠긴다.

수신　(그제서야 왕자를 알아보고) 니가!

풍신　바로!

수신　드디어!

지신　(두려움에) 너, 너희들 지금 실수하는 거야. 신들이 인간의 일에 끼어드는 건 절대 안 된다고!

수신　긴말 필요 없다!

풍신, 화신　신탁을 받을지어다!

왕자, 경건하게 무릎을 꿇고 고개를 숙인다. 수신, 풍신, 화신, 일제히 허공을 향해 손을 뻗는다. 지신, 머뭇거리다 별수 없이 그들의 사이에 낀다. 신들이 손을 허공을 향해 뻗자 번개가 치는 것처럼 요란한 소리와 함께 불꽃이 번쩍인다. 무대의 단상에 비익조의 영상이 투영된다.

왕자　(물끄러미 비익조의 영상을 바라보며) 저건 …… 비익조 ……. 암수가 짝을 이루어야지만 하늘을 날 수 있는 전설의 새…….

수신　이것이 우리가 내리는 신탁이다. 알았다면 지금 즉시 행동으로 옮겨라!

왕자　(곰곰이 생각을 하며) 하지만…….

화신　하지만?

왕자　자비로운 신들이시여. 이곳은 제 고향에서 너무도 멀리 떨어져 있는 곳입니다. 일가친척은 물론이고 안면이 있는 사람도 없습니다. 여기서 어떻게 제 짝을 찾을 수 있겠습니까?

풍신　이것이 우리의 신탁이니 더는 묻지 마라.

왕자　게다가 저는 아무것도 가진 것 없는 무일푼입니다.

수신　사랑은 돈으로 사는 게 아니로다. 사랑은 용기로 쟁취하는 것이지.

왕자　그렇지만 이런 망망대해 같은 곳에서 제 짝을 찾는 것은, 아무래도 너무 어려울 것 같습니다.

화신　(위협적으로) 거참, 하라면 하는 거지. 신이 말씀하시는데 꼬박꼬박 말대꾸네! 그냥 믿어.

왕자, 난감한 듯 생각에 잠긴다.

왕자　자비로운 신들이시여, 부디 다른 신탁을 내려주십시오. 저는 이런 곳에선 살고 싶은 생각이 없습니다. 게다가 하늘에 해가 두 개가 뜨는 곳이라면, 이런 곳에서 사는 사람들은 보지 않아도 뻔합니다.

수신　보지 않아도 뻔하다구?

왕자　하나를 알면 열을 아는 것과 마찬가지죠?

수신　(자신만만하여) 과연 그럴까?

왕자가 무슨 말을 하려는데 철골의 단 쪽에 신비한 빛이 감돌기 시작한다. 왕자, 단을 올려다 본다. 투란도트의 모습이 보인다. 투란도트는 갑옷과 투구를 벗고 공주의 옷을 입었다. 시녀들이 그녀의 머리를 빗겨주고 있다. 왕자, 투란도트의 모습을 넋을 놓고 바라본다.

수신　이래도 우리의 신탁을 믿지 않겠느냐?

왕자　(믿기지 않아) 정말 저 여인이 저의 짝입니까? (황홀하여) 저……아름다운 여인이…….

수신　그건 너의 선택에 달려 있다.

왕자　제가 어떡하면 저 여인을 얻을 수 있습니까?

풍신　올라가서 저기 있는 징을 쳐라! 그러면 저 여인을 얻을 것이다.

왕자　단지 그것뿐입니까?

수신, 대답을 못하고 슬쩍 다른 신들을 바라본다. 신들 사이에 무언의 대화가 오간다.

수신　망설이지 마라. 시간은 너를 기다려 주지 않는다. 올라가라. 올라가 징을 울려라!

왕자, 최면에 걸리기라도 한 것처럼 천천히 계단을 오른다.

수신　잠깐!

왕자　……?

수신　잊지 마라. 사랑은 용기로 쟁취하는 것이다!

왕자　자비로운 신들이시여! 감사합니다!

왕자, 곧장 철골의 모서리로 올라가 징을 울린다. 이 사이, 신들은 어둠 속으로 사라진다. 왕자의 징 소리에 무장한 병사들이 들어온다. 곧이어 대신들이 들어온다.

대신1　멈추시오!

징 소리가 멈추자 무대는 순간 정적에 휩싸인다.

대신1　그 징을 울리는 게 무슨 의미인지 아시오?

왕자　(자신만만하여) 물론! 난 청혼을 하러 왔습니다.

대신들, 진지하여 왕자를 훑어본다.

대신1　그대는 어느 나라의 왕자이시오?

왕자   (무슨 말인가 하여) 난 용성국의 사람이지만, 왕자는 아닙니다.

대신1   (당황하여) 왕자가 아니라고?

왕자   그렇습니다.

대신1   그럼, 왜 저 징을 울렸느냐?

대신2, 3 왜 울렸느냐?

왕자   청혼을 하기 위해섭니다. 내 운명의 여인에게!

대신1   저 징은 공주님께 청혼을 하고자 하는 왕자들만이 울릴 수 있
        는 고귀한 것! 감히 거렁뱅이 주제에 공주님께 청혼을 하겠다
        고! 니놈이 미쳐도 단단히 미쳤구나. 당장 저놈을 끌어내라!

병사들이 왕자에게 달려든다. 왕자, 도움을 청하려 신들을 찾지만 신들은 보
이지 않는다. 왕자, 망연자실하다.
병사들, 왕자를 끌고 무대 아래로 내려온다. 곧이어 투란도트가 철골의 단상
에 모습을 보인다. 철골의 가운데 입구에 대왕과 제사장의 모습이 보인다. 대
왕은 관찰자처럼 앞에서 진행되는 광경을 지켜본다.

투란도트   나한테 청혼을 하러 왔다구요?

대신1   (급히 나서며) 정신 나간 거렁뱅이일 뿐입니다. 미친 자가 일으킨
        소동이니 심려하지⋯⋯.

투란도트   (말을 끊으며, 병사들을 향해) 풀어줘라.

병사들, 대신들의 눈치를 슬금슬금 보다가 왕자를 풀어준다. 투란도트, 말없
이 왕자를 바라본다. 왕자, 투란도트의 아름다움에 취한 듯 넋을 잃고 바라본
다. 잠시 침묵이 흐른다.

투란도트   정말 내게 청혼을 하고자 왔나요?

왕자   그렇습니다.

투란도트 나의 시험을 통과한다면 당신의 청혼을 받아들이겠어요.

왕자 어떤 시험이라도 달게 받죠! 설령 지옥 불 위를 걷는 시험이
라도!

투란도트 시험을 통과하지 못한다면 당신의 목숨은 내 것입니다.

왕자 (넋이 빠진 듯) 당신이 원한다면 기꺼이……

대신1 (깜짝 놀라) 공주님! 저런 거렁뱅이의 청혼을 받아들이시겠다뇨?
이건 국가적인 재앙입니다!

투란도트 (무시하고) 내 결정을 대왕께 전해주세요.

투란도트, 싸늘히 돌아서서 나간다. 대신들, 당혹스러워 안절부절이다.

대신1 (별수 없이 왕자에게) 내일 동이 틀 때 이곳으로 나와라.

대신2 도망치는 게 현명할 거야.

대신3 아니면 내일부로 저승행이니까.

대신1 동이 틀 때야! 동!

대신들과 병사들, 나간다. 왕자, 꼭 무엇인가에 홀린 듯한 표정으로 계단에
앉는다.

대왕 (절망에 찬 한숨을 내쉬고) 이렇게 복수를 하고자 하는가? 기어이
내 가슴에 비수를 꽂는구려. 거렁뱅이한테 왕위를 물려줘야 될
지도 모른다니…… 거렁뱅이한테 이 나라를…….

제사장 어쩌면 저 젊은이가 꿈에서 보셨다는 그 사람일지도 모릅니다.

대왕 (슬쩍 보고 고개를 돌리며) 모르겠소. 이젠 기억도 나지 않아. 기억
도…….

제사장, 대왕을 부축하여 나간다. 홀로 남은 왕자, 여전히 넋을 빼고 앉아 있

다. 학자들이 들어온다. 학자2는 머리에 붕대를 감고 있다. 그는 뭔가 혼자 중얼거리며 열심히 계산을 하고 있다.

학자들 (왕자를 보고 반가움에) 두목!

왕자 (깜짝 놀라) 선생들이 여긴 어쩐 일입니까?

학자1 선생이라뇨? 당치 않습니다. 우린 오늘부터 학자의 길을 접고 두목의 충직한 부하들이 되기로 다짐했습니다.

왕자 부하가 되겠다고요? (무슨 말인가 하다가, 고개를 저으며) 오늘은 도무지 뭐가 뭔지 정신을 차릴 수가 없군.

학자2 (중얼거리며) 육조 칠천구백팔십일, 육조 칠천구백팔십이, 육조 칠천구백팔십삼…….

학자3 (왕자가 학자2를 보자) 신경 쓰지 마십시오. 정신 좀 차리고 손 좀 봤습니다. 근데 두목께선 여기는 어쩐 일이십니까? 신전에 가신다고 하셨잖아요?

왕자 신전에는 갔었는데…….

학자4 (주위를 살피며) 여긴 위험한 곳입니다. 절대 사람이 올 때가 아니죠. 아까 전에도 어떤 미친놈이 징을 친 것 같은데 아마 지금쯤 목 없는 송장이 됐을 겁니다.

왕자 다행히도 그 미친놈은 여기에 살아 있어요. 이렇게 멀쩡히.

학자1 (기겁하여) 그럼, 그 미친놈이 두목이란 말이에요!

학자3 아니 왜!

왕자 (사이) 아무래도……. 난……. (학자들이 바짝 귀를 기울이는데, 진지하여) 사랑에 빠진 것 같아요.

학자들, 왕자의 대답에 어이없다는 듯 멀뚱히 왕자를 바라본다.

제 8 장

무대는 고요하다. 보름달의 은은한 빛이 무대를 비춘다. 철골의 한쪽 모서리에 왕자가 앉아 있다. 그는 생각에 잠겨 달을 바라보고 있다.

왕자　(독백하듯) 싸늘한 미소를 가진 여자……. 청혼자를 죽이는 공주……. 왜? 왜 그랬을까? 왜 그래야만 했지? 도무지 풀 수 없는 수수께끼 같구나.

맞은 편 모서리에 투란도트의 모습이 보인다. 그녀도 왕자처럼 달을 바라보고 있다. 독백처럼 들리던 그들의 대사는 어느 순간부터 서로를 향해 던지는 대사처럼 들려온다.

투란도트　(독백하듯) 내가 이긴다면 어머니께 바칠 또 하나의 재물을 얻게 되고, 내가 진다면 이 나라는 거렁뱅이 왕을 섬기겠지.

왕자　(독백하듯) 아름다움 속에 떠도는 차디찬 냉기. 무엇이 공주의 마음을 그토록 차갑게 만들었을까?

투란도트　만약 그 거렁뱅이가 이 나라를 갖게 된다면……. 누구도 갖지 못했던 멋진 선물을 안겨주겠어.

왕자　공주의 사랑을 얻을 수만 있다면……. 그 여자를 가질 수만 있다면…….

투란도트　어리석은 자여, 저 달이 지기 전에 도망쳐요. 왕이 되겠다는 욕심도, 날 갖겠다는 욕망도 모두 버려요. 그것만이 당신이 사는 길이에요.

왕자　공주여, 이제 내 생명은 당신 손에 달렸습니다. 하지만 도망치지는 않겠습니다. 도망치기엔 이미 늦어버렸으니까.

투란도트　우매한 자여, 당신은 날 이길 수 없어요. 내 세 치의 혀는 검보
다 강하고 창보다 날카로워요.

왕자　날 사랑에 빠트린 공주여, 그 사랑이 날 찌르는 칼이 된다 해도
난 기꺼이 그 칼에 찔리겠습니다. 그것이 나의 운명이라면!

왕자와 투란도트, 천천히 고개를 돌려 서로를 바라본다. 그들의 모습, 어둠
속에 잠긴다.

정적을 뚫고 들려오는 뿔 나팔 소리. 그 소리에 맞추어 무대는 동이 트듯 밝
아온다. 단상에는 왕과 공주가 앉아 있다. 그 옆으로 제사장과 대신들이 서
있다. 철골 아래쪽에는 사람들이 왕자를 기다리고 있다. 잠시 후, 왕자와 학
자들이 들어온다. 학자들은 변장을 위해 수염을 붙였다. 제 딴에는 변장을 했
지만 영락없는 거렁뱅이의 모습이다. 그들은 왕자에게 말을 하면서도 발각되
지 않으려는 듯 연신 주의를 살핀다.

학자3　사랑은 환상!

학자4　환상이 깨지면 두목은 목 없는 송장!

학자1　(왕자를 잡으며) 두목, 이럴 땐 그냥 튀는 게 상책이라니까요.

왕자, 학자들의 만류에도 불구하고 무대 앞쪽으로 나간다. 왕자, 대왕을 향해
정중히 예를 갖추려 하지만 대왕은 손을 들어 보이며 멈추게 한다. 대왕의 표
정이 몹시 굳어있다. 대신들, 앞쪽으로 나온다.

대신1　약속대로 공주님의 시험이 있을 것이다. 시험을 통과한다면 공
주님께서는 너의 청혼을 받아들이실 것이고, 풀지 못한다면 너
는 죽게 될 것이다. 이의가 있느냐?

사람들, 웅성거리기 시작한다.

왕자 없습니다!

대왕 (잠시 주위를 둘러보고) 시작하라.

시험이 시작되었음을 알리는 징 소리가 들려온다.

대신1 들을지어다! 공주님의 시험은 이와 같도다. (두루마리를 펼쳐 읽으며) 불에 탄 재로 새끼줄을 꼬아 바칠지어다.

대신2, 3 불에 탄 재로 새끼줄을 꼬아 바칠지어다!

사람들, 또다시 웅성거리기 시작한다. 왕자의 얼굴이 창백해진다. 사람들, 무리에 끼어 있는 학자들도 안절부절이다.

대신1 (모래시계를 엎어놓으며) 이 모래가 다 떨어지기 전에 시험을 통과하지 못한다면.

대신2, 3 약속대로 너를 처형할 것이다!

왕자, 절망에 빠진 듯 힘없이 주저앉는다. 손을 모으고 간절히 생각을 하지만 해답이 떠오르지 않는다. 그 광경을 지켜보던 학자2, 또 무엇인가를 계산하듯 속으로 중얼거린다. 학자들, 그런 학자2를 한심스러운 듯 지켜본다.

학자1 (학자3에게) 거 봐. 내가 그랬잖아? 너무 세게 때렸다고.

학자2 (대뜸, 능수능란하게) 저 문제의 핵심은 인식의 전환, 곧 고정관념을 탈피하는 것에 있다. 우리의 인식은 늘 익숙한 방향으로 흐르게 되어있지만, 그 익숙함이야 말로 창조력을 얽매는 족쇄와도 같은 것이다. 우리들은 재로 새끼줄을 꼬는 것에만 집중할

뿐 그 반대의 경우는 생각하지 않기 때문에 저 문제를 풀 수 없
는 거야. 저 모래시계처럼 우리의 고정관념을 뒤집는다면 저
문제의 답이 보일 것이다.

대수롭지 않게 듣던 학자들, 문득 깜짝 놀란다.

학자2　(근엄하게 헛기침을 하며) 뒤집어라 그러면 살 것이다.

학자1,3,4　(왕자를 향해, 3중창처럼 화음을 넣어) 뒤집어라 뒤집어라 뒤집어라
그러면 살 것이다!

왕자, 학자들의 뜬금없는 말에 고개를 돌려 바라본다.

대왕　(학자들의 소리에) 저자들은 무엇인가?

대신1　저 거지들을 쫓아내라!

병사들, 학자들을 내몬다.

학자들　(내몰리면서) 뒤집어라 그러면 살 것이다! 뒤집어라 그러면 살 것
이다!

학자들, 병사들에게 쫓겨 나간다. 왕자, 곰곰이 학자들의 말을 생각하다가 불
현듯 벌떡 일어서더니 철골의 가운데 입구로 들어간다.

새끼줄을 불에 태우는 왕자의 모습이 실루엣으로 보인다. 무대 한켠에 조명
이 떨어지면 학자2의 말에 귀를 기울이고 있는 학자1, 3, 4의 모습이 보인다.
학자2, 실루엣으로 보이는 왕자의 행동을 설명한다.

학자2　(해설자처럼) 재로 새끼줄을 꼬는 것은 불가능하지만 새끼줄을 재

로 만드는 건 가능하지. 우선 이 문제를 풀기 위해서는 새끼줄을 약한 불 위에 올려놓고 부채질을 하며 천천히 태운다. 그러면 새끼줄은 불에 타면서 서서히 재가 되어간다. 여기서의 핵심은 바로 그 형상이 무너지기 직전! 불을 끈다는 것이지. 그럼 새끼줄은 불에 타 재가 되었지만 아직 줄의 형상을 유지하고 있으므로, 결론적으로 그것은 재로 새끼줄을 꼰 것과 같은 것이 되는 것이다.

학자1, 3, 4, 수긍하여 과장되게 고개를 끄덕인다. 학자들을 비추었던 조명이 꺼지면 왕자가 불에 태운 새끼줄을 종이에 싸서 조심스럽게 갖고 들어온다.

왕자   (종이를 대신1에게 건네며) 여기 저의 답이 있습니다.

대신1, 종이를 펴본다.

대신1   (까무러치게 놀라며) 진짜! 재로 새끼줄을!

사람들, 놀라운 듯 웅성거린다. 공주, 왕자가 건넨 답을 보고 벌떡 자리에서 일어선다. 공주의 표정에 당혹감이 역력하다.

대왕   정말 그 자가 재로 새끼줄을 꼬았느냐?
대신1   그렇습니다. 여기 이렇게······.

대왕, 재로 꼰 새끼줄을 믿기지 않는 듯 바라본다.

투란도트   (애써 침착하여) 제법 운이 따르는군요.
왕자   운이 아닙니다. 자비로운 신들의 가호(加護)죠.

투란도트 그럼, 당신의 신들한테 한 번 더 자비를 구해봐요. 아직 시험은 끝나지 않았으니까. 이건 첫 번째 관문일 뿐이에요.

투란도트, 굳은 표정으로 나간다. 사람들이 왕자에게 몰려가려 하자, 병사들 사람들을 강제로 내몬다. 잠시 후, 무대 정리되면서 대왕과 왕자만이 남는다.

대왕 (말없이 왕자를 바라보다가) 가까이 오라.

왕자, 대왕 앞에 가 정중히 예를 갖춘다.

대왕 그대는 어디에서 왔는가?
왕자 용성국에서 왔습니다.
대왕 용성국……? 좀 더 가까이 오라.

왕자, 좀 더 가까이 대왕에게 다가간다. 대왕, 왕자를 유의 깊게 살펴본다. 대왕의 시선이 왕자의 검에 멈춘다.

대왕 좋은 검을 갖고 있구나. 무릇 사내는 좋은 검을 고를 줄 알아야 한다.
왕자 이 검은 제 부친께서 물려주신 겁니다.

대왕, 검을 달라는 듯 손을 내민다. 왕자, 겸손히 대왕에게 검을 내민다. 검을 살펴보던 대왕, 깜짝 놀라 왕자의 얼굴을 본다.

대왕 정말 이 검을 부친에게서 물려받았느냐?
왕자 그렇습니다.
대왕 (애써 침착하여) 부친의 존함을 아느냐?

왕자 한 번도 부친의 존함을 들어보지 못했습니다.

대왕 그럼?

왕자 절 키워주신 분은 양아버지셨습니다. 그분께서는 강보에 쌓인 저와 이 검을 발견하셨고, 그 은혜로 이만큼 장성하게 됐습니다. 하지만 그분께서도 제 친부의 성함은 모르셨습니다. 단지 부친께서 이 검을 저의 증표로 남겨 놓으셨다고 하셨습니다.

잠시 침묵이 흐른다. 대왕의 얼굴에 짙은 그늘이 드리운다.

대왕 (왕자가 이상한 듯 바라보자) 잘 알았다. 그만 물러가도록 하라.

왕자, 예를 갖추고 물러간다. 대왕의 몸이 파르르 떨린다. 대왕, 가까스로 몸을 일으켜 주춤주춤 단상의 가운데로 걸어간다. 그는 넋이 빠진 표정으로 하늘을 올려다본다.

대왕 …… 기어이 …… 기어이 …… 이렇게 되는 것인가 ……. 이것이 정녕 하늘의 뜻이란 말인가 …… 이것이 정녕 …….

긴 탄식과 함께 대왕의 모습, 어둠 속에 잠긴다.

제 9 장

왕자는 경건히 무릎을 꿇고 기도를 하고 있다. 그의 앞에 4대신이 동상처럼 서 있다. 무대에는 달빛만이 들어올 뿐 다소 어둡다. 그러나 신전답게 경건하

면서도 신비로운 분위기를 자아낸다. 잠시 후, 투란도트가 들어온다. 그녀는
머리와 어깨에 차도르처럼 스카프를 두르고 있다.

투란도트 (무엇인가를 간절히 기원하는 왕자를 지켜보다가) 허망한 기도는 그만둬
요. 당신은 날 이기지 못해요.

왕자 (예상치 못한 투란도트의 등장에 놀라며) …….

투란도트 정말 저 신들이 당신 편이라면 당신의 꿈이 얼마나 헛된 것인
지를 말해줄 거예요.

왕자 (기쁨에) 신들께선 이렇게 말씀하셨죠. 용기를 가져라. 그래야만
공주를 얻을 것이다.

투란도트 (왕자가 다가오자 뒤로 물러서며) 내가 온 건 마지막 기회를 주기 위
해서예요.

왕자 ……?

투란도트 이곳을 떠나요. 떠난다면 청혼을 했던 일은 없었던 걸로 하겠
어요.

왕자 그렇다면 당신의 방문은 최후통첩인 셈이군요?

왕자, 자못 심각하여 생각에 잠긴다. 투란도트, 왕자의 답을 기다리듯 말없이
서 있다.

왕자 (진지하여) 난 떠날 수 없어요.

투란도트 (예상외의 대답에 당혹스러운 듯) 떠나지 않으면 당신은 죽어요.

왕자 죽는다 해도 난 떠날 수 없어요.

투란도트 어리석군요.

왕자 사랑에 빠지면 누구나 어리석어지죠.

투란도트 누굴 사랑하죠?

왕자 물론 내 앞에 서 있는 당신!

투란도트 (어이가 없다는 듯) 당신은 고작 해야 날 세 번 봤을 뿐이에요.

왕자 운명 앞에선 만남의 횟수는 중요하지 않아요.

투란도트 그렇다면 운명한테 말해요. 어리석음에서 깨어나게 해달라고.

투란도트, 싸늘하여 돌아선다.

왕자 당신은 거짓말을 하고 있어요. 내가 떠나지 않기를 바라죠?

투란도트 ……!

왕자 나한테 일말의 관심도 없었다면 여길 오지 않았을 거예요. 죽
든 살든 관계가 없을 테니까. 날 찾아온 건 내게 관심이 있다는
증거죠.

투란도트 자비를 베풀어도 그 뜻을 모르는군요.

왕자 그건 자비가 아니라 사랑이에요. 당신도 사랑을 꿈꾸는 여느
여자들과 다르지 않으니까.

투란도트, 굳은 표정으로 왕자를 쏘아본다.

왕자 그 표정은 내가 정확히 마음을 읽었단 뜻인가요?

투란도트 ……!

왕자 (자신만만하여) 당신은 나한테 복종하게 될 거예요. 내 사랑이 당
신을 복종시킬 테니까.

투란도트 (경멸하여) 거렁뱅이든 왕자든 남자들이란 족속들은 한결같군요.
(경고하여) 오만함은 파멸의 지름길이에요.

왕자 (개의치 않고 다가서며, 능청스러워) 오만함은 파멸의 지름길이지만
자신감은 사랑의 지름길이죠.

투란도트 이제 당신에게 남은 일말의 자비도 사라졌어요.

투란도트, 나가려 돌아선다.

눈을 감고 있던 신들이 조용히 눈을 뜬다. 신들, 무엇인가를 모의하듯 서로를 바라본다. 화신이 양팔을 들어 손가락을 튕긴다. 순간 촛대에 불이 켜지면서 신전이 밝아진다. 투란도트, 기괴한 조화에 깜짝 놀라 걸음을 멈춘다. 이번에는 풍신이 길게 바람을 내분다. 투란도트가 두르고 있던 스카프가 바람에 날려 하늘로 떠오른다. 투란도트, 스카프를 잡기 위해 손을 뻗는다. 왕자의 손이 투란도트의 손목을 잡는다.

왕자 (투란도트를 끌어안기라도 할 것처럼 바짝 다가선다. 투란도트가 손을 빼려고 하자 왕자 더욱 강하게 잡으며) 당신처럼 아름다운 여자한텐 너무 거친 손이군요. 검은 어울리지 않아요. 이 손엔 꽃이 있어야 제격이에요. 맹세코, 당신의 손에서 검을 뺏을 겁니다. 나의 사랑으로!

투란도트, 왕자의 뺨을 때리려 한다. 왕자, 날아오는 투란도트의 손을 가볍게 낚아챈다.

왕자 사랑은 불가능을 가능케 하는 마법이니까.

그들 사이에 미묘한 긴장이 흐른다. 왕자, 투란도트의 손을 놓는다.

투란도트 (증오에 가득 차) 참수대에서도 이렇게 당당할 수 있는지 기대해 보죠. 맹세코! 당신이 도망친다면 지옥 끝까지 쫓아가서라도 당신의 목을 자르겠어요!

투란도트, 매섭게 돌아서서 나간다. 왕자, 투란도트를 뒤쫓으려다 그만둔다.

왕자 (경건히) 자비로운 신들이시여, 지혜를 주시어 공주의 사랑을 얻게 하소서. 아니라면, 죽음 앞에서 당당할 수 있는 용기를 주소서.

왕자의 모습, 여운을 남기며 어둠 속에 잠긴다.

바람 소리가 들려온다. 어둠 속에 잠겨 있는 무대, 서서히 밝아져 온다. 그러나 여전히 새벽의 미명 속에 잠겨 있어 사람들의 모습은 어렴풋하게 보인다. 철골의 단상에는 의자에 앉아 있는 대왕과 그 양옆에 서 있는 제사장과 대신들의 모습이 보인다. 그들의 앞쪽에는 세 개의 항아리가 놓여 있다. 무대 앞에는 무장한 병사들이 사람들의 접근을 막으며 삼엄히 경계를 서고 있다. 사람들은 병사들의 제지에 별수 없이 한 발짝씩 물러서 있다. 사람들 속에는 학자1, 3, 4도 끼어있다. 학자2는 보이지 않는다. 무대의 사람들, 시간이 멈춘 듯 움직이지 않는다.
곧이어 단상으로는 투란도트가 무대 아래쪽으로는 왕자가 들어온다. 그들만이 멈추어진 시간 속에서 자유롭다. 잠시 바람 소리만이 정적 속의 무대에 흐른다. 무대의 중앙에서 서로를 바라보고 있는 투란도트와 왕자, 그들 사이에는 결투를 앞둔 검객들처럼 팽팽한 긴장감이 흐른다.

투란도트 날 복종시킬 수 있다면 얼마든지 해봐요.

왕자 물론! 저 태양이 떠오르면 기적이 일어날 겁니다.

투란도트 기적은 없어요. 오만한 자의 통곡 소리만이 메아리칠 뿐.

왕자 당신은 분명히 기적을 보게 될 거예요. 저 두 개의 태양은 두 개의 눈처럼 우리를 지켜볼 것이고, 두 개의 눈이 되어 사랑의 증인이 되어 줄 테니까요.

투란도트 태양이 뜨거든 눈을 감아요. 저 태양은 당신의 사형을 집행할 망나니니까.

왕자　　저 태양은 우리의 사랑을 증거 할 신들의 징표입니다.

투란도트　당신의 오만함이 가져온 파멸을 보여주겠어!

투란도트, 하늘을 향해 팔을 뻗는다. 북소리가 무대에 울려 퍼진다. 투란도트의 명령을 따르듯 두 개의 태양이 지평선에 나타난다. 무대, 서서히 밝아진다. 사람들도 침묵 속에서 깨어나며 움직이기 시작한다. 대왕, 고개를 들어 먼발치를 본다. 사람들, 웅성거리기 시작한다. 대왕, 손을 들어 보인다. 사람들, 입을 다문다. 다시 무대는 침묵 속에 빠져든다.

대왕　　약속된 시간이 되었다! 이제 만인이 보는 앞에서 정정당당한 시험이 시작될 것이다. 모두 숨을 죽이고 공주의 목소리에 귀를 기울여라!

대신들, 징 옆에 일렬로 선다. 대신1, 시험이 시작되는 것을 알리듯 징을 울린다.

대신1　첫 번째 문제를 들을지어다!

왕자, 한쪽 무릎을 꿇고 손을 모은 채 투란도트의 목소리에 귀를 기울인다.

공주　　이것은 한없이 무거우며 한없이 가볍고, 한없이 밝으며 한없이 어둡고, 한없이 넓으며 한없이 좁다. 이것은 무엇이냐?

학자들도 공주의 수수께끼를 풀려는 듯 곰곰이 생각에 잠긴다. 학자들도, 수수께끼를 풀려는 듯 생각을 한다. 쉽지가 않은 듯 심각히 고개만을 갸우뚱거린다.

왕자 (생각에 잠겨) 한없이 무겁고……한없이 가볍다……한없이 밝고
……한없이 넓다……. (적막한 긴장감이 흐르는데, 불현듯 벌떡 일어서
며) 그것은 마음입니다!

대신1, 첫 번째 항아리에서 답안지를 꺼내 본다. 사람들, 긴장하여 대신1을 바
라본다.

대신1 답을 맞혔습니다. 답은 마음입니다.

사람들, 감탄하여 웅성거린다. 대신2, 징을 울린다.

대신2 두 번째 문제를 들을지어다!
공주 불꽃을 닮았으나 불꽃은 아니며, 생명을 잃으면 차가워지고,
정복을 꿈꾸면 타오르고, 그 색은 석양처럼 빨갛다. 이것은 무
엇이냐?

왕자, 이번 역시 어려운 듯 쉽게 입을 열지 못한다. 구석에 있는 학자들은 나
름대로의 답을 갖고 머리를 맞대고 토론 중이다.

왕자 (생각에 잠겨) 불꽃을 닮았으나 불꽃은 아니며, 생명을 잃으면 차
가워지고, 정복을 꿈꾸면 타오르고, 그 색은 석양처럼 빨갛다
……. (어렵사리 생각을 정리하며) 그것은……그것은……바로 피입
니다.

대신2, 두 번째 항아리에서 답안지를 꺼내 본다.

대신2 답을 맞혔습니다. 답은 피입니다.

긴장하여 있던 사람들, 왕자의 정확한 대답에 다시 술렁거리기 시작한다. 투란도트, 불안한 기색이 역력하다. 대신3, 징을 울린다.

대신3   세 번째 문제를 들을지어다!

투란도트, 문제를 내지 못하고 망설인다. 사람들, 공주의 모습에 이상한 듯 웅성거리기 시작한다.

대왕   (재촉하여) 세 번째다. 마지막 문제를 내거라.

공주   (불안하여) 그대에게 불을 주며 그 불을 얼게 하는 얼음. 이것이 그대에게 자유를 허락하면 이것은 그대를 노예로 만들고, 이것이 그대를 노예로 인정하면 그대는 왕이 된다. 나의 수수께끼에, 답하라.

왕자, 이번에는 쉽게 대답이 떠오르는 듯 환한 웃음을 짓는다.

왕자   이것은 내 운명이며, 내 목숨보다 소중한 것입니다. 이것은 얼음처럼 차가우나, 동시에 태양처럼 뜨겁습니다. 세상의 무엇보다 아름답고 그 무엇보다 순결합니다.

공주   당신은 마지막 수수께끼를 풀지 못했어요!

왕자   아뇨! 난 이것이 무엇인지 잘 압니다. 그것은 바로 공주, 당신입니다!

대신3, 세 번째 항아리에서 답안지를 꺼내 본다.

대신3   (머뭇거리며) 답을 맞혔습니다. 답은 바로 공주님입니다!

대신 일동   저 사내가 모든 수수께끼를 맞혔습니다.

대왕　　정녕 모든 답이 맞았느냐?

대신 일동　그렇습니다!

사람들, 술렁인다. 대왕, 쉽게 입을 열지 못한 채 생각에 잠긴다. 갈등의 표정이 역력하다. 사람들, 대왕이 입을 열기를 기다린다.

대왕　　(마침내 결정을 내린 듯) 들을지어다! 이것으로 공주의 시험은 모두 끝났다. 약속대로 이 젊은이를 나의 사위로 맞이하리라. 내일 날이 밝는 대로 성대한 국혼을 거행하라.

사람들이 왕자에게 몰려가려 하지만 병사들이 거세게 내몬다. 대왕, 그 광경을 잠시 보다가 비켜서라는 손짓을 한다. 경쾌한 뿔 나팔 소리가 들려온다. 왕자, 투란도트에게 다가가려 하는데 사람들 그를 무등 태워 나간다. 학자들, 급히 뒤따른다.

학자1　　두목! 우리도 같이 가요!

학자3, 4　두목!

무대에는 투란도트만이 남아있다. 패배를 인정할 수 없는 듯 멍한 표정으로 서 있다.
곧이어, 사람들이 무대로 들어온다. 그들은 왕자와 투란도트의 국혼(國婚)을 축하하는 춤을 춘다. 이들의 춤은 다음 장면의 전환을 위한 것으로서 가벼운 분위기로 진행되어도 무방하다.

제 10 장

앞장의 춤 장면과는 상반되는 적막과 고요함만이 흐른다. 철골의 단상에는 4장처럼 커다란 궤(櫃)가 놓여 있다. 투란도트, 궤 앞에 조용히 앉아 있다. 그 양옆에 놓여 있는 촛대만이 어둠을 밝히고 있다. 잠시 후 왕자, 들어온다.

투란도트 당신이 이겼군요.

왕자 (신중하며 확고하게) 아뇨. 아무도 이긴 사람도 진 사람도 없습니다. 우린 전쟁을 한 게 아니니까요.

투란도트 그럼, 그저 재미있는 놀이였나요?

왕자 난 똑똑한 사람은 아니지만, 목숨을 내걸고 놀이를 할 만큼 어리석지는 않아요.

투란도트 그럼, 뭐죠?

왕자 (안타까워) 아직도 내 마음을 모르겠어요? 당신을 사랑하는 내 마음을!

투란도트 사랑 타령은 듣고 싶지 않아. 난 장님이고 귀머거리예요. 당신의 사랑을 볼 수도, 들을 수도 없어요. 전에도, 지금도, 앞으로도 그럴 거예요.

왕자 제발 마음을 열어줘요.

투란도트 내가 마음을 열면 당신은 보고 싶지 않은 것들을 보게 될 거예요.

왕자 설령 그렇다고 해도 내 마음은 변하지 않아요. 당신의 모든 악함마저도 사랑할 테니까.

잠시 침묵이 흐른다.

투란도트　이 소리가 들리나요?

왕자, 귀를 기울이지만 아무 소리도 들리지 않는다.

투란도트　저건 날 부르는 소리예요. 어머니가 날 찾는 소리.
왕자　……?
투란도트　세상 남자들과 아버지에게, 어머니를 죽인 모든 것들에게 복수
하겠다고 다짐하고 또 다짐했지만 저 소리를 멈출 수 없어.

왕자, 투란도트에게 이상한 감을 느꼈는지 단상으로 조심스럽게 오른다.

투란도트　(왕자가 다가오려 하자) 멈춰요. 난 아직 당신 여자가 아니에요. (사
이) 당신의 사랑은 나의 검보다 날카롭고 나의 갑옷보다 강한가
요? 내 마음속의 모든 분노와 증오를 잠재울 만큼.
왕자　당신의 모든 분노와 증오를 잠재우겠어요. 당신의 검을 뺏고
마음의 갑옷을 벗기겠소. 나의 사랑으로.
투란도트　당신이 말하는 사랑이라는 것이 뭐죠? 하늘의 감로수(甘露水),
만병을 치료하는 신비한 묘약? 그럼, 당신은 신인가요?
왕자　…….

왕자, 대답을 하지 못하고 머뭇거린다.

투란도트　(냉소적인 웃음이 묻어나며, 자답하듯) 당신은 그저 오만한 남자일 뿐
이에요. 여자의 마음을 정복할 수 있다고 믿는 어리석은 남자
……. (차가워) 당신의 사랑이 내 갑옷을 벗길 거라고 했죠?
왕자　그래요.
투란도트　지금도 그럴 자신이 있나요?

왕자　　당신이 날 거부하지만 않는다면.

투란도트　그렇다면 내 갑옷을 벗겨봐요.

왕자　　……!

투란도트, 돌연 궤의 뚜껑을 활짝 연다. 궤 속에서 강렬한 빛이 쏟아져 나온다. 동시에 여인네의 처참한 울부짖음과 비명 소리가 그로테스크하게 들려온다.

무대는 불에 타오르는 것처럼 붉게 물든다. 무대의 양옆에서 적군들이 들어온다. 그들의 모습은 다분히 비현실적이며 괴기스럽다. 왕자, 적군들이 칼을 빼어들고 달려들자 그도 검을 들어 맞선다. 그러나 적군들은 환영이다. 적군들에 쫓겨 궁녀들과 공주의 어머니가 들어온다. 적군들, 칼을 휘두르며 사람들을 죽인다. 무자비한 학살이다. 적군들의 공격에 공주의 어머니는 만신창이가 되어 쓰러진다. 이 광경은 상징적인 율동으로 보여주어도 무방하다. 왕자는 망연자실하여 그 광경을 지켜본다. 여인네의 울부짖음과 비명 소리가 장면의 잔혹성을 더욱 부각시킨다. 잠시 후, 환영이 사라진다.

왕자, 충격에서 벗어나지 못한 듯 숨을 죽이는데 투란도트, 피를 토하며 쓰러진다. 왕자, 투란도트에게 달려간다.

투란도트　당신은 내 갑옷을 벗길 수 없어요. 정복할 수도……내 몸을 가질 수도 없어…….

투란도트의 숨결이 거칠어진다.

왕자　　대체 무슨 짓을 한 거야!

투란도트　당신한테 주는 선물이에요. 아무도 갖지 못했던…….

왕자　　……!

투란도트　이 세상의 모든 남자들, 이 세상의 모든 왕들, 미쳐서 칼을 휘두르는 족속들, 모두 다 죽어버려.

왕자 제발 눈을 떠.

투란도트 (혼미하여) 당신을 증오해.

왕자 날 증오해도 좋아. 저주해도 좋아. 이렇게 무모한 짓을 할 걸 알았다면 당신한테 청혼을 하지 않았을 거야. 당신이 죽는다면 나도 살 이유가 없는걸. (다급히, 밖을 향해) 의원을 불러라! 사람들을 불러라!

곧이어, 궁녀들과 대신들, 제사장이 급히 들어온다. 그들은 피를 토한 채 왕자의 품에 안겨 있는 투란도트를 망연자실하여 바라본다. 잠시 후, 궤가 닫히는 둔탁한 소리와 함께 무대 어두워진다.

제 11 장

어둠 속에서 스산한 바람 소리만이 들려온다. 시간의 경과를 암시하듯 서서히 무대 밝아져온다. 철골의 단상에는 파괴된 천마상(天馬像)들만이 폐허의 역사를 간직한 채 서 있다. 이곳은 왕자의 부친, 거단의 묘소이다. 묘소는 폐허가 되어 음산하기만 하다.

왕자, 대신의 안내를 받으며 철골의 단상으로 들어온다. 왕자는 음산한 분위기에 다소 긴장한 듯 주위를 둘러본다. 곧이어, 맞은 편에서 대왕이 들어온다. 대왕, 대신들에게 물러가라는 손짓을 한다. 대신들, 대왕에게 공손히 인사를 하고 물러간다. 대왕, 깊은 상념에 젖어 잠시 말없이 묘소를 둘러본다.

왕자 대왕 마마…….

대왕 알고 있다. 그대가 무슨 말을 하려는지.

왕자 허락해 주십시오.

대왕 (말없이 왕자를 바라보다가) 그것이 최선의 방법인가?

왕자 (확고하여) 그렇습니다.

대왕 그대는 이 나라의 새로운 왕이다.

왕자 공주가 아니라면 이 나라도, 왕좌도 의미가 없습니다.

왕자, 고개를 돌려 무대 앞쪽을 바라본다. 무대 앞쪽에 조명이 들어오면 반투
명한 커튼이 쳐져 있는 침대가 보인다. 침대는 어둠 속에 홀로 떠 있는 섬처
럼 보인다.

왕자 (슬픔에 잠겨 침대를 보다가) 제가 남아 있다면 공주는 또다시 무모
한 짓을 할 겁니다. 저 때문에 공주를 다치게 할 순 없습니다.
제 오만함이 공주에게 독을 먹였습니다.

대왕도 말없이 무대 앞쪽의 침대를 바라본다.

대왕 자네가 떠난다면 저 아인 다시 갑옷을 입고 언덕에서 사내들을
기다릴 거야. 그러다가 언젠가는 굴복하겠지. 어쩌면 그 전에
사내의 칼에 죽을지도 모르지.

왕자 (애써 침대를 바라보던 시선을 거두며) 저의 사랑은 공주에겐 날카로
운 비수일 뿐입니다. 공주를 위해서 제가 할 수 있는 것은 이곳
을 떠나는 겁니다. 그것만이 공주를 위한 유일한 방법입니다.

대왕 저 아이를 지켜줄 수 있는 건 그대뿐이다.

왕자 …….

대왕 정녕 떠날 생각인가?

왕자 대왕께서 무슨 말씀을 하신다고 해도 저의 결심은 바뀌지 않습

니다. 오늘 밤 떠나겠습니다.

대왕 (묵묵히 왕자의 말을 듣고 있다가, 결심을 굳힌 듯) 그렇다면 내 얘기를 들어라. 이 얘기를 듣고도 떠나겠다면 잡지 않겠다.

대왕, 잠시 말을 잊지 못하고 폐허가 된 묘소를 바라본다.

대왕 이곳엔 한때 이 나라에서 가장 아름답고 화려했던 집이 있었다. 불나국의 대장군 거단의 집이었지. (깊은 상념에 젖으며) 거단 ……. 나의 가장 절친했던 친구. 생사를 같이 했던 전우. 난 그와 함께 여러 부족들을 복속시켜 나라의 영토를 넓혔고, 마침내는 주변의 어떤 부족도 나라도 대항할 수 없는 거대한 왕국을 세웠다. 우리들은 이 나라를 평화롭게 다스렸지.

대왕의 대사가 진행되는 동안 단상은 시간을 되돌리듯 천마들이 생기를 찾으며 깨어나기 시작한다. 음산하기만 했던 단상에는 화창하게 꽃들이 피어난다. 묘소였던 단상은 예전 영화(榮華)가 가득했던 거단의 집으로 서서히 제 모습을 찾는다.

대왕 (천천히 칼을 뽑는다. 그 칼을 슬픔에 젖어 바라본다) 하지만 거단이 아들을 얻었다고 잔치를 하던 날, 그가 검을 놓았던 날, 우리의 우정은 끝났다.

대왕의 말이 끝나기가 무섭게 흡사 말의 울음소리와 같은 소리가 날카롭게 울려 퍼진다. 무대에는 복면을 한 병사들이 들이닥친다. 병사들, 천마를 향해 칼을 휘두른다. 생기를 되찾던 단상은 핏빛으로 물든다.
앞으로 진행되는 장면은 대왕이 거단의 집을 침입하여 벌였던 살육극의 상징적인 표현이다. 병사들이 천마를 향해 칼을 휘두르는 모습은 마치 도축장에

서 가축을 도살하는 것처럼 잔혹하게 보인다. 천마가 쓰러질 때마다 말이 울
부짖는 것과 같은 비명 소리가 무대에 울려퍼진다.

대왕 (고통스러워) 제아무리 천하의 영웅이라 한들 뺏고 빼앗는 이 세상
의 이치에선 한 발짝도 벗어날 수 없는 법. 하늘의 태양은 두 개
일 수 없듯이 땅에도 임금이 두 명일 순 없었으니까. (힘겨운 듯)
그렇게 난 왕이 된 거다. 친구를 배신한 대가로 말이야. 그런데
십수 년이 지난 어느 날, 죽었다고 믿었던 그이가 나타났지.

핏빛 속으로 거단이 홀연히 나타난다. 거단은 가면을 쓰고 있어 얼굴이 보이
지 않는다. 그의 몸은 거인처럼 육중하며 청동 갑옷을 입고 있다. 거단의 모
습은 그로테스크하게 과장되어 있다. 그의 몸은 여러 갈래의 굵은 쇠사슬에
묶여있다. 그가 움직이려 할 때마다 쇠사슬이 요동친다. 거단, 마치 용이 숨
을 내뿜는 것처럼 격렬한 숨소리를 토해낸다.

대왕 복수를 하기 위해 기나긴 시간을 기다리고 있었던 게야. 거단
은 원수가 되어 나에게 칼을 들이밀었고 우린 둘 중의 하나가
죽을 때까지 전쟁을 했다. 그 전쟁으로 왕궁은 한낱 재가 되어
버렸고, 난 왕비를 잃어야 했지. 그리고 그이도 목숨을 잃었다.
(용기를 내어) 이 얘기를 하는 건 내 죄를 참회하기 위해서다.

왕자 참회를 하시려면 공주에게 하십시오. 대왕의 전쟁으로 공주는
어머니를 잃었습니다.

대왕 그리고 자네는 부친을 잃었지. (사이) 한 번도 본 적이 없지만 낯
이 익은 얼굴……. 자네의 검에서 거단의 문장을 봤을 때 비로
소 내 예감이 맞았다는 걸 알았다. 자네가 거단의 아들, 거타지
라는 것을.

왕자 오해를 하신 겁니다.

대왕 (다급하여) 그 검은 거단의 검이다. 거단의 천마가 보이지 않는가?

왕자, 자신의 검을 들여다본다. 대왕의 말대로 천마의 그림이 그려져 있다. 다소 당혹스러운 듯하다.

왕자 (애써 냉정을 찾으며) 저를 미혹에 빠뜨리지 마십시오.

대왕 (거단을 가리키며) 저기 서 있는 거단이 보이지 않는가? 끊기지 않을 원한의 사슬을 몸에 두르고 분노에 가득 차 날 보고 있는 거단의 모습이 보이지 않는가?

왕자, 대왕의 말을 쫓아 시선을 돌리지만 왕자에게는 거단이 보이지 않는다.

대왕 (거단을 향해) 무얼 망설이는가? 어서 입을 열어라! 너의 아들이 왔다. 거타지가 돌아왔어. 저기 너의 장성한 아들이 서 있다. 이제 복수는 너의 것이다!

거단, 쇠사슬을 끊으려 몸부림친다. 순간, 왕자의 검이 살아 숨쉬는 것처럼 방울 소리를 내며 요동치기 시작한다. 거단이 몸부림을 칠수록 쇠사슬은 그의 몸을 더욱 옥죄인다. 거단의 몸부림에 반응하듯 검의 방울 소리도 더욱 커져만 간다. 왕자, 두려움에 뒤로 물러선다. 어느새 무대는 왕자의 검에서 울려 퍼지는 방울 소리로 뒤덮인다. 왕자, 자신을 삼킬 듯 끊임없이 울려퍼지는 방울 소리에 두 손으로 귀를 막는다. 왕자, 귀를 막은 채 무너져 내리듯 주저앉는다.

왕자 (귀청을 찢을 듯한 방울 소리를 참을 수 없어) 그만 ……. (절규하여) 그만-!

순간, 무대는 정적에 휩싸인다. 거단의 모습 사라진다. 천마들도 전처럼 폐허
의 잔상으로 돌아간다. 단상을 감돌던 신비로운 빛이 사라지고 무대는 다시
예전의 모습으로 돌아온다.

잠시 침묵이 흐른다. 대왕, 힘없이 칼을 내린다. 왕자, 울음소리를 내며 요동
치던 검을 믿을 수 없는 듯 바라본다. 왕자, 급히 주위를 둘러본다. 주위에 널
려 있는 것은 피의 역사를 간직한 채 널브러져 있는 천마상들뿐. 왕자, 바닥
에 떨어져있는 검을 말없이 바라본다. 방울 소리가 환청처럼 메아리친다. 왕
자, 넋을 잃고 검을 줍는다.

대왕　이젠 알겠는가? 자네가 남아야 하는 이유를.

왕자, 격정에 휩싸이며 칼을 뽑는다. 그 칼이 대왕의 목을 향한다.

왕자　그 말이 사실이라면!

대왕　자네만이 거단의 사슬을 끊을 수 있다. 원한의 사슬을.

왕자　내가 들은 것이 사실이라면!

대왕　부친이 원하는 걸 가져가라. (망설임 없이) 내 목을 가져가게. 이
　　　　왕국도 찾아가. 대신 하나만 약속해주게. 내 목을 가져가는 것
　　　　으로 모든 원한을 잊겠다고. 이곳에 남아 저 아이의 보호자가
　　　　되어주겠다고. 내가 원하는 것은 그것뿐이네.

왕자　내가 정말 거단의 아들이라면, 공주는 나의 원수입니다. 내게
　　　　공주를 맡기겠다는 겁니까?

대왕　자네는 나의 믿음을 배신하지 않을 걸세.

왕자　(차가워) 아무것도, 확신하지 마십시오.

대왕　자네의 눈은 날 속이지 못해.

왕자, 대왕을 향했던 검을 천천히 거둔다.

왕자　(대왕을 외면하며) 돌아가십시오.

대왕　(다급히) 약속해주게!

왕자　(증오에 불타올라) 내 맘속에 남아있는 한 가닥 사랑마저 베어내고 싶지 않다면 내 앞에서 물러가시오! 대왕의 믿음이 산산이 부서지는 것을 보고 싶지 않다면 이곳을 떠나시오!

대왕　(물러서지 않고 왕자에게 칼을 겨누며) 날 치지 않는다면 내가 칠 것이다! 거단을 벤 것처럼!

왕자, 대왕의 말에 반동적으로 검을 들어 맞선다. 곧이어 결투가 벌어질 것처럼 그들 사이에 팽팽한 긴장감이 돈다.

대왕　그대가 정녕 거단의 아들이라면 내게 맞서라. 그것만이 거단의 아들임을 증명하는 길이다. 기다리고 있겠다. 결심이 서면 날 찾아와라.

대왕, 칼을 거둔다. 왕자, 대왕의 말에 대꾸하지 못하는데 대왕, 나간다. 왕자, 갈피를 잡지 못한 채 폐허가 된 거단의 묘소를 바라본다. 스산한 바람 소리만이 정적 속의 무대를 흐른다.
학자1, 3, 4가 들어온다. 그들은 음산한 분위기에 잔뜩 겁을 먹고 주위를 살핀다. 두려움에 가까스로 걸음을 옮기던 학자들, 왕자를 발견하고 기쁜 듯 달려간다.

학자1　두목! 아니 대왕 마마!

학자들, 일제히 왕자에게 넙죽 절을 한다. 왕자는 망연자실한 표정으로 고개를 떨군 채 미동도 하지 않는다.

학자1　얼마나 대왕을 찾아다녔는지 아십니까? 존귀한 몸께서 왜 이런 곳에 계십니까?

학자3　(두려움에 주위를 힐끗힐끗 살피며) 여긴 대왕께서 오실 곳이 아닙니다. 불나국의 불구대천지원수(不俱戴天之怨讐) 거단이란 자가 묻힌 곳이거든요.

학자4　(다급히 끼어들며) 왕궁으로 돌아가셔야죠. 말을 가져오라고 할까요?

왕자, 대꾸가 없다. 학자들, 예전과 달리 싸늘한 인상을 풍기는 왕자에게 다가가지 못하고 저희들끼리 무엇이라 소곤거린다.

학자1　(슬쩍 왕자의 눈치를 보다가) 저희들은 대왕 마마께 몸과 마음을 바쳐 충성을 다하기로 결심했습니다!

학자3　그렇습니다! 저희들은 욕심 없는 선량한 학자들입니다.

학자4　대왕 마마를 보필하는 책사의 자리라면 더 이상 바랄 게 없습니다.

학자1, 3, 4　저희들의 충정을 헤아려 주소서!

왕자　(냉랭하여) 꺼져.

학자1　(예상치 못한 왕자의 반응에 당황하여) 예?

왕자　꺼지라고.

학자들, 예상치 못한 왕자의 반응에 어리둥절하다. 왕자, 학자들을 쏘아본다. 학자들, 살기등등한 왕자의 모습에 두려움을 느끼며 물러선다.

왕자　귀신이 되고 싶지 않으면 내 앞에서 사라져라. 두 번 다시 말하지 않겠다.

학자들, 머뭇머뭇거리는데 왕자 검을 빼어 들려한다. 학자들, 우왕좌왕하여 다급히 도망친다.

스산한 바람 소리가 들려온다. 홀로 남은 왕자, 고뇌에 가득 찬 얼굴로 무대 앞쪽의 투란도트의 침대를 바라본다. 왕자, 조심스럽게 계단을 내려온다. 그가 막 무대 앞쪽에 말을 내딛으려는 순간, 왕자의 검이 또다시 방울 소리를 내며 요동치기 시작한다. 왕자, 검을 팽개치고 도망치듯 단상으로 뛰어 오른다. 고막을 찢을 듯한 방울 소리에 귀를 막는다. 그가 철골을 넘어가려 하자 무대 뒤쪽에 거단의 문장(하늘을 향해 솟구치는 천마)이 펼쳐진다. 왕자, 도망치지 못하고 제자리에 멈추어 선다. 왕자, 무너지듯 무릎을 꿇는다.

왕자 (하늘을 향해) 정녕 당신들의 신탁은 무엇입니까! 이 손으로 사랑하는 이의 가슴에 칼을 꽂아야 합니까! 아니면 내 부친의 원한을 묻고 사랑을 쫓아야 합니까! 말해 주소서! 당신들의 뜻은 무엇입니까!

왕자의 어깨 너머로 거단의 문장이 바람에 요동친다. 흡사 말의 울음 소리처럼 날카로운 바람 소리가 무대를 스친다. 철골의 단상, 어둠 속에 잠긴다.

무대 앞쪽에 놓여있는 침대만이 어둠 속에서 보인다. 침대 옆에는 투란도트를 간병하던 대왕이 잠들어 있다. 대왕, 투란도트의 손을 정성껏 잡고 있다. 잠들어 있던 투란도트가 깨어난다. 투란도트, 악몽에서 깨어나듯 짧은 신음 소리와 함께 몸을 일으킨다.

투란도트, 자신의 손을 잡은 채 잠들어 있는 대왕을 발견한다. 투란도트, 말 없이 대왕을 바라본다. 잠시 후 투란도트, 침대에서 몸을 일으킨다. 투란도트, 대왕이 깨지 않도록 조심스럽게 대왕을 침대에 눕히고, 정성스럽게 담요를

덮어준다. 아버지에 대한 연민이 어우러져 있는 투란도트의 시선이 긴 여운
을 남기며 무대 어둠 속에 잠긴다.

제 12 장

4대신들이 동상처럼 서 있다. 그 앞에 제사장이 경건하게 무릎을 꿇고 앉아
있다. 제사장은 간절한 마음으로 기도를 하고 있다. 그러나 4대신들은 왕자의
등장 때와는 달리 어떠한 움직임도 보이지 않는다. 제사장, 신의 소리를 듣기
를 갈구하지만 신들은 침묵만을 할 뿐이다. 절망감에 휩싸이는 제사장, 그녀
의 경건하던 자세가 흐트러진다. 잠시 후, 투란도트가 들어온다. 제사장, 인기
척을 느끼지만 투란도트를 보지 않는다.

제사장 네가 깨어나기만을 기다리고 있었다. 열흘 동안 조용히 누워만
있었으니까. (사이, 여전히 시선은 4대신을 향한 채) 내일이면 모든 게
끝날 게다.

투란도트 (조심스러워) …… 무슨 말이에요? 모든 게 끝나다니.

제사장 신들께선 여전히 아무 말씀도 하지 않으시는구나. 어떤 신탁도
어떤 계시도 내리시지 않으신다. (깊은 절망감에) 그토록 묻고 물
어도 돌아오는 건 오직 절망의 침묵뿐이다.

투란도트 이모?

제사장 (애써 덤덤하여) 대왕과 그 사람이 결투를 할 게다. 둘 중의 한 명
은 죽어야만 끝나는 결투를.

투란도트 ……!

제사장 대왕께선 목숨을 내놓으셨고, 그것으로 이 왕국은 새로운 왕을

맞아 세세손손(世世孫孫) 지속될 게야. 그리고 넌 왕비가 되어 대
왕의 혈통을 보존할 것이고…….

투란도트 (멍하여) 지금 무슨 말씀을 하시는 거예요?

제사장 이 모든 건 대왕의 뜻이시다.

투란도트 (혼란하여) 결투라뇨? 왜 아버지가…….

제사장 이유는 묻지 말거라. 나 또한 아무 것도 아는 것이 없으니까.
내가 아는 건 이 결투는 대왕께서 널 위해 내리신 결정이라는
것뿐이다.

투란도트 (어이가 없어) 날 위해서라구요? 이런 어처구니없는 짓이!

제사장 니가 뭇 사내의 손에 죽는 것보단 그 사람의 아내가 되는 것을
바라셨으니까.

투란도트 대왕께선 언제나 무모한 결정만 하시는군요.

제사장 대왕께선 널 사랑하신다. 자신의 목숨보다도…….

투란도트 (잠시 할 말을 잊은 듯하다가) 이건 뭔가 잘못된 거예요! 그 사람은
아버지와 싸울 이유가 없어요. (두려움에) 이건 불을 보듯 뻔한
싸움이야. 아버지는 죽을 거예요.

투란도트, 망연자실하여 굳은 듯 서 있다. 잠시 침묵이 흐른다.

투란도트 (냉정을 되찾으며) 그 사람을 만나겠어요.

제사장 설령 네가 그 사람을 만난다고 해도 너무 늦었다. 날이 밝으면
대왕의 약속대로 결투는 시작될 테니까. 대왕의 약속은 그 누
구도 번복할 수 없다.

투란도트 안 돼요! 그 사람 손에 아버지가 죽는 걸 보고 있을 순 없어요.
이 미친 짓을 보고 있을 순 없어……. (사이) 어떡해야 되죠? 말
해주세요.

제사장, 대답하지 못하고 무겁게 고개를 떨군다. 투란도트, 4대신을 향해 무릎을 꿇는다.

투란도트　(간절하여) 신들이시여! 정말 당신들에게 자비라는 것이 있다면 여기서 멈추게 하소서. 저 태양이 떠오르지 않게 하소서. 세상의 종말을 부르려거든 차라리 지금 부르소서. 아니라면 내 눈을 멀게 하고 내 귀를 막아 주소서. 아무것도 보지 못하고 듣지 못하도록……아무것도…….

제사장, 연민에 가득 찬 시선으로 투란도트의 어깨에 조용히 손을 얹는다.

제사장　(하늘을 향해) 이제는 말씀해 주소서. 정녕 무엇이 하늘의 뜻인지…….

투란도트와 제사장의 모습, 어둠 속에 잠긴다.

거단의 문장이 달빛을 받으며 웅장한 자태를 보인다. 서서히 조명이 들어오면 철골의 한쪽 가에 앉아 있는 왕자의 모습이 보인다. 투란도트가 앉아 있던 곳이다. 한쪽 손에 검을 들고 미동도 하지 않고 있는 왕자의 모습은 예전 투란도트의 모습과도 같다. 단상은 이제 왕자의 부친, 거단의 묘소이다. 침묵 속에서 말들의 울음소리가 묻어 있는 바람 소리만이 간헐적으로 들려온다.

스산한 바람 소리가 들려온다. 거단의 문장이 바람에 요동친다. 왕자는 말없이 거단의 문장을 바라보고 있다. 투란도트, 왕자를 보자 걸음을 멈춘다. 그들 사이에 미묘한 긴장이 흐른다.

왕자　(싸늘하여) 살아 있어서 다행이오.

투란도트 왜죠? 왜 당신이…….

왕자 (냉랭하여) 그 이유가 알고 싶다면 대왕에게 물으시오. 당신 아버
지와의 마지막 약속까지 깨고 싶지는 않으니까.

투란도트 (안타까워) 그만둬요. 당신한테 무슨 원한이 있는지 모르겠지만,
이제 이 나라는 당신 거예요. 칼을 들지 않아도 모든 게 당신의
것이에요.

왕자 왕관 따위는 관심 없소. 내가 원하는 건 대왕의 목뿐이오.

투란도트 그 분은 제 아버지예요.

왕자 그 사람이 누구든 상관없어.

투란도트 당신한테, 지금도 날 사랑하는 마음이 조금이라도 남아 있다
면, 제발 그만둬요.

왕자 애원인가?

투란도트 그것보다 더한 것이라도 하겠어요. 당신의 마음을 돌릴 수만
있다면.

왕자 사랑을 구걸하는 건가?

투란도트 이 무모한 짓을 막을 수만 있다면 당신이 원하는 것은 무엇이
든 하겠어요.

왕자, 돌연 검을 꺼내 투란도트를 겨눈다. 왕자의 검이 방울 소리를 내며 요
동친다.

왕자 그렇다면 이 소리를 멈추게 하시오. 이 검이 울어대는 소리를
멈추게 하시오.

투란도트 …….

왕자 당신이 왕비의 울음을 달랠 수 없듯이 나도 이 검이 우는 소리
를 달랠 수 없소. 이 검이 찾는 건 대왕의 피요. 오직 대왕의 피
만이 이 소리를 잠재울 수 있소. 왕비의 울음을 달랠 수 있는

것이 내 부친의 피인 것처럼.

투란도트, 비로소 왕자의 정체를 깨닫고 망연자실하다.

투란도트 당신이…….

왕자 (냉랭한 웃음을 지으며) 내가 거단의 아들이냐고 묻는 거요?

투란도트 ……!

왕자 내일이면 내가 누구인지 분명히 알게 될 거요.

왕자, 투란도트를 향했던 검을 거둔다. 방울 소리, 메아리치며 사라진다. 왕자, 싸늘히 돌아선다. 투란도트, 얼어붙은 듯 움직이지 않는다.

왕자 돌아가시오. 누구도 날 막을 수 없소. 설령 내가 사랑했던 여자라 해도.

잠시 침묵이 흐른다. 혼란스러운 감정에 빠져있던 투란도트, 서서히 냉정을 되찾는다.

투란도트 결국 이렇게 끝나는군요. 우리의 인연은.

왕자 …….

투란도트 (차가워) 날 사랑했다면, 이 순간부터 모든 걸 잊어요. 당신이 어머니를 죽인 자의 아들이라는 걸 안 순간, 모든 건 끝났으니까.

왕자 …….

투란도트 당신의 칼을 내가 막겠어.

왕자 날 막는다면, 당신을 벨 거야. 망설이지 않겠어.

투란도트 그것이 운명이라면 피하지 않을 거야. 우린 양보할 것도 물러설 것도 없으니까.

왕자　(묵묵히 듣고 있다가) 그럼, 둘 중의 하나는 죽어야 끝이 나겠군.

투란도트　(도전적으로 왕자를 바라보며) 내일이 당신의 마지막 날이 될 거예요.

왕자　(투란도트의 시선을 맞받으며) 그것이 운명이라면, 나 또한 피하지 않겠소.

투란도트와 왕자, 서로를 응시한다. 그들의 침묵 사이로 스산한 바람 소리만이 들려온다. 바람 소리가 긴 여운을 남기며 무대 어두워진다.

제 13 장

해가 뜨기 전 새벽의 어둠 속에서 들려오는 북소리. 북소리에 맞추어 서서히 여명이 밝아온다. 사람들이 몰려오기 시작한다. 사람들은 상복을 입고 있다. 학자들의 무리도 들어온다. 학자1은 커다란 양산을 들고 학자2의 곁을 바짝 따른다. 학자2는 학자1, 3, 4의 스승이 된 것 같다. 철골의 단상에는 칼을 든 투란도트와 왕자의 실루엣이 보인다. 서서히 그들의 모습이 뚜렷이 나타난다. 투란도트는 갑옷과 투구를 썼다.

북소리, 끝난다. 서로를 향해 칼을 겨누고 있는 투란도트와 왕자, 사이에 팽팽한 긴장감이 흐른다. 그들의 뒤로 거단의 문장이 보인다.

투란도트　둘 중의 한 명이 쓰러질 때까지.

왕자　그것만이 영겁의 원한을 끊는 길.

투란도트　당신의 머리를 바쳐 어머니의 울음을 잠재우겠어요.

왕자　그렇다면 단단히 마음을 다잡아야 할 거요. 한 번 실수는 곧 죽음이니까.

투란도트 날 원망하지 말아요.

왕자 아무도 원망하지 않소. 이것이 우리의 운명이니.

대왕과 제사장, 대신들, 뒤늦게 들어온다. 대왕, 그들을 말리려 하지만 방법이 없다. 대왕, 절망감에 젖어 그들을 바라본다.

결투를 알리는 북소리. 투란도트와 왕자, 서로를 경계하며 공격 자세를 취한다. 왕자, 투란도트를 향해 달려든다. 본격적인 결투가 시작된다. 왕자의 공격은 매섭다. 투란도트 또한 한 치의 양보 없이 맹렬하게 달려든다. 어느 한쪽에 치우지 않는 팽팽한 접전이다. 결투의 리듬을 타며 북소리가 들려온다. 먼 발치에서 여명이 밝아온다. 끊임없는 공격과 방어. 북소리, 서서히 고조된다. 또다시 두 개의 태양이 떠오른다. 북소리, 최고조에 오른다. 하늘에 맹렬히 타오르는 두 개의 태양이 내 걸린다. 그 열기에 사람들, 단상을 보지 못하고 고개를 돌린다. 바로 그 순간, 북소리 멈춘다. 투란도트의 칼이 왕자의 가슴을 향해 돌진한다. 그러나 왕자는 방어를 하지 않은 채 그대로 서 있다. 투란도트의 칼이 왕자의 가슴에 박힌다. 그 순간, 왕자의 검이 비명 소리를 내지르듯 방울 소리를 울린다. 방울 소리 메아리치며 사라진다.

길게 팔을 뻗어 왕자의 가슴을 찌른 투란도트, 묵묵히 그 칼에 찔린 왕자의 모습이 멈추어진 풍경처럼 보인다.

투란도트 (왕자의 행동을 이해할 수 없는 듯) …… 왜 …….

왕자 당신이 이겼어.

투란도트 왜 …… 막지 않았어요 …….

왕자 그것만이 이 검의 울음을 잠재우는 방법이오. 피로 잠재우는 울음은 또 다른 피를 부를 뿐, 그건 영원히 끝나지 않을 피의 보복일 뿐이야. 누군가는 이 미친 짓을 끝내야 돼.

투란도트 그래서, 이렇게 죽으려 한 거예요?

왕자   내 죽음으로 왕비의 울음을 잠재우고, 당신의 갑옷을 벗길 수
       있다면, 나는 그것으로 족합니다.

투란도트 내가 누구인지 잊었어요?

왕자   아니. 난 한 번도 당신이 누구인지 잊은 적이 없어. 당신은 내
       가 사랑하는 여자니까. 당신을 처음 본 순간부터 지금까지, 앞
       으로도 영원히.

       투란도트, 검을 떨어뜨린다.

투란도트 원수의 딸을 위해 죽겠다구? 그게 당신의 사랑이야? (사이) 당신
       이 말하는, 사랑이란 게 뭐죠?

왕자   그 질문은 너무 어려운 걸…….

투란도트 대답해 줘.

       왕자, 풀썩 무릎을 꿇는다. 투란도트, 급히 왕자 앞에 무릎을 꿇는다.

투란도트 당신은 아직 대답하지 않았어.

       왕자, 의식이 혼미한 듯 몸이 심하게 흔들린다.

투란도트 이렇게 가지 말아요. 왜 나한테 풀지 못할 수수께끼를 남기려
       하지. 그 답은 당신만이 알고 있으면서. 당신은 나한테 가르쳐
       야 줘야 할 게 많아. 사랑하는 법, 용서하는 법, 신을 믿는 법,
       그걸 가르쳐 주지 않으면 당신을 보내지 않을 거야. 절대로 보
       내지 않을 거야. 눈을 떠. 눈을 떠! 제발!

       투란도트, 절규하며 왕자를 끌어안는다. 사람들, 숙연해진다.

잠시 정적이 흐르던 무대에 돌연 천지가 개벽하는 것과 같은 굉음이 울려 퍼진다. 그 소리는 쇠사슬이 마디마디 끊기는 소리 같기도 하다. 그 소리에 사람들, 두려워 몸을 낮춘다.

굉음 소리에 맞추어 두 개의 태양은 천천히 하나로 포개지며 마침내 온전한 하나의 태양이 된다. 사람들, 고개를 들어 하늘을 바라본다.

두 개의 태양이 하나의 태양으로 포개지는 동안, 뒤쪽에 내걸려 있던 거단의 문장이 서서히 걷어 올려진다.

제사장　하늘의 신들이시여, 이제는 알겠나이다. 당신들의 자비로운 뜻을!

대왕　(경이로워) 두 사람의 사랑이 하나의 태양을 만들었소.

학자2　(만족스러운 듯) 이것이야말로 세상 만물의 이치로다!

학자1, 3, 4, 학자2의 말에 감격하여 고개를 끄덕인다.

거단의 문장이 걷어 올려지면 사다리가 보인다. 사다리에는 4대신들이 걸터앉아있다.

수신　(투란도트와 왕자를 바라보며) 저 아이들한테 무얼 주면 좋을까?

신들, 궁리를 하듯 고개를 갸우뚱거린다. 문득 풍신이 좋은 생각이 났는지 길게 바람을 분다. 은은한 바람 소리와 함께 꽃잎이 무대에 휘날린다. 눈처럼 휘날리는 꽃잎을 바라보는 투란도트와 왕자. 그들의 입가에 행복의 웃음이 피어난다.

수신　(넉살좋게) 어때? 이만하면 앞으로 굶지는 않겠지?

신들, 자비로운 웃음을 머금으며 투란도트와 왕자를 내려다본다. 온전한 하나의 태양과 갑옷을 벗은 투란도트. 그녀의 품에 안겨 있는 왕자. 경이로움에 하늘을 올려다보는 사람들. 꽃잎이 휘날리는 무대가 아름다운 풍경이 되어 연극은 막이 내린다.

※ 작품 중에 나오는 세 개의 수수께끼 중 두 개의 수수께끼는 오페라 투란도트에서 인용하였음을 밝혀둔다.

하우스
(The House)

초연 : 2003년 6월 13일~22일
장소 : 문예진흥원 예술극장 소극장

극단 전망 / 연출 심재찬

〈출연〉
박진영, 박경근, 박인서, 정아미, 서삼석, 성노진, 이영민

〈스태프〉
드라마투르그 · 민병은 / 조연출 · 박혜선 / 무대미술 · 이수연 / 조명
디자인 · 이우형 / 동작지도 · 황현정 / 분장 · 김종숙, 최희정, 이효
선 / 무대제작 · 세원무대 / 조명 assist · 장원석 / 조명오퍼 · 남종우
/ 사진 · 이은경 / 기획 · 공연기획 모아

– 서울특별시 [2003년도 무대공연작품 지원대상] 선정작

〈등장인물〉

　　선우
　　석재
　　지석(장 띠에르)
　　유란(줄리)
　　미자
　　남학생
　　여학생

〈무대〉

무대는 2층집의 내부와 그 옆에 딸려 있는 정원이다. 1층에는 서구적인 양식의 응접실, 주방이 보인다. 주방의 한쪽에 방문(房門)이 있다. 응접실에는 소파와 흔들의자, 탁자와 장식장, 고풍스러운 괘종시계, 오디오 등이 놓여 있고, 벽에는 유화들이 걸려 있다. 응접실 뒤쪽에는 커튼이 달려 있는 커다란 창문이 나 있고, 응접실 왼쪽에는 현관과 2층으로 올라가는 계단이 있다. 2층에는 난간과 함께 여러 개의 방문만이 보인다. 정원에는 잘 가꾸어진 화단과 나무들의 모습이 보인다. 화단 옆으로 야외용 탁자와 의자가 놓여 있다.

정원의 한켠에 있는 반쯤 타다 남은 나무가 시선을 끈다. 객석에서는 보이지 않으나 정원 뒤쪽에는 지하실로 내려가는 철문이 있다. 무대는 언뜻 보아도 중산층 이상의 여유가 있으며 한국적이거나 동양적인 분위기는 보이지 않는다. 오히려 서유럽의 여느 가정집과 같은 이국적인 분위기를 풍긴다.

제 1 장

응접실에는 곧 여행을 떠날 것처럼 가방이 놓여 있다. 2층에서 석재가 내려온다.

석재　(주방 쪽의 방을 향해) 시간 됐어!

선우, 방에서 나온다. 그는 한참 유행이 지난 양복을 입고 있다. 선우, 선글라스를 꺼내 쓴다. 양복과 선글라스가 어울리지 않아 더욱 촌스럽다.

선우　어때? (석재의 대꾸가 없자) 이상해?

석재　(내키지 않지만) 이상하긴, 아주 멋져! (과장되게 치켜세우며) 좋아! 뽀대도 나고, 자세도 좋고. (재빠르게 신발장에서 구두를 꺼내며) 널 위해서 반짝반짝 윤이 나게 닦아 놨어. 조금 있으면 택시가 올 거야. 기분 좋게 가는 여행, 갈 때도 폼 나게 가야지.

선우　(감격에 겨워 석재를 바라보다가) 너도 같이 가면 안 돼?

석재　(깜짝 놀라) 안 돼! (우물쭈물하여) 난 비행기 표가 없어서 못 가. 요즘에 제주도 가는 표는 하늘에서 별 따기거든.

선우　(별수 없다는 듯 가방을 들려고 하다가, 문득) 니가 좋아하는 열무김치 새로 담갔어. 내일이면 익을 테니까 먹을 수 있을 거야. 익은 다음에는 꼭 냉장고에 넣어놔야 돼. 안 그러면 쉬어서 맛이 없어.

석재　괜찮아. 어차피 안 먹을 건데. (선우가 이상한 듯 보자) 앞으로 일주일간은 내 걱정, 집 걱정은 하지 마. 전화도 할 필요도 없어.

선우　(서운한 기색으로) 전화도?

석재　일절 집과는 신경을 끊는 거야. 니가 밤에 잠도 못 자고 우울해하고, 건망증 심해지고, 팔, 다리가 쑤시는 건 모두. (할 말을 찾다가) 갱년기 때문이야!

선우   ……?

석재   이제 우리 나이도 쉰하고도 중반이야. 조금 있으면 육십대라
        고. 여자들도 이 나이 되면 폐경(閉經)이 오고, 갱년기가 오지.
        이 여행은 바로 너의 갱년기 치료를 위한 거야. 그러니까 넌 오
        직 갱년기 극복에만 신경 쓰라고.

        선우, 나갈 채비를 하며 가방을 든다. 선우, 현관에 선다.

선우   (문득, 돌아서며) 아참! 아침마다 신문 보라고 찾아오는데 올 때마
        다 선물을 갖고 오거든. 이번에는 분명히 진공청소기를 가져올
        거야. 진공청소기를 준다고 하면 꼭 신문 본다고 해, 알았지?
        우리 집 청소기가 오래돼서 새로 바꿀 때가 됐거든. (불안하여)
        내가 있어야 되는 건데…….

석재   알았어. 진공청소기!

선우   석 달 동안 공짜로 넣어주는 것도 확인하구.

석재   알았어. 석 달 동안 공짜!

선우   그럼, 됐어.

        선우, 가방을 들고 정원으로 나간다. 선우는 못내 아쉬워하며 정원을 둘러본
        다. 선우는 정원 한켠에 있는 반쯤 타다 남은 나무를 바라본다.

선우   (애정 어린 눈빛으로 나무를 바라보며) 이 나무한테 신경 좀 써 줘. (혼
        잣말로) 일주일에 한 번은 영양제를 줘야 되는데…….

석재   (무신경하여) 이거 살아 있긴 한 거야?

선우   당연하지! 살아 있는 나무야.

석재   살아 있으면 뭐하냐? 사람으로 치면 뇌사상태인데. (대뜸) 그냥

확 잘라버렸어야 하는 건데. 이런 게 집 안에 있으면 보기에도
안 좋고 기분도 안 좋다구. 풍수적으로도 나쁘고. 그러니까 내
가 하는 사업마다 되는 게 없지.

선우 설마, 내가 없을 때 잘라버리려는 거 아니지?

석재 미쳤냐? 그런 노가다를 하게.

선우 (안도하여 그러나 여전히 불안을 떨치지 못하고) 약속하는 거지?

석재 약속해. 절대 이 나무한텐 손끝 하나 안 댈 거야. (선우가 계속 불
안하여 바라보자) 약속한다니까!

선우는 여전히 정원에서 발을 뗄 줄 모른다. 그는 마치 긴 여행을 떠나는 것
처럼 애수에 젖어 있다.

선우 왠지 기분이 이상해. 고작 일주일 제주도로 여행을 가는 건데,
꼭 다시는 못 돌아올 것 같다는 생각이 들어. (괜한 생각을 지우려
는 듯) 내가 무슨 말을 하는지 몰라. 아마 생전 처음 비행기를 타
고 제주도를 간다니까 긴장을 했나 봐. 하긴 내가 없다고 니가
어떻게 되는 것도 아닌데.

석재 물론이지!

선우 그렇다고 이 집이 어디로 사라지는 것도 아니고.

석재 (선우의 어깨를 정답게 감싸안으며) 뭐든지 처음 해보는 건 불안하기
마련이야. 이번엔 제주도지만 다음엔 필리핀, 다음엔 호주, 이
렇게 점점 멀리 떠나는 연습을 하면 나중엔 달나라를 간다고
해도 끄떡없을 거야. 니 자신을 과소평가하지 마. 넌 충분히 제
주도에서 멋진 날들을 보낼 자격이 있어. 아암, 그렇고 말구.

석재, 선우에게 흰색 봉투를 내민다.

선우 뭐야?

석재 (어딘가 연민에 젖은 눈빛으로 선우를 보며) 용돈이야. 제주도에 가면 돈 쓸 일이 많을 거야.

석재, 과장된 포즈로 선우를 끌어안는다. 선우, 어색하면서도 그런 석재가 싫지 않은 듯 그의 품에 잠시 안겨 있다.

석재 넌 정말 좋은 놈이야. 니가 내 친구라는 게 자랑스러워.

선우 (감동하여) 고마워. 니 말대로 할게. 마음껏 쉬다 올게.

택시의 경음기 소리가 들린다.

석재 드디어 클라이막스! 택시 등장!

석재, 희색이 만연하여 재빠르게 대문을 연다. 곧이어, 지석이 들어온다. 그는 먼 여행을 온 듯 커다란 여행용 가방을 들고 있다. 석재와 선우, 물끄러미 지석을 바라본다.

제 2 장

사람들, 소파에 앉아 있다. 지석, 호기심에 젖은 눈빛으로 응접실을 둘러본다. 선우와 석재, 긴장을 풀지 못하고 그런 지석을 유심히 지켜본다.

선우, 석재 (서로 할 말을 찾다가 동시에) 저…….

석재, 선우 서로의 눈치를 보며 입을 다문다.

선우   (조심스럽게) 아까 이름이……?

지석   장 띠에르입니다.

석재   (재빨리 끼어들며) 유란이랑 약혼을 했다구?

지석   예.

선우   (머뭇거리다가, 석재에게) 정말 축하할 일이야. 그렇지? (어딘가 과장되어) 축하해요!

지석   (기분 좋아) 감사합니다.

선우   유란이가 돌아온다니 얼마나 기쁜지 몰라요. (석재에게) 그렇지?

석재   …….

지석   줄리가 이 여행을 얼마나 기다렸는지 모르실 거예요. 10년 만에 돌아오는 거니까요. 원래 계획은 같이 돌아오는 거였는데 줄리한테 갑자기 일이 생겼어요. 하지만 서운하셔도 조금만 참으세요. 내일 저녁이면 집으로 돌아올 테니까요.

석재와 선우, 불안한 기색으로 입을 다문다.

지석   여기가 줄리가 태어난 집이라니 새삼 감격스러워지는데요. (자못 심각하여 무대를 둘러보다가) 뭐랄까? 한국적인 분위기는 아니지만, 다분히 예술적인 분위기인 것 같아요. (누구를 찾는 듯하다가) 근데 줄리 어머님께서는 어딜 가셨나 보죠?

선우   (당황하여) 지금…… 미장원에…….

석재   (다급히 끼어들며) 골프장에 갔을 거야.

선우   미장원에 갔다가 골프장에 갔어요.

석재   골프장에서 찜질방에도 갈 거야. 많이 늦을 걸. (선우에게 동의를 구하여) 오늘 못 들어올지도 몰라.

선우, 어색하게 고개를 끄덕인다.

지석   (아쉬운 듯) 많이 바쁘신가 보죠?

석재   그럼, 바빠도 아주 바쁘지.

석재와 선우, 이야깃거리를 찾지만 쉽지가 않다.

지석   제가 준비한 선물이 있는데 지금 드려도 될까요? 어머님이 계실 때 같이 드렸으면 좋았을 텐데, 아쉽지만 두 분께 먼저 드릴께요. (가방에서 선물을 꺼내 석재에게 주며) 이건 아버님 꺼, (선우에게 주며) 이건 아저씨 껍니다. 뜯어보세요.

사람들, 선물을 뜯는다. 지석, 기대에 차서 그들을 지켜본다. 석재의 선물은 곰방대이고, 선우의 선물은 갓이다. 사람들, 예상치 못한 선물에 당혹스럽다.

지석   (기대에 차서) 맘에 드세요?

선우와 석재, 말을 못하고 서로의 눈치만을 본다.

석재   (동의를 구하여) 요즘엔 이런 건 여기에서도 보기가 힘들지, 아마?

선우   (머뭇거리다가) 참, 멋있네요. (갓을 머리에 써보며) 나도 꼭 하나 갖고 싶었거든요.

지석   마음에 드실 줄 알았어요! 가능한대로 한국적인 선물을 드리고 싶었거든요. 맘에 드신다니까 기뻐요.

석재   ……근데 이건 어디서 샀나?

지석   찾느라고 고생 좀 했습니다. 아무리 찾아도 없길래 포기하려고 했는데 운이 좋았죠. 우연히 몽마르트르를 지나가다가 발견했거든요.

석재　몽마르트르…….

석재와 선우, 어색한 웃음을 짓는다.

선우　장 띠에르 씨는 외국에서 오래 사신 것 같은데 한국말을 잘 하
　　　시네요?

지석　절 입양하신 분들이 한국분들이었거든요. 아버지께선 꼭 집에
　　　서 한국말을 하도록 가르치셨어요. 그 부분에 대해서는 엄격하
　　　셨죠.

석재, '입양'이라는 말에 솔깃하여 지석의 이야기에 귀를 기울인다.

지석　부끄러운 얘기지만 한국은 이번이 처음입니다. 몇 번 올 기회
　　　는 있었는데, 내키지가 않았거든요. 하지만 언제까지 제가 태
　　　어난 나라를 외면할 순 없는 일이죠. 부모님들께서도 꼭 한 번
　　　은 가봐야 한다고 하셨구요. 부모님들께서도 프랑스로 입양이
　　　되셨지만 언제나 모국은 한국이라고 하셨어요. (잠시 망설이는 기
　　　색으로) 또 이번에는 특별한 이유가 있는 방문이기도 하구요.

석재　(벌떡 일어서며) 잠깐! 그러니까 프랑스로 입양이 됐단 말이지?

지석　예.

석재　그럼, 고아라는 말이네? (선우가 팔을 잡아끌자) 왜? 맞는 말이잖
　　　아?

지석　(멋쩍은 듯) 맞습니다.

석재　그리고 자네를 입양한 부모님들도 입양된 사람들이니까, 고아
　　　라는 말이구. 그럼, 완전히 콩가루잖아!

지석　……?

선우   (급히 화제를 돌리며) 어쨌든 한국은 처음이라니까, 이번 여행이 좋
       은 추억이 되길 바래요.

지석   그렇지 않아도 파리에 있을 때부터 만반의 준비를 했어요. (서울
       지도를 꺼내 복습이라도 하듯 들여다보며) 경복궁, 창경궁, 덕수궁, 종
       묘, 비원, 또 63빌딩하고 남산 타워, 남대문 시장, 월드컵 경기
       장에 꼭 가볼 거예요. 그리고 판문점에도 꼭 가볼 생각이구요.
       (문득) 우리 기념사진 한 장 찍는 게 어떨까요? 줄리하고 어머님
       이 안 계셔서 아쉽기는 하지만 우리 셋이서 기념 촬영을 하는
       것도 나쁘진 않을 거예요. 저에겐 역사적인 모국에서의 첫날이
       니까요.

       지석, 석재와 선우의 대답을 기다리지 않고 곧장 카메라를 설치한다. 지석,
       카메라의 리모컨을 들고 재빠르게 석재와 선우의 틈에 낀다. 석재와 선우, 어
       색하게 포즈를 잡는다.

지석   스마일! 엉, 두, 뚜와 (하나, 둘, 셋)!

       지석, 카메라의 리모컨을 누른다. 카메라의 플래시가 터지며 사진이 찍힌다.

지석   원 모어 타임!

       지석, 석재와 선우의 어깨에 손을 얹고 다정하게 포즈를 취한다. 플래시가 터
       지며 사진이 찍힌다. 석재와 선우, 어색한 표정이 역력하다. 석재와 선우, 일
       어서려 하지만 그때마다 지석이 카메라의 플래시를 터트리는 통에 별수 없이
       앉아 있다.

지석   아주 멋진 사진이 될 거예요!

선우   (숨을 돌리려는 듯) 우선 짐부터 푸는 게 좋을 것 같아요. 먼 여행
       을 해서 피곤할 텐데.

석재   그렇게 하는 게 좋겠구만.

지석   (석재의 강권에 못 이겨) 그럴까요?

선우   2층으로 올라가면 돼요.

선우, 앞장서서 2층으로 올라간다. 지석, 뒤를 따른다.

선우   (2층의 방문을 열어주며) 필요한 거 있으면 말해요.

지석   알겠습니다.

지석, 방으로 들어간다. 선우, 응접실로 내려온다. 선우, 소파에 앉는다. 석재,
심각히 생각에 잠겨 서성인다. 그들의 표정이 한결같이 어둡다.

석재   그렇게 앉아 있지만 말고 얘길 좀 해봐. 유란이가 돌아 온대잖
       아?

선우   나도 생각 중이야.

석재   이게 웬 날벼락이야. 유란이가 돌아온다니……. (불안감에 휩싸여
       두서없이) 근데 저 콩가루는 왜 자꾸 유란이를 줄리라고 부르는
       거야? 사람 헷갈리게!

선우   그게 프랑스 이름이래잖아.

석재   어쨌든 저 콩가루는 마음에 안 들어. 하나부터 열까지 다 마음
       에 안 든다구. 약혼? 누구 맘대로! 내 눈에 흙이 들어가는 일이
       있어도 콩가루는 절대 안 돼!

선우   (석재가 잰걸음으로 응접실을 서성이자) 정신 사납게 굴지말고 좀 앉
       아.

석재   (두려움에 젖으며) 유란이가 돌아오면, 그러면, 미자도 와야 되는

거 아니야?

선우   …….

석재   말 좀 해보라니까!

선우   그래야겠지.

석재   왜 갑자기 돌아오는 거지?

선우   약혼을 했대잖아? 그럼, 당연히 결혼 승낙을 받으러 돌아와
        야지.

2층에서 지석의 노래 소리가 들린다. 샹송이다. 지석, 기분 좋게 노래를 부르
며 샤워를 하고 있다. 선우와 석재, 잠시 그 소리에 귀를 기울인다.

선우   (석재의 표정이 굳어 있자) 유란이가 돌아오는 건 자연스러운 일이
        야. 여긴 유란이 집이니까.

석재   그건…… 그렇지만…….

선우   (애써 덤덤하여) 아무 것도 이상할 건 없어. 단지 좀 갑작스러울
        뿐이지. 그것뿐이라구.

석재와 선우, 그들 사이에 잠시 침묵이 흐른다. 다시 2층에서 지석의 샹송 소
리가 들려온다.

선우   (잠시 생각을 하다가) 저 친구를 데리고 나가.

석재   어디로?

선우   가고 싶다는 데는 다 데려가. 저녁도 사주구. 어쨌든 최대한 늦
        게 돌아 와. 난 그 사이에 미자 씨를 데려올게.

석재   (선우의 눈치를 살피며) 꼭 미자가 와야 돼?

선우   10년 만에 유란이가 돌아오는데 엄마가 없다는 게 말이 돼?

석재, 무슨 말을 할 듯하다가 입을 다문다.

선우　(명령하여) 올라가서 준비해.

석재, 머뭇거리다가 2층으로 올라간다. 석재, 지석의 방에 노크를 한다.

석재　(지석이 문을 열자) 이러고 있을 게 아니라 나가지. 모국에서의 첫 날밤을 집에서 보낼 순 없잖아? 자네가 가고 싶은 데는 어디든 데려갈 테니까 준비하라구.

지석　(기다렸다는 듯) 알겠습니다! 지금 당장 준비할게요.

지석, 기분이 좋아 문을 닫는다. 석재, 자신의 방으로 들어간다. 잠시 후, 석재, 나갈 준비를 하고 응접실로 내려온다. 2층 방문이 열리면서 지석이 나온다. 지석은 두루마기를 입고 목에는 갖가지 카메라를 걸었다. 사람들, 예상치 못한 지석의 옷차림에 당혹스럽다.

석재　(무슨 말을 해야할지 몰라) 그 옷도 몽마르트르에서 샀나?

지석　아뇨. 이건 공항 면세점에서 샀어요.

석재　어쨌든 나가지. 오늘은 가야될 데가 많으니까.

지석　(선우에게 인사를 하며) 그럼, 다녀오겠습니다.

지석, 위풍당당하여 나간다. 석재, 지석의 옷차림이 내심 걸리는지 그와 얼마간의 거리를 두며 뒤따라 나간다.

홀로 남은 선우, 소파에 앉아 손을 모은 채 생각에 잠긴다. 선우, 품에서 제주도행 비행기표를 꺼낸다. 비행기표를 바라보던 선우, 천천히 비행기표를 찢는다. 그 모습이 긴 여운을 남긴다. 선우, 어디론가 전화를 건다.

선우   (잠시 수화기를 들고 있다가) 여보세요?

제 3 장

응접실은 어둡다. 석재, 들어온다. 현관에서 응접실을 살피던 석재, 선우가 보
이지 않자 조심스럽게 안으로 들어간다. 석재, 급히 장식장에 꽂혀 있던 책
한 권을 뽑아든다. 책 사이에는 한 장의 서류가 끼워져 있다. 주택매매계약서
이다. 석재, 안도의 한숨을 내쉬며 계약서를 막 품에 집어넣으려는데 2층에서
선우가 내려온다.

선우   (석재를 발견하고 깜짝 놀라) 거기서 뭐 하는 거야?

석재, 화들짝 놀라 재빠르게 계약서를 책 사이에 도로 끼워 놓는다. 석재, 책
을 장식장에 꽂는다.

선우   (지석이 안 보이자) 그 친구는?
석재   그게 좀……. 없어졌어.
선우   없어져?
석재   경복궁, 창경궁, 종묘, 비원, 다 돌고 63빌딩까지 갔는데 갑자
       기 사람들이 떼로 몰려나오잖아. 뒤에 있는 줄 알았는데 ……
       안 보이더라구. (선우가 어이없는 표정으로 쳐다보자) 걱정할 것 없어.
       말도 하겠다, 읽을 줄도 알겠다, 설마 서울에서 미아 되겠어?
선우   그래도 그렇지 어떻게 사람을 잃어버려?
석재   낸들 그렇게 없어질 줄 알았겠어? 나도 온통 유란이 미자 생각

에 정신이 하나도 없었다구…….

잠시 침묵이 흐른다.

석재   (어렵사리) 미자는?

선우   (석재가 불안한 기색으로 2층을 보자) 많이 좋아졌어. 걱정 안 해도
돼. 의사도 많이 좋아졌다고 했어.

석재   (냉랭하여) 그걸 믿어?

선우   …….

석재   의사란 놈들은 하나 같이 다 도둑놈들이야. 특히 정신과 의사
들은 더더욱 그렇지.

선우   정말 좋아졌어. 날 알아봤다니까. 손까지 흔들었어.

석재   (선우의 이야기를 건성으로 흘려듣고, 혼란하여) 지금으로부터 9시간 전
에 우리들한텐 아무 문제도 없었어. 평범한 365일 중의 하루를
살고 있었으니까. 그런데 지금은 모든 게 엉망진창이야. 뒤죽
박죽이야.

선우   (냉정하여) 우린 잊지 말아야 할 걸 잊고 있었을 뿐이야.

석재   난 잊고 싶어.

선우   그건 불가능한 일이야. 너도 알고 있잖아?

석재   (불안하여) 난…… 이런 상상까지 해. 미자가 날 죽일지도 모른다
고…….

선우   미자 씨는 니 아내야.

석재   아무것도 장담하지 마. 25년 전에도 우리한테 그런 일이 일어
날 거라고는 상상도 못했잖아? 하지만 일어났어. 그런, 빌어먹
을 일이! 난 미친 여자한테 죽고 싶지 않아. (충동적으로) 그냥 애
기해 버리자.

선우   무슨 얘기? 그 친구한테 자네 장모가 될 사람은 정신이상자란

말을 하겠다는 거야? 유란이한테는 뭐라고 할 건데? 니 엄마가
정신병원에 가 있었단 말을 하겠다는 거야? 니가 돌아온다고
해서 10년 만에 집으로 돌아왔다구!

석재 (머뭇거리다가) 어쩔 수 없었잖아? 미자는 정상이 아니야. 정신이
이상하면 정신병원에 가야하는 건 당연한 일이야. (깊은 두려움에
사로잡히며) 어쩌면, 유란이는 모든 걸 다 알고 있는지도 몰라. 모
두 다.

선우 유란이는 열네 살이었어. 어린애가 뭘 안단 말이야?

석재 그래도 알 건 다 알 수 있는 나이야. 게다가 유란이는 머리가
엄청 좋은 애라구. (응접실을 서성이며) 유란이는 10년 동안 전화
한 통, 편지 한 장 보내지 않았어. 그런데 왜 지금? 왜 하필 지
금 돌아오는 거지?

선우 제발 쓸데없는 생각은 하지 마. (변명하여, 그러나 어딘가 궁색하여)
그동안 서로 연락을 못 한 건 사실이지만, 그건 별다른 의미가
있었던 게 아니야. 서로가, 서로 너무 바빴기 때문이야. 서로
사는 게 너무 각박했기 때문이라구. (석재가 여전히 불안한 기색을
보이자) 걱정할 거 없어. 내일 유란이가 돌아올 때 유란이가 깜
짝 놀랄 환영식을 해주는 거야. 유란이가 감동 받을 수 있게 말
이야. 그럼, 소원했던 관계도 예전처럼 돌아갈 거야. 10년 전처
럼. 다시 행복한 집으로 돌아가는 거야.

석재 정말 그렇게 믿는 거야? 우리가 10년 전으로 돌아갈 수 있다
구?

선우 (망설이다가) 난 믿어. (금세라도 찾아보려는 기세로) 어딘가에 우리 가
족사진이 있을 거야. 정말 행복했던 시절의 사진 말이야.

석재 (냉정하여) 사진 같은 건 없어. 모두 타 버렸으니까.

선우 (난감하여) ······.

석재 넌 니 자신을 속이고 있어. 나처럼 불안하면서 ······. (정원의 반쯤

타다 남은 나무를 바라보며) 우리들은 예전처럼 돌아갈 수 없어. 저 나무가 예전의 푸른 나무로 돌아갈 수 없는 것처럼. (일어서며) 밖에 나가 볼게. 그 콩가루가 밖에서 헤매고 있을지도 모르니까.

선우　(석재가 나가려 하자, 그의 걸음을 잡으려는 듯) 석재야.

석재, 멈추어 선다.

선우　(동의를 구하여) 우린 잘해 왔잖아? 앞으로도 잘 할 거구.

석재, 긍정도 부정도 하지 않은 채 현관 쪽으로 천천히 걸음을 옮긴다. 그때 2층에서 무엇인가가 벽을 향해 부딪치는 둔탁한 소리가 들려온다. 선우와 석재, 깜짝 놀라 2층을 바라본다. 선우와 석재, 잠시 머뭇거리는 듯 싶더니 2층으로 뛰어올라간다. 곧이어, 들려오는 석재의 소리.

석재의 소리　이런, 맙소사!

잠시 후 석재, 굳은 표정으로 내려온다. 손에 가위를 둔 선우가 2층 난간에 모습을 보인다. 석재, 풀썩 소파에 주저앉는다.

석재　(깊은 절망감에 사로잡혀) 이건 도무지 …… 도무지 …….

그들 사이에 잠시 침울한 침묵이 흐른다.

선우　(암담한 현실에 말을 잃고 있다가, 석재를 위로하려는 듯) 그래도 많이 좋아졌잖아? (애써 여유를 찾으며) 다친 데는 없으니까.

석재, 선우를 바라본다. 선우, 그런 석재에게 희미한 웃음을 지어 보인다. 그
러나 석재는 아무 대꾸 없이 더욱 무겁게 고개를 떨군다.

제 4 장

선우와 석재는 유란이의 환영식 준비를 하고 있다. 그들은 의자 위에 서서 벽
과 천장에 파티용 장식들을 붙이고 있다. 정원에는 지석이 가져온 항아리가
놓여 있다. 잠시 후, 지석이 내려온다.

지석　(장식물로 치장한 무대를 둘러보며) 근사한데요!

선우　오늘 유란이가 오면 환영식을 할 생각이에요. 일종의 깜짝 파
티죠.

지석　(무대를 둘러보며) 재밌겠는데요. 벌써부터 한국식 파티가 기대
돼요.

석재　(지석을 물끄러미 보다가) 자네 양부모님들도 자네처럼 한국적, 한
국식, 이런 걸 좋아하시나?

지석　그럼요! 그분들은 가전제품에서 자동차까지 모두 한국 제품만
쓰세요. (정원의 항아리를 가리키며) 저것도 부모님께 드리려고 산
거예요. 꼭 한국에 가거든 항아리를 사오라고 하셨거든요.

석재　(퉁명스러워) 애국자 집안 났구만. 애국도 좋은데 앞으로는 가면
간다고 말 좀 하고 살아. 사람 긴장시키지 말고.

지석　(멋쩍어) 죄송합니다. 어제는 사람들이 너무 많다보니까……. 서
울에 그렇게 사람이 많은 줄은 몰랐어요. 나름대로 한국에 대해
서 공부를 하긴 했는데 여전히 모르는 게 더 많은 것 같아요.

선우, 장식물이 제대로 붙지 않는지 압정을 찾기 위해 장식장 쪽으로 간다.
선우, 서랍을 열어보며 압정을 찾는다.

석재   그럼, 이참에 제대로 배우라구. 한국 사람 되는 게 쉬운 일이라고 생각한다면 오산이야. 한국 사람이라면 적어도 고스톱에서 폭탄주 제조법까지 모두 숙달 연마해야 되거든. 왜냐면 고스톱과 폭탄주가 없는 한국은 훌라춤 없는 하와이요, 에펠탑 없는 프랑스와 같으니까. (선우를 가리키며) 그런 의미에서 저 친구도 완전한 한국 사람이라고는 할 수 없지. 고스톱과 폭탄주에는 과민반응을 보이거든.

선우   (압정을 꺼내며, 변명하여) 그거야 넌 언제나 폭탄주를 먹고 고스톱을 치자고 하니까 그렇지. 그럼, 난 늘 잃기만 하잖아?

석재   원래 패자는 말이 많은 법이야. 월드컵 때 못 봤어? 이태리 놈들 말 많은 거? 장 띠에르, 걱정하지 말라구. 이 예비 장인이 갈고 닦은 모든 노하우를 하나도 빠짐없이 전수해 줄 테니까.

지석   감사합니다.

석재   하지만 이건 알아 둬. 만약에 자네가 나한테 알아듣지도 못할 프랑스말로 시부렁거렸다면 난 그 자리에서 다리몽둥이를 부러트러서 쫓아버렸을 거야. 우리 가문엔 콩가루, 팥가루를 떠나서 한국말을 못하는 한국놈은 절대 용납하지 않으니까. 우리 같은 양반 가문에선 결코 있을 수 없는 일이지.

지석   (말뜻을 몰라) 양반이요?

석재   (할 말을 찾다가) 서양으로 치면 귀족!

지석   줄리 집안이 귀족 가문인 건 몰랐습니다.

석재   아암, 그렇겠지! (장식들을 슬쩍 넘겨보고) 꼭두새벽부터 천장만 보고 있었더니 삭신이 다 쑤신다.

석재, 일손을 멈추고 소파에 앉는다.

지석 (문득) 혹시 줄리 어렸을 때 앨범을 볼 수 있을까요? 어렸을 때
는 어땠을지 궁금해요.

석재 (난감한 듯하다가, 대뜸 근엄하게) 자네는 14살 때의 유란이를 사랑하
나, 아니면 지금의 유란이를 사랑하나?

지석 물론, 지금의 줄리죠. 14살 때의 줄리는 만난 적이 없으니까요.

석재 그럼, 된 거야. 지금의 유란이를 사랑하고 아끼면 되는 거라구.
과거의 사진 따위는 아무 의미도 없는 거니까.

지석 하지만 제가 줄리의 사진을 보고 싶은 건, 그러니까, 그냥 줄리
에 대해 알고 싶기 때문입니다.

석재 그럼, 알고 싶은 걸 물어 봐. (자신만만하여) 여기에 유란이의 모
든 것을 아는 두 남자가 있으니까.

지석 글쎄……. (생각을 하다가) 제가 줄리한테 늘 알고 싶었던 건 바로
이겁니다. 줄리는 이 질문엔 한 번도 대답을 해준 적이 없거든
요. 그냥 알 수 없는 웃음만 지었으니까요.

석재 그 궁금증을 풀어주지. 뭔가?

지석 줄리의 혈액형이요.

석재 (뜬금없는 질문에) ……?

지석 줄리의 혈액형은 뭐죠?

석재 (어이가 없어) 고작 그게 알고 싶단 말이야? (지석이 고개를 끄덕이자)
정 그렇다면 자네가 알고 싶어하는 비밀을 말해주지. 유란이의
혈액형은, (자신도 모르겠는지) 혈액형은…… 그러니까…….

선우 (석재가 머뭇거리자) AB형이에요.

석재 그렇지! 내가 A형이고 유란이 엄마가 B형이니까 당연히 AB형
이지. 이건 과학적으로 증명된 거니까 믿으라구.

지석, 자못 심각한 표정이 되어 생각에 잠긴다.

선우의 시선이 거꾸로 꽂혀 있는 책에 멈춘다. 선우, 책을 바로 꽂아 넣으려하는데 책 사이에 끼워져 있던 주택매매계약서가 바닥으로 떨어진다. 선우, 바닥에 떨어진 계약서를 줍는다. 잠시 계약서를 보던 선우, 망연자실하여 석재를 바라본다. 선우, 떨리는 손을 간신히 억누르며 계약서를 전처럼 책 사이에 끼워 넣는다. 책을 장식장에 꽂는다. 선우, 도무지 믿기지 않는 표정으로 석재를 바라본다. 선우, 초조한 기색으로 손을 매만진다.

지석   (다소 무거운 표정이 묻어나며) 제가 자기 혈액형을 알아냈다는 걸 알면 줄리는 화를 낼지도 몰라요. 자기의 비밀 하나를 또 알아냈으니까요. (생각에 사로잡혀) 줄리는 하나의 퍼즐과도 같아요. 줄리를 만난 이후로 전 계속 퍼즐 맞추기를 하고 있다는 생각이 들어요. 하나를 알면, 다른 하나는 모르게 되고, 그걸 알게 되면 또 다른 하나를 모르게 되니까요. 솔직히 …… 제가 줄리에 대해 뭘 알고 싶어하는지 저 자신도 모르겠어요. 줄리에 대해 뭘 알고 있는지, 뭘 모르고 있는지도 잘 모르겠구요. 처음 줄리를 만났을 때만해도 줄리가 저처럼 입양된 사람인 줄 알았거든요.

석재, 자리를 회피하듯 일어선다. 석재, 천천히 장식장 쪽으로 걸어간다. 굳은 표정의 선우, 석재의 움직임을 쫓는다.

지석   제가 한국에 오지 않았다면 아버님과 아저씨가 분명히 문제가 있는 분들이라고 생각했을 거예요. 줄리는 10년 동안 단 한 번도 집으로 돌아간 적이 없었으니까요. 또 한국에서도 아무도 찾아오지 않았구요. 그런데 막상 여길 와 보니까 제 예상이 완전히 틀렸다는 걸 알았어요. 아버님과 아저씨는 지극히 정상이

시고, 자상하시고, 누구보다 친절하시니까요. 그래서 더 이해
가 안 돼요. 왜 줄리가 프랑스에서 10년이나 혼자 살았는지 말
이에요.

석재　(선우가 꽂아 놓은 책을 뽑아들며) 그건 말이야. (대뜸, 선우를 가리키며)
이 친구가 말해 줄 거야. 누구보다 유란이를 잘 아는 사람이
니까.

넋을 빼놓은 듯 멍한 표정의 선우, 천천히 고개를 돌려 석재를 바라본다.

제 5 장

잔잔한 클래식 음악이 들려온다. 미자가 흔들의자에 앉아 있다. 그녀는 귀부
인처럼 고상한 옷차림이고 머리에는 어깨까지 내려오는 긴 가발을 쓰고 있
다. 긴 머리 가발 때문에 미자는 훨씬 청초하고 젊어 보인다. 미자는 음악을
듣고 있는 듯 눈을 감고 있다. 잠시 후, 식료품이 가득 든 비닐봉투를 들고
지석이 들어온다.

지석　(반가움에) 안녕하세요? 줄리 어머님이시죠? 집에 계신 줄 몰랐
어요. (미자 옆에 바짝 다가서며) 저는 줄리 약혼자 장 띠에르라고
합니다. (미자의 대꾸가 없자, 좀 더 크게) 안녕하세요?

미자, 미동도 하지 않은 채 눈을 감고 있다.

미자　(지석이 무슨 말을 하려 하자) 쉬잇 ─.

지석, 방해하지 말라는 미자의 제스처에 난감한 듯 말없이 미자를 바라본다. 지석, 무엇인가 떠올랐는지 비닐 봉투를 바닥에 내려놓고 급히 2층으로 뛰어 올라간다. 곧이어 미자에게 주려 했던 선물을 갖고 내려온다. 지석은 미자가 여전히 눈을 감은 채 음악을 듣고 있자 미자 앞에 선물을 놓고 조용히 물러 선다.

미자 (선물을 보고) 이봐요.

지석 (깜짝 놀라) 예?

미자 뭐죠?

지석 선물입니다. 아버님과 아저씨께는 드렸는데, 어제 드리지를 못 해서요.

미자 (시선은 여전히 정면을 향한 채) 누구시죠?

지석 저는 장 띠에르라고 합니다. 줄리 약혼자입니다.

미자, 선물의 매듭을 부드럽게 매만져 본다.

미자 지금 뜯어봐도 돼요?

지석 물론이죠! 지금 뜯어보세요.

미자, 포장을 뜯는다. 미자의 선물은 꽃무늬가 그려져 있는 고무신이다. 미자 는 고무신을 말없이 바라본다. 지석, 긴장된 표정으로 미자의 반응을 살핀다.

미자 (고무신을 보며) 꽃신이네. 아주 예쁜……. (고무신을 다정하게 매만지 다가) 내 발에 맞을까…….

지석, 한쪽 무릎을 꿇고 미자의 발에 정성껏 고무신을 신겨준다. 미자의 발에 딱 맞는다. 미자, 신이 나서 발을 움직여 본다.

지석   마음에 드세요?

미자   이름이……?

지석   장이라고 부르십시오.

미자   고마워요. 근데 줄리가 누구죠?

지석   죄송합니다. 줄리는 유란이 프랑스 이름이에요.

미자   (혼잣말을 하는 것처럼) 나한테도 예쁜 딸이 있는데……. 아직 돌아오지 않았어요. 지금쯤이면 친구들하고 신나게 놀고 있을 거예요. 그 애는 집에 있는 걸 싫어하거든요. 날 많이 닮았어요. 근데 나보다 훨씬 더 말괄량이예요.

지석   정말 줄리는 어머님을 많이 닮은 것 같아요. 꼭 자매지간 같다는 생각이 들 정도로요.

미자   좋은 친구를 만났으면 좋겠어요. 그래야 맘에 상처를 받지 않을 테니까. 요즘은 한창 예민할 때거든요. 이제 막 사춘기에 접어들었으니까요.

지석   ……?

미자, 자신을 부축해달라는 듯 지석에게 손을 내민다. 지석, 조심스럽게 미자의 손을 잡는다. 미자는 정원으로 나간다. 미자, 정원의 의자에 앉는다. 지석도 그녀의 뒤를 따른다. 지석은 미자에게서 한 걸음 떨어진 곳에 서서 먼발치를 바라본다.

지석   서울은 공해가 심하다고 해서 걱정을 많이 했는데 막상 와보니까 걱정했던 정도는 아닌 것 같아요. (심호흡을 해 보이며) 오히려 파리보다 더 좋은 것 같아요. 하늘도 훨씬 더 맑은 것 같구요.

미자   (지석을 보다가) 우리 자주 만나네요?

지석   (뜬금없는 말에 당황하여) 예…… 예.

미자   난 가을을 좋아해요. 네 계절 중에서 가장 색이 아름다운 계절

이거든요. 벼가 익는 논도, 사과가 익는 과수원도, 단풍이 든 산도, 눈이 아플 정도로 아름다워요. 난 고흐를 좋아해요. 고흐의 작품 중에서 해바라기를 가장 좋아하죠. 살아 있는 빛을 그릴 수 있었던 고흐는 정말 천재였어요.

지석 (기분 좋게 맞장구치며) 저도 고흐를 좋아해요! 고흐 미술관에서 해바라기를 본 적이 있는데, 뭐랄까, 꼭 타오르는 태양 같았어요. 숨이 막힐 정도로 강렬했죠.

미자 사람들은 내가 그랬다고 했지만, 그건 내가 한 게 아니에요. 하늘에서 한 거지. 날 믿죠?

지석 (무슨 말인가 하여) ……?

미자 (두서없이) 어쩌면 그건 천벌을 받은 건지도 몰라요. 내가 생각하기엔 그래요. 정말 해바라기처럼 빨갛게, 빨갛게 타올랐어요. 빨간 해바라기처럼 탔어요. (슬픔에 젖어) 이 집을 갤러리로 만들고 싶었는데…… 난 이 집을 좋아했어요…….

지석 저도 이 집이 맘에 들어요. (진지하여) 정말 갤러리로 만든다고 해도 분위기가 있을 것 같은데요. 정원에는 조각상들을 전시하고, 응접실엔 그림을 걸고, (생각을 하다가) 2층엔 아담한 카페를 만들면 괜찮을 것 같아요. 음ㅡ, 주방에는 관람객들을 위해서 책을 갖다 놓는 것도 좋을 것 같구요. 화집이나 미술 전문서적을 갖다 놓으면 팔 수도 있으니까요. 정말 괜찮겠는데요!

지석, 머릿속으로 갤러리를 구상하기라도 하는지 진지하여 정원을 둘러본다.

지석 아무리 봐도 50년 전에 이 정도의 집을 지으셨다면 줄리 외할아버님께선 예술적인 감각이 뛰어나셨던 분 같아요.

미자 (대수롭지 않게) 우리 아버지는 똑똑하신 분이셨어요. 사람들한테 사기를 치고, 나쁜 짓을 한 걸 빼면 아버지로서는 자상한 분이

셨죠.

지석   ……?

미자   일제 때는 일본 말을 잘해서 총독부에서 일하셨고, 전쟁 때는 영어를 잘해서 미군에서 일하셨죠.

지석   …….

미자   이 집을 설계한 건 일본 사람이에요. 이 집을 진 건 미국 사람이죠. 모두 아버지랑 친했던 사람들이에요. (사이) 말년이 불우하셨어요. 감옥에서 돌아가셨으니까.

지석, 무슨 말을 할지 몰라 머뭇거린다.

미자   사람들은 이 집에 귀신이 있다고 하지만, 어쩌면 정말 있을지도 모르지만, 그래도 난 이 집이 좋아요. 내가 태어난 곳이거든. 유란이도 여기서 태어났지. (진지하여) 우리 유란이 사랑해요?

지석   물론이죠! 줄리는 제가 만난 여자 중에서 최고의 여자예요. 제 미래와 운명을 모두 걸 수 있을 만큼, 소중한 사람이에요.

미자   유란이는 감수성이 예민한 아이예요. 보통 아이들하고는 다른 아이예요. 특별한 아이예요. (반쯤 타다 남은 나무를 바라보며) 저 나무는 유란이가 태어났을 때, 심은 나무예요. 그래서 유란이를 많이 닮았어요. 유란이가 아프면 저 나무도 아파요.

지석   …….

미자   이걸 꼭 명심해야 돼요.

지석   ……?

미자   10시 이전에는 꼭 재워야 해요. 아무리 떼를 써도 꼭 10시 이전에는 재워요. 그래야 지각을 안 하거든요.

지석은 알 듯 모를 듯한 미자의 말에 대꾸를 하지 못하고 조용히 서 있다.

지석　(대화의 화제를 찾다가) 마실 거라도 좀 갖다 드릴까요?

미자　(지석이 응접실로 들어가려 하자) 가지 말아요. 혼자 있는 건 싫어요. 혼자있는 건 ……. (몸을 잔뜩 움츠리며) 혼자 있는 건 너무 싫어 ……. 유란이가 오려면 아직도 멀었는데……. 유란이가 오려면 …….

미자, 서서히 잠에 빠져든다. 지석, 잠이 든 미자에게 다가간다. 그의 손이 미자의 긴 머리를 매만진다. 지석, 자신의 행동에 깜짝 놀라 미자의 머리를 매만지던 손을 급히 치운다. 응접실로 들어가려던 지석, 알 수 없는 이끌림에 미자를 돌아본다. 미자, 깊은 잠에 빠지며 고개를 떨군다.

제 6 장

식탁에는 유란의 환영식을 위해 준비된 음식이 놓여 있고, 양쪽 가에는 촛불이 놓여 있다. 불이 꺼져 있는 무대에 촛불이 조명을 대신하여 선우와 지석을 비춘다. 그들은 만찬에 참석한 것처럼 깔끔하게 옷을 입었다. 선우는 1장처럼 한참 유행이 지난 양복을 입고 있다. 지석은 수시로 현관 쪽을 바라보고, 선우는 어두운 표정으로 고개를 숙이고 있다. 그들 사이에 잠시 침묵이 흐른다.

지석　(미안한 기색으로) 아무래도 줄리 오늘 못 오는 것 같은데요.

선우, 대꾸 대신 가볍게 웃음을 지어 보인다.

지석   아버님도 늦으시네요.

선우   …….

지석   어머님은 좀 어떠세요?

선우   (우물쭈물하다가) 요즘 감기가 워낙 독해야지. 감기가 독하니까 약
       도 독해. 한 번 약을 먹으면 온종일 잠만 자거든.

지석   (선우가 식탁을 정리하려 일어서자) 이 음식들은 다 어떡하죠?

선우   괜찮아. 냉장고에 넣어두면 돼.

       지석, 선우를 도우려 일어선다.

선우   (음식을 정리하며) 이 정도는 혼자 할 수 있어. (지석이 도우려 하자) 들
       어 가. 내일을 위해서라도 푹 자둬야지. 친부모님을 뵈면 밤을
       새워 얘길 해도 모자랄 거야.

지석   줄리가 왔으면 좋았을 텐데……. 줄리랑 같이 찾아뵐 생각이었
       거든요. 근데 줄리가 보기 좋게 바람을 맞췄어요.

선우   무슨 사정이 있겠지.

지석   (아쉬운 듯) 못 오면 전화라도 해주지.

       석재, 주춤주춤 들어온다. 그는 죄인처럼 고개를 푹 숙인 채 조용히 응접실로
       들어온다. 석재는 시간에 맞지 않게 검은색 선글라스를 쓰고 있다. 석재, 응
       접실에 선우와 지석이 있는 것을 보고 걸음을 멈춘다.

지석   (석재를 발견하고) 오셨어요!

석재   (잠시 멈칫거리다가, 어렵사리) 늦어서 미안해…….

지석   줄리는 내일 올 것 같아요. 괜히 아저씨만 고생하셨어요.

석재   …….

지석   (선우에게) 정말 안 도와드려도 되겠어요?

선우, 말없이 고개를 끄덕인다.

지석　(선우와 석재가 침울해하자 위로하려는 듯) 줄리 내일은 꼭 올 거예요. 서운하셔도 하루만 더 참으세요. 내일은 아버님, 어머님, 아저씨, 줄리, 모두 모여서 멋진 식사를 할 수 있을 거예요! (여전히 미안한 기색을 감추지 못하고) 그럼, 들어가 보겠습니다. 안녕히 주무세요.

지석, 자신의 방으로 들어간다. 잠시 침묵이 흐른다. 석재, 냉랭한 선우를 피해 조심스럽게 계단으로 발걸음을 옮긴다.

선우　내일 오겠지. 아니면 내일 모레. 언젠가는……. 창문만 덜컹거려도 유란이가 온 게 아닌지 돌아봤어. 전화벨이 울려도, 초인종이 울려도, 하루 종일 그렇게 넋을 빼고 있었어. 정말 유란이가 알고 있을까? (자답하듯) 어쩌면 알고 있을지도 몰라. 문득 그럴 수도 있다는 생각을 했어. 유란이는 모든 걸 알고 있는데도 우린 유란이가 모르고 있을 거라고…… 그렇게 믿고 싶어하는지도 모른다고…….

선우, 술을 마신다. 석재는 그 광경을 조심스럽게 지켜본다. 선우, 병째 들어 술을 들이켠다.

석재　(선우를 살피며) 너답지 않게 웬 술을 그렇게 마시냐?
선우　나다운 게 어떤 건데? (자조 섞여) 미자 씨가 깨어나지 못하게 치사량에 가까운 수면제를 먹이는 거? 아니면 방에서 못 나오게 자물쇠를 거는 거? 니가 말해 봐. 나다운 게 어떤 건지?
석재　무섭게 그러지 마. 니가 그렇게 쳐다보면 간이 다 떨어질 것 같애. 같은 갱년기끼리 그렇게 겁주지 말란 말이야.

선우　왜 돌아온 거야?

석재　(애써 태연하여) 왜 돌아오다니? 당연히 와야지. 여기가 우리 집
인데.

선우　넌 한 번도 여길 집이라고 생각한 적이 없어. 언제나 도망쳐야
될 감옥이라고 생각했지. 가고 싶은 대로 가.

선우, 망설이지 않고 현관문을 연다.

석재　(예기치 못한 선우의 행동에) 난, 니가 무슨 말을 하는지 모르겠어.

선우　나가. (버럭) 내 눈앞에서 사라져!

석재　(두려움에) 너 지금 뭔가 오해를 하고 있는 거야.

선우　(억누를 수 없는 배신감에) 날 제주도로 보내려고 한 게 그 이유 아
니었어? 이 집을 팔고 도망치려구.

선우, 싸늘하여 석재를 쏘아본다.

석재　(더 이상 변명의 여지가 없자) 본심이 아니었어. 내가 뭔가에 홀렸었
나 봐. 하지만 이제 정상으로 돌아왔어. 제 정신을 찾았다구.
(품에서 계약서를 꺼내 보이며, 장식장의 책 속에 꽂혀 있던 계약서다) 이것
봐! 계약서 여기 그대로 있잖아? (계약서를 찢어 보이며) 내가 미쳤
어! 이 집을 팔게. 이 집은 내 집이 아니야. 유란이 집이라구.

선우, 대꾸하지 않고 더욱 싸늘한 눈빛으로 석재를 바라본다.

석재　(선우의 차가움에 어쩔 줄을 몰라, 애원하여) 제발 용서해 줘. 우리의
40년 우정을 생각해서, 제발 한 번만! 내가 원래 철이 없는 놈

이란 건 너도 잘 알잖아? 그러니까 제발 너그럽게.

선우　(말을 끊으며) 이 집에서 당장 나가.

석재　(금세 울음이라도 터뜨릴 것처럼) 너까지 이러면 나 진짜 죽을지도 몰라!

석재, 충동적으로 탁자 위에 놓은 술을 병째로 들어 마신다. 석재, 자포자기하듯 선글라스를 벗는다. 그의 한쪽 눈이 시퍼렇게 멍이 들어있다. 선우, 그런 석재의 모습에서 무엇인가 심상치 않은 것을 느낀 듯 그에게 다가간다.

석재　내가 죽거든 우리의 우정을 생각해서 부디 양지 바른 곳에 묻어 줘. 꼭 제사도 지내 줘야 돼. 배고픈 귀신은 되기 싫으니까.

선우　(냉정을 되찾으며) …… 무슨 일이야? (석재를 유심히 살피며) 눈은 왜 그래?

석재　(과장되게 울먹이며) 선우야, 나 어떡하냐?

선우　무슨 일이냐니까!

석재　(한참을 망설이다가) 그러니까, 그게…….

석재, 주섬주섬 선우에게 다가선다. 민망한 듯 이야기를 하지 못하고 뜸을 들이다가 간신히 선우에게 귓속말을 한다.

선우　(까무러치게 놀라) 뭐…… 뭐?

선우, 충격에 휘청인다. 석재, 깜짝 놀라 선우를 부축하여 소파에 앉힌다.

석재　(고개를 숙이며) 이건 운명의 장난이야. (억울한 기색으로) 이게 다 갱년기 때문이라구!

선우　(어쩔 줄 몰라) 지금 당장이라도 유란이가 돌아올지도 모르는데 대체 무슨 짓거리를 하고 다니는 거야!

석재   낸들 이렇게 될 줄 알았겠냐? 원래 계획대로라면 난 지금쯤 몰디브에 가 있어야 된단 말이야. 그런데 갑자기 그 콩가루가 나타난 거야. 그때부터 모든 게 뒤죽박죽이 되어버린 거라구.

선우   (어이가 없어) 그럼, 집 팔아서 그 여자랑 도망갈 생각을 했단 말이야?

석재   어제까지만 해도 그랬지.

선우, 대꾸할 말을 찾지 못한 채 물끄러미 석재를 바라본다.

석재   (선우의 시선을 외면하며) 어제까지만 해도 난 행복했어. 마침내 나도 사랑하는 여자와 함께 새 삶을 시작할 수 있을 거라고 믿었으니까. 그런데 갑자기 헤어졌다는 애인 놈이 나타난 거야. 그러더니 다짜고짜 우리 관계를 폭로하겠다면서 날 이렇게 만들었다구. 로맨틱한 멜로드라마가 하루 사이에 폭력이 난무하는 공포물이 된 거야. 거기다가 이젠 완전히 타이타닉 신세가 돼버렸다구. (울상이 되어) 바다에 수장된 타이타닉. 이 세상에 날 구원해줄 수 있는 사람은 아무도 없어!

선우   그건 또 무슨 말이야?

석재   (간신히) 니가 생각하는 것보다 문제가 더 복잡해. 그 여자가 좀 어리거든…….

선우   몇 살인데, 그 여자가?

석재   (한참을 꾸물대다가) 열, 여섯.

선우   (귀를 의심하여) 니가 지금, 열여섯 살짜리 여자애랑 그러니까 원, (기억을 떠올리며) 원…….

석재   (들릴 듯 말 듯) 원조교제.

선우   원조교제를 했다는 말이야?

석재 (다급히) 너도 걔를 보면 알겠지만 아무리 봐도 중삼(中三)으론 안 보인다구. 여자랑 만나면서 민증, (설명조로) 주민등록증, 까 보라구 그럴 수도 없구. 나도 속은 거야. 이건 음모야, 음모라구!

선우, 어이 없이 듣고 있다가 벌떡 일어서서 석재를 때릴 것처럼 손을 치켜든다.

석재 그래. 날 때려라. 차라리 너한테 맞는 게 났다. (울상이 되어) 정말 그놈한테는 못 맞겠어. 요새 십대들 정말 무서워. 그 중딩 남자 친구 놈이 대뜸 보자마자 주먹질인데……. 그놈 지네 학교에서 짱이래, 짱!

선우는 깊은 절망감에 사로 잡혀 두 손에 얼굴을 파묻는다.

석재 (머뭇머뭇거리며) 그 중딩 남친이, (설명조로) 중학생 남자친구가 내일 여길 오겠대.

선우 뭐?!

석재 위자료 협상을 하러……. 말만 잘 하면 좀 깎아줄지도 몰라. 무슨 일이 있어도 우리 가정과 집은 지켜야 되잖아? 그게 우리의 의무잖아?

선우 …….

석재 위자료만 주면 다 끝날 거야. 그럼, 우린 다시 예전처럼 돌아갈 수 있다구. 니가 바라는 것처럼 행복한 집으로 말이야. (선우를 살피며) 반드시 우린 이 고난을 극복할 수 있을 거야. 그렇지, 선우야?

선우, 망연자실하여 입을 열지 못한 채 석재를 바라본다. 석재도 그런 선우를 말없이 바라본다. 무대, 어둠 속에 잠긴다.

제 7 장

남학생, 불량기 넘치는 모습으로 응접실을 둘러본다. 그 옆에 석재가 얼마간
의 거리를 두고 서 있다.

남학생 여기 정말 아저씨 집 맞아?
석재 그렇다니까 …… 요.
남학생 아저씨, 잘 사네.

선우, 방에서 나온다.

남학생 (선우를 보며) 뉘슈?
선우 친구입니다.

남학생, 앉는다. 석재도 따라 앉는다. 석재, 다리를 꼬고 앉지만 남학생의 시
선이 매섭자 슬그머니 다리를 푼다. 그래도 남학생의 시선이 매섭자 조용히
무릎을 꿇고 앉는다.

남학생 요점만 간단히. 아저씨가 (새끼손가락을 까닥이며) 내 깔치를 조져
놨으니까 그거에 대해서 책임을 지라 이거야. 아저씨, 원조교
제가 다른 말로 뭔지 알아?
석재 아뇨.

남학생 그게 청소년 성매매라는 거야. 내 깔치가 물건이야. 매매를
하게!

석재 잘못했습니다.

남학생 (석재의 머리를 톡톡 치며) 나이를 먹었으면 나이 값을 해야지. 아니
면 그냥 뒈지든가 왜 사고를 쳐, 왜?

석재 죽을죄를 졌습니다.

남학생 내가 17년 인생을 살면서 깨달은 건데 이 나라 이거 진짜 문제
야. 정치도 개판, 경제도 개판, 사회도 개판, 완전히 이판사판
이야. (석재의 머리를 톡톡 치며) 아저씨, 이 나라가 이러면 되겠어?

석재 당연히 안 되죠.

선우 (남학생의 이야기를 굳은 표정으로 듣고 있다가) 이제 본론으로 들어가
죠.

남학생, 담배를 꺼낸다. 석재, 재빠르게 불을 붙여준다. 남학생, 담배를 피우
며, 본격적인 흥정을 하려는 듯 소파에 깊숙이 몸을 눕힌다.

선우 (침착하여) 얼마면 되겠어요?

남학생, 대꾸하지 않고 담배만을 피운다. 남학생, 값을 매겨보려는 요량인지
응접실을 유심히 둘러본다. 선우와 석재, 초조하여 남학생을 지켜본다.

남학생 (결정을 내린 듯 담배 연기를 길게 내뿜으며) 한 장. 물론 큰 걸로. (석재
와 선우가 놀라는 기색을 보이자) 애까지 딸렸는데, 이 정도는 껌 값
이지. (석재를 보고) 어쨌든 아저씨는 운이 좋아. 나니까 이 정도
로 끝나지 독한 놈들 만났으면 진짜 인생 끝이야. 새끼 낳고 찾
아와 봐? 그거 어떻게 할 거야? 키울 거야?

석재, 예상치 못한 말에 멍하니 남학생을 바라본다. 선우도 당혹스러운 듯 입
을 열지 못한다.

선우   (잠시 머뭇거리는 듯하다가 냉정을 되찾으며) 좋아요. 그렇게 하죠. 하
         지만 이건 분명히 알아둬요. 이것으로 끝이에요. 다시 우리 앞
         에 나타난다면 그땐 나도 나름대로의 방법을 찾을 거예요.
남학생   (표정 굳어지며) 지금, 협박하는 거야?
선우   (매서운 기세로) 경고예요. 학생한테 하는.
남학생   (험악하여 선우를 보다가 돌연 유쾌하여) 아저씨, 제법 화끈한데! 나도
         그렇게 치사한 놈은 아니야. 한 장이면 깨끗하게 정리하지. 게
         임 끝이라구.

그때까지 믿겨지지 않는 표정으로 무릎을 꿇고 있던 석재, 서서히 몸을 일으
킨다.

석재   (충격에 젖어) ······ 임신을 했다구? ······ 그 애가?
남학생   졸라! 아저씨 형광등이야!
석재   ······확실한 거야?
남학생   (위협적으로) 그럼, 내가 뻥칠까? 진단서 끊어 와?
선우   (상황을 정리하려는 듯) 나가죠.
남학생   ······?
선우   이런 일로 시간 끌 건 없잖아요? 은행으로 가죠.
남학생   (만족스러운 듯) 역시 화끈해서 좋아!

선우와 남학생, 나가려고 한다.

석재   자, 잠깐! 잠깐만! (선우와 남학생이 돌아보자) 그 애는 ······ 여자애

뱃속에 있는 애는 어떻게 할 거야?

남학생 (대수롭지 않게) 뭘 어떻게 해? 지워야지. 16살에 새끼 낳고 어떡하라구?

선우 (재촉하여) 갑시다.

석재 (혼란하여) …… 정말 그 애가 …… 임신을 했다면 …… 임신을 …… 이럴 순 없어 …… 이렇게는 안 돼.

선우 (다급히) 넌 빠져. 내가 알아서 할 테니까.

석재 니가 뭘 알아서 해? 넌 지금 내 아이를 죽이겠다는 말을 하고 있어. 내 아이를! 눈 하나 깜짝 안 하고 말이야! 내 아이를 ……. (진심으로) 내가 한 짓에 대해선 어떤 이유로도 변명할 수 없다는 거 알아. 마땅히 지탄받아야 할 짓을 했으니까. 그렇지만 어떤 이유로도 낙태는 안 돼. 내 자식은 안 돼!

선우와 남학생, 예기치 못한 석재의 말에 깜짝 놀라 그를 주시한다.

석재 감옥에 가는 한이 있어도, 돌에 맞아 죽는 한이 있어도 내 아이를 죽일 순 없어. 내가 키울 거야. 좋은 아빠가 될 자신이 있어.

선우 (당황하여) 너, 지금 무슨 말하는 거야?

석재 (대뜸 남학생의 팔을 잡으며) 당장 앞장 서! 그 여학생 집이 어디야?

남학생 (겁에 질려) 왜요?!

석재 앞장서라니까!

남학생, 석재의 강제에 이끌려 주춤주춤 끌려나간다. 남학생, 불현듯 본색을 되찾는다.

남학생 졸라! 뭐 하는 거야. 놔, 안 놔! (석재를 밀치며) 가긴 뭘 가? 왜 그렇게 말귀를 못 알아들어? 그냥 한 장으로 끝내자니까!

선우   (다급히 남학생에게) 신경쓸 것 없어요. 이미 끝난 얘기예요.

석재   아무리 세상이 미쳐 돌아간다지만, 나보고 내 자식을 죽이라는
         말이야?

선우   정말 왜 이래!

석재   대체 너희들이야말로 왜 이러는 거야! 어떻게 돈 몇 푼에 애를
         죽이겠다는 말을 해. 얼굴 표정 하나 안 바뀌고 어떻게 감히 그
         런 말을 할 수가 있어!

         선우와 남학생, 석재를 무시하고 나가려는데 석재가 그 앞을 가로막는다.

석재   못 가. 여기서 한 발짝도 못 나가.

선우   (안타까워) 제발 이러지 마. 일을 어렵게 만들지 말라고. 이성을
         찾아. 알았어?

석재   이성이고 나발이고 나 그런 거 몰라. (경고하여) 만에 하나 그애
         한테 손끝 하나라도 대면 그땐 너도 죽고 나도 죽는 거야.

선우   ……!

남학생   (기가 막힌 듯 석재를 보다가) 아저씨, 잠깐 이리와 봐요. (석재가 머뭇
         거리자) 이리 와 보라니까.

         석재가 다가서는데 남학생, 대뜸 석재의 배를 때린다. 석재, 꼬꾸라진다.

남학생   스발, 지 딸년보다 어린 년 데려다가 조지는 것들이 뭐, 자식이
         어째? 그럼, 처음부터 사고를 치지 말아야 될 것 아냐! 내 깔치
         네 집에 가자고? 가서 뭐하게? 걔는 부모가 없어. 왜? 고아니
         까! (석재가 쏘아보자) 뭘 야려? 눈깔 깔어!

선우   (어쩔 줄 몰라) 학생, 그만 해요. 우리, 말로 합시다.

남학생   (가소롭다는 듯) 말? 난 그런 건 몰라. 한번 갈 때까지 가보자구.

스발!

남학생, 석재에게 발길질을 해댄다. 선우, 안절부절못하다가 돌연 골프채를
꺼내든다.

남학생 (힐끗 선우를 보더니) 이것들이 뒈질려고 환장을 했나! 요새 늙은
것들 진짜 문제야. 꼭 한번 쑤셔놔야 조용하다니까. 좋아. 내가
아저씨 아줌마랑 화끈하게 한번 놀아줄게.
선우, 석재 ……!
남학생 늙어도 냄비는 냄비니까.

석재, 격분하여 기를 쓰고 달려든다. 남학생, 가뿐히 피하며 석재에게 주먹을
날린다. 석재, 나가떨어진다. 석재, 남학생의 구타를 피해 2층으로 도망친다.
석재가 방으로 들어가자 남학생도 뒤따라 들어간다. 골프채를 들고 머뭇거리
던 선우, 2층으로 급히 뛰어올라간다. 2층에서 들려오는 석재와 선우의 비명
소리. 넘어지고 부서지는 소리가 요란하게 들려온다. 그러던 어느 순간 위기
로 치닫던 소리 끝나고 무대는 정적에 휩싸인다.
잠시 후, 골프채를 든 선우와 석재가 나온다. 그들의 손에는 흥건히 피가 묻
어있다. 석재와 선우, 두려움에 젖어 방 쪽을 바라본다. 잠시 침묵이 흐른다.
숨을 헐떡이는 듯한 남학생의 나지막한 신음 소리가 들려온다.

석재 (두려움에) 쟤 정말 죽으면……죽으면 어떡하냐?
선우 (넋을 빼고) 나도 몰라…….

다시금 들려오는 남학생의 신음 소리.

선우 대체 일을 왜 이렇게 만들어. 위자료 주면 끝날 것 갖고 이게

뭐야!

석재　내 애를 임신했대잖아? 그런데 어떻게 내 입으로 죽이라는 말을 해. 난 못해.

선우　(냉랭하여) 그렇게 윤리적인 놈이 한다는 짓이 이거야? 열여섯 살짜리 여자애를 임신시키는 거!

석재　(사이) 나도 몰랐어. 정말 걔가 중학생인지 몰랐다구. (선우의 매서운 시선에 변명의 여지가 없자) 내가 왜 그랬는지 나도 모르겠어. 미쳤었나 봐. 너무 외로워서……

선우　(기가 막힌 듯) 대체 너란 놈은 어떻게 되먹은 놈이야! 고작 한다는 말이 그거야? 외로워서 미쳤다구? 그걸 변명이라고 하는 거야!

석재, 아무런 대꾸도 하지 못한 채 고개를 숙인다. 남학생의 신음 소리가 들려온다. 금세 숨이 끊길 것처럼 괴롭다.

석재　어, 어떡하냐?

석재, 선우의 대꾸가 없자 안절부절이다. 석재, 불현듯 전화기 쪽으로 달려간다. 수화기를 든다.

선우　내려 놔.

석재　……어?

선우　병원은 안 돼. 쟤가 병원에 가고 사건의 진상이 밝혀지면 그땐 넌 꼼짝없이 감옥행이야. 나도 마찬가지고. 그렇게 되면 이 집은 끝나는 거야. 알았어? 그렇게는 할 수 없어. 유란이가 돌아갈 때까지는 안 돼.

석재　하지만.

선우	(말을 끊으며) 설사 병원에 간다고 해도……산다는 보장도 없어. ……피를 너무 많이 흘렸어.

석재, 망연자실하여 힘없이 수화기를 내려놓는다.

석재	(불현듯) 그럼 애는?
선우	…….
석재	그 여자애가 임신한 애는?
선우	거짓말일 거야. 돈을 더 뜯어내려는 뻔한 수법이야.
석재	그게 사실이면?
선우	(냉정하여) 사실이라고 해도 어쩔 수 없어.
석재	(절망감에 두서없이) 여자애일지도 몰라, 아니면 남자애일 수도 있구. 아직은 알 수 없겠지만 몇 개월만 지나면 알 수 있을 거야. 커서 유명한 과학자가 될지도 몰라. 어쩌면 세계적인 작가가 될지도 모르지. 날 닮았으면 제법 그럴싸한 장사를 할지도 모르고. 그래 분명히 훌륭한 사업가가 될 거야.
선우	(냉정하여) 너한테 유란이가 있어. 잊지마. 니가 유란이 아버지라는 걸.
석재	내가 미쳐서 한 짓이지만……그래도……나한텐 유일한 혈육이야. 55년을 살면서 유일하게 만든 내 아이라고. (마음을 다잡으며) 아직 기회는 있어. 쟤는 안 죽을 거야. 학교 짱이라는 놈이 골프채 한 대 맞고 죽겠어? 아니야, 절대 안 죽어. 원조교제를 했다고 자수를 하면 많이 봐줄 거야.

석재, 급히 수화기를 든다.

선우	(싸늘하여) 안 돼.

석재　니가 재를 때린 것도 날 구하기 위해서 어쩔 수 없었던 거야. 우발적인 사고였어. 그러니까 니 죄도 많이 줄어들게 틀림없어.

선우　(석재의 대꾸가 없자, 충동적으로 골프채를 치켜들며) 내려놓지 못해!

석재, 선우의 고함소리에 깜짝 놀라 돌아본다. 선우, 금세라도 달려들 기세다. 그들 사이에 팽팽한 긴장감이 흐른다.

선우　미쳐서 한 짓은 이것으로 족해. 더 이상 일을 복잡하게 만들지 마.

석재　(그런 선우를 날카롭게 쏘아보며) 너한텐 복잡하지만 나한텐 간단해. 죄값을 받고 아빠가 되면 되니까.

선우　(경고하여) 내려 놔.

석재　그렇게 못한다면 어떡할 건데? 왜? 이젠 나까지 죽이려구?

선우　……!

석재　(선우에게 도전적으로 다가서며, 적의에 가득 차서) 40년 전으로 돌아갈 수 있다면, 널 죽여버릴 거야. 너 하나만 죽으면 모두가 행복할 테니까. 한때는 니가 천재라고 생각했었지. 뭔가 한가닥 할 놈이라고 말이야. 그래서 투자한다고 생각하고 니 학비를 대준 거야. 근데 그게 내 일생일대의 가장 큰 실수였어. 너 같은 놈은 그냥 니 아버지처럼 땅이나 파고 살게 냅뒀어야 했어. 너 같은 놈이 배우니까 사람이 죽어나가는 거야. 니가 은석이를 죽였어. 너의 그 잘나빠진 시 나부렁이가 은석이를 죽인 거라구!

선우　(억제할 수 없는 격정에 휩싸여 석재를 내리칠 것처럼 골프채를 치켜들며) 닥쳐! 닥치지 못해!

선우의 손이 파르르 떨린다.

석재 내 죄가 뭐야? 은석이의 죄가 뭐냐구? 우린 니 친구였다는 죄
밖엔 없어. 알아, 이 빌어먹을 자식아!

석재, 억제할 수 없는 감정에 울먹인다. 선우, 힘없이 골프채를 떨군다. 선우,
석재를 외면하며 소파에 힘없이 앉는다.

석재 (슬픔에 싸여) 미자를 보면 은석이 얼굴이 떠올라. 그런데 어떻게
미자랑 잠자리를 같이 할 수 있겠어. 미자의 손이 내 몸에 닿으
면 난 죄인처럼 몸을 웅크리고 돌아누웠어. 그리고 미자가 잠
들 때까지 기다렸다가 자위를 하는 거야. 그게 내 부부 생활이
었어. 유란이가 떠날 때까지 14년을 그렇게 살았어. 차라리 미
자가 없던 10년은 행복했지. 여자 생각이 나면 여자를 샀으니
까. 누군가가 내 옆에 있어 준다는 것만으로도 난 고마워서 눈
물이 날 지경이었어. 돈으로 산 여자라고 해도 내 옆에 있어준
다는 게 너무 고마웠어. 그러다 결국엔 여기까지 온 거야. (자조
하여) 외로움에 미쳐서 동물이 된 거지. 열여섯 살짜리 여자 애
를 임신시킨 동물…….

석재와 선우, 그들은 절망감과 슬픔에 사로잡힌다. 그들 사이에 침울한 침묵
이 흐른다.
2층에서 남학생의 신음 소리가 희미하게 들려온다.

석재 (두려움에 젖어) 넌 똑똑하니까 생각 좀 해 봐. 내 머리로는 아무
생각도 못 하겠어.

선우, 가까스로 생각에 집중한다. 그 사이, 남학생의 신음 소리가 간헐적으로
들려온다.

선우   (마음을 다잡으며) 우선 지하실로 데려가자. 머리에 붕대도 감아주
      고, 먹을 것도 넣어주고, 유란이가 돌아갈 때까지만 우선 거기
      에 두는 거야.

석재   유란이가 돌아가면?

선우   (머뭇거리다가) 그건 ……. 그 다음에 생각하자. (주섬주섬 할 말을 찾
      으며) 니 말대로 아직 기회는 있어…….

      선우, 용기를 내어 2층으로 오른다. 석재, 머뭇거리다가 선우를 뒤따른다. 선
      우와 석재, 주춤주춤 방 앞에 선다. 그들이 방으로 들어서려는데 돌연히 들려
      오는 초인종 소리. 석재와 선우, 깜짝 놀라 현관 쪽으로 고개를 돌린다. 재촉
      하여 초인종이 울리지만 석재와 선우는 제자리에서 움직이지 않는다.

석재   (사색이 되어) 누, 누구지?

      초인종이 재촉하여 울린다. 선우, 머뭇거리다가 조심스럽게 정원으로 나간다.
      석재도 급히 뒤를 따른다. 선우, 깊게 심호흡을 하며 천천히 문을 연다. 곧이
      어 한 여자가 들어온다. 그녀는 치열한 전투라도 치른 것처럼 매우 지쳐 보인
      다. 선우와 석재, 정체 모를 여자를 물끄러미 바라본다.

유란   (석재와 선우를 말없이 바라보다가) 아빠. 아저씨.

      유란, 조용히 웃음을 지어 보인다. 석재와 선우, 꿈이라도 꾸는 것처럼 멍하
      니 유란을 바라본다.

제 8 장

요란한 헤비메탈 소리와 함께 무대 밝아진다. 막 샤워를 끝낸 것 같은 유란, 아직 물기가 채 마르지 않은 머리를 흔들며 음악을 듣고 있다. 음악에 맞추어 머리를 흔드는 모습이 춤을 추는 것처럼 보이기도 한다. 유란의 입에는 담배가 물려 있다. 음악 소리에 놀란 선우와 석재가 나온다. 그들은 한동안 넋을 잃고 음악에 취해 있는 유란을 바라본다.

유란   (인기척을 느끼고 돌아보며) 아빠, 아저씨, 좋은 아침!

선우와 석재, 유란이 담배를 피는 모습에 적지않이 놀라면서도 내색을 하지 않으려는 듯 어색한 웃음과 함께 손을 들어 보인다. 유란, 몸이 가뿐한 듯 한껏 기지개를 켠다.

유란   (대뜸) 아저씨, 배고파요.
선우   (유란의 말을 듣지 못하고) 어?
유란   배고프다구요!
선우   (음악 소리에 듣지 못하고) 뭐라구?
유란   이러다가 창자가 붙어버리겠어.
선우   (음악 소리에 듣지 못하고) 소리 좀 줄이면 안 되겠니?

유란, 음악 소리 때문에 선우의 말을 듣지 못한다. 선우, 망설이다가 음악을 끈다. 갑작스럽게 음악이 꺼지자 유란, 선우를 바라본다. 선우, 유란이 빤히 쳐다보자 슬쩍 시선을 돌린다.

유란   먹을 것 좀 줘요. 너무 배고파.

선우   지금 바로 식사 준비할게.

선우, 곧장 주방으로 가서 냉장고를 연다. 냉장고 안의 음식을 꺼내 식탁에
올려놓는다. 그의 행동은 무척 긴장되어 있다. 석재, 유란의 시선을 피하려는
듯 잰걸음으로 주방으로 간다. 석재도 선우를 도와 식탁을 차린다. 그러나 끼
어드는 석재로 인해 식탁을 차리는 일이 더욱 분주해진다. 선우, 시장바구니
를 챙겨든다. 석재, 선우의 시장바구니를 빼앗으려는 기세로 붙잡는다. 석재
와 선우는 시장바구니를 사이에 두고 힘겨루기라도 하는 것 같다.

선우   (작은 소리로) 뭐 하는 거야?
석재   나만 두고 가려구?
선우   넌 유란이하고 여기 있어. 내가 갔다올 테니까.
석재   내가 간다니까. 니가 여기 있어.

석재와 선우, 유란에게 들키지 않으려는 듯 유란의 눈치를 보면서도 여전히
시장바구니를 사이에 두고 옥신각신한다.

유란   (석재와 선우의 대화를 듣기라도 한 것처럼) 됐어요. 아침은 안 먹는 게
         좋을 것 같애. 밤새 링겔을 맞았으니까 영양분은 충분하겠지.

석재와 선우, 그때서야 시장바구니에서 손을 놓는다. 석재와 선우, 조심스럽
게 유란을 살핀다.

유란   (그들의 시선을 느끼고) 괜찮아요. 이젠 가뿐해요.
석재   정말 다행이야. 우리가 걱정을 얼마나 많이 했는데. 니가 어디
         아픈 게 아닌가 해서……

유란, 말없이 무대를 둘러본다.

유란   여긴 하나도 안 변했어. 10년 전하고 똑 같아. 내가 떠났을 때하구. 아빠도, 아저씨도 예전 그대로야.

석재와 선우, 무엇인가 의미가 있는 듯한 유란의 말에 긴장하여 서로 눈치를 본다.

유란   (새 담배에 불을 붙이며) 장, 어때요?
석재   (조심스러워) 장 띠에르?
유란   맘에 드세요?
석재   물론이지! 맘에 쏙 들어. 똑똑하고 예의 바르고, 능력 있고, 거기다가 (특별한 의미를 부여하듯) 이 나라를 사랑하는 애국 청년이지.
선우   (석재를 거들며) 정말 좋은 사람 같더라. 아주 착한 사람이야.

유란, 묵묵히 들으며 담배 연기를 길게 내뿜는다.

선우   근데, 이 친구 통 연락이 없네. (보고라도 하듯) 어제 친부모님들을 만나러 갔거든.
유란   (알고 있다는 듯) 할 말이 많을 거예요. 25년 만에 만나는 건데.

유란, 오디오가 있는 곳으로 간다.

석재   (유란을 조심스럽게 살피다가, 부드러워) 필요한 거 있으면 말만 해. 이 아빠가 다 갖다 줄게.

유란, 말없이 오디오를 만지작거린다. 석재와 선우, 그런 유란의 일거수일투
족을 놓치지 않으려는 듯 유심히 지켜본다.

유란   (어딘가 싸늘하여) 엄마는요?
석재   (애써 침착하여, 준비된 각본을 읽는 것처럼) 지금 자고 있어.
선우   며칠 전부터 독감 때문에 엄청 고생을 했거든.
석재   그제는 병원에도 가고, 약국에도 갔는데 약이 독한지 온종일
       잠을 자더라구. 어제는 얼마나 깊이 잠들었는지 니가 온 것도
       얘길 못해줬어. (유란의 안색을 살피며) 서너 시간 있으면 잠에서
       깰 거야. (조심스러워) 엄마 보러 올라갈래? 조용히 올라가면 괜
       찮을 거야.
유란   (냉랭하여) 아뇨. 엄마가 깨면 볼게요. 나 때문에 아프면 안 되니
       까. (석재와 선우의 시선을 차갑게 외면하며) 필요한 거 없어요.

유란, 오디오를 켠다. 전처럼 요란한 헤비메탈 소리가 들려온다. 유란, 다시
춤을 추기 시작한다.

제 9 장

무대는 다소 어둡다. 유란, 계단에 앉아 있다. 지석이 들어온다. 지석은 어디
서 싸움이라도 한 것처럼 얼굴에는 상처가 나 있고 옷은 흙투성이다. 지석,
힘없이 소파에 앉는다.

유란   (조용히 지석을 지켜보다가, 애써 유쾌하게) 며칠 안 본 사이에 터프해

졌는걸.

지석　(그때서야 유란을 발견하고) 줄리…….

유란　경찰차를 보기 좋게 박살냈다며? 아빠랑 아저씨, 경찰서에 가
　　　셨어. 조서를 써야 된대.

지석　알아. (진심으로) 미안해. 이런 모습 보여서…….

유란　…….

그들 사이에 잠시 침묵이 흐른다.

지석　어제 친부모 만나러 갔었어.

유란　알고 있어.

지석　(잠시 망설이다가) 무슨 일이 있었는지 궁금하지 않아?

유란　(담배를 피우며, 묵묵히 듣고 있다가) 어느 정도 예상은 돼. 장의 모습
　　　을 보니까.

지석　(쓴웃음을 지으며) 다행이네. 내 입으로 그 더러운 얘기들을 안 해
　　　도 되니까. (일어서며) 오늘 밤 비행기로 돌아갈 거야.

유란　(침착하여) 장이 상처를 받을지도 모른다고 생각했어. 친부모를
　　　만나는 게 늘 해피엔딩으로 끝나는 건 아니니까.

지석　(격분에 쌓여) 이건, 상처가 아니야. 치욕이야. 치욕이라구!

지석, 어찌할 줄을 모르며 분노에 찬 숨을 내쉰다.

지석　(울컥하여) 날, 날, 날 낳은 여자가……. 창녀였을 거라고는 꿈에
　　　도 상상하지 못했어. (터져 나오는 분노를 가까스로 억누르며) 미군들
　　　한테 몸을 파는 창녀가 내 어머니라는 게, 난 도무지 믿겨지지
　　　않아. 도무지…….

유란　(자못 충격에 젖어 지석을 바라보다가) …… 건강하셔?

지석　(어이가 없어) 건강하냐구?

유란　(매서운 지석의 시선을 피하며) ……그래도…… 친어머니잖아…….

지석　그 여자는 그냥 그 여자일 뿐이야. 이젠 몸뚱아리를 못 파니까 대신 꽃을 팔지. 꽃을 파는 창녀라? 낭만적이지 않아?

유란　(타이르듯) 장.

지석　아무 말도 하지 마. 줄리가 무슨 말을 해도 아무 위로가 안 되니까. (억제할 수 없는 분노에 소파를 걷어차며) 빌어먹을!

유란, 말없이 지석을 지켜보며 담배를 피운다.

지석　5년을 기다렸어. 한국에 친부모가 있다는 애길 듣고 5년을 기다렸어. 그런데 고작 5년을 기다린 보람이 이거란 말이야? 이건 말도 안 돼.

유란　(냉정한 기색이 묻어나며) 명성황후가 100년 전에 죽은 건 슬프면서, 친엄마의 얘기는 슬프지 않아?

지석　그런 얘긴 듣고 싶지 않아. 그 여자가 무슨 짓을 했든 난 관심 없어! (참았던 슬픔이 일시에 터져 나오며) 내가 무슨 말을 해야 되는 거야? 나보고 몇 번째로 떨구어 낸 애냐고 묻는 사람 앞에서 무슨 말을 해야 되지? 왜 자길 찾아왔냐고 묻는 사람 앞에서 무슨 말을 해야 되는 거냐구? (감정을 억누르며) 내 첫 번째 형은 흑인 혼혈아였고, 두 번째 누나는 백인 혼혈아, 세 번째 형도 백인 혼혈아, 네 번째 누나는 흑인 혼혈아, 그리고 다섯 번째인 나는 운 좋게도 아버지가 한국 사람이었다더군. (자조 섞여) 어쩌면 나도 줄리처럼 귀족 가문의 사람일지도 몰라. 내 아버지는 오씨였대. 내 이름은 지석이고. 결국 내 이름은 오지석이 되는 셈이지. 오지석, 이게 내 한국 이름이야. 25년 만에 들어본 내 진짜 이름이라구. 그래, 난 행운아야. 우리 형제들에 비하면 난 정말 축복 받았지. 한국에서도 얼마든지 한국 사람인 척하고 살 수 있으니까. 대학도 다녔고, 제법 괜찮은 직업도 갖고 있구. 자식들 중에선 제일 성공한 편이지.

유란　…….

지석　(깊은 절망에) 내가 어떻게 해야 되지? 그냥 돌아가서 아무 일도 없었던 것처럼 장 띠에르라는 이름으로 살아가면 될까? 아이들이 태어나면 가끔씩 한국에 데려와서 여기가 너희들의 할머니가 살았던 나라라고 해줄까? 언젠가 묻겠지? 내가 궁금했던 것처럼……. 아버지는 왜 이 먼 나라에 오게 됐고, 왜 우리들은 여기서 살게 됐냐구? 어쩌면 내 아이들은 나보다 머리가 좋아서 할머니의 삶에 대해 이해하고 슬퍼하게 될지도 모르지. 그런데 난 너무 힘들어.

유란, 지석을 말없이 끌어안는다.

지석　(충동적으로 일어서며) 여기선 일분일초도 더는 못 견디겠어. 숨이 막혀 죽을 것 같애. 돌아가자.

유란, 천천히 고개를 젓는다.

지석　알아. 줄리가 이번 여행을 얼마나 기다려왔는지. 내 말은 영원히 거기서 살자는 게 아니야. 내가 조금만, 그러니까 정신을 차릴 수만 있게 되면 다시 돌아오자는 거야.

유란, 지석에서 떨어지며 일어선다.

유란　난 돌아갈 수 없어. (애써 덤덤하여) 돌아가면 체포될 거야.

지석　　(도무지 영문을 몰라) 무슨 소리야?

유란　　장이 모르는 게 있어. (망설이다가) 홍콩에 간다는 말은 거짓말이었어. 파리에 있었어.

지석　　(영문을 몰라) 지금까지 파리에 있었다구?

유란　　마지막으로 할 일이 있었어. 그렇게 어려운 일은 아니었어. 가방만 전해주면 되는 일이었으니까. 근데 일이 좀 꼬였어.

지석　　……?

유란　　(머뭇거리다가) 난 가방만 전해주면 되는 거였는데, 그 자식 때문에, 사고가 생겼어.

지석　　내가 알아들을 수 있게 말해 봐. 가방은 뭐고, 사고는 또 뭐야? 그 자식은 또 뭐구?

유란　　(머뭇거리다가) 나도 일이 이렇게 될 줄은 몰랐어. 처음엔 그냥 돈을 벌려고 했던 건데 …… 손을 떼려고 했는데 쉽지가 않았어 ……. 하지만 이번은 정말 마지막이었어.

지석　　(불길한 예감에 사로잡히며) 설마?

유란, 떨리는 손을 가까스로 억제하며 담배를 피운다.

지석　　지금 마약 배달을 했다는 얘기야?

유란　　…….

지석　　날 똑바로 보면서 말해 봐. (두려움에) 지금도 약을 하는 거야? 그런 거야?

유란　　(외면하며) 참으려고 노력했어.

지석　　(격노하여) 참으려고 노력했다구? 노력했다구! 이제까지 나한테 했던 말은 다 거짓말이었어? (절망감에 사로잡혀) 약속했잖아? 다신 마약엔 손대지 않겠다구?

유란　　(외면하며) 미안해.

지석   마약을 사려고 도둑질을 하고, 마약을 사려고 마약 배달을 하
       고, 그 다음엔, 그 다음엔!

지석, 참을 수 없는 배신감과 깊은 절망감에 사로잡혀 응접실을 서성인다.

지석   더 이상은 안 돼. 이렇게는 안 돼. 부모님께 말씀드리자.
유란   안 돼.
지석   설령 여기에 있는다고 해도 마약을 하게 될 거야. 이건 부모님
       의 도움이 없인 해결할 수가 없어.
유란   난 절대로 얘기하지 않을 거야.
지석   (안타까워) 대체 줄리 부모님들은 어떻게 된 분들이야? 아무리 멀
       리 떨어져 있다고 해도, 이렇게 모를 수 있는 거야? 자기 딸이
       지금 어떤 상태인지, 마약 중독으로 몇 번씩이나 요양소에 강
       제 수용 됐다는 걸 어떻게 모를 수가 있냐구?
유란   엄마 아빠는 이 일하고는 관계없어.
지석   천만에! 이건 전적으로 줄리 부모님들 책임이야!
유란   아니야.
지석   줄리는 자기들의 하나밖에 없는 자식이야. 나와는 다르단 말이
       야. 이렇게 무관심하고 무책임한 부모들이 세상에 어딨어?
유란   그분들은 좋은 분들이야.
지석   아니! 자기들밖에 모르는 이기주의자들이야.
유란   (발악하여) 아니야! 아니란 말이야! 장이 우리 집에 대해서 뭘 알
       아? 뭘 알아! (울컥하여) 우리 엄마 아빠 욕하지 마. 욕하지 말란
       말이야!

잠시 침묵이 흐른다.

지석 (안정을 찾으며) 미안해. (진심으로) 난, 줄리를 돕고 싶어. (잠시 생각
을 하다가) 필립! 그 친구가 이쪽엔 유능한 변호사야. 마약에 관
계된 재판에선 한 번도 진 적이 없는 변호사야. 돌아가는 대로
법적인 절차를 상의해 볼게.

유란 그럴 필요 없어. 이젠 누구도 날 도울 수 없어. 장이라고 해도.
그 자식은 가방만 받으면 되는 거였어. 날 건드리려고 하지만
않았어도 그런 일은 없었어. 그런데 그 자식이 날 건드리려고
했어. 그래서……. (사이) 그 자식을 죽였어.

지석 뭐, 뭐?

유란 아마, 죽었을 거야. 쇠파이프로 그 자식 골통을 날려버렸으
니까.

지석, 망연자실하여 유란을 바라본다.

유란 어차피 그런 놈은 죽어야 돼. 내가 아니었어도 누군가의 손에
죽었을 거야. 악질 인종주의자에 강간범이니까.

지석 (넋을 잃고) 줄리…….

유란 그 자식이 날 이렇게 만들었단 말이야!

유란, 지석에게 자신의 어깨를 내보인다. 칼로 새겨놓은 나치 마크가 선명하
게 보인다. 지석, 그 모습에 충격을 금치 못하며 유란에게 다가선다. 유란, 외
면하듯 돌아선다.

지석 (도무지 믿겨지지 않는 듯) 그럴 리가 없어. 사람을 죽이다니. 아냐,
죽지 않았을 거야. 줄리 말대로 그건 그냥 추측일 뿐이야.

유란 (간신히 몸을 지탱하며) 아무 말도 하지 마. 듣지 싶지 않아.

지석 (우왕좌왕하다가, 불현듯) 만약에 죽었다고 해도, 악질 인종주의자

에, 성범죄자라면 이건 정당방위야.

유란   (말을 끊으며) 제발, 나 좀 내버려 둬!

잠시 침묵이 흐른다.

지석   (깊은 절망에 사로 잡혀) 내가, 내가 어떡해야 되지?

유란   아무 것도…….

지석   이럴 순 없어. 그렇게 기다려왔던 여행인데, 고작 이렇게 끝나는 거야? (어이가 없다는 듯) 이건 말도 안 돼. 이건 도무지 말이 안 돼…….

유란   (애써 명랑하여) 난 돌아왔어. 여기서 살 거야. 이젠 아무 데도 가지 않을 거야. 돌아가. 장의 나라로.

지석   내 나라……?

유란   그래. 장의 나라로 돌아가. 한국이라는 나라, 우리 집, 그리고 줄리라는 이름의 마약 중독자를 기억에서 지워버려. 그냥 지독히도 재미없는 꿈을 꿨다고 생각하고 모두 잊어버려.

지석   줄리…….

유란   난 하나도 변하지 않았어. 마약에 취해서 고속도로를 거꾸로 달려가다가 장의 차를 들이박았던 예전의 나 그대로야. 앞으로도 난 변하지 않을 거야. (냉정하여) 이젠 나에 대해서 알려고 하지 마. 아무것도.

잠시 침묵이 흐른다.

지석   (믿기지 않아) 정말 이렇게 끝나는 거야?

유란, 대꾸하지 않는다. 멍하니 서 있던 지석, 모든 것을 포기한 듯 힘없이 2

층으로 올라간다. 잠시 후 지석, 가방을 갖고 내려온다. 지석은 나가지 못하고 유란을 바라본다.

지석　(마지막으로 확인을 하려는 듯) 이건 뭐가 잘못 된 거야, 그렇지?
유란　(천천히 고개를 젓고) 들은 대로야. (지석이 무슨 말을 하자 지석의 시선을 피하며) 잘 가.

지석, 천천히 시선을 거두며 무거운 걸음으로 나간다.
홀로 남은 유란, 담배를 피워 문다. 유란의 몸이 파르르 떨리기 시작한다. 유란, 가까스로 떨리는 몸을 추스르며 정원으로 나간다. 유란, 말없이 정원을 둘러본다.

유란　(애써 명랑하게) 안녕, 꽃들아. 안녕, 새들아. 안녕, 우리 집……. (시선이 반쯤 타다 남은 나무에 멈춘다. 짙은 슬픔에 젖으며) 안녕? 안녕 …….

유란, 힘없이 나무 앞에 주저앉는다. 잔뜩 몸을 웅크리고 양팔로 몸을 감싸던 유란의 입에서 울음이 터져 나온다.

유란　(가까스로 울음을 삼키며) 엄마…… 엄마…….

유란, 터져 나오는 울음을 손으로 막으며 흐느낀다.

제 10 장

무대는 어둡다. 급히 현관문이 열리면서 선우가 도망치듯 들어온다. 곧이어 석재가 뒤따라 들어와 선우를 잡는다. 석재의 손에는 누런색 종이봉투가 들려있다.

석재　너 정말 이럴 거야?

선우　(겁에 질려) 난 못 해.

석재　지하실에 가두자고 한 건 분명히 너였어. 쟤가 죽은 건 너 때문이란 말이야.

선우　(자신없는 목소리로) 아직, 살아 있을지도 몰라.

석재　(확신하여) 죽었어! 발로 찼는데도 꼼짝도 안 했어. 신음 소리도 없었어. 아무 소리도 내지 않았단 말이야. 죽은 거야…….

선우, 석재의 확신에 부인할 자신이 없는 듯 아무런 말도 하지 못한다.

석재　조금 있으면 시체 썩는 냄새가 진동을 할 거야. 그럼, 우리 집 지하실에 머리 깨진 시체가 있다는 걸 다 알게 될 거야. (발작처럼) 난 죽어도 경찰서엔 못 가! 감옥에도 못 가!

선우　…….

석재　아까 못 봤어? 내 옆에서 조서 쓰던 사람. (확신에 차서) 얼굴이 퉁퉁 부은 걸 보니까 엄청 두들겨 맞은 게 틀림없어.

선우　그 사람은 맞아서 그런 게 아니라 울어서 그런 거야. 조서 쓰는 동안 계속 울었잖아?

석재　(분노에 차서) 당연하지. 고문을 당했는데 얼마나 아프겠어. (두려움에) 뼈에는 금이 가고, 뱃속엔 피가 고이고, 고춧가루 때문에 콧구멍이 다 헐어서 물고기처럼 입만 벌리고 뻐끔뻐끔 숨을 쉬었을 거야. 어쩌면 팔이 빠졌을 지도 몰라. 움직이지 못하게 팔을 빼놓고 두들겨 팼겠지. 똥을 지릴 정도로. 개 잡듯이 팼을 거야. 그런데 하도 고문할 사람들이 많으니까 깜박 잊고 관절을 안 맞춰 줬는지도 몰라. (악몽에 사로잡혀 몸을 떨며) 그래서 운 거야. 너무 아파서 운 거라구. 내가 그랬던 것처럼…….

선우 (그런 석재를 안타까운 듯 보며) 그건 니가 만들어 낸 상상일 뿐이야. 지금은 21세기야. 이젠 모든 게 합법적인 절차에 따라 집행된다구. 고문 같은 건 하지 않아. 고문 같은 건 말이야.

석재 (차가워) 넌 그때도 그런 말을 했었어. 이 나라는 자유민주주의 국가라구. 모든 건 법적 절차에 따라 합법적으로 이루어진다구. 그러니까 겁 먹을 거 없다구. 우린 아무 죄가 없으니까. 하지만 니가 한 말은 모두 틀렸잖아? 니 말을 믿지 말았어야 했어. 그냥 내 생각대로 도망을 갔어야 했다구. (비장하여) 이젠 아무도 안 믿어. 내 자신만을 믿을 거야.

석재, 누런색 종이봉투에서 칼을 꺼낸다. 정육점에서 고기를 절단할 때 쓰는 커다란 칼이다.

석재 (섬뜩한 눈빛으로 칼을 바라보며) 완벽하게 끝내는 거야. 어떤 흔적도 증거도 남기면 안 돼. 그게 우리가 사는 길이야. 너, 나, 미자, 유란이가 사는 길이라구.

선우, 석재의 말이 진심임을 깨닫자 억제할 수 없는 공포에 휩싸인다.

석재 멍청하게 서 있지 말고 너도 빨리 준비 해.
선우 (넋을 잃고) 뭘?

석재　검정색 비닐봉투!

선우, 넋이 나간 사람처럼 멍하니 석재를 바라본다.

석재　난 내려가서 칼부터 갈고 있을게. (칼을 힘주어 잡으며) 한 번에 끝낼 수 있게. (나가려다가) 잊지 마. 우리가 한 약속!

석재, 비장하여 나간다. 잠시 후, 지하실 철문이 닫히는 소리가 음산하게 들려온다.

선우, 안절부절하다가 주방 쪽 자신의 방으로 간다. 선우, 자신의 방으로 들어갔다가 무엇인가에게 쫓기기라도 하듯 급히 나온다. 선우, 못 볼 것이라도 본 듯 민망한 얼굴로 당혹스러워 한다. 곧이어 슬립 차림에 이브닝 가운을 걸친 유란이 나온다. 유란은 마약에 취해있는 것처럼 몸을 제대로 가누지 못하고 시선 또한 불안하다.

선우　(우물쭈물하다가) 미안해. 니가 있는 줄 몰랐어.

유란　아빠는요?

선우　(둘러대며) 잠깐, 나갔어.

유란　(고개를 끄덕이다가, 스스로에게 묻듯) 엄마는 지금도 겨울잠을 자겠지?

선우　감기약이 워낙 독해야 말이지.

유란　(과장되게 고개를 끄덕이다가) 빌어먹을, 감기약! 빌어먹을, 빌어먹을! (고함처럼) 빌어먹을!

선우, 유란의 돌연한 고함에 놀라 힐끗 유란을 바라본다. 유란, 아무렇지도 않다는 듯 식탁에 앉는다.

선우   장은?

유란   갔어요. 그 잘난 자유, 평등, 박애의 나라로 돌아갔어요.

선우   경찰서에 갔던 일은 잘 해결됐어. 아무 걱정 안 해도 돼.

유란   이젠 상관없어요. 돌아갔으니까. (선우를 살피다가) 아저씨는 하나
       도 궁금하지 않은가 봐. 왜 장이 아무 얘기도 없이 돌아갔는지
       말이에요.

선우   (그제서야) 무슨 일이 생긴 거야?

유란   아무 일도 없어요.

선우   (힐끗힐끗 지하실 쪽을 바라보며, 긴장하여) 다행이네.

유란   뭐가 다행이에요?

선우   (여전히 지하실 쪽에 신경을 쏟으며, 건성으로) 응?

유란   (집요하여) 뭐가 다행이냐구?

선우   (대답을 하지 못하고 어색한 웃음을 짓다가, 부드러워) 아저씨 방엔 어쩐
       일이야?

유란   아저씨는 어떻게 사는지 궁금해서. 방엔 빛도 안 들어오고, 있
       는 거라곤 다 낡아빠진 라디오하고 앉은뱅이 책상, 책 몇 권,
       냄새 나는 이불. (선우의 방을 보며) 꼭 감옥 같아. (발작적으로) 빌어
       먹을, 감옥!

선우, 유란의 불안정한 행동에 무엇인가 이상한 감을 잡으며 유란을 조심스
럽게 살핀다. 유란, 선우에게 바짝 다가선다.

유란   (물끄러미 선우를 보다가) 블레 부 스 꾸셰 아베끄 무아 스 스와르?
       (오늘 밤 나와 함께 자고 싶으세요?)

선우   ……?

유란   블레 부 스 꾸셰 아베끄 무아 스 스와르?

선우   (유란의 시선을 외면하며) 무슨 말이야? 아저씬 불어를 몰라.

유란, 선우에게 더욱 바짝 다가선다. 유란, 선우를 유혹하기라도 하는 것처럼
선우를 바라본다.

유란　　오늘 밤 나와 함께 자고 싶으세요?

선우, 깜짝 놀라 황급히 물러선다. 유란, 그런 선우가 재미있다는 듯 웃음을
터뜨린다. 유란은 웃음을 멈추지 못하고 한참 동안을 웃어젖힌다. 얼마간의
시간이 지나고 유란은 계속된 웃음에 배가 아픈 듯 배를 움켜쥔다. 그때서야
유란의 웃음은 끝이 난다.

선우　　(엄하여) 술 마셨니?

유란, 대뜸 선우의 품에 안긴다.

유란　　(선우에게 술 냄새가 나는지 확인해 보라는 듯 입을 벌려 입김을 불며) 술은
　　　　　한 모금도 안 마셨어요. (아이처럼 선우의 목에 매달리며) 정말이에
　　　　　요. (다시 선우에게 입김을 분다) 우리가 몇 년 만에 만난 건 지 알아
　　　　　요? 10년이에요. 해가 삼천 번하고도 육백 오십 번이 뜨고 졌
　　　　　다구요. 근데 아저씬 왜 나한테 아무 말도 안 해요.
선우　　(유란을 품에서 떼어 내려 하며) 어제는 니가 아팠잖니? 오늘은 경찰
　　　　　서엘 갔다왔구.
유란　　(선우에 품에 더욱 바짝 안기며) 그럼, 지금 해 봐요. 여기엔 아저씨
　　　　　하고 나, 둘 뿐이니까. 어서.
선우　　(유란을 엄하게 떼어 내며) 의사가 쉬는 게 좋다고 했어. 올라가서
　　　　　쉬도록 해라.
유란　　(코웃음을 치며) 쉴 만큼 쉬었어. 잠을 자는 것도 힘들어서 못 하
　　　　　겠어. (돌연 우울해지며) 근데 엄만 정말 겨울잠을 자는 거야? 왜

깨질 않지. 내가 왔는데…….

선우 (난감해하다가) 내일이면 괜찮아질 거야. 감기에서 나을 거야. 너
도 내일이면 전처럼 건강해질 거구. 내일이면 모든 게 예전처
럼 될 거야. (화제를 돌리려는 듯) 내일 온 가족이 모여서 밋진 저녁
식사를 하자꾸나.

유란 최후의 만찬? 예수님이 그러셨지. 나랑 같이 떡을 드는 자가
날 팔아먹으리라. (돌연 손가락을 들어 선우를 가리키며) 그자가 날 배
신하리라!

선우, 돌연한 유란의 행동에 표정이 굳어진다.

유란 그자의 이름은……. (금세 폭발할 것처럼) 그자의 이름은!

유란, 한기(寒氣)를 느끼는 것처럼 몸을 떨기 시작한다. 유란, 자신의 몸에서
무슨 냄새가 나기라도 하는 것처럼 팔과 손, 어깨에 코를 묻고 냄새를 맡는
다. 유란, 벌레를 떼어 내기라도 하는 것처럼 자기의 몸을 매만진다. 유란의
행동이 점차 더욱 과격해져 이브닝 가운을 찢어버릴 듯하다. 선우, 발작이라
도 일으킨 것 같은 유란의 모습에 어찌할 줄 모른다.

유란 (이브닝 가운을 거칠게 벗으며) 답답해. 너무 답답해. 답답해 죽겠어.
(어깨에 새겨진 나치 마크를 지우려는 듯 문지르며) 왜 안 지워지지. 지
워지질 않아. 지워지질 않아. (발악하여) 빌어먹을! 빌어먹을!

유란, 들릴 듯 말 듯 무슨 말인가를 불어로 중얼거린다. 그 모습이 꼭 정신
이상자처럼 보인다. 잠시 침묵이 흐르고 유란은 차츰 안정을 찾는다.

선우 아무래도 의사를 불러야겠다. 아직 몸이 다 낫질 않은 것 같애.

유란   의사는 필요 없어. 시간이 지나면 괜찮아지니까. (대수롭지 않게) 약을 하면 늘 이래.

선우   (무슨 말인가 하여) 약이라니?

유란   (냉랭하여) 이제야 나에 대해서 궁금해지는 모양이죠?

유란, 도전적으로 선우에게 다가간다. 선우, 맨몸이 드러나는 유란의 슬립 차림이 민망한 듯 고개를 돌린다.

유란   왜 아무 말도 하지 않아요? 왜 아무것도 묻지 않냐구? 10년 동안 프랑스에서 어떻게 살았는지, 무슨 일을 했는지, 어디서 살았는지, 어떻게 장을 만났는지 궁금하지 않아요?

선우   (유란의 시선을 피하며) 어떻게 장을 만났는지는 알고 있어. 자동차 사고가 났을 때 니가 고쳐줬다며?

유란   (피식 웃으며) 장이 이건 말하지 않았겠죠. 장의 차를 들이박은 건 나였어요. 마약에 취해서 차를 몰다가 사고를 냈어요.

선우   (충격에 젖어) ······.

유란   벌써부터 놀라면 안 돼요. 앞으로 놀랄 일들이 많으니까.

선우   (위기를 모면하려는 듯) 지금은 아저씨가 할 일이 있어. 얘긴, 내일 하자꾸나.

유란   내일은 없어요. 오늘이 바로 종말의 날이니까. (도발적으로 선우에게 가슴을 내밀며) 어때요? 이만하면 이젠 여자가 다 됐죠?

선우, 시선을 돌리지만 유란은 거칠게 선우의 손을 낚아챈다. 유란, 선우의 손을 자신의 가슴 위에 얹는다. 선우, 거역할 수 없는 힘에 제압을 당하기라도 한 것처럼 유란의 행동에 어떠한 저항도 하지 못한 채 그대로 서 있다.

유란   (요염하여) 부브썽떼 드브와? 엉브 하쎄므와. (날 느끼고 싶지 않아요? 날 안아주세요.)

선우, 유란의 가슴에서 손을 떼려하지만 유란은 놓아주지 않는다. 유란, 더욱 거칠게 선우의 손을 잡는다. 선우의 손이 부서질 것처럼 떨린다. 유란, 그런 선우를 비웃기라도 하는 것처럼 거리낌 없이 선우의 손을 자신의 아랫배 쪽으로 끌어당긴다.

유란   (노래처럼) 나는 한 마리 작은 종달새. 한 밤 짧은 사랑에 우는 종달새. 사랑이 그리우면 종달새를 불러요. 종달새가 찾아오면 사랑해 주세요. 나는 한 마리 작은 종달새.

선우   (거칠게 손을 뿌리치며) 올라가라. 오늘은 너하고 아무 말도 하고 싶지 않다.

유란   아직 내 노랜 끝나지 않았어요.

선우   (격노하여) 당장 올라가지 못해!

유란   (냉소하여) 겁먹을 거 없어요. 나한테 옷도 입혀주고, 화장실에도 데려 가고, 목욕도 시켜줬잖아요? 그때랑 다를 게 없어요. 단지 내가 스물네 살이 됐다는 것뿐이에요.

선우   (애원하여) 그만 하자.

유란   (개의치 않고) 아저씨는 나한텐 늘 남자였어. 내 이상향이었으니까. 이제 날 가져요.

선우   (유란이 슬립을 벗으려 하자 억제할 수 없는 분노에 유란의 뺨을 때리며) 몹쓸 것! 고작 외국에서 배워온 게 이거니? 10년 동안 배워온 게 겨우 이런 것들이야? (냉정하여) 니가 거기서 뭘 했던지 그건 상관없어. 하지만 여기선 안 돼. 여긴 니 엄마, 아빠가 있는 집이야.

잠시 침묵이 흐른다.

유란 (담배에 불을 붙이며) 아저씬 정말 하나도 안 변했어. 여전히 성인 군자에 도덕 선생님이야.

선우 (엄하여) 그런 말투도 이 집에선 안 돼.

유란 (자못 진지하여) 미안해요. 아저씨가 원한다면 요조숙녀처럼 굴게요.

선우 널 외국으로 보냈던 건 좀 더 자유로운 세상에서, 좀 더 넓은 세상을 보길 바랬기 때문이야. 그런데 넌 내 예상과는 너무도 다른 모습으로 돌아왔어. 너무도 다른 모습으로……. (절망하여) 내가 알고 있던 유란이의 모습은 어디에도 남아있지 않아.

유란 (냉소 가득하여) 그 아이는 번개에 맞았어요! (정원의 반쯤 타다 남은 나무를 바라보며) 저 나무처럼……. (침울하던 유란, 돌연 명랑하여) 우리 춤 춰요. 심각한 건 싫어. 어서!

유란, 선우를 이끌며 응접실로 나간다. 유란, 오디오를 켠다. 음악이 흘러나온다. 선우, 돌연한 유란의 행동에 멈칫하는데 유란이 손을 끈다. 유란, 춤을 추려는 듯 선우의 양어깨에 손을 얹는다. 선우, 유란에게서 떨어지려고 하지만 유란은 집요하게 선우를 끌어당긴다.

유란 (엄격하게) 아저씨는 내 허리에 손을 얹어야 돼요. (선우가 머뭇거리자) 겁먹을 거 없어. 내가 가르쳐 줄게. 뒤로 두 발, 좋아요. 이번엔 오른쪽으로 두 발. 잘 하는데요.

선우, 유란의 코치를 받으며 엉거주춤 춤을 추기 시작한다.

선우 (난감한 상황에서 벗어나려는 듯) 아저씨는.

유란 (말을 끊으며) 이번엔 왼쪽이에요. 다음엔 다시 뒤로! (잠시 춤을 추다가) 아저씨한테 들려주고 싶은 얘기가 있어요.

선우   (긴장을 풀지 못하고) ……?

유란   이제는 아무도 믿지 않는 전설이에요. 관심도 없고 기억조차
       하지 않는 이야기야. 근데 아주 더러운 얘기야. 친구를 배신하
       고 살아남은 자들의 이야기거든.

       선우, 깜짝 놀라 유란에게서 떨어지려고 하는데 유란은 거칠게 선우의 손을
       잡는다.

유란   (다시 춤을 추는 것에 주위를 기울이며) 처음에는 어렵지만 조금만 연
       습을 하면 음악에 맞춰 몸을 움직일 수 있어요. 아주 쉬워요.

선우   …….

유란   (선우에게 바짝 다가서며) 이번엔 좀 어려워요. 내가 한 바퀴 돌면
       아저씨가 잡아주는 거예요.

       유란, 선우를 밀치며 한 바퀴 돌아 보인다. 선우, 엉거주춤 가까스로 유란을
       잡는다.

유란   그리고 이건 아주 슬픈 얘기이기도 해. 여기엔 자신의 애인을
       배신한 친구와 결혼하고 나중엔 미쳐버린 여자가 나오니까. 이
       전설에 나오는 주인공은 시인이야. 한때는 시를 썼어. 지금은
       모르겠어. 시를 쓰는지.

       선우, 유란을 따라 발걸음을 옮기지만 그것은 기계적인 움직일 뿐이다. 그
       의 얼굴은 사색이 되어 굳어져 있다. 음악 소리만이 그들의 침묵 사이를 흐
       른다.

선우   (참지 못하고) 유란아.

유란   (선우의 품에 얼굴을 묻으며) 조금만 기다려요. (새 음악이 시작되기를 기
       다리듯 귀를 기울이며) 조금 후면 시작할 테니까.

       새로운 음악이 들려온다. 이번에는 전과는 달리 조용한 분위기의 음악이다.
       유란, 선우의 어깨에 손을 얹고 가볍게 몸을 움직인다. 그들은 블루스를 춘
       다. 그러나 선우는 유란의 움직임에 기계적인 동조를 하고 있을 뿐이다.

유란   세 사람이 있었어요. 아주 친한 친구들이었죠. 한 사람은 그림
       을 그렸고, 한 사람은 장사를 했고, 또 한 사람은 시를 썼어요.
       그리고 그림을 그렸던 남자에겐 사랑하는 여자가 있었죠. 아마
       도 이 네 사람은 행복했을 거예요. 그랬겠죠?

       선우의 얼굴에 두려움이 밀려온다. 유란, 선우의 경직된 움직임에 개의치 않
       고 계속 몸을 움직인다.

유란   행복한 이 네 사람에게 불행이 생긴 건 똑똑한 시인이 쓴 시 때
       문이었어요. 그 시 하나가 그 사람들의 인생을 송두리째 부숴
       버렸죠. 친구 셋은 그 시 때문에 모두 체포됐어요. 어디론가로
       끌려갔죠. 지하실? 아마 그럴 거예요. 햇빛도 들어오지 않는
       음산한 곳이에요. 그 사람들은 고문을 당했어요. 그 시가 마음
       에 안 들었으니까. 그때는 그랬어요. 말하는 게 마음에 안 들어
       도, 생각하는 게 마음에 안 들어도, 시가 마음에 안 들어도 사
       람들을 잡아가던 전설 속의 시대였으니까. 얼마가 지나자 친구
       두 사람은 다른 한 명의 친구를 지목했어요. 그 사람이 이 사건
       의 주동자라고. 그 사람은 죽었어요. 그 사람은 자신의 혐의를
       부인하다가 죽은 거예요. 두 사람은 친구를 배신해서 살아남았
       고, 그 다음엔 친구의 여자를 아내로 삼았죠. 친구의 아이를 임

신한 그 여자를. 여자는 까마득히 몰랐어요. 자신이 사랑하는 남자가 어떻게 죽었는지 왜 죽었는지, 그 사람을 배신한 친구의 한 명이 자신의 남편이라는 걸, 그리고 그토록 충직한 자기의 친구가 공범이라는 걸.

선우, 사색이 되어 움직임을 멈춘다. 유란도 움직임을 멈춘다. 유란, 선우의 어깨에 머리를 기댄 채 선다.

유란　왜 그랬을까? 정말 사랑해서? 아님 죄책감 때문에? 그 여자의 남편이 되는 건 어떻게 정했을까? 주사위를 던져서? 아님 가위바위보로? 그것도 아니면 그냥 기분 내키는 대로? (사이) 어쨌든 그렇게 됐던 거야. 아무도 알아서는 안 되는 비밀이었는데…… 여자는 결국 알아버렸어. 자기의 딸이 열네 살이 되던 생일 날. 그 여자는 미쳐버렸지. 그리고는 자기의 집에 불을 질렀어. 정원에 있던 나무는 불에 타서 흉측한 몰골이 되었지. 그 여자의 딸은 그 나무를 번개 나무라고 불렀어. 불에 탄 게 아니라 번개에 맞은 거라고 생각했어. 아빠와 사랑하는 아저씨가 자기의 친아버지를 배신하고 엄마를 미치게 만든 사람이라는 걸 믿을 수 없었으니까. 하지만 그 소녀도 알아버렸어. 그것이 진실이라는 걸…….

음악이 끝난다. 유란, 움직이지 않고 선우의 어깨에 머리를 기댄 채 그대로 서 있다. 잠시 침묵이 흐른다.

유란　알고 싶었어. 정말 두 친구는 그 아이가 죽기를 바랬는지…….

유란, 천천히 선우에게서 떨어진다.

유란   말해줘요. 알고 싶어.

선우   (가까스로 외면하며) 무슨 말을 하는지 모르겠구나.

유란   그것만 말해 줘.

선우   (안절부절하여) 나, 난 도무지…….

유란   (싸늘히 선우를 바라보며) 빨갱이는 비겁하지 않아.

선우   (할 말을 찾지 못하고) 난, 난…….

유란   혁명가도 비겁하지 않아.

선우   (반동적으로) 난 빨갱이도, 혁명가도 아니야! (말을 잇지 못하고) 난, 난…….

유란, 거칠게 선우를 몰아 식탁에 앉힌다. 유란, 싱크대에 놓여 있던 접시를 난폭하게 바닥으로 밀어버린다. 유란, 싱크대에 걸터앉는다. 국자를 재판봉처럼 손에 쥐고 소리가 나도록 두들긴다.

유란   피고! (선우의 대꾸가 없자, 요란하게 국자를 두들기며) 난 재판관이야. 그러니까 대답을 해.

선우   (두려움에) 유란아.

유란   (말을 끊으며, 다시 요란하게 국자를 두들기며) 말해! 말하란 말이야!

오랜 침묵이 흐른다.

넋이 나간 듯한 표정으로 고개를 숙이고 있던 선우, 마침내 모든 것을 포기한 듯 천천히 고개를 든다.

선우   정말 알고 싶니?

유란   알고 싶어.

선우   (마음을 정리하듯 깊게 숨을 들이쉬고, 용기를 내어) 그래. 그 아이가 죽기를 바랐어.

유란 (애써 침착하여) 왜?

선우 그 아이를 볼 때마다 …… 은석이가 떠올랐으니까 ……. (사이) 널 보고 있으면 니 아빠를 보고 있는 것 같아 견딜 수가 없었어. 내 씻지 못할 죄를 보는 것 같아 견딜 수가 없었어. 니가 영원히 돌아오지 않기를 바랐어. 차라리 니가 죽어버렸으면 좋겠다고 생각했어. 차라리 죽었으면 좋겠다구…….

유란 …… 그래서 날 그 외딴 곳으로 보낸 거야. 엄마한테서 보호한다는 명목으로? 그래서 찾아오지 않았던 거야? 내가 몸을 팔든, 마약에 중독되든, 그냥 죽어버리라구?

선우 그래. 그래서 널 보냈어. 네가 돌아올 수 없을 만큼 먼 곳으로.

석재, 선우를 찾아 급히 들어온다. 석재, 정육점 주인처럼 앞치마를 걸치고 한쪽 손에 칼을 들고 있다. 석재, 재촉하여 선우를 부르려다가 유란을 발견한다. 석재, 예기치 못한 상황에 멈칫한다. 선우와 유란의 시선이 석재를 향한다. 그들 사이에 잠시 침묵이 흐른다.

선우 (석재를 바라보던 시선을 거두며, 애써 덤덤하여) 석재와 난 살아남은 죄를 갚기 위해서 남은 일생을 너와 미자 씨를 위해 살겠다고 약속했어. 너와 미자 씨를 위해서라면 무슨 짓이든 하겠다고, 약속했어. 너와 미자 씨를 이 미친 세상에서 지키겠다고 약속했어. 하지만 우린 실패했어. 미자 씨가 모든 걸 알아버렸을 때 우리의 약속도 깨졌어. (사이) 그렇게 10년이 지났고, 마침내 네가 돌아온 거야.

유란 죄를 씻으려고 날 임신한 엄마랑 결혼하고, 죄를 씻으려고 평생 이 집에서 종노릇을 하려고 했다고? 감옥 같은 골방에 습지 식물처럼 틀어박혀 살면서? 대단한 사람들이야. 존경스러워

눈물이 다 날 것 같애. 이건 누구 생각이었어? 아저씨? 아님 석
재 아저씨? (자못 진지하여) 아마 아저씨 생각이었을 거야. 정말
아저씨다워.

선우 (말없이 유란을 보다가) 여기서 끝내는 거야. 넌 재판관이니까.

유란 ……?

선우 사형선고를 내려 줘.

유란 끝내라구? 사형선고를 내리라구?

선우 ……그래.

유란 (기가 막힌 듯) 그렇게 죽는다고 죄가 용서될 것 같애. 당신을 죽
인다고 내 고통이 끝날 것 같애? 당신은 죽으면 그만이지만 나
는? 우리 엄마는? 우리 아빠는! (울컥하여) 내가 어떻게 살았는
데! 내가 어떻게!

선우 (울음을 억누르며) 그것 외에는 방법이 없잖니? 너도 알고 있잖아?

유란 그렇게는 못해. 당신이 원하는 대로 해줄 수는 없어.

선우 부탁이야.

유란 죽고 싶으면 당신 손으로 죽어. 왜 내 손에 더러운 피를 묻히라
는 거야.

선우 이젠 끝내고 싶어.

유란 닥쳐.

선우 씻지 못할 죄에서 날 구원해 줘. 이 고통에서 날 구해 줘.

유란 닥쳐! (증오에 가득 차) 넌 개자식이야! (터져 나오는 분노를 억누르지 못
하고 폭발하여) 개자식! 개자식!

유란, 선우를 향해 발악하여 욕을 내뱉으며 손에 잡히는 물건들을 집어 던
지기 시작한다. 끊임없이 내뱉는 욕설과 쉼 없이 물건을 집어 던지는 유란
은 그 행동이 멈추는 순간, 분노의 열기로 그 자리에서 산산이 부서져버릴
것만 같다.

선우, 사형대에 선 죄수처럼 날아오는 물건을 피하지 않고 그 자리에 서 있
다. 유란이 집어 던지는 물건들로 주방은 아수라장이 되고 유란은 눈물과 땀
으로 뒤범벅이 된다. 그러나 유란은 멈추지 않는다. 자신의 눈물과 땀을 마지
막 한 방울까지 모두 소진시키려는 듯 끊임없이 욕을 내뱉으며 물건을 집어
던진다. 유란이 던지는 물건에 몸을 내맡긴 선우도 눈물과 오물로 뒤범벅이
된다. 계란, 밀가루, 케첩, 마요네즈 등 온갖 것들을 뒤집어 쓴 선우의 모습은
쇼 코미디의 코미디언처럼 희화적인 모습을 보이기도 한다. 그러나 그 모습
으로 인해 이 장면은 더욱 비극적으로 부각된다.

유란, 더 이상 쏟아낼 힘이 없을 때까지 행동을 멈추지 않는다. 마침내 모든
힘을 쏟아낸 유란, 거친 숨을 몰아쉬며 바닥에 주저 앉는다. 잠시 말을 잊고
있던 유란, 돌연 웃음을 터뜨린다. 슬픔과 연민, 분노와 증오가 혼란스럽게
어우러진 웃음이다. 유란의 웃음소리는 쉬어버린 목소리 탓에 단속적으로 들
려온다.

유란　　고작 그거였어? 그것뿐이야. 난 좀 더 거창한 얘길 기대했어.
아빠를 배신한 건 혁명을 위해서 어쩔 수 없었다고. 대의(大義)
를 위해선 어쩔 수 없는 희생이었다고. 아빠는 이 나라의 민주
주의를 위해서 죽었다고. 이 나라를 구원하기 위해 속죄양이
된 거라고. 그래야지 나도 할 말이 생기잖아. 유란이는 민주투
사의 딸, 혁명가의 딸이었다고. 그래서 저 머나먼 나라에 유배
되었었다고. 근데 고통에서 구해달라고. 죽고 싶다고? 죽여 달
라구? (애잔하여) 그럼, 나는? 우리 엄마는? (사이) 이 한 마리 종
달새는 누가 구해주지…….

유란, 어떤 감정도 내색하지 않고 물끄러미 선우를 바라본다. 그녀의 모습은
모든 것을 포기한 듯하다. 선우의 눈가에 굵은 눈물이 흐른다.

유란 빨갱이는 울지 않아. 혁명가도 울지 않아.

선우 ……난 빨갱이가 아니야…… 혁명가가 아니야.

유란 이젠 상관없어. 아무도 믿지 않고, 아무도 기억하지 않을 이 더러운 얘기는 여기서 끝낼 테니까. 내가 끝내는 거야. (천천히 칼을 쥔다) 잘 봐. 그리고 기억해. 당신들의 미친 역사가 어떻게 끝나는지. (명령하여) 잊어서는 안 돼.

유란, 칼로 손목을 찌른다. 유란, 고통에 움찔한다. 선우와 석재, 망연자실하여 유란을 바라본다. 선혈이 유란의 손목을 타고 흐른다.

유란 (선우가 다가오려 하자) 가까이 오지 마. 날 방해하지 마. 이젠 놓아줘.

선우와 석재, 유란의 명령을 거역하지 못하고 그저 우두커니 바라보기만 한다.

유란 (가까스로 고통을 참으며) 슬픈 눈으로 보지 마. 그렇게 보고 있으면 날아갈 수가 없잖아. (애절하여) 이젠 놓아줘. 날아갈 수 있게. …… 당신들의 이야기에 난 필요 없잖아. …… 아직도 내가 필요한 거야.

선우, 허물어지듯 천천히 무릎을 꿇는다. 선우, 자신의 앞에서 죽어 가는 유란에게 다가가지 못하고 두 손으로 울음을 막은 채 벙어리처럼 웅얼거리기만 한다.

미자, 천천히 2층에서 내려온다. 2층에서 미자가 내려온다. 미자는 전처럼 귀부인과 같은 옷차림이지만 과장된 모습은 보이지 않는다. 미자는 외출을 나오기라도 한 것처럼 손에는 양산을 들고 있고 발에는 지석이 선물한 꽃신을 신고 있다.

선우 (가슴속에서 터져 나오는 울음을 억누르지 못하고) 시를 쓰고 싶었어. 모든 사람들이 그랬던 것처럼 나도 이 나라가 헌법에 써있는 것처럼 자유로운 나라가 되기를 바랬어. 대한민국은 민주공화국이다. 대한민국의 주권은 국민에게 있다. 모든 권력은 국민으로부터 나온다. 이 멋진 말처럼 이 나라도 멋진 나라가 되길 바랬어. 우리한테 빨갱이라고 했어. 간첩이라는 걸 시인하라고 고문을 했어. 버티고 또 버텼지만 견딜 수가 없었어. 너무 아파서 참을 수가 없었어. 한 명을 간첩으로 밀고하면 두 명은 풀어 주겠다구. 한 명을 밀고하면 두 명은 풀어 주겠다구…….

차마 목 놓아 울지 못하고 울음을 삼키는 선우의 모습이 슬프다. 유란, 그런 선우의 모습을 말없이 바라본다.

긴 침묵이 흐른다.

유란 (애잔하여) …… 아파? …… 많이 아파?

선우, 터져 나오는 울음을 삼키며 자신의 몸을 부술 것처럼 주먹으로 때리고 또 때린다. 그 모습은 유란의 질문에 대한 대답이기라도 한 듯 애절하다.

유란 엉터리. 아저씨는 바보야. 아저씨를 고문하고 아빠를 죽인 사람들도 잘 살고 있는데 혼자 뭘 하려구? 이 나라도 이렇게 잘 살고 있는데 혼자 뭘 하려구? 왜 도망치지 않았어? 아직도 꿈을 꾸는 거야? 그렇게 아팠으면서…….

선우 시를 쓰고 싶었어. 난 시인이 되고 싶었어.

유란   (숨을 머금으며) 도망치는 거야. 이젠 도망쳐.
선우   시를 쓰고 싶었어. 아름다운 시를.
유란   (힘없이) 날 위해서…….

의식이 혼미한 듯 유란의 눈이 감긴다.

유란   내가 쉴 수 있게. 내가 날아갈 수 있게……. (사이) 날아갈 수 있
        게…….

유란, 의식을 잃고 쓰러진다. 선우, 넋을 잃고 유란에게 달려간다.
곧이어 응접실로 피투성이인 남학생이 뛰어들어온다.

남학생   (석재의 칼을 보고) 졸라! 뭐야!

석재, 귀신이라도 보고 있는 것처럼 사색이 되어 남학생을 바라본다. 사람들,
모두 넋이라도 잃은 듯한 표정으로 제자리에서 움직이지 않는다.

미자, 자신의 눈앞에 펼쳐진 광경에 전혀 놀라는 기색이 없이 환한 웃음을 지
으며 사람들을 둘러본다. 그녀는 왠지 부끄러운 기색으로 자신의 긴 머리 가
발을 매만진다. 그녀의 가발이 바닥으로 떨어진다. 마구 가위질을 한 것 같은
더벅머리의 미자. 그러나 개의치 않고 자신의 머리를 매만진다.

미자   (사람들을 보며, 다정하여) 유란아. 여보. 선우 씨. (먼발치를 보며) 날씨
        가 너무 좋아요. 햇살이 너무 따뜻해. (행복하여, 환한 웃음을 머금으
        며) 정말 아름다운 날이에요. 눈이 부시도록. 정말 아름다워. 그
        렇죠?

선우의 앞에 누워있는 유란. 유란의 상처를 부여잡은 채 넋을 잃은 선우. 정육점 칼을 치켜들고 멍하니 남학생을 바라보는 석재. 영문을 몰라 어리둥절한 남학생. 그들을 환하게 웃으며 바라보고 있는 더벅머리의 미자. 그들의 모습이 한 장의 사진처럼 긴 잔상을 남기며, 무대 서서히 어두워진다.

제 11 장

응접실에는 곧 여행을 떠날 것처럼 여러 개의 여행용 가방들이 놓여 있다. 잠시 후, 석재가 2층에서 양손에 가방을 들고 내려온다. 석재, 가방을 여행용 가방들 옆에 내려놓는다. 석재, 신중하여 가방 숫자를 세어본다.
석재, 문득 무엇이 떠올랐는지 급히 밖으로 뛰어나간다. 곧이어 대리석으로 만들어진 두툼한 문패(門牌)를 갖고 들어온다. 석재, 문패를 가방에 넣을 듯하다가 생각이 바뀌었는지 물끄러미 문패를 바라본다. 감상에 젖어 문패를 바라보던 석재, 결국 문패를 쓰레기통에 던져 넣는다.

석재　(시간을 확인하고) 시간 다 됐어. (2층을 향해) 빨리 내려와! (선우의 방을 향해) 조금 있으면 택시 온다니까. (강조하여) 콜택시!

선우, 나온다. 선우의 짐은 낡은 서류 가방과 지석이 선물한 갓뿐이다. 잠시 후, 2층에서 유란이 미자를 부축하며 내려온다. 미자는 긴 가발을 쓰고 귀부인풍의 외출복을 입었다. 10장에서처럼 한쪽 손에는 양산을 들고 있다. 발에는 꽃고무신을 신고 있다. 유란은 아직 초췌해 보인다. 손목의 상처가 아물지 않았는지 팔을 움직이는 것이 부자연스럽다. 선우와 유란의 사이에 어색한 침묵이 흐른다.

석재 (미자가 무엇인가를 찾듯 무대를 둘러보자) 걱정하지 마. 가져가야 할 건 하나도 안 빼고 다 챙겼으니까. (가방을 들어 보이며) 당신이 얘기한 옷은 여기다 다 넣었어.

선우, 애수에 젖어 무대를 둘러본다. 유란도 말없이 무대를 둘러본다. 그들은 집에서의 마지막 시간을 잊지 않으려는 듯 무대에서 시선을 떼지 못한다.

미자 (불안하여) 유란아, 우리 어디 가는 거니?

유란 (다정하여) 아주 좋은 곳. 조금은 먼 곳이야.

석재 (끼어들며, 자상하여) 이런 구질구질한 데하고는 비교도 안 되는 곳이야. 말 그대로 신천지라고 할 수 있으니까. 당신도 분명히 좋아하게 될 거야.

미자 ……꼭 가야 돼요?

석재 (난감하여, 설득조로) 이런 집에 사는 건 아주 위험해. 50년이나 됐잖아? 어쩌면 부실공사를 했을지도 몰라. 언제 무너질지 모른다고.

미자 그래도……. 난 여기가 좋은데. (사이) 이 집엔 내가 없으면 안 돼요. 할 일이 아주 많아. 나무에 물도 줘야 되고, 꽃도 새로 심어야 되고, 녹슨 대문도 닦아야 돼. 그러면 다시 아름다운 집이 될 거야. 지금은 볼품이 없지만 예전에는 이만한 집이 없었어. 그땐 정말 좋았는데……. 이 집에 살고 있다는 게 행복했거든. 그런데 이젠 아무도 관심이 없어. 다들 이 집을 떠나고 싶어 해. 난 오래오래 살고 싶은데…….

유란 (미자를 달래려는 듯) 엄마, 우린 그냥 잠시 여행을 가는 거야. (자신 없어) 다시 돌아올 거야.

선우 (미자가 여전히 불안한 기색이자) 그럼요. 여기가 우리 집이잖아요?

석재 (맞장구치며, 그러나 어딘지 과장되어) 당연하지! 여기가 우리 집인데 감히 어떤 놈이 우릴 쫓아내! 이 집의 주인은 우리야!

미자　저 밖은 너무 위험해. 나가면 길을 잃어버릴지도 몰라. 그럼, 다시 헤어져야 하잖아? 헤어지는 건 싫어. 혼자 있는 건……우린 하나밖에 없는 가족인데…….

석재　(다정하게 미자를 부축하며) 헤어지다니? 그게 무슨 말이야? 내가 이렇게 당신을 꼭 잡고 있잖아? 우리 가족이 다 함께 있다구. 그러니까 아무것도 무서워할 거 없어. 미련 가질 것도, 슬퍼할 것도 없어. (자신만만하여) 우리한텐 오직 희망만이 있을 뿐이니까.

곧이어 들려오는 택시의 경음기 소리.

석재　(사람들이 여전히 침울한 표정이자) 다들 좀 웃어. 즐거운 여행을 가는데 이렇게 우거지상이면 예의가 아니야. (신이 나서) 이제 가는 거야! 새로운 세상으로!

미자　(들릴 듯 말 듯, 혼잣말처럼) 정말 가기 싫은데……이제야 돌아왔는데……또 어딜 가야 되지…….

사람들, 미자의 말에 멈칫한다. 그들 사이에 다시 무거운 침묵이 흐른다. 재촉하여 울리는 택시의 경음기 소리. 유란, 앞장서듯 대문 쪽을 향해 걷는다.

유란　(애써 명랑한 기색으로) 가요, 엄마.

유란, 나간다. 석재, 발을 떼지 못하고 멈칫멈칫거리는 미자를 부축하여 나간다. 미자, 나가는 동안 줄곧 무대에서 눈을 떼지 못한다. 홀로 남은 선우, 쉽게 발을 떼지 못하고 상념에 젖어 다시금 무대를 둘러본다. 선우의 시선이 문득 들고 있는 갓에 멈춘다. 선우, 잠시 갓을 바라보다가 응접실 탁자 위에 내

려놓는다. 선우, 나머지 가방을 들고 나간다. 곧이어 택시가 떠나는 소리가
들려온다.

제 12 장

무대는 시간의 경과를 알리듯 천천히 어두워진다. 잠시 후, 남학생과 여학생,
들어온다. 그들은 모두 교복을 입고 있다. 남학생은 머리에 붕대를 감고 있
다. 여학생은 임신을 한 듯 배가 불룩하다. 여학생, 불룩한 배 때문에 걷는 것
이 불편하다. 남학생과 여학생, 응접실로 들어간다.

여학생 (무대를 둘러보고) 졸라, 열라 캡이다!
남학생 내가 그랬잖아? 이번에 한 껀 크게 했다구.

여학생, 신이 나서 응접실을 둘러본다. 남학생, 으쓱하여 담배를 피운다. 여학
생, 탁자 위에 놓여있던 갓을 힐끗 보더니 대수롭지 않게 던져버린다.

여학생 (문득) 근데 그 노땅들은 어디로 갔대?
남학생 쪽팔리니까 어디로 날랐겠지. 내가 살인 미수로 처넣을려다가
인생이 불쌍해서 참았다니까. 요새 늙은 것들 졸라 과격해요.
완전히 막가파라니까. 골프채로 대가리를 깨고 지랄이야. 나니
까 살았지 보통 대가리였으면 뒈졌어!
여학생 그래도 안 됐다. 그 아찌 매너는 짱이었는데.
남학생 애새끼에 환장을 해 가지고……쯧쯧쯧……. (거드름을 피우며) 하
긴 그 노땅 덕에 사업 좀 했지.

여학생 근데 우리 이걸로 뭐해?

남학생 뭐하긴? 이걸로 사업 밑천 삼아서 화끈하게 사는 거지.

여학생 무슨 사업?

남학생 (대뜸) 몰라. (잠시 생각을 하다가 귀찮은 듯) 몰라! 아니면 그냥 여기에 눌러 살면 되지. 여긴 이제 우리 집이야! 우리가 주인이라구. (무대를 둘러보며) 폼생폼사! 이만하면 폼 나잖아?

여학생 (대뜸, 정원의 반쯤 타다 남은 나무를 가리키며) 그럼, 저것부터 짤라버리자. 졸라, 재수없어.

남학생 그러지 뭐.

여학생 (책장의 책을 뽑아보다가) 이것도 내다버리자. 졸라, 구려

남학생 그러지 뭐.

여학생 (자못 진지하여 생각을 하며, 응접실 바닥을 가리키며) 그리고 여기다가 열라 팡팡한 바닥을 까는 거야. 그리고 졸라 땡기는 거야!

여학생, 환호성을 지른다. 남학생과 여학생, 춤을 춘다.

남학생 (근엄하여) 바야흐로 우리의 시대가 도래했다 이거야. 오늘은 이 하우스의 새 주인이 된 역사적인 날, 그런 의미에서 도장 한 번 찍을까?

여학생 오빠 졸라 맨날 밝혀!

남학생 스발, 이 오빠가 대가리 깨지면서 한 껀 했는데. (과장된 포즈로 손을 내밀며) 가실까?

여학생, 망설이는 기색 없이 달려와 다정하게 남학생의 팔짱을 낀다. 여학생, 뱃속에서 베개를 꺼내 보란 듯이 내던진다. 남학생과 여학생, 근엄하게 주위를 둘러보더니 유유히 2층으로 올라간다.

제 13 장

무대는 어둠에 잠긴다. 정원의 반쯤 타다 남은 나무만이 달빛을 받으며 뚜렷이 보인다. 잠시 침묵이 흐른다. 여행용 가방을 든 지석이 들어온다. 현관에서 서서 무대를 둘러본다. 인기척이 없는 게 이상한 듯 나가려다가 다시 돌아선다. 지석, 응접실로 들어와 소파에 앉는다. 지석은 가상의 면접 연습을 한다.

지석   (잠시 멋쩍은 듯 주위를 두리번거리다가) 제가 한국 회사에 지원을 하게 된 건 프랑스에서 펀드 매니저로서 활동했던 경험을 토대로 한국에 보다 선진화된 투자 기법을 알리고 싶기 때문입니다. 그리고 또 하나 중요한 이유는 제 모국인 한국에 대해서 알고 싶기 때문입니다. 제가 한국에서 생활을 해 본 건 3일 밖엔 안 되지만 저한테는 무척 소중한 시간들이었습니다. 한국과 한국인에 대해 많은 생각을 할 수 있는 시간이었으니까요. (자못 심각하여) 제가 마늘 알레르기 때문에 김치를 못 먹는 건 사실이지만, 한국의 역사를 잘 모르는 건 사실이지만, 그렇다고 한국인이 되지 못한다고는 생각하지 않습니다. (사이) 한국은 제겐 특별한 곳입니다. 이곳엔 제 어머니가 계시고 또 제 약혼녀와 가족들이 살고 있으니까요. 그분들은 제게 모두 소중한 분들입니다. 그 분들은 제가 돌아온 걸 모르실 겁니다. 그러니까 이건 (할 말을 찾다가) 일종의 선물이라고 할 수 있습니다. 제 어머니와 약혼녀에게 주는 선물인 셈이죠. (가상의 질문을 들은 듯) 아뇨. 제 이름은 장 띠에르가 아닙니다. 제 이름은 오지석입니다.

환하게 웃음을 머금는 지석, 그의 모습이 긴 여운을 남기며 서서히 어둠 속에 잠긴다. 달빛을 받으며 보이던 나무도 어둠 속에 잠긴다. 무대 막 내린다.

사랑의 기원

초연 : 2000년 5월 13일~21일
장소 : 연극실험실 혜화동 1번지

극단 표현과 상상 / 연출 손정우

〈출연〉
김인수, 조진홍

〈스태프〉
드라마투르그 · 노승희 / 무대미술 · 이윤수 / 음악 · 박문희, 노우성
/ 조명 · 조성한 / 의상 · 최린규 / 무대감독 · 김지명 / 조연출 · 박종
현, 윤현식 / 진행 · 임해열, 권택기, 박명규

※ 2000년에 조연을 한 〈사랑의 기원〉은 2003년과 2005년에 작품
  을 수정, 보완하였다. 이번 희곡집에는 2005년 수정본을 싣는다.

〈등장인물〉

　남

　여

〈무대〉

무대는 특별한 장치를 필요로 하지 않는다. 극의 진행에 따라 의자와 식탁 등의 소
품을 사용한다. 연극은 모두 3장으로 이루어져 있으며, 각 장의 전환에는 세심한
조명의 변화를 필요로 한다. 1장의 조명은 다소 어두우며, 배우의 얼굴 음각을 최
대한 살릴 수 있어야 한다. 마치 그들의 모습은 어둠의 공간에 갇혀 움직일 수 없
는, 붙박이 점처럼 보여야 한다. 2장의 조명은 1장에 비해 좀 더 밝아져 인물들의
윤곽을 더욱 뚜렷이 만들어주어야 하지만 여전히 몽상적인 분위기를 견지해야 한
다. 그리고 3장의 조명은 일상적인 조명으로써 인물들의 평이하며 사실적인 모습
을 보여줄 수 있어야 한다. 조명의 변화는 비단 장의 전환을 위한 장치를 넘어서
점(點)과 선(線)의 세계, 공간(空間)의 세계를 각기 다른 특성으로 보여주는 데 매
우 중요한 의미가 있다.
배우들의 연기는 다분히 대사와 대사 사이의 여백에 중점을 두고 진지함과 우스움
을 동시에 내포해야 한다. 특히 3장에서의 연기는 건조하며 창백한 인물의 표현에
집중하여, 1, 2장의 인물과 간극을 보여주어야 한다.

제 1 장. 점(點)

1.

황량한 벌판에 눈보라가 몰아치는 소리. 매섭게 들려온다. 천천히 무대의 조명 밝아진다. 남과 여의 얼굴이 허공에 떠 있는 점처럼 보인다. 그들은 어둠을 사이에 두고 바다의 섬처럼 떨어져 앉아 있다.

그들의 머리에는 흰 눈이 수북이 쌓여 있다. 그들은 눈을 치뜨고 머리에 쌓인 눈을 보려고 애를 쓴다. 그들은 온 신경을 집중하여 눈을 털어 내려고 한다. 눈을 깜박여 보기도 하고, 얼굴을 잔뜩 찌푸렸다 펴보기도 한다. 연신 얼굴을 움직여 보지만 고개만큼은 압정에 눌려 있는 것처럼 정면을 향하고 있다.

그러던 여자, 코를 씰룩대다가 마침내 재채기를 한다. 그로 인해 눈이 상당히 떨어진 듯, 여자는 새로운 무엇인가를 발견한 것처럼 만족스러워 몇 번이고 반복하여 의도적인 재채기를 해본다. 여, 더욱 큰 소리로 재채기를 해댄다. 남, 메아리처럼 들려오는 여자의 재채기 소리에 깜짝 놀라 귀를 기울인다. 머뭇거리다가 조심스럽게 불러본다.

남 여…… 보세요?

여자, 깜짝 놀라 동작을 멈춘다.

남 거기…… 누가…… 있어요?

여자, 남자의 소리가 나는 쪽으로 바싹 귀를 기울인다.

남 거기…… 누구 있어요?

여   누, 누구세요?!

두 사람 갑작스러운 상황에 소리가 나는 쪽을 향해 눈동자를 움직인다.

남   누구세요?

여   그러는…… 당신은요?

남   내가 먼저 물어 봤잖아요.

여   (자신이 없어) 난, 난, 난 생각해 본 적이 없는데……. 그쪽은요?

남   (자신만만하여) 난! (말을 못하고 꾸물거리더니) 생각해보니까 나도 생
         각해 본 적이 없다는 생각이 드는데…….

잠시 침묵.

남, 여   (동시에) 아직도…… 거기 있어요?

두 사람, 옆에 누군가가 있다는 사실에 안절부절못한다.

여   정말 거기에 있어요?

남   그래요.

여   언제부터요?

남   (기억을 더듬어보며) 글쎄…….

여   언제부터 있었어요?

남   …….

여   (따져 묻듯) 언제부터 내 옆에 있었냐니까요?

남   (기억을 더듬으며) 글쎄……. 눈이 처음 내릴 때부터…….

여   나도 그때부터 있었는데……. (문득, 소스라치게 놀라) 어머, 어머
         머! 그럼, 거기에서 줄곧 날 몰래 훔쳐보고 있었단 말이에요!

남   (앞을 잘 보려는 듯 눈을 크게 깜박이며) 내 앞엔 아무것도 없는데
      ……. (문득, 기대감에) 내가 보이나요?

여   (남자를 찾듯 슬쩍 곁눈질을 해보고) 아뇨.

남   (왠지 실망스러운 듯) 그럼, 걱정하지 말아요. 우린 서로를 보지 못
      하니까요. 그저 서로의 소리를 듣기만 할 뿐이죠.

그들 사이에 잠시 침묵이 흐른다.

남   여보세요? 아직도 거기 있어요?

여   여기 있어요.

남   뭐 하나…… 물어봐도 돼요?

여   뭔데요?

남   아까 그 소린 뭐예요? 생전 처음 들어 보는 소리였어요.

여   (머뭇거리다가, 오만하여) 재채기 소리예요.

남   (생전 처음 듣는 말인 듯) 재채기요?

여   눈을 털어 낼 때 쓰는 방법이죠. 한 번만 재채기를 하면 눈이
      다 떨어져요.

남   정말요! 어떻게 하는 건데요?

여   (우쭐하여) 아주아주 어려워요. 나도 오늘 처음 해본 거니까.

남   (기가 죽어) …… 어떻게 하는데요?

여   (기다렸다는 듯, 남자를 이끌어주는 선생처럼) 자, 상상을 하는 거예요.

남자는 눈을 감고 여자의 지시를 따른다.

여   긴장을 풀고 심호흡을 하세요. (시범을 보이며) 흡-호-흡-호.

여자가 심호흡을 하면 남자도 여자를 따라 심호흡을 한다. 앞으로 남자는 여

자의 말에 적극적인 반응을 보인다.

여   자, 이제 당신의 콧속으로 개미가 들어갑니다. 개미가 코털을
         건드립니다. 자, 코털이 흔들립니다. 코털이 양옆으로 흔들립
         니다. 개미는 계속 기어 들어갑니다. 자, 또 한 마리가 들어옵
         니다. 그 뒤에 또 한 마리! 개미가 계속 들어옵니다.

남자, 여자의 말에 따라 상상을 하다가 마침내 재채기를 한다.

남   떨어진다! 눈이 떨어졌어요!

남자는 눈이 떨어진 것을 기뻐한다. 여자는 우쭐하다.

남   이상하죠. 오랫동안 여기에 있었는데, 왜 우린 서로가 있는 걸
         몰랐을까요? 아마 서로 말을 안 해서 그럴 거예요. 나도 누구
         하고 얘길 해 보는 건 오늘이 처음이거든요. 어제만 해도 이 세
         상에 있는 소리라고는 그저 바람 소리, 시냇물 소리, 늑대 소
         리, 번개 소리, 그런 것들뿐이었어요. 당신의 경이로운 재채기
         소리는 태어나서 처음 듣는 사람의 소리였어요. (들떠서) 난 상상
         을 하곤 했어요. 다른 사람이 있다면, 그래서 말을 할 수 있다
         면, 기분이 어떨까? 그 사람은 어떤 소리가 날까, 나랑 같은 말
         투일까? 나하고 다르게 말할까, 똑같이 말할까? (사이) 하지만
         난 지금까지 숫자만 세고 있었어요. 멍청이처럼. 구조 사천육
         백칠십칠만 천이백일, 구조 사천육백칠십칠만 천이백이, 구조
         사천육백칠십칠만 천이백삼.
여   (거만하여) 어쨌든 내 이웃이 된 걸 축하해요. 하지만 괜히 엉뚱
         한 마음 먹고 말을 건다든가 노래를 부른다든가 하지 말아요.

절대로!

남 엉뚱한 마음이라뇨? 난 당신에 대해서…….

여 (무시하고) 갈다, 갈다귀, 갈다듬기, 갈닦다, 갈닦이, 갈대, 갈대국수, (파리가 나는 소리가 희미하게 들려온다. 혹시나 하는 생각에 귀를 기울이며) 갈대꽃, 갈대밭, (바삐 눈동자를 움직이기 시작한다. 서서히 두려움에 젖으며) 갈대청, 갈데없다, (여자의 주위를 맴도는 파리 소리가 뚜렷하게 들려온다. 두려움에 목소리가 떨리기 시작한다) 갈……데……없……이……. (파리를 발견하고, 공포에 질려) 파, 파, 파, 파리.

남 (대수롭지 않다는 듯) 발칙한 녀석. (코웃음을 치며) 죽음을 재촉하는군.

여 (남자의 태연한 반응에 놀라) ……?!

남 (잔뜩 무게를 잡고, 여자의 반응을 살피며) 두려워하고 있군요? 이젠 두려워하지 말아요. 내가 있으니까. (군대의 조교처럼) 이제부터 날 따라합니다.

여 ……?

남 온 정신을 집중해 파리를 봅니다. 앞으로 진행될 파리의 비행 궤도를 계산합니다. 이제 파리가 눈치채지 못하도록 조심스럽게 침을 모읍니다. 최대한 많이 꾸역꾸역 모읍니다. 서서히 입을 벌립니다. 준비됐나요?

파리가 나는 소리가 극성스럽다. 여자를 향해 돌격해오는 것 같다.

남 (명령하여) 조준! (파리의 소리가 최고조에 이르자) 쏘세요!

여 (남자의 말에 얼떨결에 침을 뱉는다) 퉤!

여자가 침을 뱉자 파리는 침에 맞아 땅으로 떨어진다.

여　　(믿기지 않아) 세상에, 이럴 수가! 대체 내가 뭘 한 거죠?

남　　(잔뜩 멋을 부려) 파리는 더 이상 당신을 괴롭힐 수 없어요. 망자는 말이 없듯 죽은 파리는 결코 당신의 콧속이나 귓속으로 들어갈 수 없으니까.

남자의 말이 끝나기가 무섭게 다시 파리 소리가 들려온다. 이번에는 파리가 떼를 지어 날아온다. 남자, 침착하게 파리를 응시한다. 순간, 기관총을 쏘듯 파리를 향해 연달아 침을 뱉는다. 곧이어 파리들이 요란하게 소리를 내며 줄줄이 땅으로 떨어진다.

여　　(감동하여) 당신은 정말 대단한 사람이에요. 백발백중(百發百中)이에요! 어쩜, 파리를!

남자, 우쭐하다.

여　　(다시금 새침하여, 그러나 전과 달리 호의를 갖고) 어쩌면, 이렇게 얘기를 하다보면 우린 서로를 알게 될지도 모르죠. 많은 얘길 하다보면…….

남　　(가만히 듣고 있다가) 우리라고 했어요, 지금?

여　　내가요?

남　　그래요. 지금 우리라고 했잖아요?

여　　(당황하여) 어머, 어머머! 귀가 이상한 거 아니에요? 아님, 너무 오래 혼자 있어서 머리가 이상해진 거예요?

남　　분명히 우리라고 했어요.

여　　아니에요!

남　　했다니까요!

여　　(부인할 것 같다가, 꼬리를 내리며) 그래요. 우리. (쑥스러운 듯 헛기침을 몇 번하고) 어쨌든 당신과 난……같이 있으니까요.

여자, 딴전을 피운다. 다시 단어를 외우기 시작한다. 여자가 단어를 외우는 소리가 차츰 음률을 타며 노래가 된다. 남자, 허밍으로 여자의 노래를 따라한다. 남자도 노래처럼 숫자를 외운다. 그들의 노래가 듣기 좋은 이중창이 된다.
그들은 서로의 존재를 확인하려는 듯 서로를 향해 눈동자를 돌린다. 조명, 서서히 어두워진다.

2.

어둠 속에서 들려오는 여자의 양치질 소리. 서서히 무대 밝아져 온다. 남자는 여자의 양치질 소리에 귀를 기울이고 있다.

남   그건 무슨 소리죠? 생전 처음 듣는 소린데.
여   이건 입안을 닦는 소리예요. 이렇게 하면 입안이 상쾌해요. 당신도 충분히 할 수 있어요.
남   (기분이 좋아) 정말요?
여   내가 하라는 대로 해봐요.
남   알았어요!
여   혀를 앞으로 길게 내밀어요. 최대한 앞으로 쭈우욱!

앞으로 남자는 여자의 행동을 따라한다.

여   시간 될 때마다 수시로 연습해야 돼요. 혀를 얼마큼 빨리 길게 내미느냐가 핵심이니까요. 알았죠?

남   (혀를 내민 관계로 말을 하지 못하고 그냥 소리만을 낸다)

여   눈이 오기만을 기다리고 있다가, 눈이 오는 바로 그 순간, 이렇
        게 혀를 쭉 내미는 거예요. 그럼, 혓바닥에 눈이 쌓이기 시작할
        거예요. 혓바닥이 시리지만 참아야만 돼요. 입안을 가득 메울
        정도의 눈이 혓바닥에 쌓이면 혀를 도로 입안으로 집어넣어요.
        그다음엔 입과 혀를 움직여서 눈을 녹이는 거예요. 눈이 녹아
        물이 되면 그걸로 입안의 구석구석을 씻을 수 있어요.

남   당신은 천재예요!

여   (부끄러운 듯) 당신에 비하면 너무 부족해요.

남   무슨 소리예요! 당신은 재채기도 할 줄 알고, 거기다 입안을 닦
        을 수도 있잖아요?

여   당신은 파리도 잡을 수 있잖아요?

남   설령 내가 파리를 잡는다고 해도 독창성과 실용성에선 당신을
        따라갈 수가 없어요.

여   (기분이 좋아) 이렇게 물로 입안을 헹구는 걸, 양치질이라고 부르
        기로 했어요. 어때요?

남   양치질?

여   이상해요?

남   지금까지 수없이 많은 단어를 들어봤지만, 이렇게 고상하며 품
        위 있고, 생동감 넘치고, 다정다감한 단어는 들어본 적이 없어
        요. 양치질! 너무 좋아요.

여   (기분이 좋아, 그러나 부끄러운 듯) 당신은 늘 칭찬만 하는군요.

남   당신은 칭찬과 존경을 받아야 마땅해요! 이 세상에서 가장 현
        명한 사람이니까요. 당신이 내 옆에 있다는 생각을 하면, 당신
        이 내 목소리를 듣고 있다고 상상하면, 난 억누를 수 없는 열정
        에 휩싸여요. 당신은.

여   (남자의 말을 막으며) 아무 말도 하지 말아요.

남   정말 당신은.

여   (남자의 말을 막으며) 제발. (남자가 무슨 말을 하기도 전에) 안 돼요.

남   난 독에 감염됐어요.

여   (깜짝 놀라) ……!

남   고독이라는 독에! 고독이라는 독은 세상에서 가장 치명적이에
        요. 고독에 감염되면 세상의 모든 짐을 자기 혼자 짊어진 것처
        럼 절망에 빠지죠. 자꾸만 늪 같은 절망 속으로 빠져 들어가고,
        나중엔 그 속에서 허우적대다가 결국 익사를 하죠. 하지만 당
        신을 알게 된 후로 난 고독에서 벗어났어요. 이제 혼자가 아니
        에요. 당신은 날 생각하고, 난 당신을 생각하고. 우린 서로를
        생각해요. 난 온종일 당신 생각뿐이에요. 하루 종일! 당신에 대
        해 알고 싶어요. 하나부터 열까지 빠짐없이 모두 다.

여   (신이 나서) 난 봄을 좋아해요.

남   난 여름을 좋아해요.

여   바람을 싫어해요.

남   파리가 싫어요.

여   나도 파리가 싫어요.

남, 여   (동시에) 파리. 퉤!

남   (상상에 젖으며) 당신의 다리는 하늘을 떠받치고 있는 대리석 기
        둥!

여   (상상에 젖으며) 당신의 코는 미지의 신대륙에서 용솟음치는 화산
        의 분화구!

남   당신의 배는 땅바닥을 뚫고 솟아나는 푸른 잡초!

여   당신의 눈은 썩은 나무에서 피어오르는 송이버섯!

남   당신의 엉덩이는 바위처럼 강렬해요.

여   당신의 팔은 바람에 흔들리는 나뭇가지처럼 섬세해요.

그들은 상상에 젖어 행복하다.

남　당신의 눈가엔 물기가 촉촉하고, 하얀 치아는 밤하늘의 별처럼 반짝여요. 그런 당신을 떠올리면 열병에 걸린 듯이 몸이 뜨거워져요.

여　우수에 젖은 눈을 지그시 감고, 속눈썹을 파르르 떨며 입가엔 그득한 미소. 그리고 날 생각하겠죠?

남　지금 미소를 짓고 있죠. 그렇죠?

여자, 미소를 짓는다.

남　수줍은 듯 상기돼 있으면서도 자랑스럽고 씩씩한 미소! 눈물이 그렁한 채 슬프고 외로워 보이면서도 이 세상을 모두 가진 것 같이 풍요로우며 활기찬 미소! 무엇엔가 도취된 듯 하늘거리면서도 도도한 품위와 순결을 견지하고 한 가닥 부끄러움이 지나쳐 가지만 내심 행복한 미소!

여자, 남자의 말처럼 웃음을 지어 보이려고 애를 쓴다.

여　너무 어려워요.

남　……어렵다뇨?

여　당신이 말하는 것처럼 웃을 수가 없어요.

남　당신은 지금 웃고 있어요.

여　내가요?

남　그래요. 분명히 웃고 있어요.

여　난 지금 심각하게 생각을 하고 있어요. 도취된 듯 하늘거리면서도 도도한 품위와 순결을 견지하고 한 가닥 부끄러움이 지나쳐 가지만 내심 행복한 미소가 어떤 거예요?

남   왜 그걸 나한테 물어봐요? 그렇게 웃고 있으면서…….

여   아니라니까요.

남   다 알고 있어요.

여   뭘요?

남   (자신만만하여) 뭐긴요! 당연히 당신에 대해서죠. 당신은 지금 부끄러워하고 있어요. 그건 이상한 게 아니에요. 그 나이가 되도록 사람을 만난 적도 없고, 그 사람을 위해 웃어 본 적도 없구요. 그러니까 부끄러운 거예요.

여   어머, 어머머!

남   이젠 그 '어머, 어머머' 라는 말도 이해할 수 있어요. 그건 일종의 관용구라고 할 수 있죠. '어머, 어머머' 는 '맞아요, 맞아요', 또는 '좋아요, 좋아요', 그리고 아주 가끔은 '빨리요, 빨리요' 라는 뜻으로도 쓰이죠.

여   (기가 막힌 듯) 어머, 어머머.

남   (진지하여) 이번엔 '맞아요, 맞아요' 라는 의미인가요? 아니면 '좋아요, 좋아요?'

여   천만에요! 내가 '어머, 어머머' 했을 때는 기가 막히거나, 어이가 없거나, 황당하거나, 당황했을 때예요. 지금처럼 말이에요!

남   왜 화를 내죠?

여   그렇게 웃은 적이 없는데도 당신이 자꾸 우기니까 그렇죠!

남   그렇게 웃고 있었어요.

여   아니에요.

남   분명해요.

여   아니라니까요!

남   그렇다니까요!

여   아니에요!

남과 여, 화가 나서 입을 다문다. 잠시 침묵이 흐른다.

남   거기……있어요? (다급하여) 여보세요?

여   ……여기 있어요.

남자가 고백을 하는 사이, 여자는 무엇인가를 쫓듯 시선을 바쁘게 움직인다. 파리가 여자의 콧등에 앉는다. 여자는 파리를 쫓으려고 코를 씰룩인다. 여자는 남자에게 배운 것처럼 파리를 잡기 위해 침을 뱉는다. 그러나 번번이 파리를 잡는 데 실패한다.

남   미안해요. (망설이다가) 난 솔직히……다른 사람에 대해서 잘 몰라요. 그래서 본의 아니게, 당신을 화나게 만드나 봐요. 내 멋대로 상상하고, 내 마음대로 해석하고…….

여자, 온통 파리에 신경을 쏟는 통에 남자의 말에 대꾸가 없다.

남   당신은 거기 있고, 난 여기 있으니까 우린 서로가 뭘 하는지 알 수가 없군요. 당신을 보지 못한다고 해도, 당신의 목소리를 들을 수 있다는 것만으로도 난 행복해요. (사이) 당신이 어디론가 가버릴까 봐 두려워요. 혼자……남게 되면……또 멍청한 숫자들이나 세고 있겠죠. 그러면 난……난……. 난……그런 외로움은 싫어요. ……당신이 없는 세상은……이젠……상상할 수가…….

남자, 여자가 무슨 말을 하리라고 생각하며 기다리는데, 아무 반응이 없자 문득 초조해진다. 여자는 콧등에 앉은 파리에 집중하고 있다. 남자, 여자가 사라진 것이 아닌가 싶어 두려워지기 시작한다.

남   …… 거기 있어요? 당신 거기 있어요? …… 거기 없어요? ……
      어, 디 있어요? 어디에 있어요? …… 이봐요! 거기 없어요? 거
      기…….

      여자, 파리를 향해 다시 침을 뱉는다. 남자, 그제서야 여자가 있다는 것을 알
      아차린다.

여   (파리가 잡히자, 남자의 칭찬을 기대하며 잔뜩 애교 있게) 나 파리 잡았
      다! 파아리이~
남   (어이가 없어) 파리! 여태까지 파리만 보고 있었단 말이에요? 내
      가 하는 말은 하나도 안 듣고! 내가 그렇게 불렀는데도!
여   미안해요. 무슨 말을 했는데요?
남   (간신히 화를 억누르며) 난…… 지금…… 지금…….

      남자, 화가 나서 입을 다물어 버린다.

여   지금 뭐요? 뭔데요? 미안해요. 다시 한번 말해봐요. (남자의 대꾸
      가 없자 화를 풀어주려는 듯 장난기 있게) 여보세요? 여보세요? 여보
      세요? 거기 없어요?

      남자의 대답이 없자 여자, 불안감에 휩싸인다.

여   여보세요? 여보세요! 정말 어디로 가버린 거예요! (절망감에) 정
      말 간 거예요?

      여자, 남자를 찾듯 바삐 눈동자를 움직인다. 고개를 돌리지 못하고 가까스로
      시선만을 움직여 남자를 찾는 여자의 모습이 슬프다. 잠시 침묵이 흐른다.

여 (혼잣말로) 미안해요. 당신을 화나게 할 생각은 없었는데……. 일
부러 그런 건 아니었는데……. 난 정말 구제불능인가 봐요. 이
기적이고 잘난 척만 하고……. 하지만 그건 진심이 아니에요.
외로운 게 싫어요. 혼자 있는 게……. 나도 당신한테 하고 싶은
말이 있었는데……. 당신은 그 말을 듣기도 전에 떠나버린 거
예요. 화가 나서 말이에요. ……나 혼자만 두고…… .

여자, 돌연 훌쩍이기 시작한다. 남자, 그 소리에 바싹 귀를 기울인다.

남 (잠시 듣고 있다가) 지금 우는 거예요?
여 거기 있었어요!
남 우는 거죠? 그렇죠?
여 거기 있으면서 왜 대답을 안 해요! 당신이 정말 가 버린 줄 알
았잖아요!
남 당신은 분명히 울고 있어요. 내가 떠날까 봐 두려운 거예요. 날
사랑하니까 우는 거라고요. 내가 당신을 사랑하는 것처럼 말이
에요!

여자, 서러움에 복받치기라도 하듯 그 말에 더욱 크게 울기 시작한다.

남 (당황하여) 이제 그만 울어요. 당신이 우니까 나도 슬퍼지잖아요.
(안절부절하다가) 내가 재미있는 묘기를 보여 줄게요.

남자, 사팔뜨기 모양 눈을 모으기도 하고, 입을 잔뜩 부풀리기도 하면서 여자
를 위로하려는 듯 갖은 표정을 지어 보인다.

남 재밌죠?

여   (더욱 크게 울며) 난 당신을 볼 수가 없잖아요.

잠시 침묵.

여   (침울하여) 도대체 우린, 얼마나 떨어져 있는 걸까요? 아주 멀리,
          아니면 코가 맞닿을 만큼 가까이 …… 우린 서로를 본 적이 없
          죠……. 그리고 앞으로도 그렇겠죠?
남   함께 노래를 불렀는데도, 함께 대화를 했는데도, 난 당신이 뭘
          하고 있는지 볼 수가 없어요. 우린 상상 속에서만 함께 있을 뿐
          이에요.
여   나는 여기에 당신은 거기에 있으니까요.
남   (두려움에 젖어) …… 만일 당신이 아프거나, 혹은 깊은 잠에 빠져
          서, 내가 아무리 당신을 불러도, 대답이 없으면, 난 당신이 떠
          났다고 생각할 거예요.
여   (두려움에) …… 그럼 우린 어떻게 되는 거죠?
남   난 다시 마음속으로 숫자를 세야겠죠.
여   난 단어를 외우구요? 당신이 거기 있는데도…….
남   당신을 옆에 두고도…….
여   두려워요. 무서워요…….
남   ……나도 두려워요. 무서워요.

잠시 침묵.

남   (조심스럽게) 우리가, 서로 볼 수 있다면…….
여   ……그렇게 되면…….
남   우리가, 만날 수만 있다면…….
여   ……그렇게 되면…….

남	……두렵지 않을 거예요.
여	……!

잠시 침묵.

여	날……보고……싶어요?
남	당신을……보고 싶어요.
여	당신을……보고 싶어요.
남	수많은 노래를 가진 당신을.
여	상상이 아닌 체온이 있는 당신을.
남	영원한 미소를 가진 당신을.
여	두려움 없는 당신을.
남	당신을……보겠어요!
여	당신을……보겠어요!

잠시 침묵이 흐른다. 그들은 천천히 고개를 돌려 서로를 마주 본다. 무대, 천천히 어둠 속에 잠긴다.

제 2 장. 선(線)

남과 여, 서로를 마주보고 서 있다. 팔을 뻗으면 금세 닿을 것 같은 가까운 거리를 두고 그들은 서로를 바라보며 마치 조각처럼 굳은 듯 서 있다. 그들은 서로를 볼 수 있다는 사실이 신비스러우며 감격스럽다.

남   당신을 보고 있어요.

여   당신을 보고 있어요.

남, 여   (동시에) 당신을 보고 있어요. 우린 서로를 보고 있어요.

곧이어, 경쾌한 음악과 함께 춤이 시작된다. 그들의 춤은 세련되거나 전문적
일 필요는 없다. 서로를 갈구하는 감정과, 움직이지 못했던 점(點)의 상태에서
움직임을 얻게 된 기쁨을 표현하는 것으로 족하다.

남   당신의 다리는 하늘을 떠받치고 있는 대리석 기둥처럼 멋있
        어요.

여   당신의 코는 미지의 신대륙에서 용솟음치는 화산의 분화구처
        럼 아름다워요.

남   당신의 배는 땅바닥을 뚫고 솟아나는 푸른 잡초처럼 생명력이
        넘쳐요.

여   당신의 눈은 썩은 나무에서 피어오르는 송이버섯처럼 신비로
        워요.

남   당신의 엉덩이는 바위처럼 강렬해요.

여   당신의 팔은 바람에 흔들리는 나뭇가지처럼 섬세해요.

남   당신의 미소는 날 미치게 해요. (감탄하여) 당신의 미소는 변증법
        적 진화에 근거한 존재론적 향상의 징표이자 선험적 인식과 이
        원론적 세계관에 항거하는 역사적 울림이며, 내적 공명의 자발
        적인 실현을 토대로 한 전 우주적인 미소예요!

여자, 무슨 말인가 하여 생각을 하지만 알 수가 없다. 여자, 조용히 미소를 지
어 보인다.

남   당신을 보고 있으니까 자꾸만 몸이 떨려요.

여   내 상상력은 이제 쓰레기통에 던져버려야겠어요. 당신은 내 이
      성을 마비시키고 있어요. 난 온통 당신 생각뿐이에요. 당신의
      머리에서 발끝까지 오직 당신만 생각하고 있다구요.

남   (더 이상 참지 못하고) 당신에게 가겠어요!

여   (기쁨에 넘쳐) 당신에게 가겠어요!

그들은 서로를 향해 달려간다. 그러나 엇갈린 선처럼 교차하여 지나갈 뿐이다. 그들은 서로의 반대편에 선다.

남   어디 있어요?

여   어디 있어요?

남과 여, 다시 서로를 향해 달려간다. 그러나 이번에도 역시 그들은 만날 수 없는 선처럼 엇갈려 교차할 뿐이다.

남, 여   (동시에) 어디 있어요? 어디 있어요? 여기 있어요!

남   (비장하여) 거기로 가겠어요.

여   (비장하여) 거기로 가겠어요.

두 사람, 상대를 향해 달려간다. 그러나 이번에는 상대방이 있었던 자리에 갈 수 있을 뿐 정작 만날 수가 없다. 계속 찾아 움직이지만 그들은 계속 엇갈리기만 할 뿐이다. 그들은 멈추지 않고 서로를 찾는다. 남과 여, 서서히 지쳐간다. 그들은 그제서야 서로를 발견하고 마주 본다.

남   볼 수도 걸을 수도 있는데 만날 수가 없어요.

여   볼 수도 뛸 수도 있는데 만날 수가 없어요.

남   내가 여기에 있으면 당신은 거기에 있고.

여   내가 거기에 있으면 당신은 여기에 있고.

남과 여, 선(線)처럼 정해진 궤도만을 움직일 수 있는 자신들의 처지에 어쩔
줄 몰라 하며 그리움으로 서로를 바라본다.

여   영원히 거기에만 있군요.
남   영원히 만날 수가 없는 건가요?
여   폭풍이 불어서 당신이 다치기라도 하면 어떡하죠?
남   당신이 늙어서 죽게 되면 난 어떻게 하죠.
여   돌볼 수가 없잖아요.
남   혼자가 되겠죠.
여   무서워요. 당신 곁에 있을 수 없다는 게…….
남   두려워요. 당신을 보기만 해야한다는 게…….
남, 여   (동시에) 무서워요. 두려워요.
여   당신을 만나고 싶어요.
남   당신을 만나고 싶어요.

남과 여, 서로를 응시하며 천천히 서로를 향해 움직인다.

남   조금만 조금만 더 가까이.
여   당신한테 가고 싶어요.
남   당신한테 가고 싶어요.
여   조금만 조금만 더 가까이.
남   (애절하여) 더 가까이, 더 가까이.
여   (애절하여) 더 가까이, 더 가까이.
남   더 가까이.
여   더 가까이.

그들은 또다시 엇갈리는 선처럼 서로를 비켜 가려 한다. 그들의 손이 스치듯 서로 맞닿는다. 바로 그 순간, 마치 시간이 정지된 것처럼 그들은 멈추어 서서 움직이지 않는다.

잠시 침묵이 흐른다. 남자, 천천히 돌아서서 여자를 향해 손을 뻗는다. 여자, 남자를 향해 고개를 돌린다. 그들의 모습, 긴 여운을 남기며 무대 어둠 속에 잠긴다.

제 3 장. 공간(空間)

1.

남과 여, 음악에 맞추어 춤을 추듯 들어온다. 그들은 손에 포크와 나이프, 그리고 빵이 담겨져 있는 접시를 들고 있다. 그들은 춤을 추며 손에 들고 있는 소품을 하나씩 식탁 위에 내려놓는다.

남   당신에게서 냄새가 나요. 당신의 냄새.

여   당신의 살결은 날 감싸 안아요. 나도 모르게 잠이 들 만큼.

남   당신의 머리카락, 부드러운 얼굴, 이 어깨, 가슴…….

여   이렇게 영원히 당신의 손길 속에 있고 싶어요.

남   당신을 안고 있으면 심장이 멎는 것 같아요.

여   (남자의 가슴에 귀를 대고) 뛰고 있어요. 꼭 시계처럼 규칙적이고 정확하게 뛰어요. 예전엔 당신의 심장이 이렇게 뛰고 있다는 걸 몰랐어요.

남   내 심장은 당신 꺼예요.

여	……내 꺼요?
남	그래요. 난 당신 꺼예요.
여	그럼, 난 당신 것이겠네요?
남	물론이죠. 난 당신의 것이고, 당신은 나의 것이에요.
여	(당혹스러워) 난 한 번도 내 꺼라는 걸 가져보지 못했어요. (사이)
난 영원히 당신 것이에요, 당신은 영원히 나의 것이고요!

음악 끝난다. 남과 여, 서로에게서 떨어진다.

여	날 사랑해요?
남	사랑해요.
여	얼만큼요?
남	……글쎄? 말로 표현을 할 수 없는걸요.
여	그래도 해봐요. 빨리요.

남자, 어떻게 해야 할까 망설이다가 대뜸 빵을 먹기 시작한다. 남자는 입이 터질 지경으로 빵을 입속에 집어넣는다. 여자, 깜짝 놀라서 물끄러미 남자를 바라본다.

남	(입에 한가득 빵을 넣고는) 이만큼.
여	뭐라구요?
남	이만큼!

여자, 재미있는지 웃음을 터뜨린다. 여자, 남자의 입안에 있는 빵을 조금 떼어서 먹고는 음미한다.

| 여 | 당신은 빵이에요. |

남   ……?

여   당신이 내 뱃속으로 들어온 것 같아요. (사이) 당신이 빵이라면,
       좋겠어요. 하나씩 조금조금 떼어서 허기진 배를 채우고 내 속
       에다 당신을 넣고 다니면 정말 좋겠어요.

       남자, 자신의 빵을 떼어 여자의 입속에 넣어준다. 여자도 빵을 떼어 남자의
       입속에 넣어준다. 남과 여, 서로에게 빵을 먹여주면서 행복하다.

       파리가 소리를 내며 날아다닌다. 여자, 꾸역꾸역 침을 모아 파리에게 뱉지만
       맞히지를 못한다. 파리가 남자의 얼굴에 앉는다. 여자, 조심스럽게 다가와 파
       리를 향해 침을 뱉으려는데 남자와 눈이 마주친다. 남자, 침을 뱉으려는 여자
       를 뜨악하여 본다. 파리가 식탁에 내려앉는다. 남자, 파리채로 파리를 잡는다.
       여자, 멋쩍다.
       남자, 뒷주머니에서 치약을 꺼내 혓바닥에 짠다. 눈을 녹여 입을 헹구듯 치약
       을 입안에 넣고 오물조물 씻고는 삼켜버린다. 길게 트림을 한다. 여자, 뜨악
       하다.
       남과 여, 어색하다. 남자, 분위기를 바꾸려는 듯 라디오를 켠다. 주파수를 잡
       기 위해 라디오를 이리저리 옮긴다. 주파수가 잡힌다. 여자, 대견하여 남자를
       본다. 남자, 으쓱한다. 남과 여, 라디오 앞에 바짝 다가앉아 귀를 기울인다.

소리   오늘의 날씨. 한때 천둥 벼락을 동반한 소나기가 오다가, 곧이
       어 강한 돌풍을 동반한 폭설이 내리고, 5초간 침묵 후 우박이
       기습적으로 쏟아지다가, 날이 개어 화창한 날씨가 되겠습니다.
       기적을 만드는 사랑의 묘약 협찬이었습니다.

       멘트와 동시에 밖에서는 급격한 날씨 변화가 일어난다. 일기 예보라기보다는
       현장 중계 같다. 남과 여, 절묘한 적중에 놀란다.

소리 긴급 뉴스 속보를 알려드립니다. 오늘 오후 4시 44분, 여자의
   등을 밀어주던 남자가 여자의 등판에 칼을 꽂아 살해한 엽기적
   인 사건이 발생했습니다.

남, 여 ……!

소리 피의자 '나만 사랑해줘 씨'는 평소 외출을 자주 하는 여자를
   의심하여 불륜의 증거를 잡으려고 고민하던 중 여자의 등을 밀
   어주다가 우발적으로 범행을 저질렀다고 진술했습니다. 경찰
   에 체포된 '나만 사랑해줘 씨'는 여자를 밖으로 나다니게 방치
   한다는 건 곧 가정의 파탄과 사랑의 종말을 의미한다는 걸 깨
   달았다며 모든 남자들에게 자신과 같은 실수를 범하지 말 것을
   호소했습니다.

   남자, 심각하여 고개를 끄덕인다. 여자는 어이가 없다.

소리 그러나 30년간 여탕 때밀이로 종사한 '때밀어 성공했어 씨'는
   이번 사건은 우발적 범행을 가장한 계획적 범행이 확실하다며
   절대 남편에게는 등판을 보이지 말 것을 당부했습니다. '때밀
   어 성공했어 씨'는 남자가 여자의 등을 밀어주는 건 다른 남자
   의 흔적을 찾기 위한 간교한 음모라며 세상의 모든 여자들은
   절대 시험에 넘어가지 말아야 한다고 주장했습니다.

   여자, 심각하여 고개를 끄덕인다. 남자는 어이가 없다.

소리 이번 사건은 우발적인 범행을 주장하는 '나만 사랑해줘 씨'와
   계획적인 범행을 주장하는 '때밀어 성공했어 씨'의 공방으로
   사건의 진실을 밝히는 데 오랜 기간이 걸린 것으로 경찰은 보
   고 있습니다.

남과 여, 같이 라디오를 끈다.

여   너무 끔찍해요. 어떻게 등판에.

남   맞아요! 어떻게 사랑하는 사람들끼리 그럴 수가 있을까요?

여   정말 사랑한다면 용서해야죠. 아무리 못된 짓을 했다고 해도 말이에요.

남   역시 당신은 사랑의 진수를 아는군요! 용서와 이해!

여   그냥 다리 몽둥이만 꽉 분질러서 집 안에 가둬두면 되는데 칼은 왜 들어요. 무식하게. (다정히 웃음을 지으며) 안 그래요?

남자, 어색하게 웃어 보인다. 남과 여, 서로에게 웃음을 짓지만 그들은 내심 라디오 뉴스를 생각하고 있다. 남자는 슬쩍 자기의 다리를 만져보고 여자는 자기의 등판을 어루만져 본다.

돌연, 오리가 우는 소리가 요란하게 들려온다. 남과 여, 소리에 귀를 기울인다. 소리가 다시 들려오자 그들은 바싹 귀를 기울인다.

여   저 소리 들려요?

남   저거 거위 소리 같은데…….

남과 여, 나가고 싶은 마음을 가까스로 참으며 서로의 눈치를 보고 있다. 오리 소리가 들려온다. 남과 여, 문을 열고 밖을 내다본다.

여   (과장되어) 어머, 어머머! 저것 봐요! 오리가 꽃밭 근처까지 갔어요. 저러다 꽃밭을 모두 망쳐놓겠어요.

남   (여자의 말에 호응하여) 세상에, 저렇게 빠른 놈은 처음 봐요! 저 속도로 돌아다니면 과수원도 망가질 게 분명해요.

여   (맞장구치며) 과수원은 물론이고 우리 집도 위험해질 게 틀림없
       어요.

남   (맞장구치며) 대형사고가 일어나는 건 불을 보듯 뻔해요. 저럴 수
       가! 이젠 날기까지 해요!

여   어떡하죠?

남   글쎄요.

여   우리 나가서 저 못된 오리를 응징해요! 정의의 이름으로! 우리
       집을 지켜야죠!

남   나도 적극 동의해요! 우리의 행복한 보금자리가 부서지는 걸
       보고 있을 순 없어요!

여   저 오리를 잡아서 맛있는 오리 구이를 해 줄게요.

남   역시 당신은 용감하고 현명해요. 우리 같이 나가요.

       손을 잡은 남과 여, 밖으로 나간다. 오리 소리, 무엇인가에게 쫓기는 듯 한층
       더 커진다. 밖에서 남과 여의 목소리가 들려온다.

여의 소리 저쪽으로 가요!

남의 소리 내 손을 꽉 잡아요.

여의 소리 이러다가 놓치겠어요.

남의 소리 뛰어요.

       푸드득 날갯짓을 하는 오리 소리가 요란하다.

남의 소리 여보세요!

여의 소리 여보세요!

남의 소리 거위를 잡았어요! 근데 어딨는 거예요!

여의 소리 오리가 안 보여요! 당신도 안 보여요!

남의 소리 이런 거위를 놓쳤잖아요! 어디 있어요?

여의 소리 오리가 날아가잖아요! 어디 있어요?

도시의 소음 소리가 거칠게 무대를 휘감는다. 요란하게 경적을 울리는 자동차 소리, 시끌벅적한 유원지의 소리 등 지금까지의 고요함을 일순간에 깨뜨리는 소리다.

2.

요란하게 들려오던 도시의 소음 소리 서서히 잦아들면 남과 여, 들어온다. 그들은 몹시 화가 나 있다. 그들은 포장한 선물을 갖고 있다.

남 대체 어디로 간 거예요?

여 (신경질적으로 빵을 먹으며) 당신은요!

남 당신하고 같이 갔잖아요. 당신 손을 잡고요! 그놈의 거위가 저 공비행을 하면서 숲으로 날아갔고 우린 그 뒤를 필사적으로 추적했어요. 그런데 그놈이 공간이동을 하더니 갑자기 언덕에 나타났고 …… 그러다가 손을 놓쳤고 …… 그러다 …… 당신을 잃어버렸어요…….

여 날 잃어버려요? 내가 물건이에요! 어떻게 그럴 수가 있어요! 어떻게 날 두고 거위를 쫓아갈 수 있어요. 그리고 왜 거위를 잡아요? 우리가 쫓아갔던 건 오리였잖아요!

남 오리가 아니라 거위예요!

여 오리 맞아요! 분명히 오리였어요! 난 오리를 쫓아갔다고요!

남 거위라니까요! (문득) 그런데, 어떻게 내가 없는 것도 모르고 혼자 오리를 쫓아갈 수 있어요! 내가 물건이에요!

그들은 서로 등을 돌린다. 그들은 들고 온 선물을 집어던지듯 놓고는 식탁에 놓여있는 빵을 신경질적으로 집어먹는다. 두 사람, 빵을 집어 먹다가 서로 시선이 마주친다.

남   (냉정하여) 저 밖엔 볼 거라곤 아무것도 없어요.

여   볼 게 없다뇨? 난 볼 게 너무 많아서 눈이 다 아플 지경이었어요. 정말 아름다웠어요.

남   아름다워요? 저 세상이? (기가 막히다는 듯) 저 세상은 악랄한 끈끈이주걱이에요. 걸려드는 건 뭐든지 집어 삼켜버린다구요. 한 번 발을 잘못 디디면 영영 벗어날 수가 없어요. 당신처럼 방향 감각이 없는 여자한테는 아주 위험한 곳이에요! 당신을 보호하겠어요.

여   ……?

남   여기서 나가지 말아요. 한 발짝도.

여   날 가두어 놓겠다는 거예요? 끈끈이주걱처럼?

남   당신을 위해서라면…….

여   (화가 나서) 날 위해서요!

남   그래요! 당신을 위해서!

여   날 위한다면 여기에 있든 저 밖으로 나가든 내버려 둬야 하잖아요.

남   마음대로 돌아다니다가는 분명히 길을 잃을 거예요.

남   우린 고작 한 번 엇갈렸을 뿐이에요.

남   한 번?

여   그래요, 한 번!

잠시 침묵이 흐른다. 여자는 빵을 신경질적으로 씹었다 내뱉는다. 그 행동이 남자에 대한 시위 같다. 남자, 여자가 내뱉은 빵을 정성껏 줍는다.

남   (빵을 먹으며 노래한다) 새가 난다 두 마리가 난다 세 마리가 난다
     떼로 난다

남자, 여자에게 화해를 청하는 것 같다. 여자, 그런 남자의 모습에 서서히 화
가 누그러진다.

남   ……당신이 떠났는 줄 알았어요.
여   ……난 한 번도 당신 곁을 떠난 적이 없어요. 앞으로도 그럴 거
     구요. ……난 당신이 떠난 줄 알았단 말이에요.
남   말도 안 돼. 내가 왜 당신을 떠난단 말이에요? 당신이 여기 있
     는데. (사이) 당신한테 …… 당신한테 맛있는 저녁을 해 주고 싶
     었어요. 거위 요리는 특별한 메뉴니까…….
여   (마음이 풀리며) 당신이 거위를 잡고, 내가 오리를 잡았으면 ……
     오늘 저녁은 근사한 만찬이 됐을 텐데, 그렇죠? (하품을 하며) 오
     늘은 정말 피곤한 하루였어요.
남   잠깐만요!

남자, 급히 나가서 여자를 씻겨줄 수건을 갖고 들어온다.

남   (미소를 지으며) 이리 와 봐요. 내가 당신을 씻겨줄게요. 많이 걸
     어서 발이 피곤할 거예요.

남, 여자의 발을 씻겨준다.

남   (여자가 모르게 코를 킁킁거리며) 당신에게서 냄새가 나요. (집요하게
     냄새를 맡으며) 당신의 냄새.

남, 여자의 몸을 씻겨준다. 그는 여자에게서 다른 남자의 모습을 찾아내려는 것처럼 집요하다. 남자가 여자를 씻기는 행위는 신경질적이며 가학적이다. 여자는 꼿꼿이 참고 있다.

남　당신의 머리카락, 부드러운 얼굴, 이 어깨, 가슴……. (과장되어) 당신을 안고 있으면 심장이 멎는 것 같아요. 내 심장은 당신 꺼예요. 난 당신의 것이고, (강조하여) 당신은 나의 것이에요!

남자, 천천히 여자의 등 쪽으로 돌아간다. 여자, 두려움에 젖는다. 남자가 막 여자의 등을 닦으려는데 여자, 더 이상 참지 못하고 벌떡 일어선다.
여자, 남자를 쏘아보며 포크를 든다. 포크를 휘기 시작한다. 남자, 슬쩍 다리를 감추며 뒷걸음질을 친다. 포크가 휠 때마다 남자는 자기의 다리가 휘어지는 것처럼 고통스러운 표정이다. 어느 순간 포크가 날카로운 소리를 내며 끊어진다. 남자, 풀썩 주저앉는다. 남과 여, 그들 사이에 팽팽한 긴장이 흐른다.

남　(분위기를 돌리려는 듯, 애써 자상하여) 당신한테 줄 게 있어요. 당신을 위해서 가져온 거예요.
여　나도 당신한테 주려고 선물을 가져왔어요.

남과 여, 자신들이 가져온 선물 보따리 속에서 각자에게 줄 선물을 꺼낸다. 남과 여, 선물을 갖고 마주 선다.

남　(여자에게 선물을 건네며) 뜯어 봐요.

여, 남자에게 선물을 건넨다. 두 사람, 포장을 뜯는다. 남자는 여자의 사진이 담긴 액자를, 여자는 남자의 사진이 담긴 액자를 멍하니 바라본다.

남, 여   (동시에, 당황하여) 당신 모습이잖아요!

남   어떻게 이걸 생각해냈죠?

여   그러는 당신은요?

남   당신 손을 놓치고 길을 따라 갔었어요. 그런데 가다보니까 '사
         랑의 묘약' 이라는 간판이 보이잖아요. 그래서 들어갔죠. 영원
         히 당신을 사랑하고 싶다고 했더니 내 얼굴을 총천연색 사진으
         로 찍어서 해가 뜨는 방향에 걸어두라고 하잖아요.

여   어머, 어머머! 나도 거길 갔었어요. 내 사진을 해가 뜨는 방향
         에 걸어놓으면 당신이 영원히 날 사랑할 거라고 그랬거든요.

남   당신도 총천연색으로?

여   물론이죠. 흑백은 효과가 떨어진대요.

남   (머뭇거리다가) 잘 보이는 곳에 걸어두죠.

여   그래요.

남과 여, 잘 보이는 위치를 찾아 액자를 걸어놓는다.

여   잘 보여요?

남   (자리를 바꿔가며 보면서) 여기서도 보이고, 여기서도 보여요.

두 사람, 애써 흐뭇한 표정을 짓는다.

여   (사진을 보며, 과장되어) 당신 모습은 내 심장을 뛰게 해요!

남   (사진을 보며, 과장되어) 당신 모습은 날 미치게 해요!

여   내가 여기에 없어도 당신을 위해 선물을 찾아다닌 것처럼 난
         오직 당신 생각뿐이에요. 항상 당신을 바라보고 있는 사진 속
         의 나처럼 말이에요.

남   내가 여기에 없을 때는 사진 속의 내 모습을 봐요. 그럼 당신은

외롭지 않을 거예요.

여　절대로 외롭지 않을 거예요.

남과 여, 어색하게 서로를 본다. 물이 떨어지는 소리가 들린다.

남　(물소리에 귀를 기울이다가) 당신 물을 안 잠갔군요. 얼른 잠가요. 물바다가 되면 어떡해요?

여　당신은 정말 사려 깊은 사람이에요.

여자, 물을 잠그러 돌아서는데 남자, 슬금슬금 나가려고 한다.

여　(남자의 뒷덜미를 낚아채듯) 뒷문! 뒷문을 잠가야죠. 도둑이라도 들면 어떡해요?

남　(별 수 없이 돌아서며) 당신의 세심함은 늘 날 감동시켜요.

남과 여, 밖으로 나가 각자의 일을 한다. 그러면서도 서로를 나가지 못하게 감시한다. 남과 여, 무대로 들어온다.

다시 한 번 도시의 소음 소리가 무대를 휘감는다. 남과 여, 거부할 수 없는 힘에 이끌리듯 그 소리에 빠져든다. 그들은 유혹을 뿌리치려는 듯 고개를 숙인 채 꾸역꾸역 빵을 먹는다. 앞으로의 대사는 빵을 먹으며 진행된다.

남　아침에 눈을 뜨면 보이고.

여　고개를 돌려도 보이고.

남　잠들기 전에도 보이고.

여　여기서도 보이고 저기서도 보이고.

남　한 발 한 발 습관적으로 내딛는 애벌레처럼.

여　365일, 봄, 여름, 가을, 겨울, 매일 뜨는 해처럼.

남   꼬리를 자를 수 있는 도마뱀이라면.

여   하루쯤 해가 안 떠도 좋을 텐데.

남   자유롭게 날아서.

여   어둠 속에 숨어서.

남   구속이 없는 곳으로.

여   꿈꾸고 소리치고 춤추고.

남   숨이 막혀.

여   빵이 지겨워.

그러나 그들이 거부하면 할수록 도시의 소음 소리는 더욱더 증폭되어 들려온
다. 그들은 식탁을 두드리고, 서로에게 빵을 먹여주면서 밖으로 나가지 못하
도록 견제한다. 멈추지 않고 들려오는 소리에 그들은 양동이를 뒤집어쓰고
필사적으로 저항한다. 마침내 인내의 한계에 도달한 그들은 양동이를 내던져
버린다.

남   우리 한 번만 나가요. 이번엔 절대 길을 잃어버리지 않을 거예
      요. 손을 놓치는 일도 없구요.

여   그래요. 외나무다리를 만나거나 갈림길이 나와도 우린 절대 손
      을 놓치지 않을 거예요.

남   설령 손을 놓친다고 해도 두려워할 필요 없어요. 우리 가슴속
      엔 사랑이란 나침반이 있으니까요.

여   그래요. 자석의 남극과 북극처럼, 당신의 나침반은 나를, 내 나
      침반은 당신을.

남   그 길을 따라가면 우린 다시 만날 수 있어요.

여   그래요. 아무도 우릴 막을 수 없어요. 우린 여기로 다시 돌아올
      거예요. 행복한 우리집으로요. 당신과 내가 함께 숨 쉬는 이곳
      말이에요.

남   난 당신의 품으로, 당신은 나의 품으로 돌아오게 돼 있어요.

        여자, 남자의 품을 파고든다. 남자, 여자를 포옹한다.

여   난 당신을 믿어요. 당신도 날 믿죠?
남   난 당신을 믿어요!
여   저 세상을 봐요. 저긴 신천지예요. 저곳엔 당신을 위해 줄 수
        있는 것들이 아주 많아요.
남   나도 당신한테 주고 싶은 게 너무 많아요.
여   저 길을 따라가면 당신을 기쁘게 해줄 선물을 찾을 수 있을 거
        예요.
남   아름다운 옷, 우아한 가구, 맛있는 음식, 오직 당신만을 위해
        찾을 거예요.
남, 여   (동시에) 우리 같이 나가요.
여   당신을 위해 길을 나선다는 건, 당신을 위해 뭔가를 찾아 헤맨
        다는 건, 정말 행복해요!
남   나도 가슴이 설레요!.

        남과 여, 손을 잡는다.

남   당신은 나의 희망찬 미래예요!
여   당신은 나의 든든한 울타리예요! 사랑해요!
남   나도 사랑해요!

그들은 어린아이처럼 들떠 밖으로 뛰어나간다. 무대에는 벽에 걸린 남과 여
의 사진만이 덩그러니 보인다. 도시의 소음 소리에 묻혀 남과 여의 목소리가
가까스로 들려온다.

남의 소리 어디 있는 거예요?

여의 소리 어디 있어요?

남의 소리 어디 있어요?

여의 소리 어디 있어요?

남의 소리 대체 어디 있는 거냐니까요! 왜 대답이 없어요!

여의 소리 대체 어디 있어요! 왜 대답이 없는 거예요!

3.

그들의 목소리를 집어삼키는 도시의 소음 소리. 요란하게 들려온다. 잠시 후, 소음 서서히 잦아들면서 여자가 들어온다. 그녀는 전처럼 포장한 선물을 갖고 있다. 곧이어 남자가 들어온다. 그도 포장한 선물을 갖고 있다.

남과 여, 서로를 외면한 채 서 있다. 그들 사이에 냉랭한 기운만이 감돈다. 잠시 침묵이 흐른다.

남자, 여자에게 선물을 건넨다. 여자, 포장을 뜯는다. 다용도 변기다.

남   아주 편리해요. 다용도 변기예요. 당신은 이제 이 방을 나갈 필요가 없어요. 이젠 정말 제대로 당신을 돌볼 수 있게 됐어요. 아파서 화장실에 못 갈 땐 이걸 사용하면 돼요. 혹시 갖고 싶은 게 더 있어요? 말만 해요. 내가 사올게요. 당신은 편안히 여기 앉아서 내가 오길 기다리기만 하면 돼요.

여자, 대꾸 없이 자신의 선물을 남자에게 건넨다. 남, 포장을 푼다. 여자의 선물도 다용도 변기다. 남자의 표정이 굳어진다.

여   오후 1시 50분 남자는 부리나케 이발소로 뛰어간다. 2시 40분

깔끔하게 이발과 면도를 하고 곧장 공원으로 뛰어간다. 2시 50분, 누군가를 기다리며 초조한 기색으로 시계를 본다. 오후 3시 정각, 어떤 여자가 남자에게 다가간다. 오후 3시 10분, 남자가 여자의 손을 잡는다. 남자가 여자를 끌어안는다. 오후 3시 20분, 여자가 벌떡 일어선다. 그 남자는 여자를 잡으려고 한다. 여자는 급히 공원을 떠난다.

남   (깜짝 놀라) 도대체 뭘 한 거예요?

여   그 여자 누구예요? 어떤 사이죠?

남   그러니까……날 감시하고 있었던 거예요?

여   당신은 일부러 내 손을 놓은 거예요.

남   말도 안 되는 소리하지 말아요. 사람들이 너무 많아서 당신 손을 놓친 거예요. 당신을 찾다보니까 공원까지 가게 된 거라구요. 그 여자는 그냥, 거기서 우연히 만난 사람일뿐이에요.

여   (매섭게 남자를 쏘아보며) 우연히 그 여자를 만났다구요? 내가 바보인지 알아요! 당신은 날 찾을 생각도 하지 않았어요!

남   노력했어요. 당신을 찾으려고 노력했다구요. (사이) 그러는 당신은 내가 손을 놨다고 화를 내면서 기껏 한다는 게 미행이에요? 당신이야말로 일부러 내 손을 놓고 내 뒤를 밟은 거 아니에요?

여   난 당신을 보호하기 위해서 최선을 다했어요.

남   보호라구요?

여   그래요!

남   당신은 날 감시하고 있었던 거예요!

여   아니에요! (안타까워) 저 바깥세상의 유혹에서 당신을 보호하려고 내가 얼마나 노심초사하는지 알기나 해요?

남   (차가워) 그러는 당신은 지금까지 어디서 뭘 하다 온 거예요?

여   말하고 싶지 않아요. 내가 어딜 가든, 누구를 만나든, 당신한테 일일이 말할 필요는 없잖아요.

남   (다용도 변기를 들어 보이며) 그 남자가 이런 걸 선물하라고 가르쳐
     주던가요?

여   (깜짝 놀라) 무슨 말을 하는 거예요?

남   오후 5시 50분, 여자는 백화점 앞에서 누군가를 기다리며 서성
     인다. 오후 6시 정각, 깔끔하게 양복을 차려 입은 남자가 걸어
     온다. 둘은 다정하게 인사를 한다. 그 남자는 여자의 허리춤에
     손을 갖다 댄다. 오후 6시 10분, 둘은 행복하게 웃으며 백화점
     으로 들어간다.

여   ……!

남   그 남자, 나보다 훨씬 잘 생기고 지적이고 우아하고 돈도 많아
     보이던데 백화점까지 가서 고작 이걸 사주던 가요?

여   날, 미행한 거예요? 지금까지 날 훔쳐보고 있었던 거예요!

남   당신을 지키고 보호하느라 전전긍긍하고 있는 나한테 그런 식
     으로 말하지 말아요.

여   어머, 어머머!

남   이젠 그 '어머, 어머머' 도 지겨워!

남과 여, 싸늘하여 서로를 쏘아본다.

남   (명령하여) 이제부터 필요한 물건을 구해오는 건 모두 내가 하겠
     어요. 당신은 여기 있어요.

여   당신을 보낼 순 없어요. 내가 나가겠어요.

남   날 감시하면서 자기는 누굴 만나든 상관 말라는 당신보단 내가
     나가는 게 나아요. 당신보다는 내가 세상 물정을 더 잘 알기도
     하고.

여   여기 있어요!

남   당신이 여기에 있어요!

여 내가 나갈 거예요!

남 당신이 나가면 나도 나가겠어요!

여 (발악하여) 당신은 여기에 있어야 돼요!

남 (발악하여) 당신이 여기에 있어요!

여자가 일어나 문 쪽으로 가려하자 남자, 의도적으로 접시를 떨어뜨린다. 여자, 그 소리에 놀라 흠칫 물러선다. 남자가 문 쪽으로 가려하자 여, 벽에 걸려 있는 남자의 사진을 떼어내려 한다. 남자, 깜짝 놀라서 여자를 밀친다. 남자, 의자에 앉는다. 남자, 여자가 다시 문 쪽으로 다가가자 벽에 걸린 여자의 사진을 떼어내려 한다. 여자, 남자를 강하게 밀친다. 옥신각신하던 그들은 돌연 커다란 여행용 가방을 갖고 들어온다.

그들은 금세 여행이라도 떠날 사람처럼 자신들의 물건을 가방 속에 집어넣기 시작한다. 물건을 다 집어넣은 그들은 씨름을 하듯 서로의 허리를 부여잡고 자신의 가방 속에 밀어 넣으려고 한다. 여자는 남자를, 남자는 여자를 가방 속에 집어넣기 위해, 그들은 처절하게 몸싸움을 한다.

남과 여, 한바탕 몸싸움 끝에 지친 듯 그대로 포옹한 모습으로 정지한다.

긴 침묵이 흐른다.

남 당신, 가슴이 뛰지 않는군요.

여 당신의 심장도 멈췄어요. 예전 같지가 않아요. 당신을 안고 있는데도 당신이 느껴지지 않아요.

남 당신의 감촉이 사라졌어요. 당신의 머리, 어깨, 가슴······ 모두 사라졌어요.

남과 여, 절망하여 서로에게 천천히 떨어진다. 무대는 한층 더 어두워진다. 그들은 벽에 내걸린 서로의 사진을 바라본다. 그들은 서로의 사진에게 말을 하고 있는 듯하다.

남	난 당신을 빼앗길 수 없어요. 아무도 당신을 느끼게 하고 싶지 않아요.

여	당신, 이렇게 웃고 있으면서 날 감시하려고 했군요.

남	난 당신을 지켜야 했어요. 아무도 당신을 엿보지 못하게 보호해야 했어요.

여	당신과 하나가 되고 싶었어요. 오로지 나만을 감싸 안길 원했어요.

남	우린 분명 서로의 심장 소리를 들었는데도…….

여	다른 것을 느끼고 있었던가 봐요.

남과 여, 천천히 사진을 떼어낸다. 그들은 객석을 마주보며 앉는다. 그들은 천천히 서로의 사진을 찢기 시작한다.

남	웃고 있군요. 날 보면서…….

여	노래를 하고 있군요. 날 위해서…….

남	(사진의 귀를 찢으며) 차라리 귀가 없으면…….

여	저 밖의 소릴 듣지 못했을 걸 …….

남	(사진의 입을 찢으며) 차라리 입이 없다면…….

여	유혹의 맛을 느끼지 못했을 걸…….

남	불안하지도 않고, 두려워하지도 않았을 텐데…….

여	(사진의 코와 눈을 찢으며) 코가 없다면 …… 눈이 없다면…….

남과 여, 찢어낸 사진을 천천히 먹기 시작한다. 그들은 대사를 하면서 계속하여 사진을 먹는다.

남	하나의 점처럼.
여	움직이지 못하고.
남	언제나 거기에서.
여	나와 같이 있으면.
남	못에 박힌 것처럼.
여	나갈 수 없으면.
남	두렵지 않고.
여	불안하지 않을 텐데.

잠시 침묵.

남과 여, 고개를 들어 물끄러미 객석을 바라본다.

남	당신 날 사랑해요?
여	당신 날 사랑해요?

어둠을 사이에 두고 바다의 섬처럼 떨어져 앉아 있는 그들의 모습, 서서히 어둠 속에 잠긴다. 막 내린다.

아주 짧은 소설 차근호

: 축하를 대신하며

선욱현 (극작가 · 극단 필통 대표)

이건 좀 충격적이다. 근호는 쥐 한 마리를 보고 있었다. 정확히 말하자면 쥐의 검은 눈동자와 눈싸움이라도 하듯 서로 노려보고 있었다. 창가로 우연히 시선을 돌렸던 근호의 눈에, 쇠대문 아래 잔뜩 몸을 웅크리고 — 나가던 길이었는지, 들어오던 길이었는지는 확인할 길 없지만 — 쥐 한 마리가 눈에 들어온 것이다. 근호는 자신을 또렷하게 노려보는, 새끼도 아닌 그렇다고 아주 끔찍한 크기의 성인도 아닌 청소년쯤으로 보이는 쥐 한 마리와 조우하며, 음 …… 이건 어떤 징조라고 느끼고 있었다.

근호는 지하세계를 배경으로 인간들의 욕심과 투쟁을 다룬 희곡을 쓰고 있었다. 저 발칙한 쥐와의 조우는 분명 이번 신작 희곡이 대박임을 알려주는 징조임을 침침하게 더듬을 수 있었다. 그렇다. 짐승들은 그런 징조를 금방 안다. 예지 능력. 왜 배가 난파되려고 하면 쥐가 먼저 그 배를 탈출한다고 하지 않는가. 자신을 압도할 강한 기운을 저 쥐는 본능으로 알았을지도 모른다. 그렇지! 쥐라고 시선을 거두고 싶지 않았을까. 그 쥐는 아마 밤새 배를 채우지 못 하고 이 산동네를 헤매다가, 근호의 자취방이 깃든 이 아담한 단층집 대문을 막 벗어나던(혹은 들어오던) 순간이었으리라. 그런데 자신을 바라보는 30대 후반의 남자와 눈이 마주쳤고 거기서 어떤 우주적인 포스를 느끼며 마치 거대한 고양이 한 마리와 조우하게 된 것처럼 그만 우뚝 멈춰 서 버렸을 것이다.

근호는 느낀다. 벌써 등단 13년차, 희곡을 쓴 지 10년이 넘었더니 내 몸 안에 기가 그만큼 자랐구나. 쥐 한 마리 정도는 뭐 꼼짝 못하게 할 수 있는

아주 귀여운 염력? (후후!) 그 순간이었다. 징-하는 휴대폰 문자 수신음이
들렸다. 누구지? 잠시 근호는 점쟁이처럼 추측해 본다. 맞힐 수 있을 거야.
여자? 시간을 확인한다. 오전 9시 40분을 지나고 있다. 이런! 또 날을 샜군.
이런 오전 시간에 문자를 보낼 여자라면 아주 부지런한 여자겠지. 확인한
다. 여배우 S다. 흐흡. 자신도 모르게 코웃음이 스친다. 얘가 미쳤나? 이 시
간에 웬 문자야? 술 마시다 날 샜나? 그러기에도 어중간한 시간인데. 역시
어린아이라 부지런한 건가?

　확인 버튼을 누른다. [식사하셨어용? 글 쓰는 중이세용? 바쁘신가염?]
제일 싫어하는 문자 형태이다. 질문이 많다. 이 세 가지 질문을 문자 다섯
줄 안에 다 대답해 줘야 한다. 그렇다고 정확한 대답이 되는 것도 아니다.
고민한다. 극작가의 답은 다르구나 할 정도로 매우 축약적으로 정확하게
답을 줘야 한다. 이런! 작품 쓰다 말고 이 무슨 짓인가. 잠시 짜증이 확 스민
다. 하지만 근호는 자신도 모르게 미소를 깊게 짓고 만다. 이십 대 초반의
S는 어린 나이이기도 하지만 얼굴은 사실 더 어려 보인다. 과장하면 중학
생 정도? 그런데 키는 꽤 크고 — 아! 그녀는 다리가 길고 둔부가 잘 발달되
어 있어서 성숙한 여자 느낌을 아주 심하게 풍기는, 여자이면서 아이 같은
— 대학에서 연기를 전공하고 이제 막 대학로에 나온 여배우이다. 근호의
작품에 막내로 출연했던 인연으로 연습장에서 술자리에서 몇 번 인사를 나
누었을 뿐이다.

　근호는 이 잠깐의 고민을 그녀에 대한 충분한 예의라고 생각한다. 음
…… 아침은 아직 안 먹었고, 글은 쓰고 있고, 바쁘냐구? 음 …… 일을 하고
있으니 바쁜 거지만 글 쓰는 이 일 외에는 전혀 다른 일은 없으니 한가롭단
표현도 나쁜 답은 아닌 것 같은데, 바쁘냐고 묻는 의도는 용건이 있단 얘기
고, S가 내게 시간을 필요로 한다면 당연히 난 바쁘지 않다. 근호는 답문자
의 콘셉트를 확정했다. 이제 문장으로 가야 한다. 음…… 확정, 엄지손가락
을 부지런히 놀린다. [글은쓰고있다만은 아침챙겨먹어야할 시간되어잠시
고민 책상위를서성인다 고운님은아니다만 너라며는쉬어가지] 이 정도면

됐겠지? 여덟 글자씩 운율을 맞춰 다섯 줄 꽉 차게 보낸다. 그리고 다시 근호는 무심하게 철대문을 본다. 그 청소년 쥐가 없다. 갔군. 내가 시선을 거둔 사이, 내 기에서 풀려난 그놈이 가버렸군. 자식. 혼났겠지? 가라, 지하세계의 전령이여.

마릴린 먼로는 세기의 극작가 아서 밀러와 사랑을 나누었다. 몇몇 육체를 앞세우는 여배우들에게 지적인 작가들은 매력적인 존재임에 틀림없을 것이다. 대학로라고 다르지 않다. 사실 차근호는 (주로 육체파) 여배우들에게 많이 시달리는 편이다. 오죽하면 [근호 바라기]라는 여성 팬클럽이 존재하겠는가. 흠흠.

물론 모든 극작가가 여배우들에게 인기 있는 건 아니다. 내가 동시대 비슷한 연배의 작가 중 가장 존경하는 극작가이자 절친한 지기 욱현 형은 특히 그렇지가 못하다. 욱현 형이 비단 유부남이어서가 아니다. 그 띵띵한 몸매하며 풍기는 노땅 꼰대 분위기 하며 그가 대한민국의 내로라하는 동시대 극작가라는 점은 모두가 부인할 수 없지만, 욱현 형은…… 음…… 그만 하자. 내가 사랑하는 욱현 형에게 이건 좀 미안하다.

암튼 거기에 비하면 차근호는 샤프하면서도 소년 같은 외모를 지닌 탓에 나이의 많고 적음을 떠나 여배우들 — 심지어 여자 스텝들에게까지 — 인기가 좋은 편이다. 라고 지난 공연 팸플릿 작가의 글을 썼다가 근호는 욱현한테 맞아 죽을 뻔 했다. 작품 제목이 〈풋내기 여대생〉이란 명랑 대중극이어서 작가의 글을 조금 도발적으로 쓰려던 거였는데, 욱현의 아픈 곳을 찌르는 표적 글이 되고 만 것이었다. 아무튼, 이것 보라. 또 징-하는 문자가 울린다. 보나마나 S의 재답문이겠지. 이건 좀 곤란한데. 이렇듯 집중력이 가장 좋은 오전 시간에 문자 몇 통으로 시간을 보내면 밤새워 고생한 글이 갈 길을 잃고 만다. 열어보지 않기로 한다. 뻔하다. 점심 같이 해요, 저녁에 공연 보러 갈 건데 함께 보시지 않을래요? 뭐 그런 종류일 것이다. 그래도 열어보긴 해야 다시 울리지 않을 텐데. 아니다. 보고나면 문자는 이어지게 된다. 젠장! 벌써 흔들리고 있잖은가. 짜증이 확 스민다. 잠시 근호는 컴퓨터 자판에서 손을 떼고 평정을 찾으려 눈을 감는다.

글은 내 생명이다. 그건 어쩌면 극지의 산을 오르는 산악가나 오체투지로 순례의 길을 향하는 순례자와 같다. 미련하다. 하지만 그 (남들은 이해할 수 없는) 미련함이 세상에 희망을 던진다. 얼마나 숭고한 일인가. 그렇다, 내게 글은 미련함이고 숭고한 일이다. 내가 이 대학로가 내려다보이는 낙산 꼭대기에 둥지를 틀기 시작할 때부터 희곡은 내 인생의 흔들릴 수 없는 좌표가 되었고 궁극에 도달해야 할 어떤 극점이 되었다. 하늘 나는 자동차가 있을 줄 알았던 — 어린 시절 읽던 SF 소설의 배경이던 — 그 2000년도에, 한 겨울 동사(凍死)를 걱정하며 이불 한 장 등에 덮고 글을 쓰는 작가라니.

현진건이나 이상을 얘기하는 게 아니다. 이건 정말 2000년도 한국의 이야기다. 그것도 한국 연극계에 보석과 같은 미남 작가의 이야기다. 하지만 노선은 변할 수 없고 상업적인 글을 피하려면 이 가난은 각오해야 한다. 결혼 정도는 사치로 여겨야 한다. 난 희곡을 써야 하고 그 희곡이 내 지난 어두움을 환히 밝혀줄 그날이 올 때까지 난 기필코 내 신념을 버리지 않겠다. 그래서 난 이 문자에 답하면 안 된다. 전화기를 꺼라.

그렇게 평정을 되찾고 핸드폰의 종료 버튼을 누르려던 찰나 징-하는 두 번째 문자가 오고 말았다. 근호는 금방 뜨악한 표정이 되고 만다. 또 누구야? 이럴 줄 알았으면 전화기 꺼둘걸. 고료 입금 여부를 알려 줄 전화가 오전에 오기로 돼있어서 전화기 켜둔 거였는데. 일 년째 장기 공연 중인 작품이 그나마 근호의 생활비를 책임져주고 있는데 어찌된 일인지 벌써 입금일이 일주일이나 늦어지고 있었다.

이 세상에서 가장 공포스런 목소리를 들은 적이 있는가. 그건 월세 놓쳤을 때 찾아오는 집 주인의 목소리다. 하루라도 지체 되었을 때 어김없이 찾아오는 집주인의 그 걸음소리이다. 한순간에 사람을 저 서울역 노숙자로 만들어버리는 집주인의 시선이다. 그래서 근호는 어렵게 입금을 부탁하는 전화를 했다. 물론 입으로는 다른 얘기를 할 수밖에 없었다. "엊그제 원종이랑 시원이, 석호씨랑 난영 누나가 공연 보고 오더니 새로 바뀐 여주인공이 너무 잘 한다고 하던데요. 축하드려요!" 하지만 돌아오는 답은 근호를 무참하게 했다. "차작가님 너무 죄송해요. 저희 회사에 사정이 좀 생겨서, 제가 내일 오전에는 꼭 입금하고 바로 연락 드릴게요. 진짜." "예, 예." 근호는 쓴 물을 다시며 저녁 라면 냄비를 내려야만 했다.

아무튼 그놈의 전화 기다리느라 S양의 난감한 문자 포화에 몸을 드러내고 만 것이다. 에이! 확인은 해야겠다. 이런! S양의 문자가 두 통이나 들어와 있다. 뭐지? 궁금증은 증폭된다. 이젠 피할 도리가 없게 된다. 선배 배우들에게 상처를 받았나? 아님 연출가한테 심한 야단이라도 들은 건가? 이제 그녀에게 안전한 도피처는 이 차근호 작가 한 사람일지도 모른다. 문자를 확인한다. [작가님 시간 뺏고 싶지 않은데 죄송해요. 작가님 작품 하면서 너무 좋아여. 영광이구여. 그런데 얘기할 시간도 마땅히 없구여 그래도 제 맘 아시죠? ㅡ.,ㅡ;;;;]

알다 뿐이냐. 젠장! 그런데 문자는 왜 이렇게 끊긴 거냐? 니 맘을 알고 있냐니, 그 담 말은 또 뭐야? 고민한다. 이 애가 이런 문자를 아침에 보낼 일은 뭘까? 서론이 길단 얘기는 그냥 일상 문자는 아니라는 얘기고 뭔가 그 전에 사건이나 배경이 깔려 있다는 건데. 그렇다. 이 아이 캐릭터는 주저이구나. 그 성숙해 보이는 외모 뒤에 주저주저하는 여린 마음이 깃들어 있었구나. 그렇다면 이 아이를 지금 쓰고 있는 지하세계의 여주인공 캐릭터로 가져오면 어떨까. 지하세계가 양쪽 분파로 나뉘어 처참한 살육전을 벌이고 있을 때 등장한 착하기 만한 소녀! 그녀는 한쪽 분파의 일등 검객인 소녀 검객! 그녀의 칼은 누구도 당할 수 없는 솜씨이지만 성격이 여리다. 그렇지만 그 고운 기에도 서슬 퍼런 실력이 느껴지기에 누구도 그녀 앞에서 함부로 칼을 놀릴 순 없다. 그렇다. 온화한 기! 그 온화한 기운이 지하세계에 평화를 가져오는 거지. 그녀가 '난 주저하고 있어요. 당신들은 어떻게 할 건가요?' 그러면 상대 분파의 칼잡이들이 모두 칼을 놔버리는 거야. 그녀의 너무도 섹시하고 곱고 착한 기운에 힘만을 앞세운 괴물 같은 장수들이 맥이 풀려버리는 거지.

그때 징– 하고 또 문자가 온다. 근호는 이제 거의 S양을 이번 연극의 여주인공으로 내심 확정해 버린 상태다. 연출가도 희곡 안의 캐릭터를 보면 그녀를 캐스팅하지 않고는 못 배길걸? 캐스팅 전화를 받은 S는 소박하게 날 떠올리며 웃겠지? 흠하하! 귀여운 것! 근호는 문자를 확인했다.

[제가 식사를 사드려야 하는데 죄송해여 아직 가난한 배우잖아요] 알아, 알아, 근호는 또 이어지는 문자를 보며 그녀의 당당한 외모에 이런 소심함이란 차라리 최고의 메이크업이란 생각을 한다. 넌 나중에 정말 뜰 거야. S는 최고의 여배우를 시상하는 자리에 우뚝 서게 될 거고 이렇게 말할 거야. '여러분이 보는 전 제가 아니랍니다. 전 어린 시절 차근호 작가님의 작품 속에서 만들어지고 살 채워지고 숙성되어진 결과랍니다. 차근호 작가님께 감히 이 기쁨을 나눠 갖자고 말씀드리고 싶습니다. 지금 공연 때문에 브로드웨이에 계신 차 작가님에게 이 기쁜 소식 전해드립니다. 사랑해요! 작가님!' 그 생각에 벌써 근호는 볼이 달아오르는 것 같다.

순간! 아! 이건 정말 충격적이다! 그 청소년 쥐가 돌아왔다. 아니? 어떻게 그 자리에 똑같이? 그 녀석이 날 바라보고 있다. 근호는 잠시, 이건 뭐지? 정말 저 녀석 쥐 맞나? 그래! 이건 정말 징조야. 어떤 예지! S양이 내 운명의 반려자라도 되려는 첫 순간은 아닐까! 안돼. 우리, 나이차가 너무 많이 나. 근호는 이제 차가운 이성 엔진이 윙– 하고 도는 소리를 듣는다. 자! 그녀를 진정시키기 위해서라도 문자는 확인해야겠다. 근호는 마음을 가다듬으며 문자를 확인한다. [얼른 말씀 드릴게요. 선욱현 작가님 연락처 알고 싶어서요 …… 제 핸폰에 문자로 좀 찍어주심 안 될까요?] 근호는 지체 없이 통화 버튼을 누른다. 너 죽었어!

이상(理想)의 집을 찾아 헤매는 철들지 못한 악동 : 차근호의 작품 세계

김규원 (극작가 · 연극평론가)

1. 창조의 수원

작가가 된다는 것은 창조의 욕망이 깃든 수맥을 터 지상으로 흐르게 하는 것과 같다. 작가가 첫 작품을 빚어내는 것은 창조의 수맥이 이윽고 하나의 샘을 이루는 것을 의미한다. 작가의 삶은 자신의 작품을 따라 계곡과 평원을 흐르기도 하고, 때로는 지하로 잦아들어 잠시 숨을 고르다가 용솟음치기도 하고 폭포를 따라 낙하할 수도 있다. 그렇게 흐르고 잦아들다 독립된 강을 이루었을 때 작가는 비로소 자신의 작품 세계를 하나의 세계로 주장할 수 있다.

차근호가 이제까지 보여온 왕성한 창작활동을 반추해보면, 이번 작품집 발간은 오히려 때늦은 감이 없지 않다. 게다가 이 작품집에 담긴 여섯 작품들이 현재의 차근호라는 작가가 쌓아가는 커리어에 있어서는 이미 주춧돌이 된 지 오래라는 것을 상기해보면 더더욱 그러하다. 그러나 사람은 굽이를 지나친 뒤에야 그곳이 굽이였음을 알기도 한다. 특히나 계곡이 너무 험난하여 굽이에 이르렀을 때 머물러 쉬는 것조차 숨 가빴다면 더욱 그렇다. 차근호의 작품활동 기간이 결코 짧은 것은 아니었지만 그 시간 안에 그가 거친 여정들은 그 시간 이상으로 굴곡지고 복삽했기에 쉽게 한 매듭을 짓기는 어려웠을 것이다. 이 책에 담긴 여섯 편의 작품은 그의 샘이 흘러 넘쳐 강으로 달려가기 시작했던 최초의 여정이 결코 쉽지 않았음을 증명하고 있다.

차근호의 첫 창작집인 이 책에 담긴 여섯 작품들은 1999년부터 2003년까지 쓰여졌다. 이 시기의 장막 희곡 중 〈조선제왕신위〉, 〈천년제국 1623년〉은 사극이며, 〈갑옷을 입은 투란도트〉와 〈암흑전설 영웅전〉은 고대를 배경으로 한 픽션 작품이고, 〈하우스〉는 기묘한 과거사가 현재에 드리운 그림자를 추적하고 있으며, 〈사랑의 기원〉은 만남을 통해 더욱 깊어지는 고독의 근원을 해부한다. 여섯 작품 중 다섯 작품이 역사와 깊게 개입하고 있기 때문에 차근호의 작품활동 초기는 얼핏 역사의식에 천착한 진중한 작품을 추구해온 것으로 보일지도 모른다.

그러나 우리는 섣불리 그의 창작활동 1기에 해당하는 5년 동안의 시간이 역사극 작가로서 보낸 시기라고 진단할 수는 없다. 왜냐하면 그가 과거를 구현하는 이유는 오늘의 시간 앞에 치솟는 의문을 풀기 위해 뿌리를 캐고 핵을 분리하는 자세라고 보는 편이 타당하기 때문이다. 역사를 역사 자체로 놓고 역사라는 유기적 생명체 앞에 맞대응하고 있는 것이 아니라 "오늘, 여기"를 열기 위한 문고리로 역사를 이용하는 형국이다. 큰 산을 오르기 위해 앞으로 전진하다 보면 때로는 계곡을 거치며 도리어 해발 아래로 내려가야 할 때가 있는데, 차근호의 이 시기 역사극들은 그런 느낌을 준다. 하여 그의 작품 속에 담긴 역사는 현재를 엿보기 위한 창과도 같고, 너무 가까워 초점이 잡히지 않는 오늘을 제대로 보기 위해 덧쓰는 안경의 렌즈와도 같다. 분명 실제의 사건들에 기초했음에도 불구하고 정통사극이라기 보다는 팩션에 가까운 작품들인 이유도 여기 있다.

물론 모든 역사는 현재사이며, 현재를 통해 다시 읽히지 않으면 죽은 것과 같은, 마치 무당의 신내림을 통해서만 산자와 교통할 수 있는 망자에 지나지 않다. 얼핏 역사를 역사 그 자체로 바라본다는 것은 모순과 오류의 관점처럼 느껴진다.

그러나 역사를 현재를 가져온 유기물로 파악하는가와 역사를 현재를 비유하기 위한 환유물로 대치하는가는 큰 차이가 있다. 그 차이는 마치 사랑을 할 때 연인을 타자로 놓고 나와의 관계 안에서 파악하는가, 아니면 연인을 온전한 나의 거울로 바라보는가의 차이만큼이나 멀다.

　타자 안에서 페르소나를 발견하여 나를 사랑하기 위한 과정으로 연인을 사랑하는 이에게는, 연인 안에서 자신을 재생산하는 나르시시즘이 내재한다. 그와 마찬가지로 차근호의 작품 속에는 작가의 현재에 대한 천착이 과거에 대한 고찰을 압도하며, 현재적 의미의 역사가 평가된 역사를 배재한다. 차근호의 초기작들은 그의 문제의식을 도발시키기 위한 도구로서 역사가 기능하며, 그것이 그를 정통 역사극 작가와 구별 짓는 대척점을 만든다.

　그렇다면 과연 차근호가 가진 문제의식, 그의 작품을 솟아나게 했던 최초의 수원(水原)은 무엇에서 연유했을까? 그 대답을 찾기 위해서는 그의 첫 작품보다 2003년에 내놓았던 작품 〈하우스〉를 주목하는 편이 옳다. 작가 자신도 밝혔듯이 〈하우스〉는 그가 자신이 다루고자 하는 주제를 대유나 환유를 거치지 않고 날것 그대로 전시했던 첫 작품이기 때문이다.

2. 현실의 작은 집

　〈하우스〉의 첫 장면은 관객을 묘하게 헷갈리게 만들면서 출발한다. 마치 동성애 부부를 연상케 하는 두 남자, 선우와 석재는 딸 유란의 약혼자라고 주장하는 낯선 남자 장 띠에르를 맞이하게 된다. 과연 이들 중 누가 유란의 아버지인가? 유란은 어디 있으며 유란의 엄마는 또 어디에 있는가? 석재의 아이를 임신했다고 주장하는 여학생과 그 여학생의 애인이라고 밝힌 남학생은 과연 그들 스스로가 밝힌 그대로의 상황과 인물이 맞는가?

　등장인물들은 모두 자신이 누구인지 밝히기를 꺼려하고, 이중의 이름과 이중의 정체성을 가지고 서로 속고 속이는 게임을 시작한다. 그러나 석재와 선우가 애써 감추려고 했던 비밀은 이미 유란이 알고 있던 사실이었다. 석재와 선우가 죽여 파묻으려 했던 진실은 결코 죽지도 않고 파묻히지도 않는다. 죽었다고 생각했던 남학생이 벌떡 일어나 무대 위로 재등장하고,

불탄 나무가 여전히 베이지 않고 마당에 자리한 채 과거를 증거하려 하는 것은 그들이 진실을 죽여 묻어버리기엔 너무나 심약한 심장을 갖고 있다는 것을 상징하는 메타포다. 그들이 바로 그 심약한 심장 때문에 친구를 배반했다는 것이 이 "집"에서 일어나는 비극의 원천이기에 더욱 아이러니하다. 그들은 삶의 작은 터전을 지키기 위해 친구를 팔았으며 그 후로도 오랫동안 진실을 외면한 채 "집"을 지켜가려 한다.

그러나 한 번 불탔던 "집"은 결코 원상으로 돌아올 수 없고, 석재는 집을 팔아버리고 도망칠 날만을 꿈꾸며, 미자는 집을 떠나 요양원에 가 있고, 유란은 외국에서 마약에 취해 지낸다. 뿔뿔이 흩어진 그들을 다시 한자리에 모이게 한 것은 유란에 대한 장 띠에르의 사랑이지만, 그 사랑으로 인해 그들이 외면해온 진실이 "집"을 무너뜨린다. 결국 "집"은 어린 사기꾼들의 손에 넘어가게 된다. 그들의 진정한 "집"은, 도저히 용서받지 못할 것만 같았던 과거의 잘못을 털어놓고 집을 포기하는 순간에 찾아온다. 진실의 무게에 짓눌릴 것 같았던 압박감은 실상 진실을 파묻으려 덮은 거짓과 위선의 무게로 인한 것이었으며, 진부한 감정이지만 그저 사랑했다는 사실들이 그들을 새로운 가족으로 묶어 그들만의 새집을 찾아 떠나게 하는 원동력이 된다. 버려졌던 조국에서 새로운 이름을 찾은 장 띠에르는 과연 사랑했던 유란에게 자신의 새 이름을 말해줄 기회를 얻을 수 있을까? 작가는 그저 가능성만으로 무대를 마무리한다. 세상은 꿈을 꾸는 약한 심장을 가진 이들에게 너무나 가혹하고, 사기와 거짓으로 점철된 자들에겐 너무나 관대해 보인다. 그러나 진실을 묻어버리지 못하는 약한 심장이 꿈꾸는 이들에게 새로운 집을 선사하듯, 장 띠에르를 꿈꾸게 하는 그의 여린 심장이, 그가 사랑을 계속할 수 있게 하리라는 것을 관객들은 쉽사리 짐작할 수 있다.

〈하우스〉에서야 비로소 외피를 벗고 드러난 작가의 주제 의식, 진실을 배반하고 이상을 배반하게 하는 현실의 작은 집을 벗어나고자 하는 괴로운 몸부림은 기실 작가의 첫 장막 희곡 〈조선제왕신위〉와 그 연장선상에 있는 〈천년제국 1623년〉에서 국가와 가족으로 치환되어 드러나 있다.

3. 제국-산 자의 집, 신위-죽은 자의 자리

〈조선제왕신위〉는 효종의 북벌이 구체적으로 시도되었다가 군사행동 직전에 포기되었다는 상상력으로 출발한다. 인조의 기일에 저승과 이승의 경계가 무너지고 진실을 덮은 거짓의 역사에 금이 간다. 인조는 국가의 상징체로서의 왕의 자리에 충실하기 위해 자신의 실질적인 집인 가정을 망가뜨린다. 인조는 자신의 아들과 며느리와 손자들을 죽이는 희생을 통해 자신의 이상이 실현될 날이 오리라 기대했지만, 현실의 집을 지키려는 자들은 인조가 바친 바로 그 피의 제물들을 약점으로 쥐고 효종을 겁박해 회군하게 만든다. 인조는 잃어버린 이상과 잃어버린 아비의 마음을 결코 되찾지 못하고 저승으로 되돌아가야 한다.

〈천년제국 1623년〉에서의 광해군 역시 비슷한 전철을 밟는다. 광해는 율도국 안에 자신의 집을 지으려다가 허균을 죽이고 율도국을 포기한다. 그러나 자신이 지으려는 이상의 집에 대한 꿈은 그리 쉽게 포기되는 것이 아니다. 광해는 교하에 새 궁을 짓고 천년을 이어갈 새 제국의 꿈을 꾸려 하지만, 그가 현실에서 망가뜨린 집 — 즉 인목대비 폐모사건과 영창대군과 임해군 살해사건 — 의 올무를 쓰고 꿈의 제국을 잃게 된다.

현실에 발붙일 공간을 잃어 제국을 꿈꾸게 되고, 꿈의 제국을 잃은 뒤에 초라한 자신의 방으로 돌아오는 여정은 〈암흑전설 영웅전〉에서 더욱 심화된다. 비참한 자신을 잊기 위해 게임에 몰두하다가 게임과 현실을 혼동하고 결국에는 현실에서 꾸었던 청아한 이상조차 물거품으로 날려버리는 '남자'는 제 이름조차 갖지 못하고, 게임 공간 안에서도 그저 '영웅'으로 호칭된다. 남자 뿐 아니라 게임 속의 대부분의 등장인물들도 이름을 갖고 있지 않다(청와와 백와장군은 이름이라기보다 포지션의 명명일 뿐이므로 논외로 둔다). 그들은 그저 역할을 받아 게임을 수행할 뿐이다. 이름을 이름답게 갖고 있는 이는 남자가 게임 속에서 쳐부수어야 하는 포톤 대왕 한 명 뿐이다. 적이 되려 선명하고 자신은 희미한 세계, 남자가 버리고 싶은 현실을 피해 달아난 가상공간조차도 그의 온전한 집이 되어주지 못한다. 남자는 자신이 쌓아 올린 가상의 세계를 모두 잃어버리고도 게임에서 벗어나 현실로 돌아오지 못한다.

투란도트 설화에서 소재를 차용한 〈갑옷을 입은 투란도트〉에서도 이 주제는 변주된다. 투란도트 공주가 거부하는 혼례의 침실은 피의 배신으로 얼룩진 거짓된 "집"이다. 배신도 눈물도 핏자국도 없는 진실한 "집"은 거타지 왕자와 비익조가 되어 날아올라야만 얻을 수 있는, 결코 현실에서는 찾을 수 없는 공간이다. 다소는 몽환적이고 동화적인 엔딩으로 행복한 결말을 맺기는 했지만, 이 작품 안에서도 그들이 얻은 집의 전망은 그리 밝지 않고 되려 어색해 보인다. 어쩌면 희망이라는 것이 있다고 증명하기 위해 작가가 무리수를 둔 해피엔딩이 아닐까 하는 의구심마저 갖게 할 만큼, 그들이 얻은 행복의 집은 실체가 모호하며 바램 만의 이상향으로 비추어진다. 죽은 자만이 자신의 자리를 얻고 산 자들은 허상의 집에 더부살이하는 세계. 차근호가 바라보는 현실인식의 극단적인 모습을 〈갑옷을 입은 투란도트〉는 오히려 역으로 드러내고 있다.

4. 고독의 기원

그렇다면 차근호는 어째서 집에 대한 욕망과 집에 대한 불신이 상호모순적으로 호응하는 세계에 그토록 천착하게 된 것일까?

한 작가의 세계를 하나의 특징으로 규정짓는 것은 매우 신중해야 할 일이지만, 차근호의 작품 속에 끊임없이 제기되고 있는 꿈꾸는 이들을 위한 진실한 집이 과연 가능한가에 대한 작가 자신의 단정을 우리는 〈사랑의 기원〉에서 찾아볼 수 있다. 2000년에 초연을 했던 이 작품은, 몇 차례에 걸쳐 수정되다가 2003년과 2005년에도 계속 보완작업이 이루어질 정도로 차근호에게 있어 중요한 한 축을 이루고 있는 작품이며, 작가가 인간관계의 본

질에 대해 어떤 시각을 갖고 있는가를 엿볼 수 있는 단초를 제공하는 작품이기도 하다.

작품에는 오로지 남자와 여자 둘 만이 존재한다. 줄거리는 매우 단순하다. 남녀 두 사람이 점을 이루며 각자 따로이 존재하다가 만나 선을 이루고, 한 공간 안에서 함께 하다가 결국 서로를 잃어버리는 이야기이다. 만남과 사랑, 오해와 이별의 과정을 다루고 있는 이 작품은 상대에 대한 인정이 아니라 자신을 비추는 거울을 찾아 헤매는 인간의 이기심과 사랑의 아픈 종말을 심도 있게, 그리고 매우 극적으로 다루고 있다.

남자와 여자는 점으로 존재할 때는 자신을 잃지 않았음으로 인해 상대를 인정할 수 있다. 그러나 선이 되어 서로에게 달려가기 시작하면서부터 자신을 잃어가고, 자신을 잃음으로써 상대에게 가는 길을 잃어버린다. 상대에게 가는 길을 잃었기에 자신의 공간에 상대를 가두려 하지만, 이미 자신을 잃어버린 이들에게 자신의 공간이라는 자체가 모순을 부여하는 왜곡된 차원이다.

작가는 이 작품을 통해 사람은 타자와의 관계에서 영원히 평행을 달릴 수밖에 없으며 상대와 진실한 관계를 맺는다는 것이 불가능하다 믿는 작가의 내면을 그대로 고백하고 있다. 바흐친의 말처럼, 진실은 내게도 남에게도 존재하지 않으며 나와 남 사이에 존재하는 것이다. 그러니 그 진실이 관계 안에서만 존재하는 것임을 받아들인다는 것이 과연 가능한 것인가? 관계 안의 진실은, 타협되고 협상된 사실의 누적물이 아닌 진실일 수 있는 것인가? 관계와 존재 사이의 갈등에서 출발하는 꿈, 존재를 받아들일 수 없는 관계의 이상은 현실을 좀먹는 벌레가 되어 돌아온다. 바로 그 지점에서 고민하는 작가 차근호의 모순이 촉발되고, 역설적으로 그것이 차근호의 무대를 바라보는 관객들에게 공감을 불러일으키는 것이다.

5. 산 자의 살의, 죽은 자의 사랑

이렇듯 왜곡되고 굴절된 현실에 대한 절망을 더욱 깊게 하는 작가의 또 다른 모티브는 부자살해의 공포다.

한국 역사에서는 유독 아버지를 죽이는 자식의 모습보다 아비(또는 숙부)의 손에 살해당하거나 형제살해의 경쟁관계가 부각되는 현상이 짙은데, 이는 유교가 지배윤리로 자리잡기 전인 고구려 시대부터 존재해 왔다. 아비를 죽이는 것은 고사하고 아비를 떠나(혹은 버리고) 성공하는 역사조차도 백제의 건국을 마지막으로 한국 역사에 등장하지 않는데, 그마저도 완벽한 홀로서기는 되지 못한다. 계부 동명성왕을 떠난 뒤에 다시 친모 소서노마저 떠나 홀로서려 했던 비류는 비참한 실패 끝에 역사의 뒷장으로 사라진다. 먼 과거에서는 유리명왕이 도절태자와 해명태자를 죽게 했고 가까운 과거에서는 영조가 사도세자를 살해했다. 세조가 조카를 죽이고 선조가 광해를 내치려 했으며 인조가 소현세자 부부와 세손들을 죽였다. 절대권력을 휘둘렀던 조선 태종조차 태조에게는 직접 손을 대지 못했으며 형식적으로나마 태조와 정종의 추인을 얻으려 오랜 시간 애썼던 것이 사실이다. 계모를 폐함으로써 상징적으로 아비의 결정을 뒤엎으려 했던 광해왕은 폐위되어 유배지로 떠나게 된다. 친모도 아닌 계모 인목대비의 폐모 명분 때문에 왕위를 빼앗긴 광해에 비해, 자식과 며느리, 두 손자까지 죽이는 폐륜을 저질렀음에도 인조는 폐위당하지 않았다. 작가가 이 역사적 사건을 첫 장막의 소재로 고른 이유는 무엇일까. 그리고 첫 장막에서 마무리 지은 이야기를 굳이 두 번째 장막으로 받아 광해군의 잃어버린 제국을 다룬 이유는 무엇일까.

기실 인조반정이라는 역사적 사건에는 '폐모하고 황제국 명(明)을 배반한 패륜'을 바로잡겠다는 단순명쾌한 명분의 이면에 보다 복잡한 심리적 흐름들이 내재해 있다. 인조가 동생 능창군의 복수를 위해 일어났던 일에 대해서 역사는 잘 기록하고 있지만 사실 능창군 쪽이 더 왕재로 지목되었던 사실은 그간 제대로 주목받지 못했다. 능양군 시절의 인조는 분명 동생보다 못한 형이라는 카인 콤플렉스를 품고 있었으며, 어쩌면 자신의 동생을 죽인 광해는 아벨을 죽이고 싶어한 카인 인조의 다른 모습일 수도 있다는 점을 주목해볼 필요가 있다. 인조의 이 같은 열등감은 아들 효종에게 유전된다. 적을 품는다는 것은 적을 넘어선다는 당당한 자신감이 없으면 불가능하다. 청을 배워 청을 넘고 서양을 넘어서겠다는 소현세자 부부의 강력한 염원은, 적을 때려부수어야만 자신을 바로 세울 수 있는 인조와 효종의 열등감을 자극하게 된다. 반면에 형 임해군과의 왕위계승 투쟁에서 승리했던 광해는 카인을 꺾은 아벨이 되어 천년제국의 꿈에 다가가는 듯 했으나, 결국엔 자신보다 한발 앞선 꿈을 꾼 허균을 용납하지 못한 채 죽여버리게 된다. 광해왕이 신천지를 세울 교하의 꿈에 집착하는 이유는 자신의 꿈이 허균의 율도국보다 더 아름다울 수 있다는 것을 증명하고픈 반복강박에 다름아니다. 자신보다 높은 이상을 가진 존재를 용납하지 못하는 군왕들. 그들이 걸친 용포 안에 숨겨진 열등의식과 아집은 인류 보편의 비뚤어진 자기애를 그대로 보여주고 있다.

아쉽게도 차근호는 〈조선제왕신위〉에서도 〈천년제국 1623년〉에서도 이러한 복잡한 이면의 관점에 대해 제시만 했을 뿐 더 여물어내지 못한 채 멈추어버렸다. 그러나 작가가 그 두 작품을 통해 드러낸 한국 역사의 터부는 여전히 강력하고, 무대 위에서 나타나는 충격은 결코 적지 않다.

나라 자체를 걱정한 이들은 죽어나가는 나라. 아비보다 뛰어난 자는 반드시 죽임을 당하는 나라. 그 안에 자리한 것은 자존감 없는 자신에 대한 증오를 타자에게로 치환하는 일그러진 거울을 가진 이들의 모습이다.

인조는 아들을 타자인 개인으로 인정하지 못한 채 자신의 생각과 행동을 그대로 복사해줄 분신으로서만 사랑했고, 소현세자가 그것을 거부하자 애정은 살의로 변질된다. 귀신이 되어서야 소현세자를 아들로서 사랑할 수 있게 되고, 자신이 저질렀던 악행을 바로 볼 수 없어 눈이 타는 인조의 모습은 아비를 죽이고 제 눈을 찔렀던 오이디푸스와 다르면서도 닮아 있다.

오이디푸스가 자신의 눈을 찌르고서야 자신의 존재를 긍정할 수 있었듯, 인조는 자신의 눈을 태워내고 나서야 새로운 눈으로 소현세자와 효종을 볼 수 있게 되었다. 비뚤어진 자기애를 버리고 아비로 거듭나고자 하는 인조의 마음은 효종에게 출정을 독촉하는 절규로 드러난다. 아들을 죽인 자신의 악행을 인정해서라도 효종이 대업을 이루어주기를 바라는 것이다. 아들과 아버지라는 혈연의 굴레에서 벗어나, 나라 그 자체인 왕이 되기를 소원하는 것이다. 이렇듯 효종이 사사로운 은원을 버리고 위대한 왕으로서 바로 서기를 촉구하는 인조의 모습은 〈천년제국 1623년〉에서 허균의 망령으로도 그 그림자를 엿볼 수 있는데, 무화의 입을 빌려 허균은 자신의 죽음을 원망치 않고, 새로운 세계로 가달라고 광해를 재촉한다. 진정 슬픈 것은, 육신이라는 욕망의 틀에서 놓여나지 않고서는 그처럼 아름다운 마음을 보여줄 수 없는 인간의 위선과 허위의식이다.

그렇기에 효종은 군사를 돌이켜야만 하고, 광해는 폐위되어야만 한다. 왕은 자연인으로서의 사람이 아니라 국가를 대표하는 이미지, 국가적 인격이다. 아버지와 아들의 세계는 왕좌를 둘러싼 곳에서는 발붙일 틈이 없다. 〈사랑의 기원〉에서 드러냈듯, 차근호가 보는 세계는 타자를 인정할 수 없는 일그러진 현실 그 자체이기 때문이다. 이 지점에서 만일 작가가 그대로 역사의 패배만을 다루고 끝냈더라면 어쩌면 이 두 작품은, 그리고 그 이후의 차근호의 작품은 영영 투지를 가지지 못했을지도 모른다. 그러나 차근호는 역사의 후반에 위치했던 "바라보고 기억하며 기록하는" 이들을 불러세운다. 인조의 수행자이자 감시자였으며 광해의 기록자였던 이들, 바로 사관이다.

사관은 역사의 감시자이자 길잡이이며, 나아가 역사의 진정한 주인공이자 관객이 된다. 그들은 왜곡되고 편집된 현실 속에서 진실을 찾아내며, 그 진실을 들려주고 기록하기 위해 서 있다. 그것은 어쩌면 작가 자신일 수도 있고, 작가에게 그런 무대를 요구하는 관객일 수도 있다. 차근호의 역사극들이 패배의 역사를 다루는 듯한 외피에도 불구하고 관객에게 전달하는 승리감이 진정성 있게 다가오는 것은 바로 기록하는 이들, 바라보는 이들, 그리하여 꿈을 이어 꿀 수 있는 이들의 존재를 창조했기 때문이다. 무대는 결국 관객이 희곡과 만나기 위해 존재하기 때문이며, 관객은 자신의 감성이 무대 위로 끌어올려져야만 무대 위의 인물들에게 이입할 수 있기에 더욱 그렇다.

6. 열린 창, 닫힌 문

이렇듯 독특한 문제의식과 작가 자신만의 시각으로 언어를 무대로 빚어 올리는 작업을 계속해 온 차근호는, 그의 강력한 무대전달력에도 불구하고 여전히 해결해야 할 숙제들을 남겨놓고 있다.

차근호는 자신이 다루고자 하는 문제의식을 확고히 손 안에 쥐고 그것을 핵으로 삼아 언어를 덧붙여간다기보다, 일단 실마리를 잡은 뒤에 빚어가면서 문제의식을 구축하는 작가에 속한다. 즉, 문제의식에 대한 고민이 끝난 뒤에 펜을 잡는 작가가 아니라 문제의식을 구체화시키기 위해 펜을 드는 작가다. 이런 스타일의 작가에게는 특히 구조적으로 튼튼한 스토리텔링과 무대 센스가 요구되기 마련인데, 차근호의 경우 그것이 지나치게 튼튼하다는 것이 도리어 작가의 한계를 스스로 규정지어버리는 우를 범하게 된다.

등장인물들의 행위는 지나치게 미세하고 과잉되어 캐릭터를 맞춤옷으로 딱 맞게 입을 배우를 만나지 못하는 경우엔 무대적 효과가 반감되고, 스케일이 큰 무대환경 또는 가능성이 확대될 수 있는 무대환경을 제공하지 못한다. 무대를 지나치게 안전하게 운행한다는 인상마저 줄 정도다. 방어적인 무대운용이 반복되다 보면 작품의 생명력은 반감된다. 불확정성이 없다면 폭발력 또한 없어진다.

또한 희곡이 작품 자체로써 지나치게 완결되면, 무대에 서야 할 배우와 그 무대를 조율해야 할 연출가는 희곡의 지배를 받는 마리오네트로 전락할

가능성이 크다. 차근호의 작품이 연출가의 상상력으로 도움닫기 하여 더 멀리 날지 못하고 희곡의 한계 안에서 주저앉는 일이 잦은 것은 작가가 '여지'를 주지 않고 작품을 마감해버린 탓이 크다. 지나치게 안정적인 박자의 악곡이 변주를 어렵게 하듯, 변화무쌍한 호흡이 끼어들 여지가 없이 꽉 짜인 호흡의 기승전결은 불협화음이나 엇박자가 거의 없는 평이한 흐름을 만들어 버린다. 게다가 읽는 순간은 대사가 주는 진정성으로 인해 큰 희열을 느끼게 하면서도 무대화될 때는 작가 자신의 어조로 통일되어 버리는 기현상이 종종 발생하게 된다. 이는 작가가 직접 느끼고 소화된 언어만을 담아 진실한 언어를 구축해야 한다는 결벽증이 역으로 모든 등장인물의 개별성을 죽이는 듯이 보인다. 차근호의 진정성에 대한 결벽증은 캐릭터의 단조로움으로 드러나기도 하는데(많은 남자 작가들에게 공통된 단점이기는 하지만), 남성성 안에 존재한 여성성은 잘 잡아내면서도 여성이 여성 자체로 가지고 있는 여성성에는 둔감하며, 여성성 안에 내재한 남성성에는 전혀 손을 대지 못하고 있다. 혹시 여성이 가진 여성성과 남성성을 남성이 가진 것과는 전혀 다른, 미지 또는 불가지의 것으로 무의식적 착각을 하고 있다는 의문마저도 갖게 한다.

그럼에도 불구하고 차근호의 작품에 등장하는 인물들이 생생함을 잃지 않는 것은 상징적 사유 안에서는 성(性)의 차원을 떠난 인간 본연의 욕망과 특질을 잘 드러내고 있기 때문이다. 욕망을 정직하게 맞대응함으로써 인물들의 행위가 드라마의 갈등과 위기와 화해로 이어지는 과정이 정직하고 진솔하다. 이는 갈등의 축이 명확하여 올곧게 핵심으로 찔러들어가는 힘을 만들어내며, 그 힘으로 무대를 놀이판으로 만들 줄 아는 역량이 있다. 언어를 가지고 무대 위에서 놀 수 있도록 배치하는 것이야말로 희곡작가가 꼭 가져야 할 역량이기도 한데, 차근호는 바로 이 기본에 튼실하다. 차근호의 다음 작품에 대한 기대를 항상 갖게 되는 것은, 작가가 가진 독특한 문제의식과 주제에 대해 천착하는 뚝심뿐만이 아니라 바로 언어로 무대를 놀 줄 알고, 무대 위에서 유희하는 언어들이 차근호만의 독특한 드라마로 이어진다는 것 때문이기도 하다. 바로 이러한 강점을 즐기게 되는 만큼, 그의 세계가 폭발력을 갖게 되기를 더욱 바라는 것일 지도 모른다. 여태껏 차근호가 지어나간 집은, 창은 열려 있으되 문은 닫혀 있었다. 앞으로 그가 짓는 집의 문이 활짝 열려 관객과 독자에게 새로운 공간을 체험하게 해주기를 바란다. 독자와 관객들의 이런 갈증을 작가 또한 돌아보기를 바란다.

7. 기록의 흰 베

어떤 작가의 한 시기를 매듭짓는 평을 한다는 것은, 언제나 조심스럽다. 한 작품은 그 자체로 하나의 세계이며, 그 세계는 어쩌면 온전히 관객/독자들만의 몫으로 남겨둬야 하는 것이 있기 때문이다. 또한 작품들이 모여 구축하는 세계에 대한 평은 개인의 몫이 아니라 시간의 몫이기도 하다. 비평은 그저 관객과 작품의 만남 뒤에 오는 여운과 냉각의 시간에 덧붙이는 각주에 불과하다. 따라서 일개 비평에 지나지 않는 이 글의 매듭은 작가의 대사를 인용하여 맺기로 한다. "꿈꾸는 자는 죽는다. 그러나 꿈꾸지 않는 자는 이 영욕의 시간을 견뎌야 한다." 그리고 꿈꾸는 자와 꿈꾸지 않는 자를 지켜보는 자는 작가가 되어 기록의 흰 베를 자아야 한다. 차근호가 자아온 기록의 흰 베에서 더 많은 의미를 찾아내는 것은 이제 이 작품집을 읽을 독자들과 앞으로 차근호의 무대를 관극할 관객들의 손에 넘긴다.

작가 소개

1972년 경기도 의정부 출생
1995년 서울예술대학 극작과 졸업
2005년 극단 명작옥수수밭 창단
한국극작워크샵 제8기 동인 (1997~1999년)
(사)한국희곡작가협회 사무국장 (2002~2005년)
한국희곡작가교육원 강사 (2004~2005년)

〈현재〉
극단 명작옥수수밭 대표
라푸푸 서원 운영위원 및 대표 강사
(사)서울연극협회 이사
계간 한국희곡 편집위원

〈수상 및 주요경력〉
1997년   중앙일보 신춘문예 단막희곡 부문 〈천국에서의 5월〉 당선
2000년   동아연극상 작품상 수상 〈조선제왕신위〉
2000년   삼성문학상 장막희곡 부문 〈암흑전설 영웅전〉 당선
2000년   한국 대표 희곡선 선정 〈조선제왕신위〉
2000년   신진 문학가 지원 〈내일을 여는 젊은 작가〉 창작기금 수혜
2001년   창작마을 희곡문학상 수상 〈닭에 대한 논리〉
2001년   한국희곡 신인문학상 수상 〈닭에 대한 논리〉
2004년   대산창작기금 희곡 부문 수혜 〈조선제왕신위〉
2004년   창작마을 단막극제 관객이 뽑은 작가상, 연출상 수상 〈살인교습〉
2009년   문학 창작활성화 지원사업 희곡 부문 선정 〈루시드 드림〉

〈발표 희곡 (초연)〉
1997년   〈단막〉 천국에서의 5월
              - 신춘단막극제 / 연출 손정우 / 문예회관 소극장
1999년   조선제왕신위
              - 극단 실험극장 / 연출 윤우영 / 문예회관 대극장
2000년   사랑의 기원
              - 극단 표현과 상상 / 연출 손정우 / 연극실험실 혜화동 1번지

2000년　천년제국 1623년
　　　　　– 극단 서전 / 연출 박계배 / 동숭아트센터 동숭홀
2001년　〈단막〉 닭에 대한 논리
　　　　　– 창작마을 단막극제 / 연출 이승구 / 명동 창고극장
2002년　암흑전설 영웅전
　　　　　– 극단 작은신화 / 연출 최용훈 / 예술의 전당 자유소극장
2002년　갑옷을 입은 투란도트
　　　　　– 극단 반도 / 연출 주요철 / 문예진흥원 예술극장 대극장
2003년　하우스
　　　　　– 극단 전망 / 연출 심재찬 / 문예진흥원 예술극장 소극장
2004년　〈단막〉 살인교습
　　　　　– 극단 나모 / 연출 차근호 / 마로니에 소극장
2005년　굿킬
　　　　　– 극단 명작옥수수밭 창단 공연 / 연출 김정훈 / 블랙박스 씨어터
2006년　착한 남자 이대평
　　　　　– 극단 배우세상 / 연출 최용훈 / 배우세상 소극장
2006년　살인교습
　　　　　– 극단 명작옥수수밭 제1회 정기공연 / 연출 김정훈 / 블랙박스 씨어터
2006년　70분간의 연애 – He & She
　　　　　– 투비컴퍼니 · (주)이다 엔터테인먼트 / 연출 김동연 / 행복한 극장
2007년　난 땅에서 난다
　　　　　– 극단 명작옥수수밭 제2회 정기공연 / 연출 차근호 / 블랙박스 씨어터
2010년　루시드 드림
　　　　　– 극단 청우 / 연출 김광보 / 산울림 소극장

〈뮤지컬〉
2008년　모차르트의 벌거벗은 임금님
　　　　　– 모아 엔터테인먼트 / 연출 차근호 / 행복한 극장
2008년　파이란
　　　　　– 모아 엔터테인먼트 / 연출 김규종 / 대학로 문화공간 이다 1관
2009년　편의점에 오세요
　　　　　– Art-3 Theater / 연출 김정훈 / 춘천 평생교육정보관

〈각색 및 번안〉
2003년　완전한 오해
　　　　　– 모아 엔터테인먼트 / 연출 차근호 · 박혜선 / 동덕여자대학교 공연예술센터
2008년　〈오페라〉 여자는 다 그래
　　　　　– (사)뉴서울오레라단 / 연출 장영아 / 송파여성문화회관 대강당
2009년　무궁화 꽃이 피었습니다
　　　　　– 극단 청우 / 연출 김광보 / 아르코 소극장
2010년　에브리맨
　　　　　– 서강연극회 / 연출 최용훈 / 서강대학교 메리홀

조선제왕신위

- 차근호 희곡집 1

초판 1쇄 인쇄일   2010년 5월 24일
초판 1쇄 발행일   2010년 5월 31일

지 은 이   차근호
만 든 이   이정옥
만 든 곳   평민사
          서울시 서대문구 남가좌2동 370-40
          전화: (02)375-8571(代)
          팩스: (02)375-8573

          평민사 모든 자료를 한눈에 —
          http://blog.naver.com/pyung1976
          이메일: pyung1976@naver.com

등록번호   제10-328호

ISBN   978-89-7115-554-7   03800

정 가   18,000원